Daisy Fay et l'homme miracle

J'AI LU

FANNIE FLAGG

Beignets de tomates vertes	*J'ai lu* 3315/**7**
Daisy Fay et l'homme miracle	*J'ai lu* 4334/**5**

Fannie Flagg

Daisy Fay et l'homme miracle

Traduit de l'américain
par Agnès Girard

Éditions J'ai lu

Titre original :

DAISY FAY AND THE MIRACLE MAN
Warner Books Edition

1952

1er avril 1952

Bonjour tout le monde! Je m'appelle Daisy Fay Harper et j'ai eu onze ans hier. Grand-mère Pettibone a touché le jackpot au bingo du Club des Anciens Combattants et m'a acheté une machine à écrire pour mon anniversaire. Elle tient à ce que je m'entraîne à la frappe pour que, plus tard, quand je serai grande, je sois secrétaire. Mais Félix, mon chat, qui attend des petits, a vomi dessus. Maintenant, elle est fichue, ce qui me va tout à fait. Je sais pas ce qu'elle a, grand-mère, je lui ai déjà dit au moins cent fois que je voulais être chirurgien arboricole ou maréchal-ferrant.

Papa m'a offert une carabine à air comprimé et maman, des vêtements coordonnés Jantsen qu'elle a achetés à la boutique Smart and Sassy. Pfff... Mamy Harper m'a envoyé une paire de sandalettes marron et blanc — maman ne veut pas que je porte des mocassins, elle dit que c'est mauvais pour les pieds — et une petite hélice en plastique bleu qui tourne au bout d'un bâton, comme si j'avais cinq ans...

Maman m'a emmenée au cinéma, voir *Fini de rire*, un film avec Robert Mitchum et Jane Russell. On dit que c'est le couple le plus torride du cinéma actuel. Moi, je voulais voir *Pals of the Golden West*, avec Roy Rogers et Dale Evans, où Roy surveille la frontière, à la recherche de voleurs de bétail. Mais maman était tellement furieuse que papa m'ait offert une carabine que je n'ai pas insisté. À part ça, à l'école, rien de particulier. J'attends d'entrer au collège. Ma copine Peggy Box, qui a treize ans, ne veut plus jouer avec moi. Elle passe son temps à écouter Johnnie Ray chanter « The little cloud that cried ».

Je suis fille unique. Maman ne s'était même pas rendu compte qu'elle allait avoir un bébé. Papa était au lit avec la grippe et quand le docteur est passé le voir, maman m'a raconté que tout à coup, une grosse boule était apparue sur le côté droit de son ventre. « Docteur ! Regardez-moi ça ! » a-t-elle dit. Le docteur a demandé à papa de sortir du lit et de laisser la place à maman. Il a dit que cette grosse boule, c'était un bébé, peut-être deux. Maman en est restée comme deux ronds de flan. Heureusement, c'était pas des jumeaux, ce n'était que moi. L'accouchement a été très long et papa était furieux après le docteur, et a essayé de l'étrangler. Quand je suis née, j'ai tellement remué que j'ai donné des coups de pied très fort à maman, et c'est pour ça qu'elle ne peut plus avoir d'enfant. Je ne me souviens vraiment pas d'avoir donné des coups de pied. Ce n'était pas ma faute, j'étais tellement grosse, et puis si papa n'avait pas tenté d'étrangler le docteur, tout aurait été plus facile. Il était tendu, le docteur, normal. Chaque fois que maman raconte son accouchement, il est de plus en plus long. Papa dit qu'à l'entendre, on pourrait penser qu'elle donnait naissance à une enfant de trois ans, avec des cheveux, des dents, et tout...

Je suis née à Jackson, dans le Mississippi, et en ce qui me concerne, je suis tout à fait contente d'être une fille, parce que papa voulait une petite fille. Il m'a dit qu'il savait que j'en serais une et qu'il avait écrit un petit poème sur moi qui a été publié dans la rubrique « Courrier des lecteurs » avant même que je sois née.

Dans une semaine ou deux, heureux événement
Les envies de ma femme m'inquiètent assurément
Notre fille sera gloutonne... pensez...
De la viande grillée, sa mère ne songe qu'à manger

Je suis contente que papa ait voulu une fille. La plupart des hommes veulent des garçons. Mais papa n'a jamais eu envie d'un petit mâle qui se salit et pourrait finir par avoir un cou de taureau et jouer au foot. Pour lui, ces gens-là sont dangereux. Nous, on est des fans de base-ball. Notre joueur préféré, c'est Jim Piersall. Sur le terrain, il crie, hurle, met la pagaille, et a une excellente appréhension du jeu.

Papa dit que sur terre, chacun a son double, son jumeau, et que le sien, c'est Harry Truman. Ils portent tous les deux des lunettes, ont tous les deux une fille et sont démocrates. Je crois que c'est pour ça que quand Thomas Dewey a été sur le point de gagner les élections, papa s'est jeté dans la Pearl River et a voulu se noyer. Il a fallu quatre potes à lui pour le sortir de là, dont un membre du club des Wapitis.

Maman dit qu'il a fait ça pour se rendre intéressant, et qu'en plus, il avait bu dix-huit bières, des Pabst Blue Ribbon. Elle dit qu'il n'a rien de commun avec Harry Truman. Sa fille à lui s'appelle Margaret, et moi, je me suis retrouvée avec Daisy Fay comme prénom... En général, les gens m'appellent la petite Fay parce qu'ils appellent ma mère la grande Fay. Je sais pas pourquoi, d'ailleurs, parce qu'elle n'est pas particulièrement grande. Maman voulait que je m'appelle Mignon, comme sa sœur, mais papa a piqué une crise et a refusé tout net parce qu'il ne voulait pas que sa fille s'appelle comme un bout de viande. Il a fait un barouf terrible, et puis la dame qui attendait pour le certificat de naissance commençait à en avoir marre, alors grand-mère Pettibone a réglé la chose en m'appelant Daisy, tout simplement parce qu'il y avait un bouquet de marguerites dans la chambre(*). Si un jour je tombe sur l'idiot qui a envoyé ce fichu bouquet, j'aurai deux mots à lui dire... Papa et moi, on n'aime pas du tout mon nom parce qu'il fait campagne, et qu'on n'est pas du tout de la campagne. Jackson est une grande ville et on habite dans un appartement. Moi, j'aurais préféré Dale, ou Olive. Pas comme la femme de Popeye, mais comme la sœur de Joan Fontaine, Olive de Havilland.

Papa et maman n'arrêtent pas de se disputer, en ce moment. Un ancien copain d'armée de papa, Jimmy Snow, a appelé pour lui dire qu'avec 500 dollars, il pourrait acquérir la moitié des intérêts d'un petit restaurant, à Shell Beach, dans le Mississippi, et faire fortune. Le restaurant est sur une plage et on se croirait en Floride.

Jimmy en a gagné une moitié au poker et a besoin de 500 dollars pour acheter l'autre. Il pilote un avion qui largue des engrais au-dessus des champs de céréales, alors papa pourrait s'occuper du restaurant pendant qu'il travaille. Depuis, papa cherche comment se procurer les 500 dollars. Il voulait vendre les bagues en diamant de maman, mais elle a refusé tout net, et puis elle a dit que de toute façon, elles ne valaient pas 500 dollars et qu'elle ne comprenait pas comment il osait penser à lui ôter les bagues des doigts ! En plus, elle a dit qu'il était hors de question qu'elle l'accompagne où que ce soit, vu comme il buvait. Alors papa a inventé un truc, genre farces et attrapes, qu'il était sûr de pouvoir vendre pour 500 dollars. Il est allé l'essayer chez un copain qui tient une station d'essence. Il a mis un haut-

(*) N.d.T. : en anglais, Daisy = marguerite.

parleur sous les latrines qui sont juste à côté et l'a connecté à un micro dans le bureau de la station. Son erreur, ça a été de tenter l'expérience sur maman. Il a attendu qu'elle entre et ait le temps de s'asseoir, puis, en transformant sa voix, il a dit :

— Excusez-moi, madame, mais y a des gens qui travaillent, ici. Vous pourriez changer de place ?

Maman, qui est très pudique et dit toujours que papa ne l'a jamais vue entièrement nue, a hurlé, est sortie en courant et a pleuré pendant cinq heures. Elle a dit que c'était la chose la plus dégoûtante qui lui soit jamais arrivée. Après ça, comme d'habitude, elle est partie chez sa sœur en Virginie pour préparer son divorce. J'ai dû aller avec elle. L'enfant va toujours vivre avec sa mère. Ma tante a beaucoup d'enfants. A table, maman ne supportait pas le bruit, alors on est rentrées.

J'espère que papa va bientôt trouver l'argent. Si on s'installe à Shell Beach, j'aurai un poney et je pourrai aller me baigner tous les jours. Papa consacre tout son temps à sa nouvelle invention. Au fond de la cour, il a un élevage d'asticots rouges. Dès qu'ils seront assez gros, il les congèlera et les vendra dans tout le pays.

Beaucoup de gens trouvent mon père « spécial ». Même dans la famille. Mais pas moi. Il s'appelle William Harper Junior. Maman pense que son idée de quitter Jackson vient de l'époque où il était dans l'armée. C'est là qu'il s'est mis à aimer les Yankees. Mais il hait toujours autant les chasseurs. Quand, dans le journal, il apprend que l'un d'eux a tiré sur un autre, il rigole et fait une barre à la craie pour notre camp. Il adore les animaux. Les chats, surtout. Il affirme que tous les dictateurs détestent les chats parce qu'ils ne peuvent pas les contrôler. Hitler bavait de fureur à la vue d'un greffier. Papa a fait la guerre contre lui, alors il le sait bien.

Il a été enrôlé dans l'armée de l'air quand j'avais deux ans. Il a coûté beaucoup d'argent aux militaires parce qu'il était tellement mince qu'il lui fallait des uniformes sur mesure et tellement myope qu'il avait besoin de lunettes spéciales. Mais comme il dit : « En temps de guerre, l'armée ne fait pas la difficile. »

Papa n'a pas quitté les Etats-Unis, mais il s'est quand même cassé un orteil en Louisiane, en touchant le sol avant l'ouverture de son parachute. L'avion avait déjà atterri dans les marais quand papa a sauté. En fait, il aurait aussi bien pu attendre, mais il avait perdu ses lunettes, et ne s'en était pas aperçu. C'est comme ça qu'il a fait la connaissance de Jimmy Snow. Jimmy était pilote et sa plaisanterie favorite, c'était de crier « Sautez ! » n'importe quand en vol.

Après la Louisiane, papa a été transféré en Californie et a obtenu un autographe de Margaret O'Brien. Il m'a dit qu'elle avait les mêmes fausses dents que grand-mère, et que Red Skelton était un type génial, qu'il racontait tout le temps des blagues salaces à son équipe pour la stimuler. Toutes les histoires vraies que je connais sur Hollywood, c'est grâce à papa qui était là-bas pendant la guerre. Clark Gable est l'homme le plus beau que papa ait jamais vu, et pourtant, il a la moustache de travers. Et Dorothy Lamour, vous saviez qu'elle a des pieds tellement monstrueux que chaque fois qu'elle doit jouer pieds nus, on lui fait porter des prothèses en caoutchouc ? Maman dit que c'est pas vrai, mais moi, je ne l'ai jamais vue pieds nus, sauf sur des photos tirées d'un film. J'aurais bien aimé que papa rencontre Audie Murphy, mais ça ne s'est pas fait. Quand je serai grande, il dit que je ressemblerai à Celeste Holm.

Papa dit aussi que si maman avait accepté de le

rejoindre à Hollywood après la guerre, comme il le lui avait demandé, aujourd'hui nous serions riches et moi je serais une star. Je rêve de rencontrer Bomba le Fils de la Jungle et Judy Canova. Mais maman refuse de quitter Jackson.

Le régiment, ça n'a pas plu du tout à papa. Il a été mis aux arrêts six fois. Quand il avait une permission, il ne rentrait que si la police militaire venait le chercher. Une fois, j'étais aux toilettes et je les ai entendus taper à la porte et appeler papa très fort. Maman voulait que je me dépêche pour pouvoir dire au revoir à papa, mais tout ce bruit, ça m'a perturbée, et maman pense que si j'ai si souvent besoin de lavements aujourd'hui, c'est à cause de ça. Pour elle, les M.P. sont responsables de l'échec de ce qui avait pourtant été une période d'apprentissage de la propreté tout à fait satisfaisante.

Quand papa était à la guerre, maman et moi on habitait une grande maison blanche avec grand-mère et grand-père Pettibone. Eux d'un côté, nous de l'autre. Grand-père était très rigolo. Une nuit, dans le jardin, il a planté une haie de quarante-sept bouteilles de whisky. Il adorait le whisky, pouvait passer une jambe par-dessus sa tête et faire la roue. Grand-mère et lui se sont rencontrés quand elle était à l'université. Elle faisait la queue pour quelque chose et quand grand-père s'est mis devant elle, elle a ri. Alors ils se sont mariés et sont partis s'installer en Virginie. Il était très riche et grand-mère a pu faire venir toutes ses sœurs sauf une et les marier à des hommes riches. Mais grand-père s'est mis à boire, alors sa famille l'a déshérité et ils ont dû retourner à Jackson. Grand-mère était drôlement en colère d'avoir à quitter toutes ses sœurs riches.

Grand-père est devenu exterminateur de vermine et à côté, il élevait des poulets. La volaille, c'était sa passion. Il jouait aux dames sur la table de la cuisine avec un vieux coq à lui. Grand-mère dit qu'ils ne jouaient pas pour de vrai mais moi je crois que si.

J'aimais bien vivre avec grand-père et grand-mère, sauf que dans la cour, les canards et les poules me picoraient toujours les pieds en pensant que c'était du maïs. Ces bêtes sont vraiment idiotes. Une chose qui me plaisait plus ou moins, aussi, c'était quand grand-mère leur tordait le cou... Une fois, une poule sans tête m'a couru après dans toute la cour. J'ai eu tellement peur qu'en voulant rentrer dans la maison, je n'ai pas vu la moustiquaire et je suis passée à travers.

Grand-père m'aimait beaucoup. Il venait toujours de notre côté de la maison en cachette de maman, par-derrière, et me prenait dans mon berceau pour m'emmener au Social Grill et m'asseoir sur le bar. Une fois, il m'a emmenée voir un ami à lui qui était en prison. Maman et grand-mère n'étaient pas contentes du tout. Elles ont dit que j'étais trop jeune pour visiter les prisons.

Quand papa est rentré de l'armée pour de bon, il m'a rapporté un manteau en lapin de Hollywood, du chewing-gum et vingt barres de chocolat. A cause de ses bêtises, il avait été rétrogradé et n'était que soldat de deuxième classe, mais avait quand même reçu une médaille de bonne conduite. Maman dit qu'il l'a achetée.

Après ça, on n'est pas restés très longtemps avec grand-mère et grand-père. Ils n'aimaient pas beaucoup papa, ils le prenaient pour un petit asticot de rien du tout. Enfin, c'est comme ça que grand-mère l'appelait. Quand grand-père était soûl, il lâchait ses poules dans la chambre de papa. Il a aussi envoyé un télégramme à maman disant qu'il y avait un gros rat de son côté de la maison. Et puis une nuit, il a pris son matériel d'extermination de la vermine et a répandu du poison pour les rats dans toute notre maison, et on a dû déménager. Juste après ça, il est allé au Social Grill pour prendre un verre, et il n'est jamais revenu. Certains disent l'avoir vu au volant d'un taxi à Tupelo, dans le Mississippi, mais nous, on n'a aucune nouvelle. Il a tout laissé. Ses poules, et tout. Et il me manque beaucoup. Il faut que j'y aille, maintenant. Félix est en train de faire ses petits derrière le frigo et maman pique sa crise...

2 avril 1952

Vous ne devinerez jamais ! J'ai vu naître les petits chats... et c'est sûr, je n'aurai jamais d'enfants. Pas étonnant que maman m'en ait voulu de peser quatre kilos.

Je vous ai déjà beaucoup parlé de papa, mais ce qui le rend vraiment spécial, c'est qu'il est projectionniste de cinéma, comme son père. J'appartiens à une famille du show business. Même maman a travaillé une fois comme caissière dans un cinéma. C'était parce qu'il y avait la Grande Dépression et que son père était plus rassuré de la voir dans une espèce de cage de verre où elle ne risquait rien.

Le fait que papa soit projectionniste me rend spéciale aussi. Certains disent que je fais l'importante, mais papa admire mon attitude et dit que je n'ai pas besoin de dire « oui monsieur, oui madame ». Il ne veut pas qu'on prenne sa fille pour une employée. De toute façon, je ne le dis jamais, sauf si j'essaie d'être vraiment sincère... ou si maman est dans les parages.

Juste après la guerre, papa a travaillé au cinéma Woodlawn. Je passais tous mes samedis et tous mes dimanches dans la cabine de projection ou au balcon, là où les Noirs devaient s'asseoir jusqu'à ce qu'ils réfléchissent et ouvrent leurs propres cinémas. Après ça, les Blancs ont refusé de s'asseoir là-haut, ce qui m'allait très bien parce que comme ça, j'avais tout le balcon pour moi toute seule. Les sièges étaient rouges et il y avait des lampadaires verts le long des murs, on aurait dit des lis. Je pouvais me pencher par-dessus la rambarde et jeter des trucs sur les gens que j'aimais pas.

Maman dit qu'à force d'être au balcon et de regarder les gens de haut, j'ai attrapé un complexe de supériorité. C'est possible, mais papa ne voulait pas que je descende parce qu'un de ces sales bonshommes aurait pu s'asseoir à côté de moi et alors, il aurait été obligé de le tuer. En ce qui me concerne, je me suis fait quelques recommandations personnelles pour le cas où quelqu'un s'aviserait de se comporter bizarrement avec moi ; je me lève et je crie : « Cet homme est un satyre, arrêtez-le ! » Papa m'a dit que si tout le monde faisait ça, il y aurait très peu de satyres.

Il m'a aussi donné des conseils très utiles pour que je puisse me débrouiller dans la vie. Si on me frappe, je ne dois pas répliquer. Je dois attendre que mon agresseur ait le dos tourné et là, le frapper à la tête à l'aide d'une brique. J'ai un très charmant petit nez, très aristocratique, et papa ne veut pas qu'on l'abîme. Lui-même a échappé à de nombreuses et sérieuses raclées en menaçant des types bien plus costauds que lui de venir les poignarder dans leur sommeil. Le seul vrai problème que j'aie eu, au balcon, c'était pour *Mighty Joe Young*, avec Terry Moore. Je crois que j'ai passé la plus grande partie du film, celle ou Mighty Joe se fait tabasser, sous le fauteuil. Je ne pouvais pas supporter de le voir si malheureux. L'ennui, c'est que certains individus ont pour habitude de coller leurs vieux chewing-gums sous les sièges, et que ce soir-là, papa a dû me couper un paquet de cheveux. Moi, je dis que les gens devraient coller leur chewing-gum sur le côté de leur barquette de pop-corn, ou bien le mettre dans un emballage de bonbon. Maman dit que je ne devrais plus m'asseoir sous les sièges.

Le Woodlawn donnait beaucoup de films de série B. En grandissant, j'ai été surprise d'apprendre que Patricia Medina n'était pas la star que je croyais. Mais je continue à penser que les Mars et les roudoudous présentent le meilleur rapport qualité/prix. Les bonbons à l'anis et les réglisses sont bons, mais un caramel dure plus longtemps. Une fois, j'ai eu un berlingot coincé dans l'oreille, et depuis, je les évite. Maman accuse toutes ces sucreries de me donner des caries, mais avec mon Malabar, je fais des bulles mieux que personne.

Le Woodlawn donnait aussi des séries, chaque semaine. Celle que je préfère, c'est *Nyoka, fille de la jungle*. Je l'aime encore plus que *Jungle Jimmy*. Sans Jane et Boy, que ferait Johnny Weissmuller ? Y en a vraiment qui n'ont aucun sens des affaires. Dans un concours de saut en liane, Nyoka battrait Tarzan les doigts dans le nez.

Papa me montrait toujours la série de la semaine suivante le soir, quand le cinéma était fermé. J'étais toujours la première à savoir que Nyoka n'avait pas été tuée. Mais je jure que je ne l'ai jamais dit. Jamais.

Nyoka est pour beaucoup dans la tête que j'ai aujourd'hui. Papa avait passé toute une journée à m'installer une corde dans un arbre de la cour pour que je m'entraîne au saut de liane. Mais il avait dû faire une erreur dans ses calculs de la dynamique. Enfin, c'est ce qu'il dit. Quand j'ai saisi la corde, il m'a tirée loin, loin, puis m'a lâchée et je suis allée m'écraser sur le tronc de l'arbre. Maintenant, j'ai une dent de devant cassée. Papa pense que ça me donne un air original. Maman pense que c'est très moche.

En fait, maman pense que papa a essayé de me

tuer à plusieurs reprises. Une fois, je m'étais endormie dans la salle de séjour, et en me transportant dans ma chambre, papa m'a cogné la tête contre le mur. Quand j'avais trois ans, il m'a poussée dans la Pearl River et a attendu un grand moment avant de plonger à mon secours parce que d'après ses théories, chez les jeunes enfants, comme chez les jeunes animaux, la peur de se noyer provoque le réflexe des mouvements de natation. Mais je n'ai pas eu assez peur et j'ai coulé à pic. Vous n'imaginerez jamais les cochonneries que j'ai vues au fond de l'eau, en attendant qu'il vienne à mon secours... des boîtes de conserve, une boîte à cigares et un vieux pneu Firestone. Si vous voulez mon avis, la Pearl River est un cours d'eau mal fréquenté.

Une autre fois, au bord de la route, il avait trouvé une grande planche. Il l'a ramassée et l'a mise devant moi dans la voiture. Comme la planche était longue, elle dépassait par la fenêtre. Je devais la tenir à plat, ce que j'ai fait, mais quand on est repartis, le vent a soulevé la planche et je l'ai prise en pleine poire. K.O. au premier round. Il y a eu aussi la fois où un de ses copains avait acheté une Buick rutilante. Papa a voulu manœuvrer la commande d'ouverture et de fermeture automatique des vitres et a bien failli me guillotiner. Mais là, je crois que c'est parce qu'il n'avait pas l'habitude de ce genre de gadget.

En fait, dans ses accusations, maman se base essentiellement sur un épisode particulier de notre vie à tous les trois. Papa, qui est un artiste dans l'âme, voulait faire un moulage de mon visage. Il m'a recouvert la figure de plâtre mais n'a pas pensé à faire des trous pour la respiration. En plus, il avait oublié de m'enduire de vaseline. Il a fallu qu'il casse le plâtre à coups de marteau. Après ça, maman a refusé de lui adresser la parole pendant une semaine. Moi, j'étais déçue que ça n'ait pas marché.

Elle dit aussi qu'à force de me faire peur, il va me faire attraper une dépression nerveuse. Tout ça, c'est parce qu'un jour, j'écoutais un feuilleton d'épouvante à la radio et que juste au moment où la porte s'ouvrait en grinçant, il m'a sauté dessus en hurlant : « Aaaaah, je t'ai eue !!! », ce qui a eu pour conséquence de me faire tomber dans les pommes. Et puis elle n'a pas aimé non plus sa plaisanterie sur le Père Noël. Papa m'avait dit qu'il était mort écrasé par un bus, et ça m'avait fait vomir.

Les Pettibone ont les nerfs très fragiles. C'est vrai. Maman est toujours anxieuse. Elle a réussi à faire un trou dans le plancher de la voiture, du côté du passager, à force de vouloir freiner à la place de papa. Elle donne l'impression d'être en permanence sur le point d'avoir une crise de nerfs, mais ça vient surtout du fait qu'à dix-huit ans, en voulant vérifier la cuisson de biscuits, elle a mis sa tête dans le four et s'est brûlé les sourcils. Depuis, elle les peint, on dirait deux demi-lunes. Les gens adorent lui parler parce qu'elle a toujours l'air extrêmement intéressée par ce qu'ils lui racontent, même si ce n'est pas le cas.

Si papa représente un danger pour ma santé, maman ne fait pas beaucoup mieux. L'hiver dernier, elle a bien failli nous envoyer toutes les deux dans l'au-delà. Elle avait lu l'affiche d'un film qui annonçait : « Toutes les femmes voudront voir Joan Crawford dans le rôle de celle qui aime Johnny Guitar. » Alors on y est allées. Moi, je voulais voir *Francis, le mulet bavard*, alors son choix ne m'avait pas mise de très bonne humeur. Quand je vais en ville avec maman, c'est toujours le supplice. A cette époque, elle adorait les vêtements coordonnés mère-fille et m'habillait avec des robes infectes que je haïssais.

Quand on va en ville, elle ne peut pas s'empêcher de faire du lèche-vitrines en s'exclamant : « Oh, regarde, regarde, regarde ! » Ça me rend folle.

Pour le déjeuner, on va toujours à la cafétéria Morrison. Je n'ai rien contre parce que je peux prendre trois desserts à la place du plat de légumes. Après le repas, maman fume et boit son café. Et je suis là, à jouer Œil de Faucon. Mon rôle, c'est de surveiller le niveau de sa tasse et de la remplir quand c'est nécessaire. Ça dure des heures. Ensuite, il faut que je tire sa chaise quand elle se lève et que je l'aide à mettre son manteau. Les bonnes manières chez un enfant, c'est très important pour maman. Ce jour-là, après huit tasses de café et Joan Crawford, pour me récompenser, maman m'a autorisée à tirer le cordon du tramway sur le chemin du retour.

Ce n'était pas ma faute si une drôle de bonne femme qui parlait dans un sac était assise dans le tram. J'étais trop occupée à l'observer, et j'ai raté notre arrêt. On est descendues au suivant et maman était furieuse parce qu'on a dû marcher et qu'il faisait un froid de canard. Elle portait son manteau de renard argenté et avait son sac en crocodile, celui avec la tête sur le rabat.

Il faisait tellement sombre qu'on marchait au milieu de la rue. On avait fait à peu près la moitié du chemin quand maman a vu une voiture, à au moins un kilomètre de là. La folie s'est emparée d'elle, elle s'est mise à courir en gesticulant et en me hurlant de monter sur le trottoir. Je l'ai regardée faire sa crise. Elle a couru vers le trottoir et a voulu sauter la bordure, mais il n'y en avait pas, il n'y avait qu'un petit talus de terre, sur lequel elle a atterri si fort que ses deux talons hauts se sont enfoncés dans la boue. Ensuite, elle a comme rebondi vers le milieu de la rue. Dans sa chute, son manteau de renard s'est retourné sur sa tête et elle est partie en avant sur le ventre, son sac en croco devant elle. La voiture, elle, arrivait au coin de la rue, et quand ses phares ont rencontré les yeux du crocodile du sac de maman, le conducteur a perdu le contrôle de son véhicule, qui est allé buter sur le talus. Moi, je ne bougeais toujours pas parce que je n'avais jamais vu maman se mettre dans un état pareil, et le conducteur de la voiture a mis un bon moment avant de sortir. Pensez, il venait de voir une tête de crocodile au bout d'un corps couvert de fourrure, en plein hiver, à Jackson, dans le Mississippi.

J'ai fini par aller lui dire qu'il s'agissait simplement d'une femme en manteau de fourrure qui était tombée en voulant monter sur le trottoir. Ensuite, on a aidé maman à se relever et je suis allée récupérer ses talons dans la boue. Pour être en colère, elle était en colère. Elle ne s'était pas vraiment fait mal, et à part ses genoux éraflés et ses bas filés, elle avait perdu une boucle d'oreille.

En marchant derrière elle pour rentrer à la maison, j'ai été prise d'une crise de fou rire. J'ai failli m'étrangler, et j'essayais de me retenir parce que je savais qu'elle le prendrait très mal et tenterait de me tuer encore une fois. J'ai voulu faire comme si je toussais. Je suis devenue rouge comme une tomate et les larmes se sont mises à couler. C'est marrant comme le fait d'être en danger de mort peut faire rigoler. Et quand maman s'est retournée pour m'assener le coup de grâce ou même pire, j'ai su que j'étais sauvée. Elle riait aussi. On était tellement hilares qu'il a fallu qu'on s'assoie dans la rue. C'est ma robe coordonnée qui a reçu le coup de grâce à ma place.

Mais ces temps-ci, j'ai de terribles problèmes avec maman à cause d'une pièce que j'ai écrite. Je la trouvais épatante, moi. A l'école, on a décidé de la monter. Elle s'intitule *Les je-m'en-foutistes*. Deux jeunes femmes à la carrière prometteuse vivent à New York et portent des robes du soir tout le temps. Leur bonne leur annonce que Harry Truman vient dîner, alors elles invitent tous leurs amis, font venir un orchestre et tout. La surprise, c'est que Harry Truman est un agent d'assurances qui porte le même nom que le président. Elles n'en reviennent pas, et c'est drôle !

J'avais le rôle principal et ma meilleure amie, Jennifer May, faisait l'autre jeune femme. Sara Jane Brady jouait la bonne. Je lui ai donné le rôle uniquement parce qu'elle est très grande. Elle a presque tout fichu en l'air à force de lire ses répliques dans un petit carnet. Autrement, tout s'est bien passé. On a joué devant toute l'école. Maman était furieuse parce que dans ma pièce, les deux personnages principaux boivent vingt-sept Martinis.

Je fais tout ce que je peux pour lui faire plaisir, mais je crois que je la déçois. Quand elle est en colère contre moi, elle dit toujours que je suis comme papa. A Pâques, je l'ai fait pleurer. Elle m'avait acheté un joli ensemble de printemps avec un chapeau de paille rose, des chaussures vernies blanches et un sac à main assorti, mais la veille de Pâques, je suis rentrée à la maison avec un œil au beurre noir. C'était à cause de Bill Shasa qui avait traité mon papa d'ivrogne. J'ai essayé de l'assommer par-derrière avec une brique mais j'ai raté mon coup. Je déteste les garçons qui frappent les filles, pas vous ? Mais je dois dire qu'on lui a bien gâché sa fête de Pâques aussi, à Bill. Papa a mis des pastilles laxatives dans un emballage de bonbon et Bill a tout gobé sans se poser de question.

Maman tenait beaucoup à ce que je fasse de la harpe. C'est parce qu'un jour, quelqu'un lui a dit que je ressemblais à un angelot. Comme on n'a trouvé personne à Jackson qui soit susceptible de m'apprendre, on a finalement décidé que je ferais des claquettes. L'école de danse et de claquettes de Neva Jean promettait de faire de vos enfants des pros de la claquette en un mois. La salle d'entraînement se trouvait au-dessus du drugstore Whatley, qui fait les meilleurs banana splits du monde. Je jouais un pétale dans un spectacle intitulé *Printemps, vert printemps*, avec une courte apparition des Triplés Gainer, qui jouaient un trèfle à trois feuilles. Scooter Olgerson devait faire une herbe mais sa mère n'a pas voulu et l'a retiré du cours. Pour ma part, mes débuts sur scène n'ont pas été très concluants. Je n'ai pas réussi à garder le rythme une seule fois.

Maman a fini par être d'accord pour que je laisse tomber, elle en avait marre que je raye ses parquets en répétant mon enchaînement glisse-glisse-tap-tap-glisse. En plus, Neva Jean a dit que j'empêchais les autres de progresser. Le seul bon souvenir de ces cours de claquettes, c'est le jour où Buster Sessions a débarqué dans la salle avec des chaussures trop grandes pour lui. Quand sa mère est arrivée pour voir la répétition, il a voulu frimer et s'est mis à danser tellement vite qu'il a perdu une godasse. C'est la pianiste, Mrs. Vella Fussel, qui l'a reçue dans le dos. La mère de Buster ne regardait même pas, elle se prélassait dans un fauteuil pliable, et lisait *Derrière l'écran* en mâchant du chewing-gum.

Papa et moi, on a acheté un disque de Mario Lanza qui chante « Because of you » pour l'anniversaire de maman. J'ai appris la chanson par cœur pour elle et, le jour où ses amies sont venues, papa m'a mis une de ses vestes, une cravate, il m'a dessiné des moustaches sur la figure, et puis il m'a annoncée et j'ai chanté la chanson aussi fort que j'ai pu. Maman a suggéré que la prochaine fois, j'apprenne une chanson plus douce.

Elle aurait voulu un robot-Marie pour son anniversaire, mais à la place, papa lui a offert un beau coupe-ongles spécial pour les orteils. Moi, je lui ai acheté de l'eau de Cologne, deux gros tubes de dentifrice Colgate et de la mousse à raser Palmolive pour ses jambes. Elle a fait comme si elle était très contente, mais je sais que ce n'était pas vrai. Je suis trop jeune pour acheter un robot-Marie, et d'ailleurs, je sais même pas où on en trouve.

Il y a un mystère que je n'arrive pas à élucider : Félix est roux tigré et ses petits sont noir et blanc et très moches.

12 avril 1952

Vous ne croirez jamais ce qui est arrivé ! Papa a congelé cinq boîtes d'asticots et quand on les a dégelés, ils étaient tous plus morts les uns que les autres ! Personne ne va vouloir acheter des asticots morts. Mince ! Le seul autre moyen de trouver les 500 dollars, c'était que papa les demande à son père. Mais papi Harper a refusé de les lui prêter parce qu'il est colère contre lui et qu'il ne lui parlera plus jamais.

Mon papi, Blondie Harper, est assez connu à Jackson. Autrefois, il s'occupait du projecteur au théâtre Pantages. C'était quelqu'un d'assez méchant et si un acteur ou un chanteur lui déplaisait, il le disait tout fort et éteignait la lumière. Les gens venaient au spectacle juste pour l'entendre dire des méchancetés aux comédiens yankees.

Quand papi a organisé le premier syndicat des machinistes à Jackson, avec ses amis, il lançait des boules puantes dans les théâtres qui ne voulaient pas embaucher de syndiqués, et c'est pour ça qu'aujourd'hui il est président du syndicat des machinistes.

Il n'a jamais aimé mon père. Dès le départ, il le trouvait trop gringalet, trop petit. En plus, il portait des lunettes et imitait les cris d'oiseaux. Papi pense que papa est une mauviette, une hommelette, mais c'est pas vrai.

Papi m'a acheté un costume de cow-girl en daim bordé de cuir blanc, avec les bottes assorties, alors en ce qui me concerne, c'est quelqu'un de bien, mais je suis triste pour papa. Papi dit que c'est un mauvais mari et un mauvais père et il le traite de tous les noms simplement parce qu'il l'a vu parler à une femme chez Dr. Gus, un bar du coin. Papa lui a expliqué qu'il discutait du syndicat. Papi a dit qu'il n'y avait pas de femmes au syndicat. Papa a répondu que justement, c'était de ça qu'il parlait avec cette femme. Comme si les choses n'étaient pas déjà assez compliquées, la semaine dernière, il a fallu qu'il aille mettre une boule puante dans la voiture de papi.

Papi et mamie Harper vont me manquer. J'adorais aller voir mamie parce qu'elle et tante Helen me laissaient ouvrir leurs canettes de bière et en boire une gorgée.

Tante Helen est très jolie. Quand elle était petite, elle dormait toujours les bras pliés sur la poitrine, comme un ange, pour être belle au cas où elle mourrait dans son sommeil. Elle n'aime pas papa non plus parce qu'une fois, il a collé la photo de son petit ami sur la lunette des toilettes.

Maman ne veut toujours pas aller s'installer à Shell Beach, mais papa dit que puisque personne, que ce soit dans sa famille ou dans celle de maman, ne lui adresse la parole, on serait plutôt mieux là-bas.

Hier, Lassie, mon chien, a mangé le rosbif de maman. Il s'est servi directement sur la table ! Du coup on a dû sortir dîner et ça m'a donné l'occasion de voir tante Bess, qui tient le Café Irondale, en ville. Elle doit avoir soixante-cinq ans, ne s'est jamais mariée et dit à qui veut l'entendre qu'à son avis, elle n'a rien manqué.

C'est la sœur de grand-mère Pettibone. Son café est chouette. Il est tout à côté de la voie de chemin de fer et la plupart des clients sont des cheminots. On y mange bien. La cuisine est faite par cinq femmes noires qui font des petits pains, des navets et des côtes de porc. Sur le menu, il y a aussi de l'opossum, mais maman dit que c'est une blague. Enfin, elle espère que c'en est une.

Quand tante Bess avait vingt ans, son père l'a regardée et s'est rendu compte qu'elle ne se marierait pas comme ses sœurs, alors il lui a donné un peu d'argent pour qu'elle puisse monter une petite affaire. Elle a commencé par ouvrir un salon de coiffure pour hommes, mais l'a vendu. Ensuite, avec son amie Sue Lovells, elle a ouvert le Café Irondale, et depuis, ça marche bien.

Tous les Pettibone sont méthodistes et se ruent à l'église dès qu'elle ouvre ses portes. Ils sont en bisbille avec tante Bess parce qu'elle refuse de les accompagner. Elle adore la pêche et une fois, quand grand-mère recevait ses amies du bingo, elle a fait une guirlande de truites, l'a attachée derrière la voiture et est allée passer devant chez grand-mère. A côté d'elle était assis George, un de ses employés noirs.

Tante Bess est de plus en plus riche parce que tous les vieux cheminots lui lèguent leur argent quand ils meurent. La plupart sont célibataires et amoureux de tante Bess. Mais elle reverse tout ce qu'ils lui donnent à ceux qui sont dans le besoin.

Le plafond et le plancher du café sont pleins de traces de chevrotine. C'est quand tante Bess joue au poker avec les cheminots, après l'heure de fermeture. En général, ils boivent beaucoup et ça se finit par une bagarre. Dans ces cas-là, tante Bess attend un moment, puis quand elle pense que ça a assez duré, elle prend son fusil et tire.

Tante Bess aime bien papa — heureusement pour lui ! L'autre soir, elle n'a pas arrêté de lui passer des gobelets en carton pleins de whisky et maman était furieuse. Maman est une dame très comme il faut et elle n'aime pas du tout quand papa rigole. Elle m'a inscrite à l'école catholique pour essayer de compenser le fait que papa soit mon père. Tout le monde dit qu'il exerce une mauvaise influence sur moi.

Papa refuse que je sois baptisée catholique mais les nonnes sont persévérantes et reviennent toujours à la charge. Elles m'ont donné une tonne d'images pieuses et s'occupent beaucoup de moi parce qu'elles pensent que je vais aller en enfer. Je les aime beaucoup, surtout sœur Plasida.

J'ai deux petits amis, Dwane Crawford et Luther Willis. Luther porte des nœuds papillons. Au bal de la dernière année d'école primaire, Luther et moi on dansait sur « Tennessee Waltz » quand sœur Plasida est venue, m'a emmenée dans le couloir et a essayé de me nettoyer le visage pour enlever le rouge à lèvres et la poudre que je n'avais même pas mis ! Maman, qui était là avec l'association des parents d'élèves, a dû intervenir pour lui dire de ne pas faire ça, que je rougissais naturellement quand j'étais excitée.

Je n'aime pas beaucoup le catéchisme non plus. C'est papa qui m'a dit que les Epîtres étaient les femmes des Apôtres. Le vieux curé qui nous fait le caté est devenu tout bizarre quand je lui ai demandé si Marie-Madeleine était la petite amie de Jésus. Il ne veut pas qu'on pose des questions.

Depuis deux ans, je vais aux Jeannettes. J'ai déjà obtenu le badge « Premiers secours », et c'est très pratique. Une fois, en sortant de l'école, Jimmy Lee a été renversé par une voiture. Il saignait de partout. Je me suis souvenue de ce qu'il fallait faire, je me suis assise la tête entre les genoux pour ne pas m'évanouir.

Un jour, devant chez grand-mère, il y a eu un accident et un Noir a eu une oreille coupée. Quand l'ambulance est arrivée, les infirmiers ont dit qu'ils ne pouvaient pas l'emmener, qu'il fallait appeler une ambulance pour Noirs. Vous vous rendez compte ! Ils ne voulaient pas s'occuper de son oreille ! On était vraiment en colère. Papa a dit qu'avec des culs-terreux de ce genre dans les professions médicales, on était mal barrés.

Personnellement, je n'ai aucune confiance en qui que ce soit qui porte une blouse blanche, surtout depuis que le docteur Clyde a dit à maman qu'il fallait m'opérer des amygdales et que ça ne serait rien. Il a parlé de toutes les glaces que je pourrais manger, a dit que ce serait sensass. Maman m'a acheté une poupée.

Quand on est arrivés à l'hôpital, le docteur Clyde m'a promis que mon papa et ma maman seraient avec moi tout le temps. Puis on m'a installée sur une table roulante et on a pris un long couloir. Tout allait bien jusqu'au moment où, arrivés devant deux grandes portes, papa et maman ont été priés d'attendre là. Quand j'ai entendu ça, je me suis dressée sur la table. Papa et maman avaient l'air apeurés, mais les gens de l'hôpital n'ont rien dit et m'ont emmenée dans une chambre, et puis ils ont fermé la porte. Un peu plus tard, d'autres personnes, masquées, sont entrées et ont commencé à faire je ne sais quoi. Elles ont même essayé de me prendre ma poupée. Elles m'ont aussi demandé si j'étais catholique, ce qui m'a plutôt inquiétée. Enfin, elles m'ont collé une espèce de passoire sur la figure et ont essayé de me tuer à l'éther, un des trucs les plus nauséabonds que j'aie jamais sentis.

Quand j'ai entendu le remue-ménage, derrière la

porte, j'ai voulu me lever, mais à l'hôpital, y a que des lâches, cinq adultes contre une enfant, c'est pas régulier. Je n'ai jamais rien vécu de plus terrible. J'entendais des cloches, des sirènes et j'ai vu des choses terribles. J'ai rêvé d'un magicien qui me menaçait de mort avec sa baguette magique.

Plus tard, j'ai appris qu'au moment où l'on m'emmenait vers la salle d'opération, maman s'est tournée pour dire quelque chose à papa, mais papa s'était précipité au bout du couloir pour s'enfermer dans une cabine téléphonique. Des médecins ont dû le tirer de là et lui faire une piqûre, il était bouleversé. Mon papa, je l'adore, mais dans les moments vraiment durs de la vie, on peut difficilement compter sur lui.

Surtout, ne vous laissez pas avoir avec leurs histoires de glaces à gogo. Après l'opération, j'avais perdu le goût, et de toute façon, je n'avais pas envie de manger des glaces. Après avoir récupéré quelques forces, j'ai ouvert la tête de ma poupée et je lui ai enlevé les yeux.

Grand-mère Pettibone est venue me voir et m'a fait du vent avec une carte de bingo, et j'ai manqué l'école. Mais à part ça, l'hôpital, ça craint.

2 mai 1952

Jimmy Snow a appelé papa pour savoir s'il avait trouvé les 500 dollars. J'ai pu lui parler, et il a l'air très gentil. Papa a décidé d'essayer de se faire sélectionner pour le jeu *J'ai un secret*. On peut gagner de l'argent. Il s'est inventé toute une série de secrets plus farfelus les uns que les autres. Quand maman lui a dit qu'il fallait que les secrets soient vrais, il s'est mis dans la tête de m'entraîner pour *Plus vite que ça*. Il est persuadé que je suis capable d'aller plus vite que les machines parce que mes mouvements sont bien coordonnés. Personne n'a encore eu le courage de lui dire que les enfants n'étaient pas autorisés à participer à l'émission.

Maman m'a encore emmenée chez le docteur aujourd'hui, mais j'avais simplement pris un coup de chaud parce que papa m'avait fait pousser la voiture sur deux cents mètres.

La vie n'est pas très rigolote. Maman me surveille tout le temps. Ce mois-ci, elle m'a emmenée quatre fois chez le docteur en pensant que j'avais la polio. Elle ne veut pas que j'aille à la piscine, ni au cinéma, et elle m'interdit de manger des glaces à l'eau parce que quelqu'un lui a raconté que les petits Noirs enlèvent les emballages et les sucent avant de les vendre.

Papa m'en a acheté une au raisin en cachette, l'autre jour, mais ça m'a coloré les lèvres en violet et maman s'en est aperçue. Ce que c'est que d'avoir la peau claire...

Le fils de la voisine de grand-mère Pettibone a eu la polio et on l'a mis dans un poumon d'acier. Son père a eu la tête coupée par les Japonais pendant la guerre. Maintenant, je ne peux plus imiter la petite fille de la télé, celle qui est handicapée. Et surtout, il ne faut pas que j'attrape la polio. Maman serait folle furieuse.

Papa a dû promettre à maman qu'il essaierait de boire un peu moins parce que l'autre jour, au travail, il avait trop bu et a passé le film à l'envers. Du coup, il ne boit plus que de l'Hadacol, toute la journée. Il dit que c'est bon pour le sang. Je sais pas comment il fait pour boire ce truc. Ça a un goût d'eau croupie. J'espère qu'il va bientôt trouver les 500 dollars pour qu'on puisse déménager.

Je déteste Rose Mary Salvage. Elle m'a pris ma meilleure amie, Jennifer May, en lui disant qu'elle avait beaucoup d'informations sur les choses de la vie. Tu parles. Je me demande bien ce que peut savoir une fille de onze ans, même italienne.

Moi, maman m'a dit de ne pas écouter ce qu'on dit sur les choses de la vie et que si j'en entends parler, je ne dois pas y croire. De toute façon, après l'accouchement de Félix, je n'ai aucune envie d'en savoir plus. Je crois que moins j'en saurai, mieux je me porterai.

L'autre jour, j'ai rencontré papi Harper en ville, devant le bureau du prêteur sur gages. Il discutait avec un ami. Quand il m'a vue, il m'a appelée, m'a demandé comment j'allais, et m'a donné un billet de cinq dollars. Et puis quand papa est arrivé derrière moi, il lui a dit :

— Et pour toi, des clopinettes.

Et il a tourné les talons.

Je me suis acheté une toque de Davy Crockett et une superbe poupée à découper et à habiller, en carton, et aussi plein de bijoux chez Woolworth. Maman dit que j'ai sûrement du sang indien dans les veines parce que j'aime tant les perles de couleur, mais je crois que je tiens ça de grand-mère Pettibone. Elle en a plein. Je donnerais n'importe quoi pour avoir celles en cristal jaune, et aussi ses boucles d'oreilles ornées de pierreries multicolores.

Mamie Harper a deux bouteilles en forme de femme, avec des cheveux noirs peints, et une casquette de marin en verre aussi, qui lui sert à mettre son fard à joues, que je voudrais beaucoup avoir, avec une photo d'une femme nue qui fait de la balançoire devant un château, sous un ciel très bleu.

Je sais pas pourquoi j'ai envie de ces choses-là. Je les veux, c'est tout.

6 mai 1952

Hier soir a eu lieu la grande finale de bingo de la ville. Le Club des Anciens Combattants de East Lake offrait un gros lot de 500 dollars. Maman était dans un état proche de l'apoplexie. Papa a passé toute la journée à essayer de trouver un moyen de tricher et a fabriqué de fausses cartes de bingo. Maman n'arrêtait pas de lui répéter qu'il était impossible de tricher au bingo, et que même si c'était possible, elle refuserait parce qu'elle était mère d'une petite fille et n'avait aucune intention de se retrouver en prison, déshonorée.

Finalement, elle l'a envoyé au Wagon Wheel prendre quelques bières. C'était bien la première fois qu'elle lui demandait d'aller boire un verre. Il a décampé en moins de temps qu'il n'en faut pour le dire, et ensuite, elle m'a tressé les cheveux si serrés que j'ai eu mal à la tête.

Dans le tram, elle n'a pas voulu que ce soit moi qui tire le cordon. Pourtant, on avait une heure d'avance. On est allées au drugstore et elle m'a acheté deux livres à colorier et un illustré pour que j'aie de quoi m'occuper et que je la laisse tranquille pendant la partie de bingo.

Le club de East Lake a une grande salle avec une énorme enseigne en néon bleu au-dessus de la porte d'entrée, des centaines de photos jaunies de soldats sur les murs et plein de drapeaux. C'est un club très patriote. Tout le monde était en avance pour avoir la meilleure place.

Les dames du cercle catholique étaient là, il y avait aussi quelques membres du club de bingo de l'American Legion, alors qu'ils n'aiment pas ceux de East Lake. On s'est assis et on a réservé une table pour grand-mère. Tout le monde parlait de ce qu'ils feraient s'ils gagnaient les 500 dollars.

Snookie, l'animateur de bingo le plus célèbre de Jackson, était là, en costume, son chapeau ridicule sur la tête, avec les glands qui pendouillent. Il passait d'une table à l'autre en serrant la main de tout le monde. Les gens trouvent qu'il dit les nombres trop vite, mais là, ils étaient tout miel avec lui, le flattaient à qui mieux mieux.

L'agence de Snookie s'appelle Les Totos parce que pendant la guerre, ils devaient se cacher dans les wagons qui transportaient les mulets, et attrapaient des poux, des totos, quoi. Moi, je me serais bien gardée de dire que j'avais été un Toto pendant la guerre.

Quand le bar a ouvert, tous les maris qui avaient été traînés là par leur femme se sont précipités pour prendre une bière. Maman avait mis sa robe en lainage vert d'eau, avec les manches en accordéon. Tout à fait inapproprié pour jouer au bingo, à mon avis. D'ailleurs, c'est que je lui ai dit. Elle m'a donné 50 *cents* pour payer un verre à Mr. Bill. Mr. Bill est un chouette type. Toutes les semaines, il est au bar avec sa casquette de base-ball vissée sur la tête. Il a fait trois guerres : celle contre l'Espagne, la Première et la Seconde Guerre mondiale. Il est très vieux et n'a plus de dents, et il porte un doigt à sa casquette quand on lui donne de l'argent. J'aime bien le regarder manger des chips, il en met partout ! D'ailleurs, il s'apprêtait à le faire quand grand-mère Pettibone est arrivée.

Toute la salle s'est tue. Tout le monde a peur d'elle parce que, en ce moment, elle traverse une période de chance inouïe. Elle avait mis sa robe porte-bonheur à pois bleus sur fond blanc et ses boucles d'oreilles aux pierreries multicolores.

Elle devait sortir de chez Bootie, le salon de coiffure, parce que ses cheveux étaient violet vif. Elle était en compagnie de ses deux amies, Ollie Meeks et Pearl Tatum. A elles trois, elles forment le groupe de joueuses de bingo le plus redouté de l'Etat du Mississippi. Elles jouent même pendant la journée, pour s'entraîner, mais ne misent que de très petites sommes. Je le sais, je les ai vues. Une des raisons pour lesquelles grand-père Pettibone est parti, c'est qu'à force de hurler « BINGO !!! », elles faisaient fuir les poules.

Quand maman a vu grand-mère, elle lui a tout de suite dit :

— Maman, tu sais que je déteste tes cheveux quand ils sont violets.

Et grand-mère a répondu :

— Ils ne sont pas violets, ils sont gris-bleu, et j'ai le couvercle de la boîte pour vous le prouver, mademoiselle.

Et elle l'a sorti de son sac pour le donner à maman. Qui n'a plus rien dit. J'adore quand grand-mère remet maman en place, mais là, ses cheveux, ils étaient violets. Elle avait deux ronds de poudre sur les pommettes et une pointe de rouge à lèvres. Ses cheveux sont tellement fins qu'on pouvait voir à travers dans la lumière. Des fois, pendant les parties les moins importantes, elle me laisse jouer avec la chair qui pend de ses bras. Ce jour-là, maman lui a dit qu'elle ressemblait à un clown, mais moi, je ne trouvais pas.

Maman n'arrive jamais à rien avec grand-mère. Elle m'a dit que j'avais de la chance d'être sa petite-fille plutôt que sa fille.

Juste avant que le jeu ne commence, grand-mère m'a envoyée regarder les boules en bois dans la cage pour essayer de voir lesquelles avaient l'air le mieux placées, elle m'a aussi demandé d'être très gentille avec Snookie. Berk !

Pas une seule fois il n'a ôté son affreux cigare qui

pue de sa bouche en me racontant combien j'avais de la chance d'être la petite-fille de Leona Pettibone et que je serais un ange si je voulais bien tirer le numéro de la chance pour le prix spécial, pour la clôture de la soirée. Après, je suis retournée vers grand-mère et lui ai dit que le I 29 avait l'air parfait. Et elle a acheté dix-sept cartes avec le I 29 dessus.

A ce moment-là est arrivée tante Bess, en compagnie de quelques cheminots, et elle a lancé tout fort à grand-mère :

— Hé, Leona, ma fille, qu'est-ce que tu vas faire de ces 500 dollars ?

Grand-mère a fait comme si elle ne la connaissait pas. Elle n'aime pas que tante Bess vienne quand elle est avec ses amies.

Une fois, trois jours avant Noël, une de ses connaissances l'a aperçue dans un grand magasin et est venue lui dire :

— Leona, tu devrais aller faire un tour au rayon jouets, y a une espèce de folle complètement soûle qui se fait prendre en photo sur les genoux du Père Noël, ça vaut le coup d'œil.

Grand-mère a immédiatement pris la direction de la sortie la plus proche. Elle savait que c'était tante Bess parce qu'elle fait ça chaque année. Tante Bess ne vient pas souvent aux parties de bingo, et j'étais contente de la voir. En plus, elle m'a fait cadeau d'un poupon noir. Dans ses couches, elle avait mis de la moutarde, pour rire. Maman a trouvé ça dégoûtant, mais moi, j'ai trouvé ça drôle.

Tante Bess sait que quand maman et grand-mère jouent au bingo, elles ne sont pas d'humeur à plaisanter, alors elle s'est dirigée vers le bar pour se payer du bon temps avec Mr. Bill et ses copains. Maman n'a pas voulu que j'aille avec elle et m'a dit de me tenir tranquille et de faire du coloriage, mais il fallait que j'aille au petit coin. Maman m'a fait promettre de ne pas m'asseoir sur la cuvette parce que les vieilles dames font pipi dessus. J'ai essayé de toutes mes forces, mais mes jambes se sont mises à trembler et bing, sans le faire exprès, je me suis assise pile sur la cuvette et j'ai mouillé l'arrière de ma robe. Pendant que j'essayais de la faire sécher, au moins vingt vieilles dames sont venues aux toilettes, et toutes m'ont pincé la joue en me demandant si je m'amusais bien. Et puis je suis retournée dans la salle et je me suis assise sans rien dire.

Les parties ont commencé. J'ai fait du coloriage, lu mon illustré, mais j'avais du mal à me concentrer. Les boules en bois font beaucoup de bruit quand on remue la cage. J'ai essayé de colorier Casper, le Gentil Fantôme, mais un fantôme, ça laisse pas beaucoup de choix pour les couleurs. Snookie a annoncé qu'il fallait se tenir prêt parce que, après cette partie pour 10 dollars, on jouerait pour le gros lot. La tension a monté, et j'ai dû aller acheter des crackers au fromage et du Coca-Cola pour maman et grand-mère.

Pratiquement personne n'a joué la partie à 10 dollars. Tout le monde était aux toilettes. C'est Pearl Tatum, la copine de grand-mère, qui a gagné. Elle était furieuse d'avoir exploité toute sa chance pour une partie à 10 dollars. Grand-mère lui a dit de ne pas s'énerver, que peut-être elle gagnerait encore, mais Pearl a répondu :

— La foudre ne frappe jamais deux fois au même endroit.

Et elle a demandé à grand-mère de jouer ses cartes pour elle dans la partie à 500 dollars.

Pour grand-mère, ça voulait dire jouer avec trente-deux cartes à la fois. Elle a réfléchi une minute et elle a dit d'accord, mais si elle faisait bingo avec une carte de Pearl, c'était moitié-moitié. Elles ont disposé toutes les cartes sur la table. Maman a dit à grand-mère que c'était trop risqué, mais grand-mère n'écoute jamais maman et lui a dit de s'occuper de ses cartes à elle.

La partie a commencé. Grand-mère a démarré sur les chapeaux de roues. Il fallait la voir. Une Camel au coin des lèvres, elle prenait les jetons rouges que lui tendait Pearl comme si c'était des épingles à cheveux et qu'elles étaient au salon de coiffure. Tout allait à merveille jusqu'à ce que Snookie annonce le I 29, que grand-mère avait sur vingt-quatre cartes. Quand Snookie a annoncé le nombre suivant, B 3, grand-mère n'avait pas fini de recouvrir tous les I 29, et elle et Pearl Tatum et Ollie Meeks se sont mises à hurler à Snookie de ralentir la cadence.

Autour d'elles, les autres dames leur ont crié de se taire parce qu'elles n'entendaient plus les nombres annoncés. Mais elles ont continué à hurler toutes les trois pour que Snookie aille moins vite. Les autres dames se sont énervées et on a entendu une Italienne traiter Ollie Meeks de vieille chouette. Ollie n'a fait ni une ni deux. Elle a couru vers la table de l'Italienne et a balayé d'un geste toutes les cartes et tous les jetons qui s'y trouvaient. Du coup, la copine de la dame italienne a balancé une poignée de gaufrettes à la vanille dans la figure de grand-mère. Pearl Tatum s'est interposée et les a renvoyées comme s'il s'était agi de balles de ping-pong. C'était formidable. Toutes les Italiennes se sont mises à crier, ça a mis Pearl Tatum hors d'elle, qui a envoyé balader ses jetons, a empoigné sa bouteille de Coca-Cola, l'a agitée bien fort et a arrosé toute la table.

Pendant ce temps, les autres joueurs se sont précipités pour essayer de récupérer par terre un numéro et on entendait ici et là :

— Il me faut un N 32 !

— Et moi un D 54 !

Grand-mère se défendait comme un chef lorsqu'une des Italiennes l'a touchée à la tête avec un morceau de cake aux fruits. Et c'est à ce moment-là qu'on a entendu « BINGO !!! ».

Tout le monde s'est retourné, et c'était MA MAMAN ! Elle a touché le bingo avec le I 69 et a empoché le jackpot ! Tante Bess a fait un geste brusque en hurlant de joie et Mr. Bill est tombé de son tabouret. Il n'a pas fallu moins de sept hommes pour empêcher les Italiennes de tuer grand-mère, Ollie Meeks et Pearl Tatum. Et moi, la seule chose qui m'est venue à l'esprit, c'était : en route pour Shell Beach !

19 mai 1952

Maman a bien failli refuser de donner l'argent à papa. Elle avait vraiment peur de partir avec lui. Il lui avait pourtant promis que si elle le lui donnait, il ne boirait plus pendant les vacances et ne tournerait plus autour d'autres femmes. C'était ce qu'il attendait depuis toujours, cette occasion de quitter son patron et la cabine de projection. Peut-être même qu'il deviendrait membre du Lion's Club. Il lui a promis la lune.

Moi, je lui ai promis de ne plus chanter comme Mario Lanza, ce qui va être dur parce que c'est le chanteur que j'imite le mieux.

Papa lui a demandé d'oublier la façon dont il s'était conduit jusqu'à présent, et de ne penser qu'à notre vie à venir, comme les séquences « prochainement sur cet écran » au cinéma.

Finalement, elle a dit oui, et on part dans trois jours. Là, je les ai bien eues, Rose Mary Salvage et Jennifer May. Je leur ai raconté que je partais en Russie pour devenir espionne et qu'il ne fallait pas qu'elles m'écrivent. Vous imaginez quelle va être leur surprise quand je reviendrai à Jackson en manteau de vison, riche héritière d'un homme d'affaires qui a réussi.

Le dernier soir de travail de papa au cinéma, on a bien rigolé. J'étais dans la cabine de projection avec lui et on a cassé 83 disques de musique d'entracte sur nos têtes. J'ai mangé cinq Mars et trois rouleaux de réglisse.

Maman, qui était dans la salle, était très gênée. Personne n'a apprécié le film, à cause du bruit qu'on faisait. Et puis papa a mal goupillé le changement de bobine et les spectateurs se sont mis à taper dans leurs mains. Maman a fait comme eux parce qu'elle ne voulait pas que l'on sache qu'elle connaissait le projectionniste. En ce qui me concerne, j'ai soutenu papa et, du balcon, je leur ai crié : « Silence ! » Après tout, ils n'ont attendu que quatre minutes. Y en a certains, vraiment, qui ne connaissent pas les bonnes manières.

Félix, ses deux chatons et Lassie viennent avec nous à Shell Beach.

On y va en voiture, dans la Crosley. C'est une toute petite voiture et maman ne l'aime pas du tout. Elle dit qu'elle a l'impression de voyager dans un lave-linge.

Mon poney s'appellera Trigger. Ou Helen, si c'est une fille.

29 mai 1952

Je suis à Shell Beach, dans le Mississippi, à presque 450 kilomètres de Jackson ! C'est bath ! Ça fait une semaine qu'on est arrivés, et déjà plein de choses se sont passées. Le voyage était sensass. J'ai vu du vrai coton qui poussait dans les champs, des vaches, et plein de péquenots sur le bord de la route.

Maman dit que j'ai du sang de sale Blanc raciste dans les veines, du côté de papa, mais je ne la crois pas.

Il nous a fallu neuf heures pour aller de Jackson à Shell Beach. On a dû s'arrêter tout le temps pour que Lassie et Félix et ses chatons puissent faire leurs besoins, et une fois, Félix s'est enfui dans les champs. Maman a pleuré tout le long du voyage et n'a même pas mangé son sandwich bacon-salade-tomate.

On a retrouvé Jimmy Snow à la station-service, à quinze kilomètres de la plage, et il a donné la clé du restaurant à papa en lui souhaitant bonne chance. Il a vraiment une drôle d'allure. Ses cheveux et ses sourcils sont blancs comme neige et il n'est même pas vieux. Il a dit qu'il passerait nous voir bientôt.

On est arrivés vers quatre heures et demie de l'après-midi. Shell Beach est l'endroit le plus sensass que j'aie jamais vu. Le sable est si blanc qu'on dirait de la farine, et l'eau est verte, transparente. Rien à voir avec celle de la Pearl River. Il n'y a pas un seul arbre à la ronde.

Le restaurant de papa est au bout d'une route qui débouche sur la plage. Même moi, je peux vous dire que c'est un endroit stratégique. En face, il y a un dancing qui s'appelle Little Casino. Papa a sorti la clé et a ouvert la porte.

Le restau est vraiment bath. Le long des murs, il y a des banquettes en plastique vert et au milieu, il y a six tables avec des chaises assorties, et on voit le golfe du Mexique de la fenêtre. Il y a aussi une cuisine et un juke-box avec des lumières vertes et roses et des boutons rouges, et je peux écouter toutes les chansons que je veux gratuitement.

Le sol disparaissait sous au moins cinquante centimètres de sable parce que l'endroit était resté fermé tout l'hiver, mais papa a dit qu'on pouvait balayer ça en deux temps trois mouvements. Il nous a fallu quatre jours. Le sable, quand même, c'est trompeur. On habite dans une grande pièce avec une véranda, à l'arrière du restaurant. Papa va fermer la véranda pour que j'aie une chambre à moi. L'extérieur du restaurant est peint en vert, et il y a une grande vitrine sur le devant.

Nos tout premiers visiteurs ont été les Romeo, qui habitent un peu plus haut sur la route. Ils tiennent un restaurant italien et possèdent huit ou neuf maisons qu'ils louent l'été. Ils ont un fils qui s'appelle Michael. En ce moment, il est à Jackson, chez des cousins, mais il revient dans deux semaines. Mrs. Romeo m'a dit que la seule autre personne de mon âge dans le coin était une fille qui s'appelle Kay Bob Benson.

Les Romeo ont été très gentils et serviables. Ils nous ont parlé de la situation économique de Shell Beach. Mr. Romeo a dit qu'en gros, on gagnait de l'argent trois mois par an : en juin, juillet et août. Le reste du temps, c'est désert. Il n'y a qu'une quinzaine de personnes qui vivent à Shell Beach de façon permanente. Même l'été, il n'y a pas grand monde parce que tous les gens veulent aller en Floride. L'autoroute de Floride contourne Shell Beach et passe à quarante kilomètres de là.

Quand maman a entendu ça, elle a jeté un regard qui tue à papa.

La plupart de ceux qui viennent à Shell Beach sont de Hattiesburg. Mr. Romeo a dit qu'il nous faudrait très peu de temps avant de détester les gens de Hattiesburg. Si vous possédez un établissement de restauration, ces gens-là sont la pire espèce imaginable : quand ils viennent à la plage le week-end, ils ont leur pique-nique, et quand ils louent une maison pour l'été, ils apportent leurs provisions.

Papa n'est pas du genre à se laisser désarçonner par des petits détails. Il a pris tout ça comme un défi à relever. Mais maman est inquiète. Elle a dit à papa qu'il aurait dû savoir tout ça avant de nous faire déménager.

Un peu plus tard, on a réfléchi et mis sur pied un plan qui doit nous permettre de faire du restaurant une organisation à but lucratif. D'abord, il fallait un nom. On s'est mis d'accord sur « Chez Harper » et on a commandé une grande enseigne en néon rose avec une flèche bleue qui indique la porte.

Une des choses qui avaient convaincu maman d'épouser papa, c'est qu'il lui avait promis qu'un jour elle verrait son nom briller de mille feux, haut dans le ciel. A mon avis, « Chez Harper » n'est pas tout à fait ce à quoi elle avait pensé à l'époque. Papa a eu du mal à convaincre maman de l'épouser. Elle le trouvait moche, trop petit et trop mince, mais lui ne la lâchait pas d'une semelle. Il lui a écrit des poèmes et quand elle a dit non, il a pleuré et a continué à lui faire la cour, si bien que tout le monde était triste pour lui. Il passait des nuits entières à brailler sous sa fenêtre. Grand-mère a fini par dire à maman qu'elle ferait mieux de l'épouser parce qu'il n'avait visiblement pas l'intention de s'en aller. Je suis drôlement contente qu'elle ait dit oui, parce que, autrement, jamais je n'aurais pu voir tous ces films gratuitement, et je n'habiterais pas à Shell Beach.

Papa et moi, on a préparé l'ouverture du restaurant. Sur les portes des toilettes, à la place de « messieurs » et « dames » on a mis « goélands argentés » et « mouettes rieuses », pour faire plus « bord de mer ». On a fabriqué plein de panneaux sur lesquels on a peint : « Restaurant Harper — Plats cuisinés ». Maman trouve que « plats cuisinés », ça veut tout dire et rien dire, et elle est sûre que les gens ne comprendront pas.

Papa a plein de bonnes idées sur ce qu'il veut vendre. Il pense qu'on ne doit pas se limiter à la nourriture, surtout si les gens viennent avec leur pique-nique. On a enlevé toutes les tables du milieu pour ne laisser que les banquettes, et on a installé des étagères qu'on a faites nous-mêmes pour exposer des souvenirs, des lunettes de soleil, des produits solaires et tout plein de choses. On a commandé des chapeaux, des ballons de plage, des bouées, des seaux et des pelles en plastique pour les enfants, des cigares, des cigarettes, des briquets Zippo transparents avec des appâts de pêche ou des petits dés à l'intérieur, et toutes sortes de cachets et de sirops contre les maux de tête ou d'estomac. On a aussi commandé des magazines, des pellicules Kodak, du produit anti-moustiques, du matériel de pêche et des bonbons. On va même vendre une blague ! C'est un pot sur lequel est écrit « Vieux remède indien contre les hémorroïdes » et quand on l'ouvre, un doigt en caoutchouc vous saute au nez !

Papa m'a laissée choisir les bouées. Je pense que celles qui auront le plus de succès, c'est Moby Dick et Howdy Doody. Les coquillages collés sur un socle en plâtre rose, avec une croix ou un flamant rose, se vendront encore mieux, je crois. Ils s'allument, et peuvent servir de lampe ou de pièce de décoration sur une table. Il y a une étiquette dorée collée dessus qui dit « Shell Beach, Mississippi ».

On a aussi commandé plein de personnages d'avant la guerre de Sécession, fabriqués en coquillages. On va recevoir tous les magazines et toutes les revues et j'ai le droit de les lire si je ne les salis pas. Dans le juke-box, il y a tous les grands chanteurs, Nat King Cole, Rosemary Clooney... Je n'aurais pas dû dire à Rose Mary Salvage que j'allais en Russie, maintenant, je ne peux plus lui raconter que j'ai un juke-box pour moi toute seule. La caissière, c'est maman, le cuistot, c'est papa, et le conseiller en achats de marchandises, c'est moi.

Hier, on a rencontré d'autres gens. Mr. et Mrs. Dudley Dot. Ils habitent le long de la plage. Lui, je ne l'aime pas beaucoup, mais elle, elle est très gentille. Elle avait un grand chapeau. Elle n'expose jamais son visage au soleil. Elle dit qu'elle préférerait s'empoisonner plutôt que de faire du mal à sa peau. Elle s'occupe d'un club et veut que j'en fasse partie : c'est le Club des Débutantes. Il se réunit chaque semaine dans l'arrière-boutique du magasin d'appâts vivants. En tant que femme du Sud, elle dit qu'il est de son devoir d'apporter la culture aux jeunes filles de Shell Beach. Maman a dit que je devais y aller.

Mrs. Dot écrit une chronique dans le journal de Magnolia Springs, et elle a parlé de nous dans la dernière. La chronique s'appelle les « Brèves de Mrs. Dot » et elle disait : « Il y a de nouveaux arrivants à Shell Beach, il s'agit de Mr. et Mrs. Harper et de leur charmante petite fille Daisy. Ils nous arrivent tout droit de Jackson, dans le Mississippi, et ont acheté le petit restaurant qui se trouve au bout de la route N° 4. Auparavant, Mr. Harper était employé comme directeur de la projection de l'un des plus prestigieux cinémas de Jackson. Nous leur souhaitons bonne chance ! » D'après papa, on va souvent parler de nous dans le journal, vu qu'il n'y a que vingt personnes dans le coin.

La ville la plus proche s'appelle Magnolia Springs, à quinze kilomètres de là. D'après Mrs. Dot, Shell Beach est à quinze kilomètres du premier pain et à trente de la première bobine de fil rose. Je suis allée à Magnolia Springs, l'autre jour. Il y a une rue, et c'est tout. Mais il y a un cinéma. J'ai vu Lash La Rue dans *Frontier Phantom*... Ça m'a fait tout drôle d'être assise à l'orchestre et pas au balcon.

L'autre matin, je me suis réveillée vers sept heures. J'ai cru qu'une guerre avait éclaté. On entendait des coups de feu et les bruits de bottes d'une armée qui avançait sur la plage sous les hurlements cadencés d'un homme. Papa a couru dehors en caleçon. Et devinez quoi ? C'était tout un groupe de femmes en uniforme et rangers qui faisaient des manœuvres dans notre jardin et s'apprêtaient à lancer la charge dans les dunes. Papa est allé voir l'homme qui donnait les ordres. Il s'appelle Curtis Honeywell et est propriétaire de la compagnie d'assurances Bannière Etoilée, à Magnolia Springs. Son armée est composée de toutes les secrétaires et réceptionnistes qui travaillent pour lui.

Il portait un uniforme et un grand chapeau avec une plume qui vient d'Australie. Il est absolument sûr que les communistes vont nous envahir et qu'ils débarqueront sur notre plage. Il y va de sa responsabilité de patriote de protéger le littoral du golfe du Mississippi et c'est pour cela qu'il prépare son armée, celle des Demoiselles du Mississippi pour la Liberté. Si vous êtes secrétaire pour sa compagnie d'assurances, vous êtes obligée d'en faire partie et de vous entraîner trois fois par semaine.

Papa n'était pas convaincu que les communistes s'intéressent à Shell Beach. Mr. Honeywell lui a demandé s'il savait que pendant la Seconde Guerre mondiale on avait trouvé trois sous-marins japonais avec des soldats morts à l'intérieur dans l'embouchure du Mississippi.

Papa a dit :

— Non, je ne savais pas, et je me demande bien ce que les Japonais venaient chercher dans le Mississippi.

Et il est retourné se coucher.

Moi, j'étais déjà habillée, parce que je dors avec mon maillot de bain, alors je suis restée dehors avec les Demoiselles du Mississippi qui tiraient un peu partout. Ce qui leur réussit le mieux, c'est l'arrêt et le « Avoranfixe ! » Mr. Honeywell a dit que si je voulais je pourrais être leur mascotte. Je leur ai dit que j'avais une carabine à air comprimé et que ça serait un plaisir de tirer avec elles. Elles sont toutes très gentilles.

Papa a parlé de Curtis Honeywell à Mr. Romeo, qui a dit qu'il avait toujours eu une armée de femmes et possédait la quasi-totalité du comté de Harwin. Maman pense qu'il est fou à lier. Moi, je pense que c'est chouette et je me sens en sécurité. Si j'étais un communiste, je n'aimerais pas avoir affaire à ces Demoiselles.

Ce qui est bête, c'est que je ne peux pas aller nager aussi souvent que je le voudrais parce que maman doit me surveiller. Elle a peur que le ressac m'emporte.

4 juin 1952

Jimmy Snow est passé nous voir l'autre jour. Il a trouvé que le restaurant était chouette. Il n'a pas pu venir plus tôt parce qu'il avait plein de champs à saupoudrer, comme il dit. Après son départ, papa a dit que c'était un type vraiment bien. Une fois, il s'est soûlé et est allé saupoudrer le centre-ville de Tupelo à la place des champs de blé. Maman n'a pas trouvé ça drôle. Moi, si.

J'ai enfin fait la connaissance de Kay Bob Benson. Je crois qu'elle ne m'aime pas beaucoup. J'ai dû aller chez elle pour voir sa collection de poupées. C'est stupide, elles sont toutes dans une espèce de cage en verre. Elle est très fière parce qu'elle a des poupées « Madame Alexandre ». Tu parles ! Des poupées dans une cage, je me demande bien à quoi ça rime.

Elle est présidente du Club des Débutantes et part

tous les étés en colonie de vacances. Je ne comprends pas pourquoi elle ne reste pas à la plage. Elle m'a dit que quand elle était petite, elle était tellement jolie que sa photo avait été utilisée pour faire « Mademoiselle Sunshine » sur les paquets de pain de mie Sunshine. J'y crois pas. Sa mère est connue parce qu'elle a trouvé la jambe d'un homme sur la plage, à marée basse. Elle a tout de suite su que c'était une jambe d'homme parce qu'il y avait une chaussure de golf au bout. Personne ne savait à qui elle appartenait. Peut-être même qu'elle venait de Cuba. C'est toujours les mêmes qui ont de la chance.

Mrs. Dot parle de Kay Bob Benson toutes les semaines dans sa chronique parce que sa mère est sa meilleure amie. Si seulement maman pouvait devenir amie avec Mrs. Dot ! Et puis Kay Bob a dit que je ne pourrai jamais devenir mannequin parce que j'ai une dent de devant cassée. Et alors ?

Le restaurant ouvre samedi prochain. En attendant, papa et moi explorons les environs. On rencontre plein de gens.

On est allés voir la rivière Bon Secours. Elle est bordée d'énormes arbres couverts de lichen qui pend des branches jusqu'au sol. Les gens d'ici l'appellent la Rivière chantante parce qu'une musique étrange monte de ses profondeurs. Les Indiens disent que c'est le fantôme de leurs ancêtres morts qui chante. Papa aime bien aller là-bas pour pêcher et manger des huîtres. Il dit que c'est ici qu'on trouve les meilleures du monde et il connaît un type qui les lui fait vingt-cinq *cents* le sac. Papa les mange crues. Beurk ! Je sais pas pourquoi il ne les fait pas cuire. Il ne trouve jamais de perle. C'est moi qui rame quand papa pêche. Maman dit que ça ne fait pas très bon genre, une petite fille qui rame, mais je me débrouille très bien. Le monsieur à qui on loue la barque, Charles Wentzel, détient le record de la pêche à la truite. Il en a attrapé une de un mètre!

Il habite en face de chez les Caldwell. Les Caldwell sont des gens fous de religion. Des biblodingues, comme dit papa. Chez nous, on n'est pas fanas de ce genre de choses, et papa en est fier et s'en vante un peu partout. Il a perdu la foi derrière l'église baptiste de Rahoma à l'âge de onze ans. Maman, elle, croit en Dieu, mais l'idée d'aller à l'église met papa dans un tel état qu'elle n'insiste pas. Je crois que j'ai un peu de sang méthodiste dans les veines, qui vient du côté de maman. J'ai demandé ce qu'il en était à papa, qui m'a répondu que si je n'avais pas envie de croire en Dieu, je n'y étais pas obligée.

Papa et moi, on essaie le plus possible d'éviter les Caldwell, mais ils ont une fille qui est toujours assise sous la véranda devant chez eux et qui a l'air tellement contente de nous voir que chaque fois qu'on passe, on se sent obligés de lui faire un signe. Ils habitent dans les bois, alors elle voit rarement du monde. Elle a dû demander mon nom à Mr. Wentzel parce que l'autre jour, quand on est arrivés, elle m'a souri et a dit:

— Hello, Fay, comment ça va?

Je ne savais pas quoi dire, alors j'ai répondu «Ça va» sans m'arrêter. Mais Mr. Wentzel a dit:

— Je crois qu'elle aimerait que tu ailles près d'elle et que tu lui parles. Elle est handicapée et ne peut pas se déplacer.

J'avais une trouille bleue d'aller sous cette véranda, mais papa m'a obligée.

J'étais très surprise de voir comme elle était jolie de près. Je n'avais jamais parlé à un handicapé avant, alors je suis restée derrière papa, qui a répondu à toutes les questions qu'elle m'a posées. Quel âge j'avais, dans quelle classe j'étais, ce genre de trucs. Papa lui a parlé pendant un long moment. Elle s'appelle Betty et elle est handicapée depuis la naissance. Elle a dix-huit ans.

Elle ne ressemble pas du tout à l'idée que j'avais d'une fille handicapée. Papa est très malheureux pour elle. Il a essayé de parler à ses parents. Sa mère a les cheveux gris légèrement ondulés, des lunettes affreuses avec une monture dorée et porte toujours une vieille robe d'intérieur à fleurs vraiment moche. Elle ne se maquille jamais, on dirait un vieux pruneau. Ma mère se maquille tous les jours de l'année. Base maquillage, rouge à joues, poudre, tout y est, même quand elle ne sort pas de la maison.

Mr. Caldwell a toujours des pantalons kaki, c'est l'homme le plus grand que je connaisse. Lui et sa femme sont vraiment des gens de la campagne. Papa a dit à Mr. Caldwell qu'ils devraient emmener Betty voir un bon médecin qui pourrait l'aider à marcher. Mr. Caldwell est devenu tout drôle et s'est lancé dans une tirade du genre « il ne faut pas s'opposer à la volonté de Dieu, c'est mal, et le malheur de Betty est un signe du Seigneur ». Mrs. Caldwell était restée à l'intérieur de la maison, l'air méchant, et elle disait à son mari de rentrer, de ne pas nous parler. Finalement, il est rentré, mais avant de partir, j'ai tiré la langue à Mrs. Caldwell.

Après, papa disait que c'était malheureux, cette pauvre fille obligée de gâcher sa vie avec ces deux culs-terreux. D'après lui, les Caldwell seraient capables de tirer une balle dans la tête de quelqu'un et de jurer ensuite qu'ils ont lu l'ordre divin quelque part dans la Bible.

Le long de la rivière, il y a aussi un type que j'aime bien, c'est Wilbur Donnally, qui a la collection de bizarreries la plus connue du comté de Harwin. Elle est dans sa salle de séjour et il faut payer vingt-cinq *cents* pour la voir. Il y a une balle de base-ball qui, en

1932, à Tallahassee, en Floride, a rebondi sur la tête du joueur de première base puis a été attrapée par un joueur de champ et déclarée mauvaise pour les attaquants par l'arbitre. Il y a aussi le Monstre de la Mer Mystérieuse, dont personne ne sait s'il s'agit d'un oiseau ou d'un poisson.

Ce que je préfère, c'est la balle qui a été tirée dans la tête d'un chef indien choctaw par un autre Indien ennemi. Quand il s'est rendu compte qu'il n'était pas mort, il a craché la balle dans sa main, l'a chargée dans le fût de son fusil et a abattu son ennemi.

Papa, lui, c'est le poulet empaillé avec dix doigts. Je crois que c'est ça qui lui a donné l'idée de faire de la taxidermie. Il s'est dit que quand l'été serait fini, ça serait bien d'avoir une autre activité. Alors il a fait faire une pancarte qu'il va mettre dans la vitrine avec, écrit dessus, « Bill Harper, Taxidermiste Diplômé ». Il va prendre des cours par correspondance et mettre de côté les animaux qu'il trouvera pour les empailler quand la saison sera terminée. Une chance que nous ayons un grand congélateur pour les glaces, il pourra y mettre toutes ses trouvailles.

Nous avons besoin d'aide pour tenir le restaurant, alors nous sommes allés à Beulah Heights, le quartier noir, pour trouver un plongeur, et on en a trouvé une, qui s'appelle Mattie Mae. D'après elle, il existe à Beulah Heights une vraie albinos, qui s'appelle Ula Sour. Elle a les yeux roses et ne sort jamais le jour parce qu'elle a plein de taches sur le visage. Personne ne sait vraiment où elle vit, et elle est tellement laide qu'elle fait peur. Quelqu'un l'a aperçue une nuit, elle ramassait des fleurs. Je donnerais cher pour la voir.

J'adore aller à Beulah Heights. Papa m'achète toujours de la viande grillée dans la rue, à un monsieur qui fait son barbecue tous les jours devant chez lui. Ensuite, je vais prendre un soda à l'orange à l'Elite Nightspot. J'adore cet endroit. Y a des guirlandes électriques partout, avec des ampoules de toutes les couleurs, et puis un juke-box et tout. J'ai jamais entendu les chansons qu'il y a dessus parce que c'est de la musique raciale qui vient d'Afrique et de Chicago.

La dame qui s'en occupe s'appelle Peachy Wigham, elle a des dents en or et fait un régime liquide. Elle m'a dit que je pouvais venir la voir quand je voulais et m'a donné une patte de poulet. C'est un porte-bonheur. Je l'ai montrée à maman, qui m'a dit de jeter ça tout de suite, que ça pourrait me donner une maladie de poulets. Alors je l'ai bien lavée et je l'ai cachée dans une boîte de pastilles Valda pour la gorge.

Maintenant, on cherche un serveur. Il y a une base navale un peu plus loin sur la route et beaucoup de marins ont postulé. Ah, et j'ai oublié de vous raconter la meilleure ! Ma photo a été choisie pour une réclame, comme celle de Kay Bob Benson. Papa en a pris deux. D'abord, une où j'ai l'air triste et pâle, et pour la deuxième, il m'a maquillée avec les produits de maman, du mascara et tout, il m'a mis des bigoudis pour que j'aie les cheveux bouclés et comme ça, j'ai l'air très heureux. Il les a collées toutes les deux sur un panneau et dessous, il a écrit : « Laquelle de ces jumelles mange au restaurant Harper ? » Maman dit que c'est de la publicité mensongère, mais moi, je crois que ça va attirer des tonnes de clients.

Depuis quelques jours, papa s'entraîne à la cuisine rapide. Je mange tous les cheeseburgers et tous les milk-shakes au chocolat que je veux. Il cuisine drôlement bien, papa. Avec maman, ils se battent parce qu'il veut vendre de la bière et elle n'est pas d'accord. Elle a peur qu'il boive les bénéfices et que ça amène une clientèle bagarreuse. Papa pense que la bière, c'est la galette. S'il gagne, j'espère qu'on aura de la Miller High Life, c'est celle que je préfère. Papa aime beaucoup la Budweiser. Maman déteste toutes les bières.

Il y a un vrai night-club ici qui s'appelle le Blue Gardenia et qui va donner de vrais spectacles sur scène. Papa et moi on est allés voir les propriétaires, deux frères, Harold et Claude Pistal. En fait, on n'a vu que Harold et sa femme, parce que Claude est à Detroit. Ils ont une petite fille qui s'appelle Angèle, elle a cinq ans.

Angèle a des grandes oreilles décollées. Quand l'été sera là, Mr. et Mrs. Pistal m'ont promis qu'ils me donneraient vingt-cinq *cents* par jour pour venir tous les soirs lui scotcher les oreilles avant qu'elle aille se coucher. Ils auront trop de travail au club pour pouvoir le faire eux-mêmes. J'aurai aussi le droit de voir les spectacles gratuitement. Pour une gamine, Angèle est plutôt supportable, même si elle se mélange les pédales avec mon âge et m'appelle tout le temps madame.

Tous les ballons de plage et les bouées qu'on avait commandés sont arrivés. Il faut que j'aille les gonfler.

6 juin 1952

Maman a encore pris peur et m'a emmenée chez le médecin. Je n'avais pas la polio, j'étais simplement très essoufflée d'avoir gonflé toutes ces bouées. Papa va acheter une pompe à vélo.

Quand j'étais malade, Mr. Romeo est venu me voir avec son fils Michael, il est drôlement chouette ! Dommage que j'étais rouge comme une tomate. Quand j'irai mieux, il m'emmènera pêcher et attraper des crabes. Il est maître nageur assistant, ce qui est très pratique puisque je ne sais pas nager. Il est déjà bien bronzé, mais peut-être que c'est sa couleur de peau naturelle.

Hier, Connie, le chauffeur du camion des pains Sunshine, nous a emmenés, Michael et moi, à Cotton Bayou dans une épicerie où il devait livrer du pain. Connie donne à Michael tous les beignets de la veille, et il m'en garde quelques-uns aussi.

Cotton Bayou se trouve dans les marais. Les gens qui y habitent s'appellent des Cajuns. Ça veut dire Français, ou un truc comme ça. Le bayou est vraiment beau, avec plein de pins et de sable. Connie voulait nous présenter quelqu'un, alors on est allés jusqu'à une petite épicerie, une baraque en bois peinte en blanc, à moitié en ruine. D'après un panneau, il s'agissait de l'Epicerie-Bureau de Poste de Cotton Bayou. J'avais l'impression que cet endroit était désert, mais Connie nous a dit que beaucoup de gens vivaient dans le bayou, et qu'on ne les voyait jamais. Une fois par semaine, le facteur apporte le courrier en bateau. Moi, j'aimerais pas du tout avoir à attendre une semaine pour une lettre. Et si le bateau coule? Si un alligator intercepte le facteur?

A l'intérieur de l'épicerie, tout était si vieux que même les boîtes de poivrons de Cuba et autres conserves de produits très bizarres avaient l'air d'être là depuis longtemps. C'est Mrs. LeGore qui fait épicière et postière en même temps. Elle doit être cajun parce qu'elle a une drôle de façon de parler. J'ai acheté un soda à la fraise et une barre de chocolat. Michael avait déjà mangé six beignets de la veille alors il n'a pris qu'un soda.

Connie a demandé si on pouvait voir Jessie. Mrs. LeGore nous a dit d'attendre un petit moment, le temps qu'elle le nettoie. J'étais curieuse de savoir si Jessie était un humain ou un animal, alors Connie m'a dit que c'était un humain d'environ vingt-cinq ans qui n'était pas sorti de sa chambre depuis quinze ans parce qu'il souffrait d'éléphantiasis. Je n'avais jamais vu de malade de l'éléphantiasis, Michael non plus. J'ai dit que j'étais O.K. pour aller le voir seulement s'il n'y avait pas de risque de contagion.

On a attendu longtemps. Sur les murs, il y avait des dizaines de vieux calendriers. Mrs. LeGore doit vendre beaucoup de tabac à chiquer parce qu'il y en avait partout. Il y avait même des paquets de tabac que l'on roule soi-même avec du papier spécial.

Je n'ai pas fini mon chocolat. Il avait un goût de vieux. Mrs. LeGore est enfin réapparue. Connie a pris cinq pains et trois gâteaux à la noix de coco de la veille pour Jessie et on est passés par l'arrière du magasin. Jessie était dans sa chambre, sur un matelas, avec une jambe surélevée. C'est sûrement l'homme le plus gros du monde, on arrive à peine à voir ses yeux. Sa mère lui avait mouillé les cheveux et les avait peignés. Il portait une chemise à fleurs avec des épingles de nourrice à la place des boutons, et un bas de pyjama. Enfin, je crois. Il était content pour les gâteaux et les a mangés comme ça, sans couteau ni rien. Sa chambre était petite avec, partout, des coussins en satin bleu et rouge avec brodé dessus « chère maman » ou « mon cœur » en soie jaune. Il y en avait aussi un avec Nashville, Tennessee, et un autre avec Charleston, Caroline du Sud.

Les murs étaient tapissés de réclames pour Dr Pepper, Orange Crush, Chesterfield et Kool, avec, au milieu, une croix, un pneu Goodyear, des cartes de vœux représentant le Père Noël en train de boire un Coca, et une image de la Cène. Jessie nous a demandé si on voulait l'entendre chanter. J'aurais bien aimé qu'il chante « Shrimp boats are a-coming », mais il ne connaît que des chants religieux ou patriotiques, alors il nous a chanté un truc sur Jésus. Il a une belle voix.

Avec sa radio, sur les ondes courtes, il capte une

émission sensass de Del Rio, dans le Texas. Une fois, ils ont parlé de lui et lui ont envoyé un ventilateur avec une image de Jésus-Christ habillé en berger, debout avec des collègues à lui et des moutons.

Jessie a demandé à Michael s'il allait m'épouser quand on serait grands. Je lui ai dit que mon papa ne me laisserait jamais épouser un Italien parce qu'il ne voulait pas que je travaille dans une épicerie. Jessie a rigolé tellement fort que toute la pièce a tremblé. Et puis il s'est mis à transpirer à grosses gouttes et a demandé à Connie de l'aider à baisser sa jambe, qui est aussi grosse qu'un pneu de camion, sans genou au milieu. Ça avait dû le fatiguer, de rire, parce qu'il avait du mal à respirer.

Il fallait qu'on y aille, alors je lui ai dit au revoir, et que c'était un plaisir de l'avoir rencontré. Michael n'a pas arrêté de le fixer, tout le temps qu'on était là-bas. Moi, au moins, j'ai regardé la chambre. Connie nous a dit que Jessie pesait plus de 225 kilos. Il ne peut pas passer la porte de sa chambre et n'arrive même plus à se lever. Sa maman doit le laver et lui donner à manger, et une fois par semaine, deux ou trois hommes viennent pour le mettre sur le côté afin qu'il n'attrape pas d'escarres. Tout ce qui l'intéresse, c'est sa radio, sa maman, et la nourriture. Si un jour j'attrape l'éléphantiasis, je prendrai une chambre plus grande.

On a encore parlé de nous cette semaine dans les « Brèves de Mrs. Dot ». « Au nouveau restaurant Harper, William Harper se prépare à attaquer la saison, qui sera bonne, n'en doutons point. La petite Daisy Fay Harper, elle, s'apprête à rejoindre le Club des Débutantes, qui tiendra sa première réunion de l'été dans deux semaines au magasin d'appâts vivants. » Mrs. Dot a aussi écrit que Kay Bob Benson avait encore la tête dans les étoiles après son voyage en avion pour se rendre chez ses grands-parents, à Colombus, en Géorgie, où elle a participé à une soirée pyjama.

Mr. Dot, le mari de Mrs. Dot, est très en colère contre moi. En rentrant de Pensacola, où on avait été voir des courses de chiens avec eux, j'ai voulu me débarrasser de ce qui restait de ma glace à la sauce au chocolat en la jetant par la fenêtre, et elle a atterri sur son plastron. Je l'ai pas fait exprès, et d'abord, c'est lui qui a insisté pour qu'on s'arrête prendre une glace au Tastee Freeze.

Mrs. Romeo a dit à maman que Mrs. Dot avait été obligée de se marier au-dessous de son rang. Elle vient d'une famille très riche de Memphis, dans le Tennessee. A cause d'une ruine, elle a dû épouser Mr. Dot. Avant, elle allait à des bals masqués, et tout.

Saviez-vous qu'un jour, aux courses, les chiens ont attrapé le lapin parce qu'il allait trop lentement, et quand ils se sont rendu compte qu'ils couraient après un faux lapin depuis des années, ils ont été tellement dégoûtés qu'ils ont tous pris leur retraite sur-le-champ et n'ont jamais plus fait de course ? Mrs. Dot était là le soir où c'est arrivé.

Papa a embauché un serveur pour l'été. Il s'appelle Hank Turner, il a environ vingt ans, la nuque bien dégagée, les yeux verts et les plus gros muscles que j'aie jamais vus. Et en plus, il a des vrais tatouages, le drapeau américain sur le bras droit et la Statue de la Liberté sur le gauche. Quand il fait jouer ses muscles, le drapeau ondule. Il a aussi une carte du Minnesota sur la poitrine parce qu'il est de là-bas. Son frère et lui jouaient au football dans l'équipe de l'université du Minnesota, et ils étaient connus. Quand il s'est engagé dans la marine, il a fait de la musculation et s'est présenté au concours Mr. Univers. Il est arrivé second.

Il peut me porter d'un bras et se balader comme ça sans problème. Je suis sûre qu'il peut descendre n'importe qui d'un coup de poing. Maman dit qu'il faut que j'arrête de le harceler de questions. Vivement que quelqu'un me dise un truc méchant, que je puisse envoyer Hank régler mes comptes.

Maman a fini par céder, papa a pris une licence pour vendre de la bière. Pour fêter ça, avec les Romeo et d'autres gens, ils ont bu soixante-dix-huit pressions et le juke-box a tourné toute la nuit. Maman a même bu un peu, dansé le swing et chanté « Blue Champagne ».

Les gens commencent à venir à la plage. Vivement l'ouverture ! Je sens que tout va être génial. Dans le congélateur, papa a déjà mis un flamant rose et un renard mort de la rage, pour les empailler cet hiver. Michael et moi on cherche des animaux morts partout, mais il ne faut pas qu'ils soient morts depuis trop longtemps parce qu'ils se déforment.

Et devinez quoi ? Papa a loué le terrain qui longe le restaurant à un type qui s'appelle Roy Grimmett, qui veut y installer un terrain de tir à l'arc. Il va habiter ici avec sa femme, dans une caravane.

Maman dit que les gens qui vivent dans une caravane sont des moins que rien. Moi, je ne suis jamais entrée dans une caravane.

Apparemment, je ne suis pas près d'avoir un poney. Il faudrait que papa lui construise une stalle et il n'a pas le temps.

Il faut que j'y aille, y a des cheeseburgers à goûter…

30 juin 1952

Le restaurant a ouvert et j'ai pris un coup de soleil sur le nez. J'ai failli peler. Maman m'a emmenée voir un médecin de campagne qui lui a fichu une sacrée trouille en lui parlant de cancer de la peau. Il a sorti une espèce de crème blanche d'un kit Premiers Secours de l'armée et elle m'en tartine la figure tous les matins. On dirait du saindoux et pour l'enlever, vous avez le bonjour d'Alfred. Le pire, c'est que les autres enfants viennent passer une semaine à la plage et bronzent comme de rien.

Je reste à la maison la plupart du temps parce que personne ne veut jouer avec moi. J'ai fait tous les coloriages possibles et imaginables, j'ai même fait celui du chaton persan deux fois. J'en ai envoyé un à Betty Caldwell, la fille handicapée.

Maman et papa sont occupés du matin au soir. Le restaurant ferme à dix heures. Le matin, je suis obligée d'aller dans le restaurant pour mon petit déjeuner, comme si j'étais une cliente. Hank prend ma commande et papa la prépare. La seule différence, c'est que pour moi, c'est gratuit. Maman travaille à la caisse. Comme le restaurant est toujours plein, elle encaisse beaucoup, donc je pense que nous allons être riches. Je ne vois presque jamais Michael parce que son père le fait travailler dans son magasin. Ces Italiens ne perdent pas de temps, si vous voulez mon avis.

La pauvre Lassie a mordu l'éboueur et nous avons dû la donner à des fermiers qui ont beaucoup d'enfants et beaucoup d'espace où elle pourra jouer. Enfin, c'est ce qu'ils disent toujours...

Le terrain de tir à l'arc de Roy Grimmett est terrible. Il a fabriqué un mur de paille. Il m'a dit qu'à la fin de l'été, je pourrai prendre la paille pour mon poney. Je suis allée dans sa caravane, et le moins qu'on puisse dire, c'est que son climatiseur marche bien. On a l'impression d'entrer dans un frigo. Il m'a appris à tirer à l'arc. Pour les clients, c'est vingt-cinq *cents* les dix flèches et celui qui perce trois ballons gagne un hamburger ou un hot dog gratuit au restaurant de papa. L'astuce, c'est qu'avec, il commande une boisson, pas gratuite.

La femme de Roy, Mava, a la poitrine la plus imposante que j'aie jamais vue. Elle dit que ça vient du fait qu'elle tire à l'arc depuis des années.

Mr. Grimmett a un arc à lui, qu'il s'est fabriqué et qui pèse trente-cinq kilos. Il a un viseur dessus, comme sur un fusil. Il tire des flèches spéciales en acier, et ne rate jamais la cible. Dans le Parc Naturel du Mississippi, il a tué un sanglier. Il l'a touché à la tête. Maintenant, il est dans notre congélateur.

Des fois, je l'aide à attirer la clientèle en tenant dans la bouche des ballons qu'il fait éclater en tirant à l'arc. Ça marchait très bien, on attirait plein de monde jusqu'à ce que maman regarde par la fenêtre et me voie. Elle s'est mise dans une colère terrible et a dit à Mr. Grimmett que s'il voulait tirer des ballons dans la bouche de quelqu'un, il avait une femme.

Pour m'occuper, la plupart du temps, je creuse des galeries dans le sable, sous le restaurant. J'en ai déjà creusé quatre. Je ne peux jamais jouer avec Hank Turner, il a trop de travail, mais je suis contente qu'il soit là, à cause des oignons.

Papa est allergique aux oignons. Quand il était petit, il a eu une très forte rougeole et sa mère lui a donné trop d'infusions de pelures d'oignon. Chaque fois qu'un client commande des oignons sur son hamburger, papa sort de la cuisine et commence à discuter avec lui. C'est pour ça que Hank est bien pratique parce qu'il se met derrière papa quand il discute avec le client, ça évite que les choses tournent mal.

Tous les soirs, je vais coller les oreilles d'Angèle Pistal avant qu'elle se couche, et je gagne de l'argent de poche. Ensuite, son père me laisse entrer dans la salle et je regarde le spectacle en buvant un Coca-Cola.

La salle du Blue Gardenia est décorée dans les bleu foncé avec des fleurs blanches. Il y a un orchestre avec un micro, un projecteur et tout. J'ai vu Bean Curd Butler, un comédien qui parle comme les paysans, et Miss Mary Kay Hurt, une femme-orchestre. En ce moment, c'est une chanteuse, Sheila Ray. Elle est connue. Les affiches disent qu'elle a déjà fait de la scène à Biloxi et à Gulfport, dans le Mississippi.

Elle est très mince, a les cheveux blancs et les cils noirs. A mon avis, soit elle teint les uns, soit elle teint les autres. Sa meilleure chanson, c'est « Tweedlee Dee ». Elle révèle beaucoup sa personnalité lorsqu'elle la chante. Je la trouve bien, mais en ce qui me concerne, personne n'arrive à la cheville de Doris Day, en matière de chant et de personnalité. J'ai un disque d'elle avec « It's magic », dont je suis persuadée que c'est le meilleur qui existe à l'heure actuelle.

Il faut regarder la vérité en face, Sheila Ray essaie de copier le style de Doris Day, mais elle n'est pas à la hauteur. Chez Doris Day, tout est naturel.

Bientôt va passer Cœur Tendre et Jambe de Bois. C'est un unijambiste qui fait des claquettes. J'ai hâte de voir ça.

J'adore le spectacle. La seule chose qui m'embête, c'est que Claude Pistal, l'oncle d'Angèle, est de retour de Detroit. Et je vous jure, c'est pas un cadeau. Il est moche et méchant. Il a une drôle de peau, les cheveux gras, les yeux qui sortent de leurs orbites. On dirait Peter Lorre, mais en plus grand et en plus mince.

Il me déteste. Un soir, j'étais là-bas et j'ai vu un groupe d'hommes qui jouaient au poker dans une des pièces de derrière. Je suis entrée et je leur ai demandé si je pouvais jouer un coup ou deux avec eux. Ils étaient d'accord, alors je me suis assise et j'ai commandé un Coca.

Vous ne le savez peut-être pas, mais il se trouve que je suis une joueuse émérite au poker. Papa m'a appris tous ses trucs. J'étais donc assise, je ne demandais rien à personne et m'apprêtais à toucher une suite à la couleur quand Claude Pistal est arrivé, m'a prise par l'arrière de mon polo, m'a balancée dehors et m'a claqué la porte à la figure. Juste au moment où j'allais gagner gros, en plus ! Pour couronner le tout, quand je suis rentrée à la maison, je sentais le cigare à plein nez et il n'a pas fallu longtemps à maman pour comprendre d'où je venais. Elle m'a menacée de m'arracher le cœur si jamais je recommençais. C'est bête, j'aurais pu gagner une fortune.

J'ai raconté ça à Angèle et elle m'a dit que Claude haïssait le monde entier à part elle et son papa, et qu'en plus, il avait toujours un pistolet sur lui.

Il lui a acheté un vrai mini-piano à queue, et plein d'autres choses à Detroit. Elle a une maison de poupée assez grande pour qu'on puisse s'asseoir dedans. Elle m'a dit que si elle voulait, il lui achèterait un poney.

Les coquillages sur socle en plâtre avec la croix dessus se vendent si bien qu'on va être en rupture de stock.

Tout le monde dit que papa fait les meilleurs hamburgers de la plage si on n'est pas fana d'oignons. Il vend beaucoup de bière et le soir, après la fermeture, il en boit pas mal aussi.

Il s'est fait de nouveaux amis. L'un d'entre eux, Billy Bundy, est un petit homme chauve qui est prédicateur à la radio. Il a eu de gros ennuis dans le Middle West en vendant des photos dédicacées de la Cène. Vous imaginez, lui, prédicateur, qui croyait qu'on pouvait imiter la signature de Jésus ! Il m'a promis de m'obtenir un autographe de Sue Sweetwater, qui travaille à la même radio que lui. Il y a aussi un autre homme, Al le Batteur, qui est batteur dans l'orchestre du Blue Gardenia. Maman trouve qu'il ressemble à une fouine et que papa devrait le mettre dans le congélateur pour l'empailler à l'automne !

Jimmy Snow a rapporté un lynx mort à papa et vous savez ce qu'il m'a dit ? Il m'a dit que les plus grands parfums du monde étaient faits à partir de pipi de lynx, comme Blue Waltz, par exemple. Pas étonnant que ça sente si mauvais.

Maman ne met que du Shalimar, qui est très cher. Ça doit être fabriqué à partir d'une autre sorte de pipi. Et elle refuse de servir les crèmes glacées ou de faire des milk-shakes, elle dit que tous les animaux dans le congélateur la rendent malade.

Maman n'aime pas trop Billy Bundy, ni Al le Batteur, ni Jimmy Snow. Elle dit que papa se lie d'amitié avec des gens à qui il n'adresserait même pas la parole s'il n'y avait pas la bière.

La catastrophe, c'est que le Club des Débutantes a repris les réunions et que je dois y aller, avec ce truc blanc sur la figure, en plus. Il n'y a personne de chouette, il n'y a que Kay Bob Benson et des filles de pêcheurs de crevettes qui ne me parlent pas parce qu'elles sont très pieuses et qu'elles ont découvert que papa buvait.

A la première réunion, Kay Bob Benson a dû se lever et expliquer la signification des porte-bonheur de son bracelet. Quel intérêt, je vous le demande ! Ensuite, on a appris à servir le thé et à faire la révérence. Je le savais déjà. Il faut qu'on porte des barrettes aux couleurs du club dans les cheveux, vert écume et laurier-rose. On doit aussi faire des cendriers et des petites assiettes avec des coquillages.

Enfin, il faut que l'on fasse des bonnes actions. La semaine prochaine, on va nettoyer le bout de la route N°3, si le temps le permet. J'ai du mal à boire mon thé et à manger mes cookies tellement le magasin d'appâts vivants sent mauvais. Les filles de pêcheurs ont l'habitude, mais pas moi.

Mrs. Dot clôt la réunion avec une pensée du jour. Celle d'aujourd'hui, c'était : « Vous vous en sortirez dans la vie du moment que vous aurez compris très tôt que les deux seuls livres qui valent le coup d'être lus sont, dans l'ordre, le livre de cuisine de l'Association Jeunesse et Culture de Memphis et la Sainte Bible. »

Maman et papa se disputent tout le temps et sont toujours fatigués. Bientôt, il va y avoir un carnaval à Shell Beach. Je ne me sens pas très bien, j'ai mal au cou et au dos. Mes jambes sont très raides. J'ai probablement la polio, on va me mettre dans un poumon d'acier et je serai handicapée, comme Betty Caldwell, à moins que ce ne soit l'appendicite ou même la tuberculose.

P.-S. J'ai aussi été exposée à l'éléphantiasis !

1er juillet 1952

Je n'ai pas la polio. Mais j'ai eu droit à un lavement.

Maman en a réellement assez de la façon dont se comporte papa ces temps-ci. L'autre matin, j'ai assisté à l'une des plus grandes crises de nerfs de tous les temps. Papa n'était pas rentré de la nuit parce qu'il faisait de la course à pied sur la route avec Jimmy Snow et Al le Batteur. Il est arrivé vers sept heures du matin, alors que maman et Hank se préparaient à ouvrir et que je petit-déjeunais tranquillement.

Quand il est entré, maman l'a regardé et a tout de suite vu qu'il était encore soûl. Pour arranger le tout, il portait les vêtements de quelqu'un d'autre. Le ciel nous est tombé sur la tête.

Maman avait à la main un de ces plateaux à fruits de mer qu'on utilise aussi pour servir le petit déjeuner parce qu'ils sont bien pratiques. Elle l'a jeté par terre en hurlant qu'elle en avait par-dessus la tête qu'il se comporte comme le cul d'un âne. Et puis elle a cassé un deuxième plateau, et un troisième, et chaque fois qu'elle disait quelque chose, elle ponctuait en cassant un plateau. Ensuite, elle a pris les tasses et les soucoupes et les a cassées deux par deux ou trois par trois. Papa est parti en courant. Je n'ai pas bougé. Après tout, elle n'avait rien contre moi, et je n'avais aucune envie de rater ça. A part dans les films, je n'avais jamais rien vu de mieux. Hank et moi, on s'est bien gardés de dire quoi que ce soit. On ne sait jamais, dans des situations pareilles, elle aurait pu se retourner contre nous.

Après que papa est parti, elle a fini de casser ce qui restait. Tout y est passé, y compris les coupelles dans lesquelles on servait les cocktails de crevettes. Elle s'attaquait au présentoir de souvenirs et balançait tous nos bibelots en plâtre quand elle a vu ceux avec les croix et s'est arrêtée net.

Elle est allée s'enfermer à l'arrière du restaurant pendant un grand moment. Question colère monstre, la seule qui l'égale, c'est Barbara Stanwyck.

Le restaurant Harper est resté fermé deux jours. C'est ce qu'il nous a fallu pour tout nettoyer et racheter de la vaisselle.

La seule chose qui restait, c'était des cendriers rangés sous le comptoir, que maman n'avait pas vus. Papa a dit qu'en tout, il en avait eu pour 350 dollars. Je pense que maintenant, il va se tenir à carreau. Autrement, ça va nous revenir trop cher. Il a expliqué à maman pourquoi il portait les vêtements de quelqu'un d'autre. Ils avaient décidé d'aller se baigner et avaient enlevé leurs habits. Pour rire, Sheila Ray les a enfouis dans le sable et a oublié où. C'était vrai parce que toute la journée qui a suivi, on a vu Sheila Ray sur la plage qui creusait des trous en pleurant.

Papa nous a dit que Sheila Ray était la fiancée de Al le Batteur, mais maman ne l'a pas cru. Elle croit que papa a un faible pour elle. Le seul endroit où je trouve un peu de calme, c'est sous la maison.

Parfois, maman oublie de me tartiner de crème blanche, mais c'est rare.

Une fête foraine est en train de s'installer de l'autre côté de la route. J'y suis allée et j'ai rencontré un homme qui s'appelle Mr. Kowboski. C'est un gitan polonais. Il m'a dit que sa femme et ses enfants seraient bientôt là et que ça me ferait des amis. Ce sont des enfants yankees, mais je vais pas me laisser influencer par ça.

Je n'ai pas fait grand-chose, ces derniers temps. Je creuse toujours mes galeries sous la maison, il y en a à peu près quinze, maintenant. Je suis aussi allée sur la digue, pour pêcher. Je rejette les poissons, parce qu'on ne doit pas garder les poissons qu'on ne va pas manger.

J'y vais tous les matins et tous les après-midi. George Potlow, le monsieur qui garde la digue, me donne à boire gratuitement.

Mattie Mae ne fait plus la plonge chez nous. Elle s'est battue avec une autre fille à cause de son petit ami, Jerry, et a été mordue au visage. Sa tête s'est mise à gonfler comme celle d'un chien empoisonné. Papa et moi, on est allés la voir à Beulah Heights.

Peachy Wigham avait mis des guirlandes électriques bleues à l'Elite Nightspot. Elle nous a dit qu'elle connaissait une autre femme noire qui n'avait pas de petit ami et qui pourrait faire la plonge. Mattie Mae est folle de ce Jerry et d'après Peachy, maintenant qu'il est rentré de Corée, elle ne sera plus bonne à rien.

La nouvelle plongeuse est une petite vieille toute maigre qui s'appelle Velveeta Pritchard. C'est la femme la plus noire que j'aie jamais vue. Elle est tellement noire qu'on dirait qu'elle est bleue, et c'est un signe de noblesse chez les Noirs du Mississippi.

Ils détestent les albinos plus que tout, et je trouve que c'est injuste. Je rêve d'en voir un vrai un jour. J'ai demandé à Velveeta s'il y en avait un à Beulah Heights et elle a dit non, que c'était une légende. Mais je pense qu'elle mentait. Je sais qu'il y a un albinos dans les parages, je le sens.

Velveeta ne travaille pas avec nous depuis très longtemps, mais elle déteste déjà papa. Maman adore Velveeta et toutes les deux, elles ne font que parler, toute la journée. Maman ne veut plus que je dise « supersensass ». Je n'aime pas Velveeta du tout, elle est toujours du côté de maman, quoi qu'on fasse. Je m'étais coincé une boucle d'oreille de maman dans le nez, et la première chose qu'elle a faite, c'est de courir la prévenir. Elle débusque toutes les cachettes de papa, celles où il met les alcools, et court les dire à maman. Elle sait qu'on ne va pas la renvoyer parce que maman pense qu'elle est sen-sâtio-nnellllle ! ! !

Hank a un gros problème avec les femmes. Elles ne le quittent pas d'une semelle, et il est trop gentil pour leur dire non. Il y a cette fille, Tommie Joe Harris, qui lui colle aux baskets. Son père a un relais routier à six kilomètres d'ici et elle est fourrée chez nous toute la journée.

Mrs. Dot dit que son cœur, c'est comme la lune, y a toujours un homme dedans. Tommie Joe est une fille qui n'a pas froid aux yeux et tous les garçons du coin ne rêvent que d'une chose, sortir avec elle. C'est parce qu'elle est méchante, ça les attire. Elle a une décapotable et va partout toute seule. Mrs. Dot pense que les garçons veulent l'attraper et l'apprivoiser, ce qui me semble idiot puisque ce qui leur plaît en elle c'est justement qu'elle est sauvage.

On m'a raconté une histoire que j'aime bien, sur elle. Un soir, elle est sortie avec un type qui se croyait plus fort que les autres avec les femmes, un bourreau des cœurs, comme dit Mrs. Dot. Il l'a fait monter dans sa voiture et a commencé à lui conter fleurette. Il se fichait complètement d'elle, c'était simplement un pari qu'il avait fait avec d'autres types, qu'il arriverait à l'embrasser. Elle, du genou, elle a branché l'allume-cigare, et juste au moment où il pensait avoir gagné son pari, elle le lui a planté sur le nez ! Ça lui a coupé le sifflet ! Depuis, il ose à peine se montrer, et il ne cherche certainement plus à jouer avec les sentiments d'innocentes jeunes filles.

Tommie Joe porte des foulards et des écharpes de toutes les couleurs, comme Jennifer Jones. Elle ne me parle pas, je crois qu'elle n'aime pas les enfants. Par contre, elle aime Hank. Je le sais, parce que les gens qui louent une chambre à Hank, au Christian Motel, ont un petit-fils très vicieux qui s'appelle Gregg. Un soir, il m'a fait me cacher près de la chambre de Hank parce qu'il avait vu Tommie Joe y entrer. Elle a éteint les lumières et s'est mise au lit pour lui faire une surprise quand il rentrerait du travail.

Tout ce que je peux dire, c'est que je plains Hank. Il bosse très dur et je savais qu'il était fatigué. Mais quand il est rentré et qu'il l'a vue au lit, il a été très fair-play. On voyait tout par la fenêtre. Il a fait comme si elle lui plaisait. Jamais je ne ferai ça. Jamais je ne m'offrirai à quelqu'un comme ça, même à Cornel Wilde, si je le rencontre un jour. Enfin, ils vont se marier.

Hier, le Club des Débutantes a nettoyé la route N°3

parce que le temps le permettait. La pensée du jour de Mrs. Dot était : « Entretenez d'étroites relations avec le téléphone et les plats surgelés, la vie n'en sera que plus rose. »

Pour elle, Alexander Graham Bell et le Capitaine Igloo sont les deux plus grands Américains qui aient jamais existé, exception faite de Robert E. Lee. Elle croit qu'on n'a pas perdu la guerre de Sécession, mais que le général Lee, pensant que Grant était le maître d'hôtel, lui a naturellement confié son épée. Sa famille de Memphis a hérité quelques bibelots du général Lee, alors que le général Grant n'a laissé derrière lui que des bouteilles de whisky vides.

12 juillet 1952

Maman a eu un coup de téléphone de Jackson aujourd'hui. Grand-mère Pettibone a touché le jackpot au bingo et a eu une crise cardiaque. Elle a été transportée à l'hôpital baptiste, où on lui a dit de ne pas fumer à cause des bouteilles d'oxygène dans la chambre, mais elle avait caché une Camel dans ses cheveux et l'a fumée après le départ de tout le monde. Toutes les vitres de l'aile gauche du bâtiment Irondale ont été soufflées. Grand-mère n'a pas été blessée, mais l'explosion a provoqué des crises cardiaques dans tous les autres services. Enfin bref, maman est partie à Jackson pour la faire transférer à l'hôpital méthodiste. Grand-mère a dit que ça l'arrangeait, parce que les baptistes sont trop stricts.

Mr. Honeywell et son armée de femmes ont un bazooka, mais personne n'est assez fort pour le porter et le tenir en position de tir. Ils le mettent sur une chaise roulante, mais dans le sable, la chaise roulante ne roule pas. C'est bête, j'aurais bien aimé le voir tirer.

A la réunion du Club des Débutantes, cette semaine, Mrs. Dot a dit qu'on allait adopter un enfant pauvre d'un autre pays, et devenir ses parents adoptifs. Il nous écrira toutes les semaines pour nous remercier. J'espère que ce sera une fille. Vous imaginez l'enfant qui grandit et qui vient voir ses parents et qui nous voit, moi, Kay Bob Benson et les filles de pêcheurs de crevettes ?

J'ai essayé de les convaincre d'adopter un enfant albinos, mais Kay Bob Benson s'est mise à piailler. Elle obtient tout ce qu'elle veut. Elle organise toujours des soirées poupées-pyjamas et ses amies couchent chez elle. Moi, je dors avec mon maillot de bain, et de toute façon, je n'ai pas envie d'y aller.

La pensée du jour de Mrs. Dot était : « Rien de plus durable que les qualités personnelles. » La semaine prochaine, nous aurons une discussion sur les accessoires — je me demande bien ce que c'est — avec une dame de la Boutique des Robes de Magnolia Springs. Si maman est toujours à Jackson, c'est sûr, je n'irai pas.

Angèle Pistal commence à m'agacer sérieusement. Il faut que je lui mette les mains dans des sacs en papier, sinon, elle s'arrache le scotch des oreilles en dormant. En plus, il faut que je lui raconte une histoire tous les soirs.

Mr. et Mrs. Pistal en ont pour leur argent. Maman n'aime pas aller au Blue Gardenia, mais elle n'a pas résisté à l'envie de voir Cœur Tendre et Jambe de Bois, la semaine dernière. Il était épatant.

A l'affiche, il y avait aussi un chanteur, Ray Lane, qui était bien. Si vous aviez pu voir la tête de maman quand Cœur Tendre et Jambe de Bois est venu à notre table après son numéro et lui a demandé de danser ! Elle avait vraiment l'air bizarre. Ils ont dansé sur un air de Nat King Cole, avec des pirouettes et des inclinés et tout! Et il a choisi maman au milieu de toutes les autres!

Je me demandais si la jambe que la mère de Kay Bob Benson a trouvée sur la plage ne serait pas celle de Cœur Tendre et Jambe de Bois. Maman m'a dit de me taire, qu'elle était sûre que non, mais je pense que c'était peut-être celle-là. C'est dommage qu'ils ne l'aient pas gardée, il aurait pu la voir. Je voulais lui demander où il avait perdu la sienne, mais maman m'a dit qu'elle me tuerait si je lui posais la question, que ce n'est pas des choses qu'on demande.

Ray Lane, le chanteur, est venu aussi à notre table et on a bavardé un moment avec lui. Il se sent très seul, il ne connaît personne par ici. Il a seulement dix-sept ans et vient de Hattiesburg.

Maman aime beaucoup Mrs. Pistal, mais elle a décidé de ne jamais retourner au Blue Gardenia parce qu'il y traîne trop de gens louches, des piliers de bars, elle les appelle. Elle trouve que Claude Pistal et ses amis ont l'air de criminels. Je ne lui ai pas dit que c'était avec eux que j'avais joué au poker.

Le lendemain, le chanteur, Ray Lane, est venu au restaurant et a demandé à papa s'il pouvait me voir. Papa est venu me chercher sous la maison, où je creusais des galeries.

Il m'a demandé si je voulais aller me baigner avec lui, et j'ai dit bien sûr. Il est très beau et a les cheveux bouclés. Il a une petite amie qui s'appelle Ann et qui a des lunettes. Il sort avec elle depuis longtemps et elle lui manque. J'aimerais vraiment bien qu'il soit mon petit ami, je ne le laisserais aller nulle part sans moi. Je le trouve très chouette et c'est le meilleur chanteur que j'aie entendu de toute ma vie.

Et devinez quoi? Il m'a embrassée en partant et m'a dit qu'il avait été ravi de faire ma connaissance! Il devrait faire du cinéma, il a exactement le style de

Rory Calhoun. Il faut que maman me fasse réparer ma dent.

Les Kowboski sont là. Ils ont sept enfants, dont deux de mon âge. Ils vivent dans un bus de ramassage scolaire, c'est drôlement mieux que la caravane des Grimmett. A la fête foraine, il y a des flippers, une grande roue et une machine qui vous prend en photo quatre fois pour vingt-cinq *cents*. On peut aussi acheter de la barbe à papa et des pommes d'amour. Maman m'a dit de ne jamais acheter de pommes caramélisées à la fête foraine parce que les forains achètent des pommes pourries et les recouvrent de caramel. Je sais que je ne devrais pas en manger, mais ne peux pas m'en empêcher. Quand même, je fais attention, je regarde s'il y a des vers.

Mr. Kowboski me laisse entrer au stand des flippers quand je veux, pour faire la monnaie aux clients. C'est chouette, là-dedans, y a de la musique tout le temps, on l'entend même de la maison. Je les aime beaucoup, même si ce sont des gitans. Je ne crois pas que ce sont des voleurs d'enfants, mais s'ils me volaient, ça ne me ferait rien. Ça doit être épatant d'habiter dans ce bus. Des fois, Michael vient et on va sur la grande roue. De là-haut, on voit toute la plage.

Kay Bob Benson est venue une fois, mais elle a eu peur quand j'ai commencé à balancer la nacelle et elle n'y retournera plus de sa vie.

Billy Bundy, le prédicateur de la radio, m'a enfin apporté une photo de Sue Sweetwater, avec qui il travaille. Elle l'a dédicacée « A Dottie Fay », je ne pourrai jamais la montrer à personne...

Si vous voulez mon avis, Billy Bundy est un drôle de prédicateur. Papa et moi, on le voit presque tous les jours dans l'arrière-salle du café Bon Ton, le seul endroit encore ouvert après la messe où il peut trouver de l'alcool. Il entre, il commande, et il s'assied, tout seul. Ensuite, il sort son coupe-papier en plastique rouge, il ouvre toutes les enveloppes de dons que lui envoient les chrétiens qui l'écoutent à la radio, et il empile les billets bien proprement sur la table. De temps en temps, on entend un « Loué soit le Seigneur », quand il trouve un billet de vingt dollars. Pour ceux de dix, c'est seulement un « Béni sois-tu, mon frère », pour ceux de cinq, un « Pécheur, sois remercié », et pour ceux de un dollar, « Un petit peu, c'est déjà bien ». Une fois, il a trouvé un billet de cinquante dollars et s'est écrié « Alléluia Jésus ! », mais la plupart du temps, il a des billets de cinq et de dix.

21 juillet 1952

Il est arrivé une chose terrible. Le restaurant s'est enfoncé de quatre-vingt-dix centimètres du côté gauche. Le côté droit est en l'air. J'ai creusé tellement de galeries que ça a miné les fondations. Ça s'est produit dans la nuit. Papa s'en est aperçu parce que ses hamburgers n'arrêtaient pas de glisser du gril et de tomber sur les frites. Je ne l'ai pas fait exprès. A mon avis, le bâtiment a été mal construit. J'espère que ma mère ne remarquera rien en rentrant de Jackson. J'ai promis à papa que je ne lui dirais pas qu'il avait bu pendant son absence s'il ne lui disait pas que le restaurant avait basculé.

Il a dû fabriquer une cale pour le gril, pour que les œufs et les hamburgers n'aillent pas plonger dans l'huile des frites. A part ça, je ne trouve pas que ça se remarque tellement. J'ai hâte que maman rentre parce que papa est de mauvaise humeur.

Papa était le garçon d'honneur de Hank, pour son mariage. Il m'a dit que la cérémonie était plutôt triste. Elle a eu lieu dans un bureau et la mariée n'était pas en belle robe, mais en tailleur avec des fleurs à la boutonnière. Ils ne sont même pas partis en lune de miel. Hank est venu travailler le lendemain, et il n'avait pas l'air changé du tout. Papa lui a donné cinquante dollars et moi, je lui ai offert des ronds de serviette et des cendriers qu'on a fabriqués avec des coquillages au Club des Débutantes.

Le mariage était mentionné dans les « Brèves de Mrs. Dot », en même temps que le fait que le restaurant Harper avait eu mal au cœur la nuit dernière. Mrs. Dot a écrit qu'il s'agissait d'une catastrophe naturelle, et mon postérieur lui en est très reconnaissant. Mais je crois qu'elle ne voulait pas que l'on sache qu'un membre du Club des Débutantes s'amusait à creuser des galeries sous sa maison. Ça fait pas très jeune fille de bonne famille.

Michael a lu le livre de Mickey Spillane *Kiss me, deadly*, et l'a trouvé archi-sexy. Il dit que c'est que pour les garçons et les adultes. Je l'ai lu l'année dernière et j'ai pas trouvé qu'il y avait de quoi sauter au plafond.

La seule bonne nouvelle, c'est que la dame qui devait venir nous parler d'accessoires au Club des Débutantes était malade, alors à la place, on a chanté « Row, row, row your boat ». La pensée du jour de Mrs. Dot était : « Souvenez-vous que si des gens parlent dans votre dos, cela veut seulement dire que vous êtes deux pas devant eux ! »

Depuis que maman est partie, papa et Jimmy Snow n'ont pas dessoûlé, et le pauvre Hank est obligé de tout faire dans le restaurant.

Jimmy Snow boit parce que sa petite amie, Iris Ann Moody, avec qui il est fiancé depuis huit ans, va épouser quelqu'un d'autre. Je ne sais pas quelle est l'excuse de papa.

Mrs. Dot a dû se rendre compte que papa buvait parce qu'elle voulait que je reste avec elle, mais je lui ai dit que tout allait bien. Je l'aime beaucoup, mais je ne peux pas supporter son mari. Il est méchant avec elle et l'insulte devant les autres tout le temps. Je suis bien contente que ma glace à la sauce au chocolat lui soit tombée sur le plastron.

30 juillet 1952

Maman est rentrée de Jackson et la première chose que Velveeta a faite, ça a été de lui dire que c'était moi qui avais fait basculer le restaurant. Elle a aussi cafté pour papa. Quand il est arrivé soûl, maman était tellement furieuse qu'elle l'a poursuivi en lui tapant dessus jusque dans la pièce de derrière. Chaque fois qu'il se redressait, elle lui mettait une beigne, mais elle avait fait attention à éteindre les lumières pour que les voisins ne puissent pas les voir de l'extérieur.

Moi, je les entendais, mais je ne voyais que des ombres. J'avais l'impression de regarder *Boulevard des passions* avec Joan Crawford. Pendant toute la bagarre, on entendait une chanson très belle, qui venait de la fête foraine, « Give me a kiss to build a dream on ».

Maman accusait papa de sortir avec une femme du *roller derby*. Et puis elle lui a cassé le téléphone sur la tête, il s'est mis à saigner pas mal et elle a pris peur et m'a fait courir chez les Romeo pour appeler le docteur. Il est venu et a dit que papa n'avait rien de grave, mais que le téléphone, lui, était mort. Et puis il a dit à maman :

— Fay, la prochaine fois, faites attention. S'il avait été à jeun, vous l'auriez tué.

Depuis, maman est très douce et gentille avec papa parce que je crois qu'elle a eu peur de l'avoir tué. J'aurais été la fille d'une grande criminelle, elle serait allée sur la chaise électrique, alors j'aurais été orpheline et tout le monde aurait eu du chagrin pour moi. Je pense que j'aurais trouvé du travail, je me serais installée dans un hôtel et j'aurais porté du noir. J'aurais été marquée à vie. Mon rêve serait de vivre en retrait de tout, comme Jessie, mais je n'aurais pas l'éléphantiasis, je préfère une autre maladie.

Tout ça, c'est la faute de Velveeta. C'est un vrai mouchard, cette femme. Elle devrait voir ce que James Cagney fait aux mouchards.

Grand-mère va bien. Elle a déjà recommencé à organiser des parties de bingo chez elle. Maman en a marre d'elle parce qu'elle refuse de mettre un terme à sa consommation de Camel. Grand-mère dit que sans les Camel et le bingo, elle mourrait, pour sûr.

Grand-mère a un petit ami, un vieux monsieur, et maman pense qu'elle va se remarier. Maman dit qu'il est tellement décrépit qu'il tient à peine debout, et que grand-mère se comporte comme une petite vieille idiote. Le seul problème, c'est qu'elle ne sait pas où trouver mon vrai grand-père pour divorcer. Elle va essayer de le faire déclarer officiellement mort, parce que, après neuf ans de recherches, le service des personnes disparues a abandonné la partie. Si grand-père n'est pas mort, il va en faire, une tête, en découvrant qu'aux yeux de la loi il n'est plus de ce monde.

Grand-mère m'a écrit une lettre pour me dire de ne pas m'en faire pour elle et d'être gentille avec ma maman, parce qu'à son avis, elle prenait le chemin d'une dépression nerveuse carabinée, et que ce n'était pas étonnant quand on était mariée à un asticot nommé Bill Harper. Elle m'a aussi envoyé un foulard avec la carte du Mississippi imprimée dessus.

A part la dérouillée de papa, ici, l'événement, c'est que je suis un véritable héros. Je vais peut-être avoir une médaille. Dimanche dernier, Michael, Angèle et moi, on a décidé d'aller pêcher dans la lagune. On était assis dans la barque et on pêchait des crapauds pour pouvoir les gonfler et les accrocher dans nos chambres quand tout à coup, quelque chose a mordu à la ligne de Michael et tous ses cheveux se sont dressés sur sa tête. Il s'est mis à hurler et a sorti le serpent le plus gros et le plus noir que j'aie jamais vu, qui a atterri comme ça au milieu de la barque. Nous, aussi sec, on a sauté dans l'eau. J'étais tellement occupée à enguirlander Michael d'avoir mis un truc pareil dans la barque que j'ai dû oublier que je ne savais pas nager parce que j'ai rejoint la rive en deux temps trois mouvements. Quand Michael est arrivé, on a cherché autour de nous, pas d'Angèle. C'est là que je me suis souvenue qu'elle ne savait pas nager non plus. J'ai eu tellement peur à l'idée de devoir annoncer à son papa et à sa maman que leur petite fille s'était noyée que j'ai ressauté dans l'eau.

Michael et moi, on s'est mis à plonger à tour de rôle pour la retrouver, mais on ne la voyait nulle part. Finalement, je l'ai aperçue, debout au fond de la lagune, alors je l'ai attrapée par les pieds et je l'ai poussée vers la surface, comme ça, toute droite, pour que sa tête sorte de l'eau. J'étais debout au fond, et je m'enfonçais à vitesse grand V dans la boue. Michael a vu la tête d'Angèle et l'a attrapée par l'oreille juste à temps. Ensuite, j'ai essayé de remonter à la surface, mais j'avais de la boue jusqu'aux genoux, j'étais coincée. Michael était tellement occupé à sauver Angèle qu'il m'a oubliée. Comme maître nageur assistant, il se pose là, vraiment !

J'étais en train de me dire que je ferais aussi bien de prendre les devants et de me noyer et de mourir prématurément, quand j'ai repensé au serpent noir. Et tout à coup je me suis rendu compte qu'il était très possible que certains de ses collègues soient dans les parages. Ça a dû décupler mes forces parce que je me suis dégagée de la boue et que je me suis sauvé la vie.

Angèle était très malade. Je n'ai jamais vu quelqu'un vomir autant. On avait des sangsues sur tout le corps, comme Humphrey Bogart dans *African Queen*. Beurk ! On a ramené Angèle au Blue Gardenia et on a raconté à son père et à sa mère ce qui s'était passé.

Heureusement, Claude n'était pas là. Il adore Angèle et nous aurait probablement tués, Michael et moi, pour l'avoir presque laissée se noyer. Mr. et Mrs. Pistal l'ont prise dans leurs bras et ils étaient tellement contents qu'elle n'ait rien que ma presque noyade à moi n'avait plus aucune importance.

Michael et moi, on a fait voir le serpent noir à Mr. Pistal, et devinez quoi ? Ce n'était pas du tout un serpent. C'était une grosse anguille électrique. C'est pour ça que les cheveux de Michael s'étaient dressés sur sa tête.

Mr. Pistal m'a ramenée à la maison et a raconté à maman et à papa que j'avais sauvé la vie à Angèle et que jamais il n'oublierait ce que j'avais fait. Devant lui, maman et papa ont fait comme s'ils étaient très fiers de moi, mais après son départ, maman m'a pincé l'oreille vraiment fort en me demandant qu'est-ce qui m'avait pris, enfin, de me jeter à l'eau sans réfléchir alors que je ne savais pas nager. Elle était sur le point de me taper quand papa a dit :

— Allons, Fay, elle sait nager. Après tout, elle ne s'est pas noyée, si ?

Sur ce point, il avait raison. Et cet incident prouvait enfin que sa théorie sur les enfants qui arrivent à nager s'ils ont suffisamment peur était fondée. Papa est bien content parce qu'il a récupéré l'anguille électrique et l'a mise au congélateur pour l'empailler cet automne.

A la réunion des débutantes, j'ai dû me lever et

raconter comment j'ai sauvé la vie d'Angèle. A la fin, une des filles de pêcheurs m'a fait un pied de nez. Quelle bêtasse! Mrs. Dot a dit que j'étais une conteuse née et que par-dessus le marché, j'étais très courageuse. Elle va en parler dans les prochaines « Brèves de Mrs. Dot ».

Peut-être que j'aurais dû leur dire que Michael était là aussi. Oh, et puis tant pis! De toute façon, je ne crois pas qu'il lise le journal. La pensée du jour de Mrs. Dot était : « Soyez polies avec les serpents à sonnette, ce sont les gentlemen du monde des ophidiens. Ils préviennent toujours de leurs déplacements par des petits coups de sonnette. »

J'ai envie d'aller à Magnolia Springs, on peut voir deux films pour le prix d'un. En ce moment, l'affiche du premier dit : *Les cocos dressent les nazis. Filmé à Moscou, les femmes de Hitler prisonnières et esclaves des Soviétiques. Toutes doivent servir l'État. Apprenez tout sur le contrôle de l'amour par l'État, les rites de naissance païens, les maris de substitution, la torture pour celles qui se révoltent, l'humiliation.*

L'autre film s'intitule *Femmes préhistoriques, elles n'avaient peur que de la bête humaine*. J'ai vraiment hâte d'y aller. Mr. Honeywell et son armée m'emmènent pour me récompenser d'avoir été un héros. Mr. Honeywell pense que toutes les Américaines devraient voir ces deux films.

Jimmy Snow a été mis en prison pour avoir fait tomber son avion sur la maison de sa petite amie, qui a été réveillée. On est allés le voir et il l'a l'air de s'y sentir comme chez lui. Les policiers l'aiment beaucoup et lui donnent de la bière et tout. L'un d'eux m'a raconté que Jimmy Snow était un héros de la guerre parce qu'il avait abattu des avions japonais. Papa m'a dit que c'est pour ça qu'il buvait tant. La guerre lui manque.

Jimmy a été élevé dans un orphelinat du Tennessee et ne sait pas qui sont ses parents. Je n'arrive pas à me faire à ses cheveux et à ses sourcils si blancs alors qu'il n'est pas vraiment vieux. Il a dû avoir une très grosse trouille une fois, à moins que sans le savoir il n'ait du sang albinos, comme Ula Sour. Mais je ne vais pas le lui dire !

3 août 1952

Devinez quoi ? Hank et Tommie Joe vont avoir un bébé. J'espère que ça sera une fille. Si c'en est une, ils devraient l'appeler Claudette, comme Claudette Colbert.

Je lui ai écrit pour lui dire que je la trouvais formidable dans *L'œuf et moi*. Elle ne m'a pas encore répondu, mais comme vous le savez, c'est une des stars les plus demandées de Hollywood. Si c'est un garçon, ils devraient l'appeler Hank Junior, simplement.

Je ne sors plus beaucoup. J'ai été terriblement blessée. J'étais à la fête foraine et je balayais le stand des flippers pour Mr. Kowboski quand une de ses filles est arrivée et m'a dit de rentrer chez moi, que je n'avais rien à faire ici, que je ne faisais pas partie de la grande famille des forains.

Ensuite, elle m'a frappée, alors je lui ai mis une claque, et tous les autres enfants Kowboski me sont tombés dessus. Dans les grandes familles, c'est vraiment un pour tous, tous pour un. Mr. Kowboski est arrivé, m'a sortie de là et m'a emmenée faire une longue promenade. Il m'a dit de ne pas me sentir rejetée, qu'ils sont jaloux parce que je suis fille unique et que je ne vis pas dans un bus de ramassage scolaire, et que je ne devais pas pleurer parce que je ne trouvais de place nulle part, que c'était justement ça qui faisait de moi quelqu'un de spécial, et qu'un jour, tout irait bien pour moi.

Je suis allée voir le film sur les communistes. Eh ben, ça donne pas envie d'en être un. Papa et Mr. Honeywell se disputent tout le temps parce que papa pense que McCarthy, qui se bat contre les cocos, a tort, et Mr. Honeywell dit qu'il a raison de chasser du pays tous les Rouges. Après avoir vu le film, je suis d'accord avec lui. En plus, je n'ai pas du tout envie de faire la queue des heures pour acheter à manger. Je veux être riche, mais je serai riche et bonne.

Je suis chargée du panier de l'amitié pour le Club des Débutantes. Il faut que je fasse tout Shell Beach en demandant aux gens de mettre quelque chose dans le panier pour les pauvres. Je me demande qui sont ces pauvres. Je ne les vois jamais. Je voulais aller dans le quartier noir, avec mon panier, pour leur demander de mettre des choses dedans et en profiter en même temps pour essayer de voir si je pouvais trouver Ula Sour, l'albinos. J'avais une excuse parfaite, j'étais obligée de frapper à toutes les portes, mais maman n'a pas voulu. Elle m'a dit que les Noirs n'avaient aucune envie d'être dérangés par une débutante et qu'en plus, ils n'ont pas grand-chose à donner. J'ai quand même demandé à Peachy Wigham, et elle m'a donné une bouteille de vin. Mais pour l'albinos, rien à faire, elle refuse de me dire où elle habite.

On a eu une lettre de la petite fille qu'on a adoptée en Amérique du Sud. C'était drôlement bien écrit, mieux que moi quand j'écris une lettre. Quelqu'un d'autre a dû l'écrire à sa place. Je ne sais pas écrire en américain du Sud, alors comment ça se fait qu'elle écrive en américain ? Moi, je trouve ça louche.

La pensée du jour de Mrs. Dot était : « La sincérité est aussi précieuse que le radium. »

La mère de Michael est furieuse. Pour son anniversaire, elle a eu un dentier complet, mâchoire du haut et mâchoire du bas, et Mrs. Dot l'a écrit dans sa chronique. Mrs. Romeo ne voulait pas que ça se sache, mais Mrs. Dot publie les nouvelles quand elles sont fraîches, sinon, après, c'est des ragots.

Tout le monde ici se fait du souci, et je sais pourquoi. George Potlow, le monsieur qui s'occupe de la digue, vit avec une femme de couleur. J'ai entendu maman et Mrs. Romeo en parler. Elles ont peur qu'il se soit marié avec elle, vu que c'est un Yankee. Je l'ai vue à la digue, en allant rejeter tous les poissons que j'avais pêchés. Elle est timide et gentille, pas comme Velveeta. Je lui ai demandé où habitait la femme albinos mais elle non plus n'a pas voulu me le dire. Velveeta a mis le pied sur un poisson-chat et n'a pas pu venir travailler pendant une semaine. Une chose est sûre, à mon avis, le poisson-chat est mort !

Jimmy Snow est sorti de prison. Il a dit qu'il m'emmènerait saupoudrer les champs avec lui, mais il a commis l'erreur de dire ça devant Velveeta. Maman et Velveeta sont toujours aussi solidaires. Maman l'aime plus que moi et que papa, et pourtant, on est des Blancs.

L'autre soir, j'étais dans le restaurant, je lavais la vaisselle, et j'ai découvert que quand je passais la tête par-dessus la cloison de séparation cuisine/salle, les clients avaient l'air très surpris de voir que c'était une enfant qui faisait la plonge.

Comme j'ai grandi dans un milieu artistique, l'idée m'est venue de faire croire que j'étais une orpheline que les Harper avaient volée. J'ai dit aux clients que je faisais la plonge depuis trois ans et que mes mains étaient toutes gercées. Certains d'entre eux étaient des amis de papa et maman, donc ils savaient que je racontais des bobards, et ils ont bien rigolé en m'entendant, surtout quand je leur ai demandé de prendre contact pour moi avec ceux qui s'occupent de la législation sur le travail des mineurs.

Maman m'a vue et a voulu savoir ce que diable je fabriquais pour mettre une ambiance pareille. Je pense que je me suis laissé emporter, parce que j'ai attrapé une poêle à frire, je l'ai mise derrière ma tête pour faire une auréole et je lui ai dit :

— Femme, ne sais-tu donc point que je suis ici pour m'occuper des affaires de mon père ?

C'est ce que Jésus a dit à sa mère quand elle est venue le déranger au temple. Tout le monde a bien ri. Maman a eu l'air de trouver ça drôle aussi, jusqu'à ce que le dernier client soit sorti. Là, ça a été ma fête. J'ai essayé de fuir, mais elle m'a coincée, sur la véranda, derrière la maison.

J'étais prise entre les caisses de bouteilles de Coca-Cola. Aucune possibilité d'évasion à droite, ni à gauche. J'en ai vu trente-six chandelles. Papa n'arrêtait pas de lui dire :

— Allons, Fay, calme-toi.

Je me suis couverte de ridicule à implorer sa grâce. Ça, c'est une chose qu'on pense qu'on ne fera jamais... jusqu'à ce qu'on se trouve obligé de la faire.

Le jeune Jésus n'a pas pris de rouste quand il a dit ça à sa mère. Marie est rentrée à la maison et l'a laissé tranquille. On ne peut vraiment pas dire que la Bible soit de bon conseil.

Ce soir-là, j'ai pensé que maman avait certainement perdu son sens de l'humour. Dorénavant, en ce qui la concerne, j'ai décidé de mettre la sourdine.

8 août 1952

J'ai attrapé la teigne. C'est Félix qui me l'a refilée. Si elle remonte jusqu'à ma tête, il faudra me raser les cheveux. Je serai aussi chauve qu'Eisenhower, et pourtant, je suis démocrate.

Le docteur dit que c'est un des cas les pires qu'il ait jamais vus. Maman doit me badigeonner d'un médicament violet contre les démangeaisons. J'ai des taches violettes de partout.

La spécialiste des accessoires est enfin venue à notre réunion de débutantes. C'était incroyable. Tout le monde s'excitait autour d'un tas de foulards, de gants et de colliers de perles. D'après elle, les accessoires peuvent faire de n'importe quelle robe une tenue habillée. Elle portait une robe noire et n'arrêtait pas de se mettre des perles et plein de trucs partout.

Elle devait penser que ça la changeait, mais pas moi. Elle a dit qu'une femme bien habillée devait toujours avoir un ensemble d'accessoires pour chaque occasion. A la fin de son exposé, elle a sorti toute sa panoplie d'accessoires et a essayé de nous les vendre.

J'aurais peut-être acheté quelque chose, si Kay Bob Benson n'avait pas crié :

— Elle a la teigne !

Du coup, elles ne voulaient pas que j'essaie les affaires. La dame ne m'approchait pas, à cause de la crème blanche que j'ai sur la figure et des ronds violets que j'ai un peu partout. J'aurais bien aimé avoir des perles, mais il ne faut rien acheter sans essayer.

Kay Bob Benson me fuit comme la peste parce qu'elle a peur d'attraper la teigne dans les cheveux, et ce qu'elle aime le plus au monde, c'est ses cheveux. Toutes les semaines, sa mère l'emmène à

Magnolia Springs, au Beauty Box, le salon de coiffure de Nita, pour qu'on la coiffe comme Jane Powell. Elle ressemble autant à Jane Powell que moi à la reine de Saba. Je ne suis pas invitée à la fête idiote qu'elle donne pour son anniversaire, à cause de la teigne, alors juste avant de quitter la réunion des débutantes, je me suis approchée d'elle quand elle ne regardait pas, et je lui ai dit « Joyeux anniversaire ! » et je lui ai fait une grosse bise sur la joue. Elle a hurlé et a couru dans le magasin d'appâts, vers le lavabo. Là, elle s'est mise à se frotter la tête sous l'eau comme une folle. Sa coiffure à la Jane Powell en a pris un sacré coup.

Maman veut que je lui envoie un cadeau d'anniversaire. Je vais essayer de trouver le parfum qui a le plus de pipi de lynx dedans. Ou bien je lui enverrai le flacon de solution anti-hémorroïdes de papa, avec le doigt en caoutchouc qui va avec.

La pensée du jour de Mrs. Dot était : « Les gens qui ont de la classe ne portent jamais d'habits du soir pendant la journée, à moins, bien sûr, qu'on ne les enterre. »

13 août 1952

Jessie LeGore, l'obèse de Cotton Bayou, est mort. Il m'a légué un coussin en forme de cœur parce que je l'avais fait rire une fois. J'aurais vraiment aimé le revoir. Je lui aurais raconté des blagues, ou fait mon imitation de Mario Lanza. Il n'a jamais fait de mal à personne. Je trouve qu'on ne devrait jamais mourir.

Des fois, au milieu de la nuit, je me réveille et je me souviens qu'il va falloir que je meure un jour, et j'ai tellement peur, que ça me donne des sueurs froides. Dans ces cas-là, je vais dormir avec papa et maman. Peut-être que d'ici à ce que je sois grande, on aura trouvé un médicament contre la mort et je n'aurai plus à m'inquiéter.

Si quelque chose arrivait à maman et papa, je ne m'en remettrais pas. Quand j'avais cinq ans, j'ai vu *Bambi*, et lorsque la mère de Bambi meurt dans les flammes après lui avoir crié « Sauve-toi, Bambi ! », je me suis mise à crier et à pleurer si fort qu'il a fallu me sortir du cinéma. Après, pendant plusieurs jours, je refusais de quitter ma mère d'une semelle. Encore maintenant, quand je pense à ce feu, j'ai des crampes d'estomac. Si je meurs, j'espère que ce sera la fin du monde, comme ça, je ne serai pas toute seule.

Connie m'a raconté qu'ils ne sont pas arrivés à sortir Jessie de sa chambre. Il était tellement gros qu'on a dû démolir sa maison. Il a fallu quinze hommes pour le transporter au cimetière.

Son coussin, c'est le premier cadeau que je reçois d'un mort. Il a dû sentir qu'il allait mourir, mais il n'est pas arrivé à courir assez vite pour rester en vie. Il n'arrivait même pas à se lever. Moi, je courrais si vite que rien ne pourrait m'attraper. Je suis convaincue qu'on peut courir plus vite que la mort. Je préfère ne pas penser à ce que papa et maman feraient si je mourais. Maman m'a dit que j'étais sa seule raison de vivre, et que si elle ne m'avait pas, elle prendrait un pistolet et se ferait sauter la cervelle. Elle reste avec papa uniquement pour que j'aie un père. Sans moi, ça fait longtemps qu'elle l'aurait quitté.

Papa m'a dit que s'il m'arrivait quelque chose, il n'aurait plus le goût de vivre. C'est pour cela que je fais très attention à moi.

Quand j'ai dit à Michael que Jessie était mort, la seule chose qu'il m'a demandée, c'était si je connaissais son poids exact et si sa tombe était vraiment grande. Michael n'a pas dû voir *Bambi* quand il était petit.

16 août 1952

Je n'arrive pas à croire le spectacle que le Blue Gardenia propose après Cœur Tendre et Jambe de Bois. Ça s'appelle Tawney la Femme aux Glands, et c'est un spectacle pour adultes uniquement. D'après l'affiche, il s'agit d'une danseuse exotique qui s'est déjà produite dans des clubs du French Quarter de La Nouvelle-Orléans. J'ai vu sa photo. Elle doit faire des danses de l'Ouest parce qu'elle était habillée en cow-boy, avec un short très court.

Il faut absolument que j'arrive à voir ce spectacle, mais je ne sais pas encore comment, surtout après ce qui s'est passé l'autre soir. J'étais dans l'entrée du bar et je parlais avec un des joueurs de poker en attendant d'être payée pour avoir scotché les oreilles d'Angèle, quand Claude Pistal est arrivé et m'a dit de foutre le camp de là, qu'il ne voulait plus me voir dans les parages. Je lui ai répondu que j'étais une employée, ici, et que je ne bougerais pas avant d'avoir été payée. Il m'a traitée de petite greluche mal élevée et m'a dit que si je continuais, il allait me botter le derrière.

J'ai répondu que s'il osait poser un doigt sur moi, mon papa l'écraserait comme une mouche, ma maman lui arracherait les yeux et si ça suffisait pas, Hank, qui est arrivé deuxième au concours de Mr. Univers, lui ferait une tête au carré. Et si même ça ne marchait pas, j'attendrais qu'il dorme et je viendrais le poignarder dans le cœur.

Harold Pistal est arrivé et l'a empêché de m'étriller. Ils se sont disputés très fort. Claude a dit que s'il me trouvait encore à traîner là, il me tordrait le cou.

Harold m'a fait entrer dans son bureau, m'a payée et m'a dit qu'il vaudrait mieux que je ne vienne plus parce que son frère était quelqu'un de très méchant. Etant donné que Claude possède la moitié de l'affaire, c'est lui qui commande. Harold m'a demandé de ne rien dire à papa parce que depuis la mort de sa femme, Claude est un peu fou et capable de tout.

— Votre frère est un malotru et en plus, il est moche comme tout, je lui ai dit.

Claude Pistal n'est rien qu'un ectoplasme! Il a de la chance que je sois raisonnable et que j'aie de bonnes manières comme Clark Kent.

Je me suis fait déposer dans le quartier noir et je suis allée prendre une orangeade à l'Elite Spotnight avec Peachy Wigham. Je lui ai dit que Claude Pistal était vraiment un pourri. Peachy pense qu'il est tellement mauvais qu'il serait capable de vous planter un couteau dans le dos avec le sourire. En plus, ce n'est qu'un sale Blanc raciste, plus méchant que de la merde de serpent. Je lui ai demandé ce qui était arrivé à la femme de Claude et elle m'a dit qu'ici, beaucoup de gens pensaient qu'il l'avait occise lui-même. En entendant ça, j'ai regretté d'avoir dit à Claude que papa allait lui mettre une rouste.

18 août 1952

Michael et moi, on est allés au cinéma de Magnolia Springs, voir Johnny Sheffield, qui fait Bomba, Fils de Tarzan, dans *Elephant Stampede*, *The Hidden City* et *On Panther Island*. Il est épatant. J'adore ses cheveux bruns frisés. Avec Cornel Wilde, c'est mon acteur préféré. J'espère que je me marierai avec un frisé. Michael a les cheveux raides et noirs. Dommage. Le meilleur moment, c'était la séquence « Prochainement sur cet écran». On nous a distribué un tract publicitaire qui disait, en grosses lettres rouges :

LES ENFANTS, VOUS ÊTES INVITÉS À LA FÊTE DES IMAGES DE SMILEY BURNETTE... IL SERA LÀ EN PERSONNE, AU CINÉMA DE MAGNOLIA SPRINGS... EN DIRECT DE HOLLYWOOD, SMILEY BURNETTE, LE COMIQUE GRASSOUILLET, LE BOUFFON LE PLUS CÉLÈBRE DE L'OUEST.

Il y avait une grande photo de lui, et il va jouer de l'orgue électrique mais ça sera aussi beau qu'un orgue à tuyaux. Il offre un poney au garçon ou à la fille qui aura le plus de chance. Un photographe va venir avec lui de Hollywood et tous les enfants qui viendront au spectacle seront pris en photo gratuitement. Après, à Hollywood, des juges décideront quelle est la photo la plus intéressante du point de vue publicitaire et celui ou celle dont la photo aura été choisie recevra gratuitement un poney en paiement de l'utilisation de la photo sur une affiche pour un spectacle de Smiley Burnette.

Je sais que je vais gagner ce poney. Michael et moi, on a récupéré tous les tracts qu'on a pu et on les a cachés. On a pensé que moins il y aurait d'enfants au courant, plus j'aurais de chances de gagner. J'ai donné un dollar à Michael pour qu'il ne se fasse pas prendre en photo. Il était d'accord. De toute façon, il ne voulait pas de poney.

Je vais demander à maman de m'emmener au Beauty Box de Nita pour me faire faire une jolie coiffure, mais si ma teigne ne se calme pas, je vais perdre des chances de gagner le poney.

Jimmy Snow pense que j'ai de grandes chances, et Hank aussi. Maman dit que je ne devrais pas trop espérer, mais elle dit toujours ça, même à Noël, et j'ai toujours plein de cadeaux. Je vais mettre mon maillot de bain et ma chemisette en *seersucker*. Si je me change trop, ça risque de me porter malchance. Grand-mère Pettibone met sa robe à pois à toutes les grandes parties de bingo, et elle a toujours de la chance. Elle dit que les choses ne viennent pas toutes seules, qu'il faut provoquer le destin. J'ai décidé de passer une heure par jour à provoquer le destin et à faire venir ce poney. Peut-être même que j'irai à Hollywood. On ne sait jamais. Johnny Sheffield pourrait être un ami de Smiley Burnette, il pourrait voir ma photo et vouloir me rencontrer. Mrs. Dot dit que je suis mignonne comme tout. La mère de Michael aussi. Quand Rose Mary Salvage va voir ma photo dans les magazines de Hollywood, elle ne s'en remettra pas !

Tout le monde dit qu'à force de manger des cheeseburgers et de boire des milk-shakes tout le temps, on finit par s'en lasser, mais ce n'est pas vrai. Je mange à peu près trois cheeseburgers et consomme deux milk-shakes au chocolat par jour, et j'aime encore ça.

Le seul problème, c'est que je ne rencontre pas autant de gens que j'avais imaginé. La plupart des touristes ne restent qu'une semaine, et juste comme on pense les connaître un peu, ils s'en vont.

Lassie me manque beaucoup et il faut que je cache Félix dans le panier de linge sale chaque fois que le monsieur de l'inspection sanitaire passe. C'est illégal d'avoir un animal dans un endroit où l'on sert à manger, surtout un animal qui a la teigne.

Papa s'assoit sur le congélateur, là où on met toutes les bêtes à empailler, pour que l'inspecteur ne regarde pas dedans. Mais de toute façon, ça m'étonnerait que ces animaux-là aient des microbes.

Tout le monde a beaucoup de travail. Michael va venir avec moi voir Tawney la Femme aux Glands, la semaine prochaine.

J'ai aidé Mrs. Dot à préparer sa vente de boîtes en

plastique pour le Club des Femmes. A part ça, la vie est un brin monotone. J'ai hâte que Smiley Burnette arrive.

Hier, Michael et moi on a vu un vieux film avec Clark Gable et Spencer Tracy, *Pilote d'essai*. Je n'ai pas aimé du tout. Gable et Tracy étaient des amis et pilotaient des avions un peu partout. Pendant ce temps, Myrna Loy, la femme de Clark Gable, attendait sagement à la maison sans rien faire, sauf à la fin du film, où elle a un bébé. Un garçon. Dans tous les films, c'est pareil, quand il y a une naissance, c'est un garçon, jamais une fille. Mais qu'est-ce qu'ils ont de si sen-sâ-tio-nnelllll, les garçons? Tout ce qu'un garçon peut faire, je peux le faire. Je peux même mettre une raclée à Michael. Ça doit être terrible d'être une fille et de savoir que son papa voulait un garçon.

22 août 1952

Je viens de rentrer d'un voyage à Jackson et en Floride. Grand-mère Pettibone a appelé maman en pleine nuit. Elle et ce vieux monsieur s'étaient enfuis ensemble en Floride. Ils étaient en lune de miel depuis à peine un jour quand il est tombé malade. Maman a dû les ramener à Jackson. Elle n'a pas voulu me laisser à Shell Beach parce qu'elle savait que papa boirait avec Jimmy Snow et Billy Bundy pendant son absence.

Quand on est arrivées, grand-mère nous attendait sur le pas de la porte. La première chose qu'elle a dite, c'était :

— J'aurais mieux fait de m'abstenir, le jour où j'ai épousé ce vieux tas.

Et on a pris le car pour Jackson.

Les sièges sont durs dans les cars, j'ai l'arrière des mollets tout irrité.

— Comment as-tu pu te remarier alors que tu ne sais même pas si grand-père est mort ou non ? Et s'il débarque un matin et que tous les journaux annoncent que tu as deux maris ? a demandé maman à grand-mère.

Grand-mère a réfléchi deux minutes, et puis elle a répondu :

— Je préfère avoir deux maris que d'être l'épouse d'un seul asticot !

Je vous avais dit que maman ne tirait jamais rien de grand-mère.

Quand on est rentrées de Jackson, papa était plus à jeun qu'un entonnoir, mais il sentait le bain de bouche et prenait beaucoup d'aspirine.

La femme de Roy Grimmett, Mava, a fait venir sa sœur, qui vit avec eux dans la caravane. Elle s'appelle Edna et elle est superbe. Le portrait craché de Betty Grable. Elle m'aime bien. Son mari était marin et a été tué, et elle va avoir un bébé. C'est triste, hein ? Elle travaille au stand de tir à l'arc et a une très grosse poitrine aussi. Elle doit se sentir très seule parce qu'elle me laisse lui tenir compagnie souvent.

Ce soir, quand Michael aura fini son travail, nous allons au Blue Gardenia voir Tawney la Femme aux Glands.

On a discuté du concours de photos de Smiley Burnette, et il a eu une chouette idée. On va promener le poney dans la ville, les enfants pourront monter dessus et on les prendra en photo pour un dollar. Michael a un appareil photo. Je me demande si le poney sera livré avec une selle. En direct de Hollywood, je pense que oui.

23 août 1952

Hier soir, Michael et moi on est allés au Blue Gardenia. On s'est cachés sur le côté en attendant le spectacle de dix heures. Je n'avais pas envie de tomber nez à nez avec Claude Pistal.

On a attendu, attendu, et puis enfin, l'orchestre a attaqué. On était perchés sur des caisses de bouteilles de Coca-Cola qu'on avait apportées exprès, et de la fenêtre, on avait une bonne vue sur la scène. Michael était tellement excité qu'il a dû courir aller faire pipi. Les garçons ont de la veine, vous trouvez pas ? Chaque fois que je fais pipi en plein air, les puces de sable m'attaquent.

Tawney la Femme aux Glands a fini par entrer en scène, et vous savez quoi ? Ce n'est même pas une danseuse. Elle avait deux glands pendus à son soutien-gorge, et un en bas, et elle s'est mise à se trémousser, on aurait dit qu'elle tremblait. Elle faisait tourner un gland dans un sens, et l'autre dans l'autre. Celui d'en bas bougeait différemment. Les yeux de Michael sont pratiquement sortis de leurs orbites. Je ne sais pas comment elle faisait cela. Et puis toutes les lumières se sont éteintes, sauf un gros spot bleu braqué sur elle, et elle a salué en se secouant comme un prunier.

Elle est beaucoup plus vieille que sur la photo de l'affiche et elle a les cheveux poil de carotte. Les applaudissements ont dû lui faire perdre la tête parce qu'elle a enlevé son haut comme ça, devant tout le monde.

J'ai cru que Michael allait tomber dans les pommes, mais en dessous, elle avait un autre soutien-gorge, plus petit. Elle était en train d'enlever le bas quand j'ai entendu quelqu'un derrière la maison lancer une flopée de jurons. Ça m'a fichu une telle peur bleue, que je suis tombée de ma caisse et que j'ai entraîné Michael dans ma chute.

Avec le barouf que ça a fait, j'étais sûre qu'on était perdus. Quelqu'un se rapprochait en jurant de plus en plus fort. On était cachés dans les buissons et tout ce qu'on voyait, c'était ses pieds. Il s'est arrêté juste devant nous, et devinez qui c'était ? Cœur Tendre et Jambe de Bois ! J'ai reconnu sa jambe. Il avait une valise à la main et était furieux parce que sa jambe de bois s'enfonçait dans le sable.

Il a encore lâché une bordée de jurons, puis il a balancé sa valise et est reparti par où il était arrivé. J'ai dit à Michael qu'on ferait mieux de débarrasser le plancher parce qu'il était peut-être parti chercher Claude Pistal, et que je ne voulais pas prendre de risques.

On a couru comme des dératés. Michael m'en veut encore parce qu'à cause de moi, il a manqué la fin du spectacle. Grand-mère a raison. Elle dit que les femmes font perdre la tête aux hommes. Plus j'y pense, et plus je suis convaincue que Tawney avait des petits moteurs dans son soutien-gorge. C'était tout du chiqué !

26 août 1952

Velveeta a dit à maman que j'étais allée voir Tawney la Femme aux Glands au Blue Gardenia. Personne ne savait que j'étais là-bas, à part Michael, qui n'a pas pu le dire parce qu'il aurait de gros ennuis si ses parents apprenaient qu'il y était aussi. En plus, je lui ai fait jurer de ne rien dire sur une statue de la Sainte Vierge que les Romeo ont mise dans leur jardin. Les catholiques respectent la Vierge Marie plus que tout. Elle est très populaire, chez eux. A côté d'elle, saint Joseph est un rien du tout.

Tout ça, ça veut dire que j'ai pris Velveeta la main dans le sac. Elle fouine dans mes affaires et a lu mon journal. C'était le seul moyen qu'elle avait de savoir.

J'ai dit à papa qu'elle avait regardé dans mes affaires. Il m'a demandé ce que j'avais donc à tant écrire. J'ai répondu que j'écrivais sur tout ce qui se passait. Il voulait savoir si j'écrivais sur lui, des fois, et j'ai dit :

— Oh, oui, tout le temps.

Alors il est allé m'acheter une grosse boîte en fer-blanc avec un cadenas à combinaison pour la fermer. Je n'ai aucune confiance en Velveeta. Je ne savais pas que les gens de couleur savaient lire aussi bien. Ceux qui disent qu'ils sont bêtes ont tort. Avec la chance que j'ai, Velveeta est probablement diplômée d'une université et se fait passer pour une bonne.

Maman a aussi des secrets. Elle devrait les mettre en lieu sûr aussi. J'ai regardé tout en haut du placard et j'ai trouvé des papiers d'un avocat qui disait que papa faisait l'objet d'une recherche de paternité. Je sais ce que ça veut dire. La dame qui a lancé des poursuites s'appelle Billie G. Thweatt. J'espère que c'est vrai. Si c'est vrai, ça veut dire que j'ai un frère ou une sœur quelque part.

Quand je passerai à l'émission *C'est la vie*, peut-être qu'il ou elle sortira de derrière les rideaux et me fera la surprise. Je brûle de demander à papa qui est Billie G. Thweatt, mais j'attends de pouvoir utiliser ce nom au moment le plus opportun.

Mauvaise nouvelle pour les poissons. George Potlow est venu au restaurant pour dire à papa et maman qu'ils devaient m'empêcher de rejeter mes poissons à la mer parce que ça énervait beaucoup les autres pêcheurs.

J'ai sauvé vingt-cinq corégones et trois grenouilles l'autre jour.

Je m'amuse beaucoup avec Edna, la belle-sœur de Roy Grimmett. On va se promener et on fait plein de trucs ensemble. Elle trouve que je suis très marrante. J'essaie de la faire rire. Maman dit que je me ridiculise, mais Edna pense que non.

Roy Grimmett m'énerve au plus haut point. Il n'arrête pas d'arranger des sorties avec des marins pour Edna. Il veut qu'elle se remarie. Si seulement il pouvait la laisser tranquille ! Je trouverais un travail et je m'occuperais d'elle et du bébé.

Papa a reçu sa boîte de petit taxidermiste. Elle venait du Wisconsin et dedans, il y avait un certificat. La boîte était pleine d'yeux de renne, de lapin, de poisson, fallait voir ça ! Mais il n'y avait pas d'yeux d'anguille, ni de flamant rose. Comme les yeux de lapin sont roses et jolis, je pense que ça ira pour le flamant, et papa n'aura qu'à empailler l'anguille les yeux fermés.

Curtis Honeywell et son armée de femmes ont échangé leur bazooka contre une mitrailleuse qui marche vraiment. Notre vitrine en a fait les frais par erreur. Maman dit qu'on a eu de la chance de ne pas être tués dans nos lits, vu que Mr. Honeywell pense que papa est un coco.

On a parlé de nous dans les « Brèves de Mrs. Dot », cette semaine : « La fin de la saison approche et le restaurant Harper est toujours l'endroit le plus fréquenté de la plage. » Un peu plus loin, Mrs. Dot annonçait qu'elle était heureuse d'apprendre que « la petite Daisy Fay s'était enfin débarrassée de la teigne ». Kay Bob Benson, quant à elle, « était enchantée de recevoir une poupée “Madame Alexandre” qui marche pour son anniversaire, de la part de ses grands-parents ». Elle est un peu vieille pour les poupées, si vous voulez mon avis.

Je me demande comment va Betty, la fille handicapée qui habite à Bon Secours. Elle a bien aimé le coloriage que je lui avais donné. Je vais lui envoyer un cendrier en coquillages qu'on a fait au Club des Débutantes.

Le pauvre Jimmy a eu le cœur brisé à cause de Iris Ann Moody. Il a écrasé son avion sur sa maison, et elle a épousé quelqu'un d'autre.

L'autre soir, Peachy Wigham a appelé papa pour qu'il vienne chercher Jimmy. Il s'était soûlé à l'Elite Nightspot et refusait de rentrer chez lui, et les clients de Peachy n'aiment pas voir des Blancs dans leurs bars pour Noirs.

Quand on est arrivés, Jimmy s'était endormi et Peachy l'avait traîné sur un lit dans l'arrière-salle. Il a fallu papa et deux Noirs pour le transporter dans la voiture. Pendant que j'étais chez Peachy, j'ai entendu quelqu'un bouger dans l'autre pièce. J'ai essayé d'entrer, mais la porte était verrouillée.

Peut-être que Peachy vit avec un homme. Elle n'est pas très belle, mais elle est très riche. Je parie que son petit ami n'est avec elle que pour son argent. Elle vend du whisky de contrebande. Papa dit que quand on a besoin de quelque chose, il suffit de demander à Peachy. Elle trouve toujours tout et est heureuse de pouvoir vous le vendre.

Elle est très riche, et en plus, elle connaît un secret sur la fille du shérif blanc, alors on ne l'arrête jamais, pas comme les autres Noirs.

Elle a de l'argent parce qu'elle est propriétaire des pompes funèbres pour gens de couleur. C'est le seul établissement de ce genre dans le comté de Harwin. Elle a même un carnet de caisse d'épargne.

28 août 1952

J'aimerais bien qu'ils se mettent d'accord une bonne fois pour toutes. D'abord maman déteste papa, et l'instant d'après, ils se liguent tous les deux contre moi. Elle me dit que mon père est un pourri de bon à rien et que je ne dois pas l'écouter. Et ensuite, elle est gentille avec lui et m'ignore. Je ne sais jamais quoi penser.

Pour aller au petit coin, je dois passer par leur chambre, et tout ce que j'ai fait, c'était d'entrer pour aller faire pipi, et ils m'ont sauté dessus. Papa m'a même donné une claque. C'était en plein milieu de l'après-midi. Papa doit être fou parce qu'il n'y a même pas de porte pour frapper avant d'entrer, il n'y a que la moustiquaire.

Je ne savais pas qu'ils faisaient la sieste, et en plus maman était complètement déshabillée. Je lui ai demandé ce qu'elle faisait, et elle m'a répondu qu'elle montrait à papa la cicatrice de son hystérectomie.

Elle m'a menti. Papa l'a vue nue. Qu'ils aillent au diable !

J'ai vérifié, il n'existe aucune ville de filles où je pourrais aller m'installer et être tranquille. Il n'existe qu'une ville de garçons. C'est toujours les garçons qui sont favorisés !

29 août 1952

Vous croyez que Ann Blyth a des fausses dents ? C'est les employées de chez Nita qui le disent.

J'y suis allée pour le concours de photos de Smiley Burnette. Earline, celle qui m'a coiffée, dit que dans la bouche de Ann Blyth, il y a autant de porcelaine que dans un service douze couverts.

Le salon de coiffure est décoré en violet. Il y a des fauteuils en cuir violet et les employées doivent porter un uniforme violet, avec leur nom écrit sur un badge en plastique violet. La propriétaire du salon, Mrs. Nita Beaver, doit adorer cette couleur.

J'y suis allée avec Edna parce que maman avait du travail. On m'a donné des magazines de cinéma et j'ai pu choisir ma coiffure, sans supplément. J'ai pris celle de Lizabeth Scott dans *La main qui se venge*.

Sous le casque, j'ai cru que mes oreilles prenaient feu. Il n'y avait pas assez de coton pour les protéger. Les épingles ont chauffé à blanc, et j'ai encore des marques de brûlures dans le cou. Quand Earline m'a peignée, j'ai eu l'impression qu'elle m'arrachait la tête. Elle a cassé plusieurs dents de son peigne et s'est exclamée :

— Ma fille, tes cheveux, on dirait du crin de cheval !

D'après Mrs. Dot, les vrais aristocrates ont toujours les cheveux fins comme l'aile d'une abeille. Je suppose que pour moi, l'aristocratie, c'est cuit. Après, Edna m'a dit que je ressemblais vraiment à Lizabeth Scott, mais papa penchait plutôt pour Betty Furness.

En tout, ça m'a coûté deux dollars cinquante, plus le pourboire. Maman m'avait dit qu'il fallait toujours en donner un à celle qui vous coiffait. C'est les sales Blancs racistes, qui n'en donnent pas. Si ça n'avait tenu qu'à moi, je ne lui aurais rien donné. Après tout, elle a cassé son peigne dans mes cheveux.

Je me suis trompée de jour, le concours de Smiley Burnette, c'est demain matin à dix heures. Il va falloir que je dorme assise pour ne pas me décoiffer.

Earline m'a dit que Kay Bob Benson a demandé

un rendez-vous spécial, demain matin à sept heures trente, pour que sa coiffure soit parfaite au moment de la photo. Je ne savais pas qu'on pouvait avoir un rendez-vous à sept heures trente du matin.

Cet idiot de Michael a la rougeole et ne va pas pouvoir venir. J'ai dépensé un dollar pour rien en le payant pour qu'il ne se fasse pas prendre en photo. Il m'a dit que ce n'était que justice, vu qu'à cause de moi, il avait raté la fin du spectacle de Tawney. Il a une mémoire d'éléphant.

Papa et moi, on a passé toute la semaine à essayer de réparer ma dent cassée. Il m'a collé un bout de cire blanche avec de la colle spéciale pour activités aéronautiques, et ça ne se voit pas du tout !

J'ai hâte d'être à demain. J'espère que la selle est offerte aussi. Jimmy Snow doit passer me chercher à neuf heures pour m'emmener au concours parce que le samedi, c'est un gros jour pour papa et maman, et ils ne peuvent pas s'absenter du restaurant.

30 août 1952

J'étais devant le restaurant à huit heures ce matin, fin prête. J'ai attendu, attendu, mais Jimmy Snow n'est jamais arrivé.

A dix heures, j'ai décidé de marcher pour aller à sa rencontre, comme ça, on gagnerait du temps.

J'ai fait les quinze kilomètres jusqu'à Magnolia Springs sans le croiser.

Arrivée au cinéma où se déroulait le concours, ma dent en cire avait fondu. Mais ça n'avait plus aucune importance, le film avait déjà commencé et Smiley Burnette était parti depuis longtemps.

Kay Bob Benson et sa mère m'ont ramenée en voiture. Elle n'arrêtait pas de jacasser, de raconter comme ça s'était bien passé, et qu'elle était sûre de gagner le poney parce que les autres enfants étaient tous très moches. Moi, j'ai pensé : c'est celui qui le dit qui l'est. Peut-être qu'elle va gagner et qu'elle me laissera monter le poney.

Jimmy Snow est dans un sacré pétrin. Maman espère qu'il est mort parce qu'il regrettera ne pas l'être quand elle lui aura fait passer l'envie de décevoir sa petite fille comme ça.

En marchant sur la route, j'ai pris un coup de soleil si fort que j'ai du mal à bouger. Je me dis que peut-être, ils seront tellement désolés pour moi qu'ils appelleront Peachy Wigham pour lui commander un poney. Mais pour l'instant, rien.

31 août 1952

Devinez pourquoi Jimmy Snow n'est pas venu me chercher ? Il était en prison ! Ayant appris que Iris Ann Moody et son mari étaient rentrés de leur lune de miel, il a pris son avion et a saupoudré leur maison de DDT.

Ce que je trouve vraiment formidable, c'est qu'il a réussi à toucher leur maison et pas celles d'à côté. On est allés voir, on se serait cru à Noël. Jimmy Snow est un champion du saupoudrage.

Les Kowboski sont partis aujourd'hui, je suis allée leur dire au revoir. Je suis encore en colère contre eux, mais j'avais vraiment envie de me faire prendre en photo une dernière fois par la machine. Pour vingt-cinq *cents*, on a quatre poses. En tout, j'ai fait trente-deux poses, en souriant ou sans sourire, mais à un moment, Michael a voulu mettre sa tête à côté de la mienne, et y en a quatre de fichues. Je vais garder ces photos pour quand je participerai à *C'est la vie*.

Hank nous quitte dans deux semaines. Il va travailler pour le père de Tommie Joe pendant l'hiver. Il va me manquer, ça c'est sûr, mais il a dit qu'il viendrait me voir de temps en temps.

Sen-sâ-tio-nnelllll ! Velveeta part aussi. On n'a pas les moyens de la payer pendant la morte-saison. Youpiiiii !

C'est bientôt la rentrée. Maman ne veut pas que j'aille à l'école de Magnolia Springs, c'est trop la campagne. Elle veut me mettre dans un pensionnat catholique et parle de m'envoyer à l'Académie Ursuline de La Nouvelle-Orléans. On doit y aller bientôt pour visiter l'école. Maman a engagé un comptable pour faire les comptes et nous dire combien d'argent on a gagné. Il s'appelle Mr. Lilly et il est manchot, mais à la place d'un crochet, comme Harold Russell dans *Nos meilleures années*, il a une main en caoutchouc qui ressemble à celle d'un poupon.

Maman est en colère parce que je n'ai pas arrêté de la regarder, mais je n'arrivais pas à m'en empêcher. Et de toute façon, la plupart du temps, il la pose sur sa cuisse. Je me demande où il l'a trouvée. Elle devait être sur une grosse poupée. Les doigts sont collés les uns aux autres et elle est jaune. Et si quelqu'un lui serre la main et qu'elle se détache ? Ou bien s'il l'oublie sur la table, au restaurant ?

2 septembre 1952

Maman est très en colère. J'ai cassé la glace de la salle de bains, dans le motel où on était descendues à La Nouvelle-Orléans. C'était pas ma faute. J'ai cru que c'était une armoire à pharmacie, alors j'ai voulu l'ouvrir pour voir si quelqu'un avait oublié quelque chose. Maman a peur qu'on ait sept ans de malheur à cause de moi.

Quand on est arrivées à la maison, Mr. Lilly a annoncé à maman qu'on n'avait rien gagné du tout. En fait, on a des dettes. Papa a dépensé beaucoup pour la licence. On a utilisé de la vraie crème glacée pour les milk-shakes, au lieu d'utiliser la préparation spéciale en poudre, et papa n'a pas mélangé de mie de pain à la viande, comme le font tous les cuisiniers.

Pour lui, la qualité vaut mieux que la quantité, mais dans ce cas précis, on est en mauvaise posture. En novembre, on a un gros remboursement à faire, et on n'a pas d'argent. Dès que j'ai cassé la glace au motel, maman a su que tout irait mal.

Elle est d'autant plus en colère qu'à La Nouvelle-Orléans, elle m'a acheté l'uniforme de l'école où elle n'a plus les moyens de m'envoyer. J'ai dans l'idée qu'il va falloir que je porte une jupe bleue et un chemisier blanc pour le reste de ma vie ici-bas.

Je suis bien contente de ne pas aller à l'école à La Nouvelle-Orléans. La mère supérieure m'avait dit que je partagerais ma chambre avec une fille très gentille qui vient de Colombie, en Amérique du Sud, mais je n'avais pas du tout envie de vivre avec une réductrice de têtes.

Du coup, je prendrai le bus avec Michael pour aller à l'école. Kay Bob Benson y va en voiture, avec sa mère, bien sûr!

En rentrant de La Nouvelle-Orléans, j'ai couru voir Edna, mais elle était sortie avec un marin qui veut l'épouser. A son retour, elle m'a dit qu'elle avait décidé d'accepter. Elle pense qu'elle doit se remarier, pour que son enfant ait un père. Je ne veux pas qu'elle épouse ce type. C'est un Yankee. J'ai demandé à Edna pourquoi elle ne restait pas ici avec nous, et elle m'a dit qu'elle ne pouvait pas.

C'est à cause de Roy Grimmett. Il l'a forcée à

accepter. Et maintenant, elle parle souvent avec maman. J'ai entendu maman lui dire :

— Mr. Harper et moi, on l'a fait jusqu'au cinquième mois.

Je suis arrivée et j'ai demandé :

— Fait quoi ?

Et maman a répondu :

— Dansé.

Je sais que c'est pas vrai. Elle déteste danser avec papa. Ils m'énervent tous, voilà.

A la réunion du Club des Débutantes, cette semaine, Mrs. Dot nous a fait un exposé sur « Comment traiter le personnel de couleur ». Elle a dit qu'il fallait éviter d'être trop familier avec eux, que chacun avait sa place dans une maison et qu'il fallait respecter ça si on voulait qu'un foyer reste paisible. D'ailleurs les Noirs bien élevés ne veulent pas se mélanger à nous, c'est seulement les malélevés qui veulent être nos amis. Une femme doit toujours être convenablement habillée lorsqu'un homme de couleur se trouve dans sa maison ou son jardin, de façon à ne pas provoquer en lui des pulsions incontrôlables, et si un Noir se trouve à quelque distance de chez vous et peut voir par la fenêtre, vous devez immédiatement mettre une robe de chambre.

C'est le devoir d'un chrétien que de donner tous ses vieux habits à ses employés de couleur. Il faut simplement faire attention à ne jamais rien leur donner de neuf, sauf à Noël, et surtout, surtout, ne jamais prononcer, même sous la menace, le mot, et elle nous l'a épelé, « N-E-G-R-O ». Seuls les sales Blancs racistes utilisent ce terme. Je n'ai dit ce mot qu'une seule fois dans ma vie, mais ça ne compte pas, parce que Velveeta ne m'a pas entendue.

On peut toucher ou prendre dans ses bras une femme noire, mais pas un homme. Le plus important, c'est de ne jamais s'asseoir et manger à la même table qu'eux. Ils n'aiment pas ça, et il faut leur donner leurs propres verres, des verres à moutarde. Les gens de couleur ne vous respectent pas si vous ne respectez pas leur droit à l'intimité.

J'aurais bien aimé que maman entende ça. Velveeta boit dans n'importe quel verre et s'assoit à table avec maman, et tout. Maman devrait faire attention. Si elle continue comme ça, Velveeta ne va plus la respecter. Je ne savais pas que les Blancs ne devaient pas boire dans des verres à moutarde. J'en ai un avec un dessin dessus dans lequel je bois tout le temps.

La pensée du jour de Mrs. Dot était : « Les bonnes manières, c'est un aller-retour pour le monde entier. »

4 septembre 1952

Roy Grimmett est un menteur et je le hais. Tout ce que je lui souhaite, c'est de se tirer une flèche dans le cœur avec son arc à la noix, et s'il me demande de retirer la flèche et de le sauver, il pourra toujours courir. J'espère qu'il va rester bloqué dans sa caravane et mourir de froid, ou qu'elle va tomber dans un précipice avec lui dedans. Si seulement j'avais sous la main la mitrailleuse des Demoiselles du Mississippi pour la Liberté, je lui ferais plein de trous dans la peau avec, et j'y verserais de l'acide.

Lui et Mava devaient emmener Edna à Pensacola pour qu'elle se marie aujourd'hui. Elle s'est mise à pleurer, et je savais qu'elle ne voulait pas y aller.

Roy est revenu de la cérémonie vers six heures, et il riait à s'en décrocher la mâchoire. Il a balancé la vieille alliance d'Edna sur le comptoir et a demandé si quelqu'un était preneur. Il la revendait, c'était lui qui l'avait achetée. Edna n'avait jamais eu de mari, c'était qu'une pauvre cruche de la campagne qui s'était fourrée dans un mauvais pas et il était bien content qu'elle soit enfin casée.

Je lui ai lancé mon cheeseburger et mes frites à la figure et je lui ai dit qu'il n'était qu'un sale menteur et valait moins cher que de la merde de serpent.

Maman lui a demandé s'il n'avait pas honte de parler de la sorte devant une enfant, et m'a emmenée dans la pièce de derrière. Elle a aussi dit qu'elle était choquée par mon langage. Papa est arrivé et m'a mis un linge froid sur le front, et puis il a dit que ça serait aussi bien que je connaisse la vérité. Edna n'avait jamais été mariée. Ils le savaient depuis le début. Maman s'est mise à secouer la tête et à dire que non, ce n'était pas vrai, elle avait un mari. Alors ils se sont mis à se disputer. Papa était assez bête pour croire Roy et pas Edna. Les hommes, c'est toujours coude contre coude.

Ils sont sortis et se sont crié après pendant un moment, et puis papa m'a apporté un jus d'orange, et j'ai vomi. Je ne comprends pas pourquoi il m'apporte toujours du jus d'orange quand je ne vais pas bien. Je déteste le jus d'orange. J'aurais préféré un milk-shake. Papa m'a dit qu'il en avait discuté avec maman et qu'elle avait raison, que Roy Grimmett était un menteur, qu'il racontait toujours des tas d'histoires pour faire l'intéressant. Je le savais.

DÉGOÛTANT... DÉGOÛTANT... DÉGOÛTANT... MERDE DE SERPENT... DÉGOÛTANT.

6 septembre 1952

Aujourd'hui, j'ai reçu une lettre de Roy Grimmett, qui me disait qu'il était désolé de m'avoir menti, et qu'Edna avait été mariée. En fait, son premier mari était un héros de la guerre, comme Jimmy Snow. Et voilà. Je suis sûre que ça l'a achevé, d'avoir à écrire cette lettre. Je le déteste toujours, et en plus, il écrit comme ma mère, très petit, avec des boucles à la fin des mots. Moi, j'écris exactement comme mon papa. On a aussi la même couleur de cheveux et d'yeux. Si on avait le même âge, on serait de vrais jumeaux.

Maman dit que plus ça va, plus je ressemble à papa. J'étais gentille quand j'étais petite, mais après son retour de la guerre, papa a été trop dur, et a fait de moi un garçon manqué. Je ne vois rien de mal à ça. Les filles qui font des manières m'exaspèrent. Je pense surtout à celles qui ont pour initiales K.B.B.

L'école ne commence que la deuxième semaine de septembre parce que la plupart des enfants qui vont à Magnolia Springs viennent des fermes où on cultive des patates et ils doivent aider à la récolte. Vous vous rendez compte, il va falloir que je fréquente des filles de pêcheurs de crevettes et de producteurs de patates.

Mr. Romeo dit qu'après Labor Day (*), Shell Beach se vide. Moi je dis c'est pas trop tôt. J'en ai assez des touristes et de leurs méchants enfants. A propos de méchant, je suis furieuse après Félix et je ne sais pas quoi faire. Il a mâchouillé la frange jaune du coussin que Jessie LeGore m'a légué. Mon seul et unique héritage est à jeter à la poubelle. Félix devait s'ennuyer.

Papa et moi, on va participer au concours de pêche à la truite la semaine prochaine, et on va gagner. J'en suis sûre.

Papa a acheté le poisson gagnant chez Harvey Underwood il y a un mois, et l'a mis au congélateur. Il a dit à maman qu'il l'empaillerait. Il pèse cinq kilos cinq, et je ne vois pas comment quelqu'un pourrait en pêcher un plus gros. Le record est de

(*) N.d.T. : Fête du travail aux Etats-Unis, le premier lundi de septembre.

cinq kilos neuf, et c'était il y a six ans. La chance est avec nous !

La personne, c'est-à-dire nous, qui attrape la plus grosse truite tachetée pendant les trois jours du concours gagne le premier prix, et le premier prix, c'est un moteur de hors-bord d'une valeur de 149,90 dollars. Le second prix, c'est une canne à pêche d'une valeur de 36 dollars. Tout ce qu'il nous faut, maintenant, c'est un bateau pour aller avec !

13 septembre 1952

Ecoutez-moi ça. J'ai des renseignements top secret sur Kay Bob Benson. Tous les jours, Mrs. Romeo et maman se retrouvent pour le café, et pour bavarder, bavarder, bavarder. Aujourd'hui, il s'est trouvé que j'étais sous la fenêtre quand Mrs. Romeo a dit à maman que si Kay Bob Benson était tant gâtée par sa mère, c'est que pour l'avoir, elle a dû passer une « commande spéciale ».

Quand Mrs. Benson a eu quarante ans et toujours pas d'enfant, elle est allée voir le docteur et a appris qu'elle se portait très bien, et que c'était chez Mr. Benson que quelque chose clochait. Elle n'a pas eu le courage de le lui dire, alors Kay Bob Benson est un enfant né grâce à l'incinération artificielle que Mrs. Benson a eue par un docteur de La Nouvelle-Orléans ! Comme Mr. Benson est malade de la prostate, Mrs. Benson ne peut pas avoir d'autre enfant, parce qu'il se douterait de quelque chose. Donc, Kay Bob est le seul enfant qu'elle aura jamais.

Mrs. Romeo commençait à parler d'une femme autour de laquelle tourne le mari de Mrs. Dot, et puis elle a fermé la fenêtre et je n'ai plus rien entendu. Hé, hé... Je me disais bien qu'il y avait quelque chose de drôle à savoir sur Kay Bob Benson !

15 septembre 1952

Demain s'achève le concours de pêche à la truite, et tout se déroule comme papa et moi l'avons prévu. On est allés s'inscrire le premier jour, tôt le matin, et puis on s'est installés au bord de la rivière, à l'endroit qu'on avait choisi. Papa a fait toute une histoire comme quoi il ne pensait pas du tout gagner, mais qu'il s'était dit que pour sa petite fille, ça serait marrant de faire le concours, surtout que pendant l'été, à cause de son travail, il n'avait pas passé beaucoup de temps avec elle. Il m'a fait monter et descendre la rivière à la rame pendant un petit moment chaque jour, de manière que les gens nous voient, et ensuite, on allait se reposer et on ne pêchait pas de la journée. Je prenais ma carabine et je tirais sur les serpents, je mangeais des bonbons et papa buvait des bières en me racontant des histoires de guerre. A cinq heures, on allait au QG du concours, dans le magasin d'appâts, et papa disait :

— Rien aujourd'hui, ces poissons n'ont vraiment pas envie de mordre.

Tout ça d'un air vraiment très déçu, pour les induire en erreur.

Le premier jour, j'ai vu Betty Caldwell, l'handicapée, et je lui ai fait un signe, et elle a dit :

— Salut, Fay, comment vas-tu ?

— Bien, j'ai répondu.

Et puis sa mère s'est approchée de nous et m'a rendu le cendrier en coquillages que j'avais envoyé à Betty en me disant que merci bien, mais si je pouvais arrêter de leur en envoyer parce qu'ils ne boivent pas et ne fument pas, et puis elle a fait demi-tour et est partie. Elle aurait pu l'utiliser pour mettre des épingles à cheveux, ou autre chose, je ne sais pas, moi... Bette Davis fume, je ne vois pas quel mal il y a à cela.

Pendant que je tirais à la carabine pour tuer le temps, papa m'a raconté comment il avait rencontré maman. Il m'a parlé de leurs sorties dans les auberges où ils s'amusaient bien, comme la Pantoufle d'Argent, ou la Casa Loma, ou l'Auberge de la Rosée. L'histoire d'amour de papa est différente de celle de maman. Papa raconte les choses comme si maman lui courait après pour se faire épouser, mais je sais que ce n'est pas tout à fait ça. Papa dit qu'il aurait pu épouser n'importe quelle fille de Jackson mais qu'il a choisi maman parce qu'elle était très timide. Un après-midi, il est passé la chercher dans sa DeSoto décapotable et ne s'est rendu compte qu'elle s'était brûlé les cuisses sur le siège que lorsqu'elle s'est mise à pleurer. Elle avait trop de classe pour se plaindre. Je sais que ma maman est une grande dame. Tout le monde dit que si, mais je ne crois pas qu'elle soit encore timide.

On va sortir la truite tachetée du congélateur ce soir avant de nous coucher, pour qu'elle soit à point et dégelée demain.

18 septembre 1952

La truite était encore dure comme du bois ce matin, alors papa l'a mise dans une marmite d'eau bouillante et l'a cachée dans le coffre de la voiture. En arrivant au QG du concours, il a encore raconté qu'il n'avait rien pêché jusqu'à présent et que vraiment, il espérait prendre un poisson aujourd'hui, parce que autrement, qu'allait penser sa petite fille d'un pêcheur aussi maladroit ? On a ramé un moment sur la rivière, pour que tout le monde nous voie, comme les autres jours, et puis on est allés se mettre à l'écart, et on a attendu que la truite finisse de dégeler. Une chose est sûre, papa ne s'est pas fait avoir en achetant le congélateur. Enfin, vers deux heures de l'après-midi, elle était molle, mais ses yeux étaient neigeux, à cause du séjour dans l'eau bouillante. Elle n'avait pas l'air très frais, à mon avis. Papa était d'accord avec moi, et il s'est mis à jurer. Et puis il a eu une idée.

— Ne bouge pas d'ici, il m'a dit. Si quelqu'un arrive, tu n'auras qu'à dire que je suis allé aux toilettes.

Alors j'ai attendu tranquillement, et je peux vous dire qu'une truite morte, ça sent pas la rose.

A peu près une heure plus tard, papa est revenu par les buissons et m'a fichu une peur bleue. Il m'a fait tirer la truite vers la berge. Là, il avait tout son nécessaire de taxidermiste avec les yeux, et de la colle spéciale aéronautique en plus. Il nous a fallu du temps, mais on a fini par trouver des yeux de truite. Ils étaient un peu trop gros et de la mauvaise couleur, mais d'après papa, les juges ne le remarqueraient pas. Il a arraché les vrais yeux et a collé les faux à la place. On a soufflé dessus pour que la colle sèche, et sur le coup de quatre heures, notre poisson avait plutôt bonne mine. En séchant, la colle avait pris une drôle de couleur, mais papa a dit que ça donnait l'impression que la truite était morte de terreur. Je crois que je vous ai déjà dit que mon papa voyait toujours le bon côté des choses.

On s'apprêtait à y aller quand est arrivé un vieux paysan dans une barque, qui, en nous voyant, nous a crié :

— J'ai entendu dire que Emmet Weaverly en avait attrapé une de cinq kilos sept cent cinquante, ce matin.

Notre truite ne faisait que cinq kilos cinq. J'ai cru que papa allait être malade. Mais il a l'esprit vif. Il a attrapé la boîte de plombs pour ma carabine et en a vidé la moitié dans la truite. Quand on est arrivés au QG du concours, tout le monde avait fait peser son poisson sauf nous, et le gagnant, pour l'instant, c'était Emmet Weaverly, avec une truite de cinq kilos six cent cinquante, et non pas cinq kilos sept cent cinquante, comme le paysan nous avait dit.

Quand papa est entré dans la salle de pesage, devinez ce qu'il a fait. Il m'a donné la truite et a dit :

— Regardez ce que ma petite fille a attrapé !

Je n'en croyais pas mes oreilles, et j'ai dit :

— Oh, non, papa, c'est toi qui l'as attrapée !

— Non, ma chérie, il m'a dit, c'est toi qui l'as pêchée. Va vite la faire peser.

Si on pouvait tuer du regard, il serait plus mort que la truite aux yeux en plastique. J'avais très bien compris son manège. Il faisait celui qui a pêché le plus gros poisson mais qui laisse sa petite fille recevoir toutes les félicitations. J'ai essayé de lui rendre la truite, mais tout le monde trouvait l'idée tellement charmante que je me suis retrouvée poussée vers la balance. J'ai posé le poisson avec beaucoup de délicatesse, je ne voulais pas que les yeux en plastique fassent du bruit en heurtant quelque chose.

Notre truite pesait cinq kilos sept. J'ai fait un rapide calcul mental, ça faisait deux cents grammes de plombs. Tout le monde s'est mis à applaudir en disant :

— La petite de Bill Harper a gagné !

J'ai regardé derrière moi, et il y avait papa qui souriait, tout content. On venait lui taper sur l'épaule, le féliciter. C'est lui qui recevait tous les honneurs. Heureusement, Mrs. Dot est arrivée et m'a prise dans ses bras pour m'embrasser et me dire combien elle était fière qu'un membre du Club des Débutantes ait gagné le premier prix, et qu'il fallait que je vienne me faire prendre en photo pour le journal.

Je n'ai pas quitté la truite des yeux. Quand un juge a voulu la prendre, je l'ai attrapée en un éclair. Le photographe officiel du concours m'a installée pour la photo. Il fallait que je tienne la truite par la queue et que je fasse un grand sourire. C'était pas très facile, parce que si un œil en plastique tombait et qu'ils s'apercevaient que la truite était morte depuis un mois, j'irais probablement en prison. Mrs. Dot ne s'en remettrait pas d'apprendre qu'une de ses débutantes était devenue reprise de justice. Et plus j'y pensais, plus j'avais peur. Mon cœur s'est mis à battre très fort et mes lèvres à trembler. Même si ma vie avait été en jeu, je n'aurais pas pu sourire. Mais ils y tenaient, à leur sourire, et ils me disaient :

— Si tu ne nous fais pas un beau sourire, on ne te laisse pas partir. Allez, cocotte chérie, un sourire, d'accord ?

Mes mains se sont mises à trembler aussi, et la truite avec. J'étais sûre que les yeux allaient tomber. Y en avait déjà un de travers, alors... Mais je n'aurais pas dû m'inquiéter pour les yeux parce qu'à ce moment-là, les plombs ont commencé à sortir par la bouche de la truite, et à tomber sur le sol, un par un. J'étais prise de sueurs froides, mais j'ai quand même réussi à arborer le sourire le plus éclatant du monde.

Il fallait qu'ils se dépêchent, avec leur photo ! Et Mrs. Dot s'est exclamée :

— Oh ! Regardez ! C'est une maman truite, elle est pleine de caviar !

J'étais drôlement contente qu'elle ne sache pas faire la différence entre des plombs de chasse et du caviar. Dieu merci, papa est arrivé et a attrapé le poisson pour le retourner, et il a dit :

— Maintenant, je l'emporte pour l'empailler. Je vais en faire un trophée que j'offrirai au comité organisateur du concours.

Tout le monde a trouvé que c'était une sacrée

bonne idée, moi la première. Papa a dit qu'il fallait qu'il l'emporte tout de suite, avant qu'elle ne pourrisse.

Maman nous attendait. Papa a dit :

— Regarde ce que Daisy nous a rapporté !

Et il a mis la truite dans le congélateur sans lui laisser le temps de la regarder, en disant qu'il ne fallait pas ouvrir le congélateur avant vingt-quatre heures parce que, autrement, elle serait fichue. Maman l'a cru. Elle était tellement fière de moi qu'elle aurait gobé n'importe quoi.

Papa ne devrait pas avoir trop de mal à empailler cette truite. Il a déjà mis les yeux.

Vous auriez dû voir la photo de moi avec le poisson. C'est la première fois que j'ai ma photo dans le journal, et je suis moche comme un pou, je ne ressemble pas à Celeste Holm du tout. Dans sa chronique, Mrs. Dot a écrit : « Daisy Fay Harper, membre du Club des Débutantes, est une championne de la pêche ! » Le reste de son article était consacré à l'étiquette des relations hommes/femmes lors d'une partie de pêche. Saviez-vous qu'une dame n'accroche jamais elle-même son appât à son hameçon ?

Papa a mis le moteur de hors-bord dans la cabane qui est sur le côté du restaurant. Il n'a pas encore de bateau, alors je ne vois pas pourquoi il est si content. Maman et moi, on voudrait qu'il le vende. On a besoin de l'argent pour les traites du restaurant, mais papa dit que dès qu'il aura commencé à empailler ses animaux, il aura assez d'argent pour payer les traites et acheter un bateau. Il n'a pas parlé de poney. Il a déjà commencé à empailler l'anguille électrique.

Mr. Romeo avait raison quand il disait que Shell Beach, c'était le désert après Labor Day. Il n'y a plus un chat ici, presque tout le monde est parti pour l'hiver, il ne reste plus que Michael, moi, et les filles des pêcheurs de crevettes. Kay Bob Benson est partie voir ses grands-parents et se faire offrir une autre poupée, probablement.

21 septembre 1952

Maman et papa sont allés pêcher en mer avec Mr. et Mrs. Dot aujourd'hui, mais je suis restée à la maison parce qu'ils avaient peur que je remette les poissons à l'eau.

Je jouais toute seule au bord de la route quand j'ai vu une voiture garée à quelques mètres de là, avec deux personnes dedans, qui s'embrassaient et se faisaient des choses, comme ça, en plein jour. Dégoûtant !

Environ une heure plus tard, la voiture s'est arrêtée devant le restaurant et je suis allée leur dire que c'était fermé. Devinez qui c'était ? CLAUDE PISTAL !!! J'ai presque tourné de l'œil. Il m'a demandé où étaient mon papa et ma maman, et je lui ai dit qu'ils étaient un peu plus haut sur la route et seraient là dans une minute, ce qui n'était pas vrai, ils m'avaient dit qu'ils rentreraient vers six heures, mais Claude avait dû oublier qu'il me détestait parce qu'il m'a demandé si son amie pouvait utiliser nos toilettes. Pas étonnant qu'elle ait envie, leur voiture était pleine de bouteilles de bière vides.

Je l'ai accompagnée le long du restaurant et lui ai montré le petit coin, et elle m'a demandé :

— Tu es le petit garçon de qui ?

— Je suis une petite fille, j'ai répondu.

Elle devait être vraiment pétée, j'ai une queue de cheval, et tout. Elle avait de longs cheveux bruns et était plutôt pas mal, mais pour aller avec quelqu'un d'aussi moche que Claude Pistal, elle devait être drôlement en manque.

En sortant des toilettes, elle a voulu se recoiffer et se mettre du rouge à lèvres. Je pense qu'elle doit être assez riche parce qu'à un doigt, elle avait le rubis le plus gros et le plus rouge que j'aie jamais vu. Je lui ai demandé si c'était un vrai et elle m'a répondu que oui. Elle m'a dit qu'elle s'appelait Ruby Bates, et qu'elle avait une sœur jumelle qui s'appelait Opale. Pour leur vingt-et-unième anniversaire, leur papa leur a donné un rubis et une opale. Et puis elle s'est mise à pleurer pour son papa, à dire que c'était l'homme le plus doux qui soit. Je ne savais pas quoi dire, mais elle doit être un peu folle parce qu'elle s'est arrêtée de pleurer aussi vite qu'elle avait commencé. Ensuite, elle a essayé de se recoiffer et de se remettre du rouge, et là, je ne vous parle pas du massacre. Ma mère ne laisse jamais baver son maquillage.

Ruby m'a demandé comment je m'appelais et j'ai répondu Daisy Fay Harper. Elle s'est mise à rigoler à gorge déployée, comme si c'était le nom le plus marrant qu'elle ait jamais entendu. Je lui ai dit que ce n'était pas ma faute si je m'appelais comme le bouquet de fleurs qui se trouvait dans la chambre de ma mère, qu'on ne m'avait pas demandé mon avis. Quand je l'ai raccompagnée à la voiture, je lui ai dit :

— Très heureuse d'avoir fait votre connaissance.

Et je suis partie. Je ne voulais pas prendre de risques avec Claude Pistal. Maintenant que j'y pense, s'appeler comme une fleur, c'est pas plus drôle que de s'appeler comme une bague !

22 septembre 1952

Jimmy Snow est passé nous voir et papa a été obligé de lui avouer qu'il n'avait pas de quoi payer sa part des traites du restaurant. Jimmy a dit que ça ne faisait rien, que lui non plus n'avait pas de quoi payer. Jimmy est un type bien. Maman est morte d'inquiétude, mais papa a dit qu'il allait trouver une solution.

Il travaille à l'empaillage de l'anguille électrique, mais elle a des bosses partout. Maman se demande qui va bien vouloir acheter une anguille de toute façon. Si papa n'arrive pas à finir l'anguille, il s'attaquera au flamant rose.

Billy Bundy, le prédicateur, est venu essayer de vendre une machine à coudre religieuse à maman. Papa lui a demandé ce qu'elle avait de religieux, sa machine, et Billy a répondu :

— Si vous en achetez une, Dieu vous bénira.

Il en a déjà vendu plein par la radio, mais maman a dit qu'elle n'en voulait pas, et que de toute façon, on n'avait pas les moyens.

La semaine passée, c'était la dernière réunion du Club des Débutantes, et Mrs. Dot a écrit dans sa chronique que tout le monde avait beaucoup apprécié l'heure de danse folklorique mexicaine organisée par l'Ecole de Danse de Corky King. C'est faux, je n'ai pas aimé du tout. Pour Kay Bob Benson, c'était l'événement du siècle. Elle se vante d'être la meilleure élève de l'Ecole de Danse de Corky King et que Corky King lui a dit qu'un jour, elle serait danseuse professionnelle.

Vous savez de quoi Kay Bob Benson m'a traitée quand j'ai marché sans le faire exprès sur le grand chapeau autour duquel on devait danser ? De rat des sables ! Je n'ai rien dit, mais elle ne perd rien pour attendre. J'aurais pu la traiter d'incinérateur artificiel, mais je ne l'ai pas fait. Et pour ce qui est de cette idiotie de danse du chapeau, je me demande bien à quoi elle va nous servir. Combien de fois est-ce que je vais aller au Mexique, je vous le demande. En plus, je déteste tout ce qui est espagnol, surtout les maquereaux. Maman et papa en ont rapporté à peu près trois cents l'autre jour. Si j'en mange un de plus, je vais vomir.

Je suis contente que les réunions soient terminées. A la fin, Mrs. Dot n'arrêtait pas de nous parler de quand elle était jeune. Elle nous a raconté l'histoire de sa première surprise-partie au moins dix fois. Moi, je l'aimais bien, cette histoire, mais les autres filles n'arrêtaient pas de rire dans son dos. Quand papa et maman sont allés pêcher avec Mr. et Mrs. Dot, Mr. Dot s'est moqué de sa femme jusqu'à ce qu'elle se mette à pleurer. C'est un goujat. Elle doit avoir de plus en plus de problèmes parce qu'à la dernière réunion, elle a oublié de nous donner la pensée du jour. Elle nous a simplement raconté combien elle était heureuse et insouciante quand elle était jeune et qu'elle ne pensait qu'aux soirées auxquelles elle se rendait en compagnie de quelque beau jeune homme. Et puis elle nous a regardées l'air un peu triste et a dit :

— Si seulement quelqu'un pouvait prendre ces jours, ces heures, ces minutes de bonheur, les mettre dans une enveloppe, et les glisser sous ma porte !

30 septembre 1952

L'école a commencé et je suis bien contente. Toute la journée, papa et maman ne font que se battre, crier, se disputer... En général, je n'aime pas l'école, mais là, j'adore ma maîtresse. Elle s'appelle Mrs. Sybil Underwood et elle est très belle. On dirait Gene Tierney. Et devinez quoi ? C'est une parente par alliance de Mr. Roy Underwood, le monsieur des poulets à dix doigts.

Le travail ici est plus facile qu'à l'école où j'étais. Les gosses de cultivateurs de patates sont moins futés, et ils ne font même pas leurs devoirs. Moi, j'ai un gros problème avec la timidité. Mrs. Underwood m'a fait un clin d'œil et je suis devenue rouge comme une tomate, j'ai été obligée de poser la tête sur mon pupitre. C'est terrible d'avoir la peau si blanche, ça se voit tout de suite, quand on rougit. Je ne sais pas ce qui m'arrive. Si elle me demande de lire à voix haute, je crois que je vais mourir.

Je sais presque toujours les réponses aux questions, mais je n'ose pas lever le doigt. Mon bras est lourd comme du plomb. Les gens qui lèvent toujours la main sont des arrivistes et des Yankees, de toute façon.

Le deuxième jour, Mrs. Underwood a appelé maman et lui a demandé si j'étais toujours aussi timide, et maman a dit non, que elle et papa me trouvaient plutôt trop délurée. Mrs. Underwood est inquiète parce que je ne parle pas avec les autres enfants, mais je préférerais lui parler à elle qu'à eux. Je n'y connais rien en patates, ni en crevettes, et je préfère rester dans l'ignorance.

Il fait encore très chaud. La mère de Kay Bob Benson a apporté un grand ventilateur électrique dans la classe l'autre jour et l'a posé juste en direction de Kay Bob. Je mourais de chaleur, mais on me paierait pour m'asseoir à côté d'elle que je ne le voudrais pas.

Ce matin, dans le car de ramassage, Michael a eu la surprise de sa vie. Tous les jours, sa mère lui prépare son déjeuner. Il est tellement glouton qu'il commence à manger avant même d'arriver à l'école. Aujourd'hui, il a sorti un œuf dur de son sac et se l'est cassé sur la tête, pour frimer, comme toujours, mais sa mère avait dû oublier de le faire cuire parce qu'il était frais et a dégouliné de partout sur Michael. Enfin, frais, pas vraiment, ça puait, c'était une horreur. Vous auriez dû voir la tronche de Michael !

Je suis allée voir Mrs. Butts, la conductrice du car, et je lui ai dit qu'elle ferait mieux de s'arrêter parce que Michael avait un œuf pourri sur la tête.

Mrs. Butts a garé le car et nous a fait ouvrir toutes les fenêtres parce que ça sentait vraiment très mauvais. Pendant qu'elle le ramenait chez lui, Michael a dû s'asseoir tout seul au fond. On est tous arrivés en retard à l'école mais tant pis. Rien que pour voir la tête de Michael, ça valait la peine.

Je suis allée le voir cet après-midi, après la classe, parce que finalement il n'est pas venu à l'école. Il m'a dit que le temps qu'il arrive chez lui, l'œuf avait tellement séché que sa mère a dû lui laver les cheveux huit fois.

Papa a abandonné le flamant rose. Le cou était trop long et il n'arrivait pas à le faire tenir droit. Il a essayé avec un cintre, mais ça n'a pas marché, alors il a commencé le lynx de Jimmy Snow.

21 octobre 1952

Ça fait trois semaines que l'école a commencé, et je n'arrive toujours pas à regarder Mrs. Underwood. A baisser la tête comme ça, je vais probablement attraper un double menton. Elle nous a fait passer un test de lecture et j'ai eu la meilleure note. Je suis encore en primaire, et j'ai un niveau de collège, alors je pense que je vais pouvoir me laisser aller en roue libre jusqu'au collège.

Maman est furieuse contre moi. Elle ne me prépare pas de déjeuner parce qu'elle pense que c'est important pour un enfant de manger chaud à midi, et comme il y a une cafétéria à l'école, elle me donne de l'argent pour le déjeuner. Mais une certaine personne, dont les initiales sont K.B.B., est allée raconter à sa mère, qui a dit à Mrs. Romeo, qui a dit à ma mère que j'allais au Pig and Whistle Grill à midi pour m'acheter un steak grillé et un Coca-Cola. Premièrement, ce n'est pas vrai. Je prends toujours un cheeseburger. Deuxièmement, Mrs. Dot, que j'admire, a dit une fois que pour rien au monde elle ne mettrait les pieds dans une cafétéria depuis que son oncle, Willis Crenshaw, s'est étouffé avec une arête de poisson-chat dans la cafétéria Red Star de Selma, en Alabama, en 1936. Et troisièmement, voici le menu de la cafétéria de l'école pour cette semaine, qui paraît dans le journal de Magnolia Springs. Jugez vous-mêmes.

LUNDI	spaghetti — boulettes — crème glacée
MARDI	pâté — pommes de terre — fayots — demi-pêche
MERCREDI	saucisse au fromage — riz en sauce — épinards au beurre — crème à la noix de coco
JEUDI	salade de thon — betteraves — macaroni au fromage — banane
VENDREDI	ragoût de bœuf — haricots verts — Jell-O

Beurk.

Papa a enfin terminé d'empailler le lynx. Il sourit de toutes ses dents. Maman dit que personne ne va acheter un lynx qui a un sourire jusqu'aux oreilles, et que voilà ce qui arrive quand on apprend la taxidermie par correspondance. Maman a raison. Ce lynx n'a vraiment pas l'air méchant. En fait, on a l'impression qu'il a été chatouillé à mort.

Je ne sais pas ce qu'ont les garçons, mais ils ne

veulent plus que les filles jouent avec eux. Jusqu'à présent, les garçons étaient gentils, mais maintenant, ils sont bêtes. Leur distraction favorite, c'est de se moquer de Patsy Ruth Coggins, qui porte un soutien-gorge. Ça, c'est une chose que je ne porterai jamais. La mère de Michael dit que je devrais demander à maman de m'en acheter un, mais ça risque pas.

J'aimerais bien avoir un blouson japonais en satin noir. Le frère de Amy Joe Snipes lui en a envoyé un de Corée. Il y a un dragon dessus, et tout.

Maman et papa ne se battent plus pour des questions d'argent, mais ils se disputent à propos d'une femme. Maman dit que papa la fréquente. Kay Bob Benson m'a dit que sa maman avait vu mon papa dans un bar avec une femme, mais je ne la crois pas. Maman a dû la croire, parce que l'autre soir, quand il est rentré tard, elle a sorti le fusil et a dit qu'elle allait l'abattre. Il était sur la véranda, derrière la maison, et tenait la moustiquaire de toutes ses forces pour empêcher maman de sortir et de le viser. Il était mal placé parce que s'il partait en courant, elle pouvait lui tirer dans le dos, et s'il restait, il courait le risque de se faire tirer dessus à travers la moustiquaire. Il était entre le marteau et l'enclume. Il m'a demandé de l'aider, alors j'ai couru me mettre entre maman et lui parce que je savais qu'elle ne voulait pas me tuer.

Elle était fu-rieuse. Elle a reculé et a tapé de toutes ses forces sur la porte, qui est sortie de ses gonds, et papa a fait un vol plané dans le jardin. Elle lui a couru après sur la plage, mais n'est pas arrivée à l'attraper.

A la récréation, Mrs. Underwood m'a prise à part et m'a dit avoir entendu que mon papa et ma maman avaient quelques problèmes. J'ai dit que ce n'était pas vrai, que tout allait bien. Kay Bob Benson a intérêt à fermer sa boîte à camembert ! Enfin, Mrs. Underwood m'a dit que je pouvais toujours venir lui parler si j'en avais envie, que j'étais son élève préférée et qu'elle aimerait tellement que je ne baisse pas toujours la tête vers mon pupitre. Je le savais depuis le début, que j'étais sa préférée. Il faut dire qu'il n'y a pas beaucoup de concurrence, mais quand même, ça m'a fait du bien de l'entendre me le dire.

Des fois, j'imagine que l'école est en feu et que Mrs. Underwood est coincée dans la salle de classe. Alors je cours et je la tire de là, je l'emmène en lieu sûr et elle est tellement heureuse qu'elle me prend dans ses bras et me fait un gros baiser. J'aimerais bien qu'elle apprenne d'une façon ou d'une autre que c'est moi qui ai sauvé Angèle Pistal, mais je ne veux pas aborder ce sujet moi-même. J'ai essayé de convaincre Michael de le faire, mais il n'est pas d'accord. Finalement, c'est peut-être aussi bien. A l'entendre, il a sauvé Angèle et m'a sauvée en même temps, et pendant qu'il y est, il a aussi traversé la Manche à la nage. Le lagon fait à peine cinquante mètres de large.

J'aimerais bien avoir une Buick Super 8 Dyna Flow, celle avec des trous sur les côtés. J'emmènerais Mrs. Underwood faire un tour avec.

27 octobre 1952

Ce matin, Kay Bob Benson m'a demandé :

— Tu ne changes jamais de vêtements ? Tu portes le même ensemble depuis la rentrée des classes.

— Si, je change de vêtements tous les jours, mais j'ai plein de chemisiers blancs et de jupes bleues qui se ressemblent, j'ai répondu.

Elle était déjà difficile à supporter au Club des Débutantes, mais à l'école, c'est pire que tout.

Toute la classe organise une grande fête pour Halloween. Il fallait entendre ce que proposaient ces idiots de village pour la chasse au trésor. Ma proposition était la meilleure. Sur mon papier, j'avais écrit : « un albinos », mais Kay Bob Benson s'est tout de suite mise à brailler qu'elle savait que cette suggestion venait de Daisy Fay Harper. Nos propositions devaient être anonymes. Mrs. Underwood a dit que trouver un albinos allait être trop difficile, mais je lui ai dit qu'il y en avait une qui s'appelait Ula Sour et qui habitait dans le quartier noir. Quand même, elle n'a pas trouvé que ce serait une très bonne idée d'envoyer les enfants courir dans ce quartier le soir. Mince et zut ! Je suis sûre qu'un de ces mômes de paysans aurait pu la trouver. C'était la chance de ma vie de voir Ula Sour, et tout tombe à l'eau à cause de vous savez qui !

Je pense que quand je serai grande, je serai républicaine. On a dû voter pour les dix meilleurs objets à trouver pour la chasse au trésor. Mrs. Underwood a dit que c'était une façon démocratique de nous mettre d'accord. Moi, j'avais plein d'idées de trucs marrants à chercher, et à la place, on se retrouve avec une liste qui indique un cure-dent, un bout de cigare, une houppette et un tube de rouge à lèvres vide. Trop facile.

Je suis allée au magasin Elwood pour m'acheter mon déguisement, et il est sensass. C'est un costume de diable rouge, avec des cornes et une queue qui tient en l'air. La fourche en caoutchouc qui va avec n'est pas terrible, mais Jimmy Snow m'a dit qu'il m'en apporterait une vraie.

Ecoutez un peu cette réclame parue dans le journal d'aujourd'hui :

SOIRÉE HALLOWEEN AU CINÉMA DE MAGNOLIA SPRINGS... VENEZ, VENEZ TOUS VOIR L'UN DES SPECTACLES LES PLUS EFFRAYANTS DU SIÈCLE. LE SHOW VAU-

DOU DU DOCTEUR FOU VOUS GLACERA LES SANGS. FRANKENSTEIN À CÔTÉ, C'EST DE LA RIGOLADE. DES MONSTRES INHUMAINS SERONT LÂCHÉS DANS LA SALLE. FANTÔMES, VAMPIRES ET LOUPS-GAROUS VIENDRONT S'ASSEOIR À VOS CÔTÉS.

DEVANT VOUS, SUR LA SCÈNE, DES JEUNES FILLES SERONT SACRIFIÉES À DES CRÉATURES INHUMAINES, LES TÊTES SERONT COUPÉES À LA TRONÇONNEUSE ! VOTRE LANGUE POURRAIT ÊTRE ARRACHÉE ! DES VAMPIRES BOIRONT VOTRE SANG ! DES MEURTRES SERONT COMMIS SOUS VOS YEUX ! ATTENTION ! LES JEUNES FILLES NE DOIVENT PAS VENIR SEULES ! PRIX DE LA PLACE : 50 CENTS. ENTRÉE GRATUITE POUR LES CROQUE-MORTS ET LES FOSSOYEURS.

C'est bête que ça soit une salle pour Blancs. Peachy Wigham serait entrée gratuitement, avec ses pompes funèbres.

Je n'irai pas. Et vous savez pourquoi je suis obligée de rater ce spectacle, probablement le meilleur spectacle qui viendra jamais dans la région tant que j'y vivrai ? Parce que, quand Mrs. Underwood a demandé si on préférait avoir notre fête la veille ou le soir d'Halloween, une certaine personne s'est levée et a dit :

— Oh, non, Mrs. Underwood, ça ne serait pas une vraie fête d'Halloween si on ne la faisait pas le soir d'Halloween.

J'ai essayé de leur faire remarquer que certains d'entre nous aimeraient peut-être aller au cinéma, ou parader de maison en maison pour demander des bonbons ce soir-là, et que si notre fête avait lieu la veille, on ferait d'une pierre deux coups.

— Alors, votons, a dit Mrs. Underwood. Combien d'entre vous veulent faire la fête le soir d'Halloween ?

Kay Bob Benson a levé la main si vite, je me demande comment elle ne s'est pas déboîtée. Et tous les enfants de paysans et de pêcheurs ont voté oui. Michael et moi on était les seuls à avoir voté non. Un jour, je montrerai à Kay Bob Benson de quel bois je me chauffe, même si c'est la dernière chose que je dois faire dans ma vie.

J'en ai vraiment envie, mais je ne peux pas aller au spectacle d'Halloween à Magnolia Springs. Mrs. Underwood serait déçue de ne pas me voir à la fête de l'école. En plus, je ne l'ai jamais vue le soir.

29 octobre 1952

Aujourd'hui, je passe à l'action !

J'ai demandé à Mrs. Underwood si Michael et moi on pouvait monter un petit spectacle pour Halloween.

— Quelle sorte de spectacle ? a-t-elle demandé.

Je lui ai dit qu'on voulait faire une sorte de palais des horreurs. Les clients viendraient l'un après l'autre. Elle a trouvé que c'était une bonne idée, alors Michael et moi on y a travaillé toute la journée.

Il voulait l'appeler « Manoir de l'Horreur Sanglante, entrez si vous l'osez. » Moi, je voulais l'appeler « Le Manoir des Mille Monstres Maudits Macabres et Menaçants », mais Michael a répondu que comme on n'avait que huit idées de monstres, son titre à lui convenait mieux. Je l'ai laissé faire comme il l'entendait, parce qu'il m'épaule dans la mise sur pied de l'un des plans de revanche les plus spectaculaires de tous les temps.

Papa nous a fabriqué une enseigne avec « Manoir de l'Horreur Sanglante, entrez si vous l'osez » écrit dessus, et plein de sang qui dégouline partout !

J'ai déjà écrit le scénario du spectacle. Michael et moi, on passe beaucoup de temps à tester nos accessoires. Papa m'a acheté un masque en caoutchouc hideux. Je serai Madame Bodini, la femme la plus moche qui ait jamais existé. Michael sera mon fidèle assistant, Fredo l'Affreux. Les clients auront les yeux bandés et seront conduits dans le Manoir de l'Horreur Sanglante, et là, d'une voix à leur glacer le sang, je dirai : « Je suis la célèbre Madame Bodini, la femme la plus laide du monde. Vous avez les yeux bandés car tout mortel qui me regarde trépasse instantanément. La seule vue de mon visage provoque une crise cardiaque. Bienvenue au Manoir de l'Horreur Sanglante, entrez si vous l'osez, mais sachez qu'une fois à l'intérieur, vous ne pourrez rebrousser chemin. Vous êtes ici à vos risques et périls, la direction décline toute responsabilité au cas où la peur ferait blanchir vos cheveux, mais sera heureuse de vous faire une réduction sur l'achat d'un flacon de teinture. Vous pouvez maintenant toucher la bosse monstrueuse de mon fidèle assistant, Fredo l'Affreux. »

La bosse, ce sera le coussin que m'avait donné Jessie. Michael le glissera sous sa chemise.

Après, les clients font un pas en avant, et je dis : « Vous êtes maintenant à l'intérieur du Manoir de l'Horreur Sanglante, où les monstres broient les petits enfants avant de cracher leurs restes. » Là, Michael fait des bruits de mâchoire et de crachats, et j'éclate d'un rire sardonique et terrifiant. Ensuite, je dis : « Osez toucher le cœur d'un petit enfant, encore tiède, il vient d'être arraché. » On leur mettra un bout de foie cru dans les mains. « Osez plonger vos mains dans un seau rempli du sang de cet enfant, sentez comme il est encore chaud. » La soupe de tomate Campbell en boîte a exactement la consistance du sang. « Et voici l'œil d'un démon fou qui, en voyant le visage de Madame Bodini, a été saisi d'une peur indicible telle que les yeux lui en sont sortis de la tête. Attention, il ne nous en reste plus qu'un. J'ai mangé l'autre au petit déjeuner, miam, miam, succulent jusqu'à la dernière bouchée. » Et je leur donne un grain de raisin pelé. Ensuite, on leur mettra dans les mains une grande patte de lapin, qui est en fait un porte-clés, et on dira : « Voici un rat mort, dont Fredo est en train de savourer la tête. Il se régale ! » Et Michael fait des bruits de mâchoire, et je fais mon rire sardonique et terrifiant.

On les fait avancer d'un pas, et je dis : « Vous avancez maintenant dans le Manoir de l'Horreur Sanglante, et vous vous apprêtez à passer à travers la toile de l'araignée géante, qui ne mesure pas moins de trente centimètres et qui, à l'instant où je vous parle, remonte le long de votre bras pour trouver l'endroit où elle va vous piquer. » Là, je leur passe sur la figure un filet à chignon qui vient du salon de coiffure de Nita et Michael effleure leur bras avec le manteau de renard de sa mère. « Voici maintenant une assiette de grains de beauté de sorcière, qui sont tombés sous l'effet de la peur. » On n'a pas encore trouvé ce qui pourrait nous servir de grains de beauté, mais ça ne devrait pas poser de problème. « Vous devez maintenant rester absolument immobile, car le célèbre serpent protecteur de Madame Bodini rampe sur votre bras. » On a pris cinq saucisses de Strasbourg et deux cure-dents qu'on plantera au bout, pour faire les crochets. Il faudra qu'on attende la veille pour les coller toutes les cinq. Ça fera un serpent très long. « Et enfin, la dernière, la pire la plus terrifiante des horreurs du Manoir, préparez-vous, et souvenez-vous que la maison décline toute responsabilité en cas de crise cardiaque, une poignée de vers et d'asticots cueillis directement dans l'estomac d'un pestiféré fraîchement décédé. » Ça, c'est le petit cadeau pour Kay Bob Benson ! « Félicitations ! Vous êtes encore vivant. Mais vous n'avez pas encore vu l'horrible visage de Madame

Bodini. » Là, Michael leur enlève le bandeau des yeux, j'allume une lampe torche et je la mets sous mon menton en hurlant. Alors ? Qu'est-ce que vous en dites ? Pas mal, non ? Tout va faire très vrai, on aura même une plaque chauffante dans les coulisses pour garder le cœur et le sang au chaud.

La mère de Michael est toujours en colère contre lui depuis qu'on a essayé plusieurs possibilités pour faire le sang avant de nous décider pour de la soupe de tomate Campbell. Au début, on avait pensé que le jus de betteraves ferait l'affaire, mais c'était trop liquide, alors Michael a jeté ce qui restait des betteraves et du jus dans les toilettes, et sa mère est allée au petit coin juste après. Quelques minutes plus tard, on l'a entendue crier à Michael d'aller chercher son père, vite ! Et elle n'arrêtait pas de gémir, oh, mon Dieu, oh, mon Dieu, oh, mon Dieu. Son père est arrivé et est allé la voir, et s'est mis à crier aussi. En fait, Michael avait oublié de tirer la chasse, et sa mère pensait qu'elle était en train de mourir, ou un truc dans ce genre.

1er novembre 1952

Le soir d'Halloween, papa et Jimmy Snow sont venus à l'école et ont préparé le Manoir de l'Horreur Sanglante avec des couvertures et des édredons, et ils ont accroché l'enseigne à l'entrée. A l'intérieur, il faisait sombre, c'était chouette. On a pris tous nos accessoires et on les a installés et j'ai branché la plaque électrique pour chauffer le sang et le cœur du jeune enfant. J'ai fait répéter cinq fois son rôle à Michael. Je savais le mien à fond. Jimmy Snow a tenu sa parole et m'a apporté une vraie fourche.

Papa m'a accompagnée à l'Elite Nightspot pour que je récupère ce que j'avais commandé à Peachy

Wigham. On peut toujours faire confiance à Peachy. C'est une vraie femme d'affaires. Dès cinq heures, j'avais passé mon costume de diable, et j'ai dû rester deux heures sans m'asseoir à cause de ma queue. La mère de Michael nous a emmenés tous les deux à la fête, et j'ai enfin vu son costume. Il ne m'avait rien dit pour me faire la surprise. Il était déguisé en pirate, avec un bandeau noir sur un œil. Pas très original, si vous voulez mon avis. On a eu du mal à caser la fourche dans la voiture, mais on y est arrivés. Je suis restée debout sur le siège arrière pour ne pas abîmer ma queue. Comme je suis plutôt grande pour mon âge, je devais me pencher en avant. Mrs. Romeo conduit encore moins vite qu'un escargot, j'ai cru qu'on n'y arriverait jamais. A l'école, cet idiot de Michael était si excité qu'il a jailli de la voiture et a claqué la porte sans attendre que je sorte mes affaires et ma fourche. Ma queue ne s'en est pas remise, et Mrs. Underwood n'avait même pas eu le temps de la voir !

Vous auriez dû voir les costumes des autres enfants. La plupart étaient en fantômes. Un pauvre crétin était en pèlerin, il y avait aussi une sorcière et un épouvantail, et le petit garçon chauve qui est dans ma classe, Vernon Mooseburger, était déguisé en patate. On peut dire qu'ils ont du mal à ne pas y penser, à leurs pommes de terre !

Kay Bob Benson était en Bonne Fée, son costume avait été fabriqué spécialement pour elle à Meridian. Evidemment, elle a eu le prix du meilleur déguisement. Avec une queue cassée, je n'avais aucune chance, mais Mrs. Underwood m'a dit que j'étais mignonne comme tout. Elle avait un très joli pull-over bleu avec ses initiales S.U. brodées dessus.

Il y avait un jeu de pêche à la ligne et j'ai gagné une raquette en bois et une grenouille en métal qui fait clic-clac, que j'ai échangée avec Michael contre trois balles et une paire de lèvres en caoutchouc. Michael a joué toute la soirée avec la grenouille et nous a presque rendus fous.

On a mangé du pop-corn et du réglisse rouge et noir, je déteste ça. Mrs. Underwood avait accroché partout dans la salle des squelettes en papier, des guirlandes en crépon noir et orange, des chats noirs et des sorcières. Si elle le voulait, je suis sûre qu'elle pourrait être décoratrice professionnelle.

Il y avait aussi une grande bassine remplie d'eau avec des pommes qu'il fallait attraper avec les dents. Je ne m'y suis pas risquée parce que Mrs. Dot nous avait raconté, au Club des Débutantes, que sa cousine avait épousé un riche banquier de Mobile, et qu'à leur mariage, il s'était noyé accidentellement en jouant à ce jeu. Vous vous rendez compte ? La cousine de Mrs. Dot a été mariée et veuve le même jour ! Encore aujourd'hui, Mrs. Dot refuse de manger des pommes.

Quand les autres enfants sont partis pour cette stupide chasse au trésor, Michael et moi on a commencé à préparer la salle pour notre spectacle. Pour les grains de beauté de sorcière, on a pris des fraises Tagada bien granuleuses. Ensuite, on a fait chauffer le sang et le cœur, et on a attendu notre premier client. Amy Joe Snipes était chargée de faire l'hôtesse et d'accueillir les clients en leur disant « Bienvenue au Manoir de l'Horreur Sanglante, entrez si vous l'osez », et de leur bander les yeux avec le foulard que m'a offert ma grand-mère, celui qui a la carte du Mississippi dessus. Je lui ai demandé de me prévenir de l'arrivée de Kay Bob Benson en annonçant : « Et voici la Bonne Fée ! », pour que je puisse me préparer.

Herbert Holk est arrivé le premier. Il a failli mourir de peur. Il a écrabouillé l'œil, j'ai bien cru qu'on ne pourrait pas s'en resservir. Après son départ, j'ai dit à Michael de ne pas cracher sur les clients en faisant ses bruits de machouillage et de salive, parce que ce n'est pas très hygiénique, et j'ai décidé de préciser : « Attention à ne pas écraser l'œil » aux clients suivants. Michael faisait peur à voir parce que, avant de commencer, il était allé essayer d'attraper une pomme dans la bassine en gardant son bandeau, et le tissu avait déteint, ce qui fait que la moitié de sa figure dégoulinait de teinture noire.

Tout s'est très bien passé avec les clients suivants. Il fallait voir leur tête quand je leur criais dessus, à la fin ! Il y avait vraiment beaucoup de monde, et on a dû faire un entracte parce que le sang était froid.

Quand j'ai annoncé à Amy Joe Snipes qu'on pouvait reprendre, Michael, qui faisait chauffer le cœur, s'est brûlé avec le foie et l'a lâché. Du coup, Vernon Mooseburger n'y a pas eu droit, et c'est bête, parce que je l'aime bien. On a mis un temps fou à retrouver le foie. C'est difficile, quand il fait noir. Et devinez qui était le client suivant ? Mrs. Underwood. J'en étais malade. J'étais tellement anxieuse, ma voix ne sortait pas comme il fallait, et en plus, le serpent n'était plus composé que d'une seule saucisse, et les grains de beauté de sorcière étaient tout collés. J'espère qu'elle ne s'en est pas rendu compte. Elle a fait comme si elle avait très peur, mais je sais qu'en vrai, ça ne lui faisait rien. Et quand Michael a voulu lui enlever le bandeau, il a tiré trop fort, ça a serré le nœud, et elle a dû l'enlever elle-même. Du coup, moi, je n'étais plus prête, et j'ai simplement crié « Bouh ! ». Elle a dû penser que j'étais vraiment idiote.

Les clients affluaient comme des moutons à l'abattoir. Une des filles a fait pipi dans sa culotte quand j'ai allumé la lampe sous mon menton en hurlant. Je commençais à m'inquiéter, alors je suis sortie par le côté pour demander discrètement à notre hôtesse où était la Bonne Fée.

— La Bonne Fée ne viendra pas, m'a-t-elle répondu, comme si elle annonçait le client suivant.

— Et pourquoi ? j'ai demandé.

— Je ne sais pas. Le client suivant est prêt, Madame Bodini.

— Viens par ici, j'ai dit.

— Quoi ?

— Viens par ici.

Là, elle s'est tournée vers les clients et a annoncé :

— Attendez un instant, je vous prie, je dois me rendre au Manoir de l'Horreur Sanglante, entrez si vous le désirez, pour parler avec Madame Bodini.

J'avais oublié qu'elle ne connaissait pas ma tête de Madame Bodini, elle a fait un bond de trois mètres en me voyant. Je lui ai dit d'essayer de se renseigner et de savoir pourquoi la Bonne Fée ne venait pas, et de dire « si vous l'osez », et non pas « si vous le désirez ».

Elle est revenue quelques minutes plus tard pour me dire que la Bonne Fée trouvait tout cela ridicule et puéril, et que ce n'était que du chiqué. Elle n'avait pas l'intention de laisser deux idiots décorer son costume fait sur mesure avec de la soupe à la tomate. Par notre hôtesse, je lui ai fait dire qu'on sauterait l'épisode soupe à la tomate, mais que si elle ne venait pas, je dirais à Mrs. Underwood qu'elle avait pompé lors de la dernière interro de math, ce qui est faux, elle est bonne en tout, mais comme je suis la chouchoute de la maîtresse, il se pourrait bien qu'elle me croie. Quelques instants plus tard, j'ai entendu notre hôtesse annoncer :

— Voici la Bonne Fée.

Et elle est entrée. JE L'ATTENDAIS.

Tout de suite, elle m'a dit :

— Daisy Fay Harper, ton père n'est qu'un alcoolique bon à rien, et toi, un sale rat des sables ; et si tu fais tomber une goutte de quoi que ce soit sur ma robe, ma mère te la fera payer.

On lui a fait toucher la bosse, et quand on lui a mis le cœur d'un enfant fraîchement tué dans la main, elle a fait celle qui meurt d'ennui et a dit :

— Pff... c'est un morceau de foie, votre cœur.

On a sauté le seau de sang, parce que je sais tenir parole, et quand on lui a présenté le rat, elle a dit :

— Pff... ce n'est rien qu'une patte de lapin en porte-clés, je sens la chaîne.

On aurait dû enlever la chaîne. Pour l'œil, elle a dit :

— Pff... c'est un grain de raisin.

Jusque-là, il faut reconnaître qu'elle avait tout juste. Alors, j'ai dit :

— Vous avancez maintenant à travers la toile de l'araignée qui fait trente centimètres et qui, au moment où je vous parle, remonte le long de votre bras en cherchant un endroit où vous piquer.

Elle ne m'a même pas laissée finir, et elle a dit :

— Sûrement pas. C'est un filet à chignon et un vieux bout de fourrure.

Elle ferait une aveugle très douée.

J'ai sauté les grains de beauté de sorcière, elle prenait trop de plaisir à tout deviner. Elle a trouvé pour les saucisses, et quand on est passé au bol plein de boyaux et de viscères, elle a dit :

— Macaroni au fromage.

— Vous avez raison, Bonne Fée, j'ai dit (pourtant, c'était des spaghetti), et puis j'ai ajouté : Maintenant, préparez-vous à affronter l'horreur la plus horrible de tous les temps... une poignée de vers et d'asticots sortis tout droit de l'estomac d'un pestiféré récemment décédé... attention, c'est contagieux !

— Encore des macaroni au fromage, a-t-elle dit.

— Madame Bodini et son fidèle assistant bossu

désirent exprimer un avis contraire à celui de la Bonne Fée.

Là, elle s'est mise à taper du pied.

— Vous ne m'aurez pas, c'est des macaroni au fromage coupés en petits morceaux. Je le sais, j'en mange assez, quand même !

Ça, c'est vrai, à la cafétéria de l'école, c'est leur plat préféré.

— Madame Bodini parie cinq dollars avec la Bonne Fée qu'il ne s'agit pas de macaroni au fromage.

Furieuse, elle a arraché son bandeau. Les asticots et les vers de Peachy Wigham lui avaient déjà grimpé jusqu'au coude.

Je suis sûre que vous n'avez jamais entendu crier quelqu'un aussi fort. Elle a arraché la moitié des couvertures du Manoir de l'Horreur Sanglante, entrez si vous l'osez, en courant dans tous les sens pour trouver la sortie. Madame Bodini a dû fermer. Tout ce que je peux dire, c'est que j'ai eu les vers et les asticots par commande spéciale à Peachy Wigham qui, rappelez-vous, est propriétaire des pompes funèbres pour gens de couleur.

4 novembre 1952

Dans les « Brèves de Mrs. Dot », aujourd'hui, on pouvait lire : « Le clou de la fête d'Halloween organisée par les petits élèves de Mrs. Underwood a sans aucun doute été le Manoir de l'Horreur Sanglante, un spectacle de Miss Daisy Fay Harper, membre du Club des Débutantes, et Michael Romeo. C'était tellement bien qu'on a pu voir — et entendre — une petite fille sortir du Manoir en hurlant de terreur. Félicitations, voilà ce qu'on appelle du travail bien fait ! »

Devinez qui ne me cause plus ? Même Mrs. Underwood a dit que Kay Bob Benson était trop émotive pour son âge.

Maman est encore en colère contre papa parce qu'il n'a pas assez d'argent pour payer la traite du quinze.

— Demande à ton père où sont passés tous ses amis de débauche, maintenant ? elle m'a demandé.

Al le Batteur est parti, Jimmy Snow a perdu tout son argent en jouant au poker avec les frères Pistal, et quand papa est allé voir Billy Bundy, le prédicateur, pour lui emprunter de l'argent, il s'est entendu citer la Bible : « Jamais n'emprunte ni ne prête. »

— Ils trouvent toujours la citation qui convient au bon moment, dans ce foutu bouquin, a dit papa.

Quand on est tous les trois dans la même pièce, maman me dit : dis ceci à ton père, dis cela à ton père, et moi je dis : papa, maman a dit que, ou bien : papa, maman pense que. Ils vont me rendre folle, un de ces jours !

Mr. Honeywell et son armée de femmes ont reçu de nouvelles tenues de camouflage, spéciales pour la guérilla. Les chemises et les pantalons sont très larges, verts avec des taches, et il y a un casque assorti, avec un filet dessus. Je ne voudrais pas me mêler de ce qui ne me regarde pas, mais vu qu'ils font la plupart de leurs manœuvres sur la plage, je pense que le blanc aurait été plus approprié. Le blanc, ça ne se voit pas, sur le sable. Je le sais, parce qu'un jour, j'étais chez Michael et ma mère est venue me chercher pour que je mange mon maquereau. J'ai pris mes jambes à mon cou le long des maisons qui bordent la plage, et tout à coup, je me suis retrouvée en l'air, j'ai fait un saut périlleux complet avant d'atterrir comme un sac de briques sur le dos. J'étais tellement surprise de me retrouver là que je n'ai pas bougé. Je n'arrivais pas à comprendre ce qui m'était arrivé, et puis j'ai vu la corde à linge de Mrs. Romeo et j'ai pigé. Je courais si vite que je ne l'avais pas vue. Elle m'a coincée juste sous le menton et m'a envoyée dans les airs. Maman veut que j'aille chez l'oculiste.

Mrs. Dot va emmener toutes les débutantes, plus Michael, qui est un membre honoraire du club, et Angèle Pistal, à Daphne, au Rainbow. C'est une piste de patin à roulettes où travaille une vraie organiste. Elle s'appelle Princesse au Nuage Blanc, son père est un Sioux hunkpapa et sa mère une Chippewa. Sur l'affiche, il était écrit qu'elle est aujourd'hui la musicienne amérindienne la plus accomplie dans ce domaine. Elle a joué de l'orgue dans des salles style Broadway à travers tout le pays. J'aurais bien aimé qu'elle soit indienne blackfoot. Je donnerais n'importe quoi pour voir un Indien blackfoot en chair et en os. Je donnerais presque autant que pour voir un vrai albinos. Je n'ai jamais vu de Chinois, ni d'Esquimau, ni personne du Lapon, le Pays du Soleil de Minuit. Je n'ai jamais vu la neige, et les Lapons l'ont toute l'année. J'ai un presse-papier en verre, avec à l'intérieur une petite maison, et quand on secoue, il neige. Je pourrais regarder ce truc pendant des heures!

Ça serait vraiment sensationnel si, quand je serai grande, j'épousais Johnny Sheffield, l'acteur qui joue Bomba, Fils de la Jungle, et qu'on aille s'installer en Laponie, non? J'aurais un arbre de Noël toute l'année et papa et maman et Mrs. Underwood, et peut-être Jimmy Snow viendraient me voir pour les vacances. Mais d'abord, il faudrait que je traverse l'océan. Il existe des gros bateaux qui le font tout le temps, la sœur de Mrs. Dot en a pris un et a été agressée. Mrs. Dot nous a dit que sa sœur s'en était plutôt bien remise, au début, parce qu'elle croyait que son agresseur était un étranger, et vous savez comment ils sont. Mais quand on a arrêté l'homme, il parlait anglais et en fait, c'était un vendeur de voitures d'occasion de Wheeling, en Virginie occidentale, alors là, elle a été traumatisée et a fait une dépression nerveuse, et refuse de mettre le pied sur un bateau depuis.

8 novembre 1952

Tommie Joe, la fille qui a épousé Hank Turner, a téléphoné à papa, hier. Elle était en larmes. Elle a dit que Hank était sorti faire une course il y a trois jours et n'était pas rentré depuis. Ils ne s'étaient pas disputés, ni rien, et il n'avait laissé aucune trace derrière lui. Papa a appelé l'opératrice de l'interurbain dans le Minnesota et a demandé le numéro d'une Mrs. H. Turner. Quand elle a décroché, elle a répondu que oui, elle avait bien un fils du nom de Hank, mais qu'elle ne l'avait pas vu depuis six ans, et que par ici, on le recherchait, parce qu'il avait une femme et des enfants dans le Minnesota aussi. Il n'avait jamais été à l'université du Minnesota et n'avait pas de frère. Hank avait eu un grave accident et il avait fallu lui mettre une plaque d'acier dans la tête, et elle pense que c'est pour ça qu'il a tendance à oublier de rentrer chez lui, à oublier qu'il a une femme et des enfants. Je n'ai jamais remarqué de plaque d'acier sur sa tête, moi.

Tommie Joe est plutôt en colère, parce qu'il lui a pris sa voiture et qu'elle est enceinte. Quand grand-père Pettibone est parti, il l'a fait exprès, mais Hank est tellement gentil, je suis sûre qu'il n'avait pas l'intention de partir. Maman espère qu'il ne va pas arriver dans une autre ville, oublier, et se marier encore une fois.

Mrs. Dot nous a emmenés patiner au Rainbow

l'autre soir, et c'était épatant. Princesse au Nuage Blanc, l'organiste, était là, au milieu de la piste, en robe indienne, avec des plumes sur la tête, et elle nous a fait la danse de la pluie. Moi, j'étais en jeans, mais Kay Bob Benson est arrivée en tenue complète de patineuse et avec ses propres patins, qui ont des pompons bleus. Elle sait patiner en arrière, évidemment. J'ai beaucoup de mal à aller en avant, et Angèle n'arrive pas à avancer du tout. Mrs. Dot l'a tirée tout autour de la piste. On devait faire un cœur en se plaçant sur la piste. Michael et moi, on est tombés sept ou huit fois. Amy Joe Snipes et Kay Bob Benson, pas une seule fois. Chaque fois qu'elles passaient à côté de nous, Kay Bob levait le nez avec mépris. En général, on était par terre. En plus de ça, elle est allée dire au gardien qu'il y avait deux enfants sur la piste qui étaient dangereux pour les autres patineurs. A une époque de ma vie, je pensais que peut-être, une fois grande, je pourrais être patineuse sur glace, comme Sonja Henie, mais j'ai changé d'avis. C'est déjà assez difficile de patiner sur des roulettes, alors j'imagine ce que ça doit être sur de la glace. J'admire beaucoup Sonja Henie, plus même que Esther Williams, qui, j'ai entendu dire, a des cheveux en plastique.

Le Club des Débutantes a manqué le cirque parce que Mrs. Dot a une peur terrible des éléphants. Cela remonte à l'époque où sa cousine à la mode de Bretagne avait garé sa Studebaker rouge devant la bibliothèque, le temps d'aller faire des recherches pour son arbre généalogique. Quand elle est sortie, à six heures, tout l'avant de la voiture était écrabouillé. Des gens qui se trouvaient là avec le cirque lui ont dit qu'en passant devant, une éléphante nommée Judy s'était assise dessus sans qu'ils aient pu faire quoi que ce soit pour l'en empêcher. Dans son spectacle, elle avait l'habitude de s'asseoir sur un tabouret rouge et de lever les pattes de devant, et quand elle a vu la voiture rouge, elle a dû confondre et la prendre pour son tabouret. La cousine de Mrs. Dot a forcé les gens du cirque à l'accompagner chez elle avec l'éléphante parce que, autrement, son mari ne l'aurait jamais crue. Pas de cirque, donc, par contre, on va aller à la Foire et au Salon de l'Agriculture du comté de Harwin très bientôt. Il n'y aura pas d'éléphants, juste des vaches.

10 novembre 1952

Vous ne croirez jamais ce qui est arrivé. Le restaurant « Chez Harper » a entièrement brûlé. Je suis une sans-abri. Papa est furieux parce que l'assurance ne lui a pas donné la moitié de ce qu'il espérait.

Maman et moi on dînait au Buddy's Café. J'en avais marre de rester assise à attendre que maman ait fini de fumer et de boire du café, alors je suis sortie pour aller voir Michael, et j'ai vu de la fumée s'échapper de l'abri qui est sur le côté du restaurant. Un tas de vieux chiffons qui sentaient l'essence commençait à brûler. J'ai attrapé un seau qui se trouvait là, j'ai couru le remplir de sable et le vider sur le feu, au moins cinq ou six fois. J'avais presque réussi à l'éteindre et j'ai crié pour avertir papa. Quand il est arrivé et a vu ce que je faisais, au lieu d'être fier de moi, il m'a crié de filer chez Michael, qu'il s'occuperait du reste.

Michael et moi, on jouait à la vieille fille, et juste comme Michael allait céder et accepter de faire la vieille fille, des gens sont arrivés en courant et ont tambouriné à la porte en hurlant « Ça brûle chez les Harper ! ». Je suis restée là un instant, et puis d'un coup, je me suis rendu compte que j'étais une Harper. J'ai couru dehors, et bien sûr, notre maison était complètement en flammes. Papa était assis de l'autre côté de la rue et buvait une bière, et les autres couraient dans tous les sens, comme des poulets à qui on a coupé la tête. Quelques minutes plus tard, maman est arrivée de chez Buddy's, et en voyant ce qu'il était arrivé, elle s'est assise sur le bord de la route et s'est mise à pleurer son renard argenté. J'étais tellement préoccupée par son renard, que j'en ai oublié Félix. Mais quand j'y ai pensé, je me suis précipitée vers la maison, sans écouter maman, et je l'ai appelé, appelé, et presque aussitôt, un miaulement de dessous la maison m'a répondu. Une chance que la maison ait été de guingois, j'ai pu me glisser dessous et ramener Félix en deux temps trois mouvements. Des hommes étaient dans la maison et jetaient des trucs par les fenêtres, alors j'ai couru leur dire de prendre mon acte de naissance et les photos de moi bébé qui se trouvaient dans le tiroir du bas de ma commode. Mais ils ne m'écoutaient pas. J'ai eu beau leur expliquer plusieurs fois que ces photos étaient très importantes, que je les gardais pour les envoyer à *C'est la vie*, la seule chose qu'ils sont allés chercher, c'était la télé, et ils l'ont cassée en la jetant par la fenêtre. Ils ont aussi récupéré quelques draps, des taies d'oreiller et un matelas.

Les gens qui essaient de jouer les héros et qui usent de leur force brutale contre les enfants sont des idiots. Notre voiture a failli brûler aussi, mais Michael, qui n'a que douze ans, est monté dedans et l'a éloignée du feu. Je suis montée avec lui, et j'ai vu que sur le siège arrière, il y avait mes livres d'école, alors je les ai sortis et les ai jetés dans le feu. J'ai pensé que ça m'économiserait des devoirs, mais malheureusement, le lendemain, dans le journal, sous les gros titres qui annonçaient « INCENDIE TRAGIQUE : LE RESTAURANT HARPER EST ENTIÈREMENT DÉTRUIT », il était fait mention d'une petite Daisy Fay Harper surprise à jeter ses livres d'école dans le brasier. Mince et zut! Pas étonnant que les stars de Hollywood détestent les journalistes. Depuis, un-être-généreux-qui-me-veut-du-bien m'a racheté tous les livres dont j'avais besoin.

Nous avons perdu tout ce que nous possédions, même les animaux dans le congélateur, mais papa et moi, on essaie de voir le bon côté des choses. Toutes les chemises blanches et toutes les jupes bleues ont brûlé, avec tous les maquereaux qui restaient. Une chance, ce jour-là, je portais mon jean et ma chemise préférée, celle en flanelle rouge et blanc. Un ami de papa et maman, Mr. White, qui a des maisons qu'il loue en été, va nous en prêter une pour quelque temps, et c'est donc là que nous vivons. Un jour ou deux après l'incendie, papa m'a emmenée vers la voiture, a ouvert le coffre et a dit :

— Eh bien dis donc, regarde un peu ce que je trouve dans le coffre.

C'était ma boîte en métal avec un cadenas à combinaison, celle où je mets tous mes papiers secrets. Il y avait aussi le coussin de Jessie et le lynx empaillé. La seule chose qui me chagrine, c'est que mes photos de quand j'étais bébé et mon acte de naissance n'aient pas été dans le coffre. Maman était furieuse que son renard argenté et son sac en crocodile n'y aient pas été non plus.

Elle refuse de parler à papa. D'après elle, c'est un « foutu connard envoyé par le diable, avec pas plus de cervelle qu'un porc ». Si un jour elle découvre que c'est lui qui a mis le feu, elle le tuera, c'est sûr, surtout quand elle apprendra combien la compagnie d'assurances a décidé de nous verser.

Le lendemain de l'incendie, papa m'a envoyée près de ce qui restait de la maison, pour attendre le monsieur de l'assurance. Il faisait tellement chaud que je ne pouvais même pas m'asseoir sur le sable, j'ai dû rester debout. Beaucoup de gens venaient de Magnolia voir les décombres et Kay Bob Benson s'était fait accompagner par la dame qui travaille pour sa mère. Elle l'a fait se garer juste devant et s'est mise à rire. Quand j'ai raconté ça à maman, elle m'a dit de ne pas m'inquiéter, que même pour les chiens il y avait un Jugement dernier. Mrs. Dot a pleuré, pleuré, pleuré, en disant qu'elle avait du mal à croire qu'une telle tragédie soit imposée à une de ses débutantes. Le coup a vraiment été dur pour elle, et les « Brèves de Mrs. Dot » n'ont parlé que de ça. Elle disait que j'étais l'incarnation même du courage, debout devant les lieux du sinistre, le lendemain, comme un bon petit soldat, à attendre le monsieur de l'assurance, la tête haute, retenant mes larmes. Pleurer ne m'était même pas venu à l'idée. J'étais trop contente que les jupes bleues et les chemisiers blancs aient brûlé, sans parler des maquereaux. Mais son histoire était jolie.

Tout le monde est très gentil, et la mère de Michael lui a dit de me donner une paire de blue jeans et une chemise. Les jeans de garçons, c'est super. Les gens veulent nous donner plein de choses, mais maman refuse presque tout. Elle est trop fière pour accepter. Moi, je trouve qu'elle devrait attendre un peu et voir ce que les gens nous proposent, et puis ensuite faire son choix. Quand je lui ai dit que ça serait génial de participer à *Reine d'un jour*, parce qu'elle avait une histoire intéressante à raconter, elle s'est mise à pleurer comme une fontaine. On devrait organiser un concours de larmes entre elle et Mrs. Dot. Ma mère ne le sait pas encore, mais dès que l'école sera finie, je trouverai un travail et je lui achèterai un renard argenté tout neuf qui ne sera pas usé aux coudes. J'ai vraiment hâte de voir sa tête quand je le lui offrirai. Et si j'ai assez d'argent, je lui achèterai aussi un sac en crocodile.

14 novembre 1952

Maman est partie aujourd'hui habiter chez sa sœur en Virginie. Elle m'a dit qu'elle ne pouvait plus supporter de vivre avec papa, et que quand je serais plus grande, je comprendrais. Elle voulait que je vienne avec elle. J'aime énormément ma mère, mais je ne peux pas imaginer une seconde de quitter mon papa. En plus, je m'amuse vraiment trop à l'école. Mrs. Underwood nous lit *Nancy Drew et le mystère du mur brisé*. J'ai très envie de savoir comment ça va se finir. Au rythme de un chapitre par jour, y a de quoi vous mettre les nerfs à vif ! Quand maman est partie, elle n'avait même pas de sac pour mettre ses affaires. Mrs. Dot est passée la chercher pour l'emmener à la gare routière de Magnolia Springs. Elle reviendra. Elle revient toujours. Elle m'a fait promettre de lui écrire chaque semaine, et si papa est mis en prison, je dois aller chez Mrs. Dot.

Le soir de son départ, papa s'est soûlé très, très fort. Quand je lui ai demandé d'arrêter de boire autant, il m'a dit de la fermer et de le laisser tranquille et d'aller prendre le car pour la Virginie avec ma mère, qu'il ne supportait plus de m'avoir dans les pattes. Il m'a dit qu'il se fichait complètement de moi, mais ça, c'était un mensonge. Il disait ça parce qu'il était en colère à cause du départ de maman. Ça m'a quand même fait du mal, mais je ne l'ai pas laissé me voir pleurer. Le lendemain, je dois dire que j'ai eu ma petite revanche. Avant de partir à l'école, je lui ai laissé un mot qui disait : « Billie G. Thweatt a téléphoné hier soir. »

16 novembre 1952

Ce matin, Mrs. Underwood m'a prise à part dans le vestiaire et m'a demandé si mon papa et ma maman se disputaient encore. J'ai dit non, et c'était vrai, puisque maman est en Virginie. Et elle m'a dit :

— Je sais que quelque chose ne va pas.

— Qu'est-ce que Kay Bob Grande Gueule Benson est encore allée raconter ? j'ai demandé.

Mrs. Underwood m'a dit que Kay Bob Benson n'avait rien raconté, qu'elle voyait que quelque chose n'allait pas à la manière dont je me comportais en classe. Je ne comprends pas comment elle a pu deviner. Ces jours-ci, je me sentais plutôt marrante et je n'ai pas arrêté de raconter des blagues très drôles pour faire rire toute la classe, alors elle n'a pas pu le tenir de moi. C'est forcément Kay Bob Benson qui a lâché le morceau !

19 novembre 1952

J'ai reçu une lettre de maman, aujourd'hui. Elle va bien. Elle a trouvé un emploi de serveuse et s'arrangera pour me faire venir dès qu'elle le pourra. Je suis surprise qu'elle ne soit pas déjà revenue. Elle devait être encore plus en colère que je ne le croyais. Elle n'est jamais partie si longtemps, et elle me manque.

Vous vous souvenez de Vernon Mooseburger, le garçon chauve qui était venu à la fête d'Halloween déguisé en patate ? Vous ne croirez jamais combien les gens peuvent être cruels, juste parce qu'il n'a pas un poil sur le caillou. Les enfants lui donnent tout un tas de noms méchants comme Boulazéro ou

Bouldebillar. Moi, je l'appelle Vernon. Il est pauvre et quand il était petit, il a attrapé une maladie et a perdu tous ses cheveux, même ses sourcils. Sa maman lui a acheté un chapeau en cuir marron avec des rabats pour les oreilles, et il le porte même en été. La seule fois où je l'ai vu sans, c'était pour Halloween, quand il était en patate. Je le prends toujours quand on fait les équipes, au soft-ball(*), parce que les autres le choisissent en dernier.

Mrs. Underwood nous a fait faire une rédaction sur ce qu'on aimerait être quand on sera grand. J'ai intitulé la mienne: «Pourquoi je veux être chauve quand je serai grande.» Mrs. Underwood l'a choisie avec trois autres, et elle sera en compétition avec les rédactions d'autres élèves du comté de Harwin. J'ai raconté que ça serait vraiment chouette, en été, de pouvoir se mettre un linge froid sur la tête. Je n'aurais plus à aller au salon de coiffure de Nita, qui ne casserait plus son peigne dans mes cheveux. Quand je sortirais, je n'aurais qu'à me passer un petit coup de chiffon sur le sommet du crâne, et si je me bagarrais, personne ne pourrait me tirer les cheveux. Quand je serais vieille, mes cheveux ne blanchiraient pas et je n'aurais pas à les teindre en violet. Vernon ne connaît pas sa chance. La plupart des rédactions étaient sans intérêt, mais attendez de savoir ce que Kay Bob Benson veut faire quand elle sera grande. Elle veut devenir Miss America, comme Yolanda Betzebe, ou bien la mère de Jésus si jamais il revient sur terre! Elle n'en rate pas une. On n'était pas censé être deux personnes, quand on serait grand. Et puis si Jésus revenait un jour, je voudrais être lui, pas sa mère. Papa m'a toujours dit de viser haut.

(*) N.d.T. : sorte de base-ball, avec une balle plus grosse et plus molle.

21 novembre 1952

Ecoutez un peu ça. C'est encore mieux que le Manoir de l'Horreur Sanglante, entrez si vous l'osez. Après l'école, Michael et moi on était sur la plage et il tirait à la 22 long rifle sur des boîtes de conserve, c'est son passe-temps favori. Il a reçu la carabine pour son anniversaire... et au fond de moi-même, je suis très jalouse parce qu'aux filles, on ne leur offre jamais une vraie arme. Michael ne m'a laissée tirer qu'une seule fois avec, et pourtant, je suis la mascotte de l'armée de Mr. Honeywell. Il se prend pour Roy Rogers. Moi, ça ne me gêne pas, sauf qu'il veut toujours que je fasse Dale Evans, et ça, je ne peux pas, c'est plus fort que moi. Il dit qu'il ne peut pas y avoir deux Roy Rogers, alors je fais Hopalong Cassidy, mon deuxième préféré après Roy.

Donc, il tirait à la carabine sur la plage quand on a aperçu quelque chose qui avait été rejeté par la mer, devant le Christian Motel des Hammer. On aurait dit un sac de patates, mais Michael est allé voir en courant et ce n'était pas du tout ça! C'était une femme morte avec un trou juste entre les deux yeux! Michael n'avait pourtant voulu tuer personne. On ne l'avait même pas vue. Qui aurait pensé qu'il pouvait y avoir du monde sur la plage à cette époque de l'année? Et voilà, onze ans, et déjà témoin d'un meurtre... Etant donné qu'il n'y avait personne d'autre sur la plage, j'ai décidé que Michael ne méritait pas d'aller sur la chaise électrique pour un simple accident. J'ai choisi mon ami contre la loi, et je ne suis pas tout à fait sûre de ce que cela révèle de mon caractère, mais on a fait un pacte du sang tous les deux en jurant que nous ne dirions rien à personne.

Je suis rentrée à la maison et j'ai regardé la télé, et environ une heure plus tard, des hommes sont venus frapper à la porte. On dirait que c'est toujours par les hommes qu'arrivent les mauvaises nouvelles, non ? Ils avaient trouvé le corps d'une femme sur la plage, près de la digue. Je ne savais pas trop quoi faire alors je suis allée voir avec papa. Après tout, une femme morte, c'est plutôt inhabituel, comme événement, et si j'avais fait comme si je m'en fichais, ça aurait pu éveiller des soupçons. Il était de mon devoir de protéger Michael.

Quand on est arrivés, il faisait presque nuit. Le vent soufflait dans les joncs, ça faisait un drôle de bruit. La lune était pleine et orange. La police avait installé une corde autour de l'endroit où le corps avait été découvert et des agents examinaient la femme avec une lampe de poche et marmonnaient des tas de choses comme dans les films policiers.

Les Hammer n'arrêtaient pas de la ramener sous prétexte que le corps avait été trouvé sur leur terrain. Ils ont un petit-fils très vicieux qui s'appelle Gregg, et devinez ce qu'il a fait quand tout le monde avait le dos tourné ? Il s'est précipité vers la femme morte et a essayé de lui enlever sa montre et ses bagues. On a quand même réussi à l'arrêter, mais personnellement, je trouve qu'il a eu un sacré cran pour toucher une morte comme ça, dans l'obscurité. Ils auraient dû lui laisser ce qu'il avait pris, même si la montre ne marchait probablement plus, sauf si c'était une Timex. Ils en ont mis une dans une machine à laver, à la télé.

Le corbillard est arrivé assez vite de Magnolia Springs. Michael et son père sont arrivés à ce moment-là. J'ai appris plus tard que Michael était rentré chez lui en courant à tout berzingue et était resté caché sous son lit jusqu'à ce que son père et sa mère s'inquiètent. Il était blanc comme un linge, et pourtant, il est italien. Il m'a regardée, mais j'ai fait comme si de rien n'était. Je respectais notre pacte du sang. C'est lui qui a craqué. Trois minutes à peine après son arrivée, il s'est mis à se rouler dans le sable en criant que c'était lui le meurtrier et qu'il avait tué la femme cet après-midi même. Je suis restée muette comme une carpe. Ses aveux n'ont impressionné personne, parce que la police savait déjà qu'elle avait été tuée d'un coup de pistolet et était morte depuis au moins trois jours.

Triste spectacle que de voir quelqu'un se confesser comme ça, alors que rien ne l'y obligeait. Pour le réconforter, je lui ai dit que ça aurait très bien pu être lui, si elle n'avait pas déjà été tuée. Derrière nous, le petit Gregg se prenait une volée de première classe par sa grand-mère, qui essayait de lui prendre quelque chose des mains. Elle a dû le mettre à terre pour pouvoir y arriver. Il hurlait et a essayé de la mordre à la jambe. Mrs. Hammer est allée directement vers les policiers et leur a dit :

— Tenez, mon petit-fils a pris ça sur la morte.

Et elle leur a tendu une bague.

A la seconde où j'ai vu cette bague, j'ai su que la morte était RUBY BATES ! Sans son maquillage, je ne l'avais pas reconnue.

— Je sais qui est cette femme ! j'ai crié. Elle s'appelle Ruby Bates et c'est une amie de Claude Pistal.

— Qu'est-ce que tu dis, petite ? m'a demandé un policier.

— Cette femme, c'est Ruby Bates, et c'est une amie de Claude...

Sans me laisser terminer, la mère de Michael m'a plaqué une main sur la bouche; tellement fort que j'ai vu des étoiles, et a dit à la police que je ne savais pas ce que je racontais, que j'étais sous le choc d'avoir vu une femme morte. J'ai essayé de le leur dire encore une fois, mais elle m'a pincée si fort que même si ma vie avait été en jeu, je n'aurais plus pu dire un mot.

Elle m'a emmenée sur le bord de la route et m'a demandé où est-ce que diable j'avais été chercher cette histoire de cette femme amie de Claude Pistal. Je lui ai raconté qu'une fois, je les avais vus se bécoter dans une voiture garée devant le restaurant, et que je lui avais montré les toilettes.

— Comment sais-tu qu'il s'agit de la même femme ? elle m'a demandé.

— J'ai reconnu sa bague, j'ai répondu.

Elle a réfléchi une minute et puis a dit :

— Tu n'as pas vu cette femme en compagnie de Claude Pistal.

— Si, je l'ai vue, j'ai dit.

— Non, tu ne l'as pas vue.

— Si, je l'ai vue.

Et puis elle a dit en insistant bien :

— Daisy Fay Harper, crois-moi, tu n'as jamais vu de femme en compagnie de Claude Pistal, c'est compris ?

Et j'ai répondu :

— Bon, d'accord, mais elle, si.

Ensuite, elle m'a recommandé de ne prononcer en aucun cas le nom de Claude Pistal parce que cet homme était le plus mauvais de tout le comté de Harwin et qu'elle préférait ne pas penser à ce qu'il ferait s'il apprenait que j'avais déclaré connaître cette femme. Là, je me suis rendu compte qu'elle avait raison, Peachy Wigham avait qualifié Claude Pistal de plus méchant que de la merde de serpent. Mrs. Romeo m'a demandé si je pensais que Claude se souvenait que je les avais vus ensemble. J'ai répondu que probablement non, parce qu'il était très soûl. Puis elle m'a demandé si quelqu'un d'autre savait que je les avais vus, et j'ai dit personne. Je n'en avais même pas parlé à papa, ce qui relève du miracle, parce que, en général, je raconte tout à tout le monde. Elle m'a fait promettre de rester muette et de ne jamais plus prononcer les noms de Claude Pistal et Ruby Bates à haute voix tant que je serais en vie, sinon, elle appellerait immédiatement ma maman pour qu'elle vienne me chercher et m'emmène avec elle en Virginie.

Papa m'a demandé de quoi je discutais avec la mère de Michael, et j'ai répondu :

— De problèmes de femmes.

Ça leur cloue toujours le bec, ce genre de réplique. Maman utilisait celle-ci tout le temps.

Les journaux ne parlent que de la femme morte. La police a déclaré qu'elle s'appelait Ruby Bates. Je vous l'avais bien dit ! Elle était de Meridian, mariée à un certain Earl Bates. Elle laisse une sœur, Mrs. Julian Wilson, qui doit être Opale, et un frère, Mr. Lee Halprin, qui habite à Las Vegas, dans le Nevada. Elle a été abattue d'une seule balle dans la tête et était morte depuis environ soixante-huit heures lorsque son corps a été découvert. Ils savaient même que son dernier repas était composé de carottes aux petits pois. Pour mon dernier repas, je choisirai autre chose, vous pouvez en être sûrs !

La police a retrouvé l'arme du crime à cent mètres de là où se trouvait le restaurant Harper. Elle avait pris un taxi pour venir de Meridian. Elle a dû être drôlement surprise de voir que le restaurant avait brûlé et qu'elle ne pouvait plus aller aux toilettes. Pour la police, il s'agit d'un suicide. Elle a marché jusqu'à la mer et s'est tiré une balle dans la tête. La marée a ensuite ramené son corps devant l'hôtel des Hammer. Moi, je me demande une chose. Après s'être tiré une balle dans la tête, comment a-t-elle pu avoir le temps de se retourner et de jeter l'arme aussi loin avant de mourir ? Papa a aussi souligné que si son corps avait dérivé de devant le restaurant jusque devant l'hôtel, il aurait dû passer sous la digue, et sous la digue, avec tout ce qu'il y a comme balanes, il aurait forcément été abîmé. Or, le trou entre les deux yeux mis à part, elle était en très bon état, cette dame.

A l'école, Mrs. Underwood m'a demandé de me lever et de raconter comment Michael et moi on avait trouvé la femme morte. J'ai fait de mon mieux, avec des gestes, et tout. Après, les autres élèves m'ont posé des questions, fallait voir! D'abord, certains ne me croyaient même pas, et bien sûr, il a fallu que Kay Bob Benson raconte l'histoire de sa mère qui avait trouvé une jambe. Elle me fait bien rigoler. Nous, on a trouvé un corps entier! Si je peux vous donner un conseil, évitez les enfants de onze ans, vous ne vous en porterez pas plus mal.

A la récré, je traverse le terrain de foot pour rejoindre un grand du collège, qui s'appelle Marvin Thrasher. Tous les jours, il me donne un Mars, et des fois un Almond Joy. C'est un super-fan des confiseries de chez Peter Paul. Je parle souvent avec les profs du collège, aussi. On s'occupe beaucoup de moi, parce que je suis la victime d'un incendie tragique et le fruit d'un foyer brisé en même temps.

23 novembre 1952

De temps en temps, Mrs. Dot passe me voir, et ces jours-ci, elle est vraiment bizarre. Elle met toujours les barrettes roses et vertes des débutantes, et elle m'a fait asseoir et l'écouter raconter «La rayonne, c'est épatant», qu'elle nous avait déjà raconté à une réunion. Des fois, elle se met à me parler comme à un bébé. Mrs. Romeo m'a dit que la semaine dernière, les «Brèves de Mrs. Dot» étaient complètement incompréhensibles.

A l'école, Mrs. Underwood nous a raconté l'histoire d'une petite fille qui avait attrapé la rage et était devenue folle. Pour la nourrir, ses parents lui passaient un plateau sous la porte. Quand quelqu'un s'approchait d'elle, elle disait :

— Ne vous approchez pas, je suis susceptible de vous mordre.

Ça a fait hurler de rire toute la classe, même Michael. Mrs. Underwood nous a dit qu'il n'y avait rien de drôle. Cette petite fille savait que si elle mordait un membre de sa famille, il attraperait la rage aussi, et elle est morte sans jamais avoir été câlinée ni embrassée. J'ai tellement pleuré que Mrs. Underwood a dû m'emmener à l'infirmerie.

Pendant que j'étais dans le bureau de l'infirmière, une fille du collège est arrivée et a dit :

— Oh, Mrs. Smith, je ne me sens vraiment pas bien ! J'ai mes règles et mon ventre me brûle.

Mrs. Smith est allée vers une grosse glacière et en a sorti un Coca-Cola qu'elle a donné à la fille. Je me demande pourquoi je n'ai rien eu, moi. J'ai raconté à Patsy Ruth Coggins, la fille la plus cruche de l'univers, que je connaissais un moyen d'avoir un Coca gratuit. Alors à la récré, on est allées à l'infirmerie et j'ai dit :

— Oh, Mrs. Smith, mon ventre me brûle, et celui de Patsy aussi !

— Vous avez des fortes crampes ? a demandé l'infirmière.

— Oh, non, mais on a nos règles et je crois qu'un Coca-Cola nous ferait du bien à toutes les deux.

Et là, Patsy Ruth a dit :

— Je préférerais un Seven Up, si vous aviez.

Je l'aurais tuée. Enfin, Mrs. Smith nous a donné chacune un Coca et deux aspirines. Je lui ai dit que je n'avais pas besoin de cachets, mais cette gourde de Patsy Ruth les a pris. On a bu nos Coca, on a dit merci et on est reparties.

Aujourd'hui, j'y suis retournée, et Mrs. Smith m'a demandé :

— Tu as encore tes règles ?

— Oh, oui, j'ai répondu, et ça empire. Mon ventre est tellement brûlant que je ne peux plus le toucher, même avec un bâton de trente mètres.

Mais elle ne m'a pas donné de Coca-Cola. Elle est allée chercher des papiers et a dit :

— Je t'envoie tout de suite chez le médecin, ce n'est pas normal que tu aies tes règles une fois par semaine.

— Ecoutez, j'ai dit, je ne vais même pas à l'école, je ne faisais que passer, j'habite dans un car de ramassage et je suis en route pour le Wisconsin.

Mentir n'a pas arrangé mes affaires parce qu'elle avait un dossier à mon nom, avec aussi le nom de ma maîtresse, depuis que Mrs. Underwood m'avait amenée pour une crise de larmes. L'infirmière m'a ramenée directos à l'école et a raconté à Mrs. Underwood que j'avais mes règles depuis plus d'une semaine, et que non seulement ça, mais ça ne faisait qu'empirer. Mrs. Underwood a eu l'air très surprise et m'a demandé si c'était vrai.

— Ben, j'ai dit, je ne sais pas exactement si ça fait une semaine, mais mon ventre me brûle.

Mrs. Underwood a eu un drôle de regard, puis elle a remercié l'infirmière et lui a dit qu'elle allait s'en occuper...

Elle a envoyé le reste de la classe en récré et m'a gardée dans la salle.

— Tu es sûre que tu as tes règles ? elle m'a demandé.

— Ben, j'ai répondu, je suis pas sûre-sûre, mais je pense que oui.

— Et qu'est-ce qui te fait penser cela ?

— J'ai une terrible envie de Coca-Cola.

Là, elle m'a demandé si je savais ce que c'était, les règles. Je lui ai dit que si elle voulait parler grammaire, j'en connaissais un certain nombre. Règles de ponctuation, règles d'accord des verbes pronominaux, etc.

— Daisy Fay, ta mère ne t'a pas expliqué ce que c'était que les règles ?

— Je pense que non, ou alors, je m'en souviendrais.

Coincée comme un rat devant Mrs. Underwood !

— Sais-tu ce que c'est qu'un Tampax ?

— Ben oui, maman en a une boîte à la maison.

— Sais-tu à quoi cela sert ?

— Oui, ma maman m'a dit que c'était pour épousseter dans les coins difficiles à atteindre.

Mrs. Underwood s'est reculée sur sa chaise, a croisé les jambes, et a dit :

— Bien, je crois qu'il va falloir que je t'explique ce que c'est que les règles.

Et elle l'a fait. Elle m'a tout raconté, que cela voulait dire qu'on devenait une femme, et tout. J'ai cru que je mourais là, devant elle. Je n'avais jamais rien entendu d'aussi terrifiant de ma vie. J'espère qu'elle s'est trompée et que jamais je n'aurai mes règles. J'ai onze ans et je suis beaucoup trop jeune pour entendre parler de ça. Vous imaginez ? Ma mère qui ne sait pas à quoi servent les Tampax et qui fait la poussière avec ? Enfin, bon, sa mère à elle n'a qu'à lui expliquer les choses de la vie. Moi, je n'ai aucune envie d'aborder le problème. Jusqu'à présent, aucune chose de la vie ne me plaît vraiment.

24 novembre 1952

JE SUIS DANS LE PÉTRIN ! Hier, à l'école, Mrs. Underwood nous lisait le chapitre 14 de *L'affaire des cornemuses qui sifflaient* quand on a frappé à la porte de notre classe. Mrs. Underwood s'est arrêtée en plein milieu du passage le plus intéressant et est allée voir de quoi il s'agissait. Un instant plus tard, elle est revenue et a dit :

— Daisy Fay, ton oncle et ta tante sont venus te voir. Ils t'attendent dehors, dans leur voiture.

J'étais toute contente parce qu'il ne pouvait s'agir que de tante Mignon et oncle Raymond, qui venaient de Virginie, et donc maman était forcément avec eux ! Ils l'avaient ramenée sans prévenir, pour me faire la surprise !

Mrs. Underwood m'a dit de rassembler mes affaires, que je pouvais quitter l'école plus tôt mais qu'il ne fallait pas que j'oublie d'apprendre la page 57 du manuel d'arithmétique. J'ai pris tous mes livres et mes cahiers, je suis sortie en courant et j'ai sauté dans la voiture. Et devinez quoi ? Ce n'était pas tante Mignon et oncle Raymond du tout ! Je n'avais jamais vu ces gens-là de ma vie !

— Hé ! Vous avez dû vous tromper de petite fille, je leur ai dit.

— Tu t'appelles bien Daisy Fay Harper, n'est-ce pas ? m'a demandé la dame.

Le temps que je dise oui, ils avaient déjà démarré.

— Mais attendez ! j'ai dit. Je ne vous connais pas !

— Tu t'appelles Daisy parce qu'il y avait un bouquet de marguerites dans la chambre de ta mère quand tu es née, c'est bien ça ? elle m'a demandé.

Là, j'ai commencé à avoir un peu les foies.

— Comment savez-vous ça ? j'ai demandé.

Et puis j'ai vu sa bague et j'ai compris. C'était Opale, la sœur de la femme assassinée ! Je me suis mise à crier qu'ils feraient mieux de me laisser partir parce que sinon j'irais voir la police. J'ai essayé de sauter en marche, mais le type avait verrouillé toutes les portières.

— Tu ne dois pas avoir peur, m'a dit Opale. Nous ne te voulons aucun mal. Nous voulons simplement parler avec toi de ma sœur Ruby.

— Et vous, qui vous êtes ? j'ai demandé au type.

— Je suis son mari, il a répondu en montrant Opale du doigt.

— Que dirais-tu d'une glace ? m'a demandé Opale.

Ça me semblait être une bonne idée, et en plus, j'ai pensé que si on allait dans un lieu public, je pourrais courir et m'enfuir en cas de besoin. Mais on est allés au Tastee Freeze, un drive-in au bord de la route, et j'ai dû rester dans la voiture. Quand la serveuse est venue prendre la commande, j'ai crié que j'avais été enlevée et qu'il fallait appeler la police. Elle a rigolé, parce qu'elle me connaissait. Une fois, avec Michael on était allés là-bas, j'avais une casserole sur la tête et on avait dit que je m'appelais Jojo le Péquenot. Alors ce coup-ci, mon histoire, elle n'y a pas cru du tout. J'ai laissé tomber. J'ai commandé un soda et un banana-split, et j'ai décidé de ne rien leur dire du tout. J'avais promis à la mère de Michael de ne jamais mentionner les noms de Ruby Bates et Claude Pistal tant que je serais en vie.

— Je voulais rencontrer la petite fille dont ma sœur m'avait parlé, a dit Opale. Ruby t'aimait beaucoup, tu sais, et nous espérions que tu nous aiderais à retrouver celui qui l'a tuée. Nous savons que c'est Claude Pistal et nous avons fait tout ce que nous pouvions pour le traîner devant les tribunaux, mais Claude ment et dit qu'il n'a jamais rencontré personne du nom de Ruby Bates. Ruby m'a parlé de lui, m'a tout raconté. Je l'avais mise en garde contre lui, pourtant, je lui avais dit qu'il allait ruiner sa réputation, mais elle m'a répondu de ne pas m'en faire, que la seule personne qui les avait vus ensemble, c'était une petite fille qui habitait sur la plage et s'appelait Daisy à cause d'un bouquet de fleurs. C'est grâce à ça que nous t'avons retrouvée.

Eh bien, j'espère que tout le monde est content qu'on m'ait affublée d'un nom aussi ridicule ! Si seulement on avait pensé plus simple, comme Mary, rien de tout cela ne serait arrivé.

Ensuite, le type s'est mis à parler et m'a demandé de penser aux quatre enfants de Ruby qui aujourd'hui n'avaient plus de maman. Il avait dû me prendre pour une idiote.

— Monsieur, j'ai dit, j'ai onze ans et je sais lire les rubriques nécrologiques, et elle n'avait même pas d'enfants, alors, bon.

Ça lui a cloué le bec, et j'ai ajouté :

— Et vous feriez mieux de me ramener chez moi, maintenant.

Il a essayé autre chose.

— Tu n'as donc aucun remords de savoir que grâce à toi l'assassin de Ruby court toujours, alors qu'il pourrait être derrière les barreaux ? Et si ta maman avait été tuée et que quelqu'un connaisse le meurtrier mais ne veuille pas le dire ?

Il commençait à m'amadouer avec ses histoires de mère, alors je n'ai rien répondu et j'ai regardé par la fenêtre. J'avais un peu de remords, évidemment, mais pas assez pour me faire tuer au cas où ils n'arriveraient pas à coincer Claude Pistal à temps.

Opale s'est mise à pleurer en disant :

— Aide-moi, Daisy, je t'en prie. Tu es la seule qui puisse faire quelque chose.

Et le type est revenu à la charge.

— Daisy, je voudrais que tu réfléchisses à ce que

je vais te dire. Si Opale et moi avons appris que tu as vu Claude et Ruby ensemble, ne penses-tu pas qu'un jour ou l'autre, Claude se souviendra que tu les as vus ? Et alors, que fera-t-il, à ton avis ?

— Vous n'allez pas le lui dire, hein ?

Je me serais battue. C'était sorti tout seul. Le type a fait comme s'il n'avait rien entendu et a continué.

— Tu sais, Daisy, ce n'est pas de gaieté de cœur, mais arrivera le moment où nous serons peut-être obligés d'en parler à la police.

Il a continué comme ça pendant plus d'une heure, mais je n'ai rien dit, sauf quelques mots, pour commander une coupe glacée avec des noisettes pilées et de la sauce au chocolat.

Ils ont finalement abandonné et m'ont reconduite à l'école juste à temps pour que j'attrape le car de ramassage.

Mrs. Underwood ferait mieux de vérifier à qui elle confie ses élèves. Elle devrait demander des papiers d'identité. Dans le car, j'ai été malade comme un chien. Mrs. Butt a dû s'arrêter trois fois pour que je sorte vomir. Et quand je suis arrivée à la maison, devinez qui j'ai trouvé, assis en train de discuter avec papa ? Opale et son mari. Ceux-là mêmes qui avaient essayé de m'enlever.

Papa avait l'air embêté. Le type a dit :

— Daisy, je suis Mr. Kilgore et je travaille pour le F.B.I.

Il m'avait menti ! Il m'avait dit qu'il était le mari d'Opale ! Les agents du F.B.I. ne sont pas censés mentir. Et en plus de ça, il avait un magnétophone à cassette et passait l'enregistrement de ce qui s'était passé dans la voiture. Ils m'ont demandé de m'asseoir et de l'écouter.

— Ecoutez bien, Mr. Harper, voilà l'instant où elle s'est trahie.

C'était le moment où je leur avais demandé s'ils

allaient me dénoncer à Claude Pistal. J'ai drôlement l'accent du Sud. Ils ont passé encore un bout de la bande, mais tout ce qu'on entendait, c'était eux qui parlaient et moi qui mangeais mon banana split.

— Cet enregistrement, Mr. Harper, a dit le type à papa, peut être utilisé comme preuve devant un tribunal, parce que votre fille n'avait aucun moyen de savoir que Ruby avait une sœur nommée Opale à moins de lui avoir parlé, étant donné que dans l'annonce nécrologique, Opale était citée sous son nom d'épouse : Mrs. Julian Wilson.

— C'est vrai ? m'a demandé papa.

Je ne savais pas quoi répondre sans risquer de m'accuser, alors j'ai dit :

— Je veux voir mon avocat.

Ce qui n'était pas une bonne idée parce que papa m'a attrapée et s'est mis à me secouer tellement fort que j'ai cru que ma tête se dévissait.

Il m'a dit que ce n'était pas drôle et que je ferais mieux de cesser de me comporter comme le cul d'un âne et de tout lui raconter avant qu'il ne m'administre la raclée du siècle. Fou furieux comme il était, il était capable de me tuer avant que Claude Pistal n'essaie.

Mr. Kilgore lui a dit de se calmer, que la seule chose qui me retenait de parler, c'était la peur. Alors je leur ai raconté toute l'histoire, sans jamais prononcer les noms de Claude Pistal et Ruby Bates à voix haute. Je disais il, ou elle, et ils disaient Claude ou Ruby, et j'acquiesçais. Je n'allais pas les laisser me berner en m'enregistrant encore une fois.

Je leur ai raconté quand j'étais au Blue Gardenia et que j'attendais d'être payée pour avoir collé les oreilles d'Angèle, comment il m'avait menacée et que Harold Pistal m'avait dit de ne pas en parler à mes parents. Puis j'ai parlé de cet après-midi où Claude avait amené Ruby pour qu'elle fasse pipi.

C'était quand papa et maman étaient partis pêcher avec Mr. et Mrs. Dot et avaient rapporté toutes ces saletés de maquereaux. Quand Mr. Kilgore m'a demandé la date exacte, papa a téléphoné à Mr. Dot pour savoir s'il s'en souvenait. Il s'en souvenait, et se rappelait aussi que papa lui devait de l'argent pour la location du bateau. Papa a dû regretter de l'avoir appelé, pour sûr.

A la fin de mon histoire, Mr. Kilgore a reconnu que c'était illégal de m'avoir enregistrée en cachette. Et toc ! Mais il l'a fait pour me protéger, car Claude est dangereux et le F.B.I. le soupçonne d'être l'auteur de nombreux crimes dans tout le pays. Jusqu'à présent, ils n'avaient jamais réussi à le coincer. Je n'ai eu qu'à signer une déclaration comme quoi j'avais vu Ruby Bates et Claude Pistal ensemble l'après-midi du 21 septembre, et il ne fallait plus qu'on s'inquiète, on ne me demanderait probablement jamais de témoigner. Ça, c'est sûr, vu que je serai probablement morte.

Papa a dû lire dans mes pensées parce qu'il a dit :

— Eh, attendez une minute, qu'est-ce qui me dit que ma petite fille est en sécurité ?

— Mr. Harper, faites-moi confiance, a répondu Mr. Kilgore, à l'instant où je vous parle, nous savons exactement où se trouve Claude Pistal.

— Ah bon ? Où est-il ? j'ai demandé.

— Je ne peux pas vous le dire, a dit Mr. Kilgore, mais ne vous inquiétez pas. Je reviendrai demain avec tous les papiers qu'il faudra que vous signiez. En attendant, ne parlez de tout cela à personne, pas même à Mrs. Romeo.

Opale m'a dit que jamais elle ne me remercierait assez pour ce que je faisais, que grâce à moi elle était la femme la plus heureuse du monde. Ben voyons, j'ai pensé, c'est pas elle qui est la suivante sur la liste de Claude Pistal.

Papa et Jimmy Snow sont restés debout toute la nuit sans fermer l'œil ni boire un seul verre.

Ce matin, avant que je parte pour l'école, Mr. Kilgore est revenu avec un papier à signer. Au moment de repartir, il m'a dit :

— Miss Harper, je veux que vous sachiez que des clients difficiles, j'en ai interrogé un certain nombre dans ma carrière, mais vous êtes incontestablement la tête de mule la plus coriace qu'il m'ait été donné de cuisiner. Je vous tire mon chapeau.

Ça m'a rendue toute guillerette jusqu'au moment où, dans le car, je me suis mise à penser qu'il n'avait dit ça que pour me faire plaisir, parce que, après tout, il ne lui avait fallu qu'un après-midi pour me faire cracher le morceau. J'avais tout révélé pour un banana split et une coupe glacée à la sauce au chocolat, et en plus, j'avais oublié d'apprendre la page 57 du manuel d'arithmétique.

Ce n'est pas que je me méfie du F.B.I., mais au cas où les choses tourneraient mal, j'ai noté la combinaison du cadenas de ma boîte en métal, celle où je mets tous mes papiers, et je l'ai mise dans une boîte de pastilles Valda que j'ai cachée dans une chaussette que j'ai placée dans une boîte à cigares que j'ai fermée avec de la colle spéciale aéronautique, j'ai mis le tout dans un sac que j'ai enterré sur la plage. J'ai donné à Michael un plan de l'endroit où je l'ai enterré. Il n'ira le chercher que si je suis tuée. C'est un plan en deux parties. J'ai demandé à papa de m'emmener dans le quartier noir et j'ai donné la deuxième partie à Peachy Wigham. Je lui ai dit qu'en aucun cas elle ne devait la donner à Michael de mon vivant, et elle a dit d'accord. Elle n'a pas posé de question. C'est pour ça que tout le monde l'aime bien.

Voici ma lettre d'adieu, au cas où.

A qui de droit :

Si vous lisez cette lettre, c'est que je suis morte. Claude Pistal m'a tuée. Surtout n'imaginez pas que je suis morte de mort naturelle, même si tout le laisse croire. Faites-moi confiance, il m'a assassinée de sang-froid.

Je soussignée Daisy Fay Harper, saine d'esprit et élève de Mrs. Underwood, jure solennellement avoir vu Claude Pistal et Ruby Bates ensemble l'après-midi du 21 septembre en train de s'embrasser, et être sûre qu'ils se connaissaient. Si vous ne me croyez pas, demandez à sa sœur Opale, plus connue sous le nom de Mrs. Julian Wilson, et à Mr. Kilgore, du F.B.I.

Adieu, maman et papa. Je vous aimais bien. Vous étiez merveilleux avec moi lorsque j'étais en vie et je vous en suis très reconnaissante. Papa, ne sois pas triste de ne pas m'avoir acheté un poney. Je n'aurais probablement pas su m'en occuper, de toute façon. Essaie de ne pas te laisser aller.

Adieu, Michael Romeo, ami à toute épreuve. Je te charge de dire spécialement adieu à Mrs. Underwood pour moi et de lui dire aussi qu'elle a été la meilleure maîtresse de toute ma vie.

Adieu, Mrs. Dot et Jimmy Snow et tous les élèves de ma classe, sauf Kay Bob Benson, qui sait pourquoi.

Adieu, Peachy Wigham. Merci pour les asticots.

Adieu à tous ceux qui m'aimaient bien quand j'étais vivante, y compris Mr. Honeywell et son armée de femmes.

Adieu, grand-mère, grand-père, mamie, papi, beau-papi, tante Bess, Sue Lovells et Edna, qui est mariée à un marin à Pensacola.

Adieu, Angèle et ses parents. J'espère que tes oreilles vont se recoller. Mr. Pistal, je suis désolée d'envoyer votre frère en prison, et probablement sur la chaise électrique, mais ce n'est que justice.

Oh, et adieu Hank Turner, si un jour on te retrouve.

Ceci est mon testament et mes dernières vo
je m'excuse s'il est court, mais comme vous save
ce que je possédais a brûlé. Je lègue mon coussin à
mère. Je lègue mes vêtements à Michael, même s'
ne voudra sans doute pas porter des jeans de fille. Il n'aura qu'à les donner à Patsy Ruth Coggins.

Je lègue mon chat Félix à mon papa.

Et la dernière chose que j'ai à dire, c'est que je suis responsable de l'incendie du restaurant. C'était un accident, alors n'essayez pas de reprendre l'argent de l'assurance à mon papa. De toute façon, elle n'en avait pas donné assez.

Daisy Fay Harper

25 novembre 1952

Papa, Jimmy Snow et Billy Bundy sont allés au Blue Gardenia aujourd'hui, dire à Harold Pistal de faire passer le message à son frère Claude que s'il osait se montrer à moins de cent cinquante kilomètres de moi, papa le tuerait. Et si Claude le tuait, Jimmy Snow tuerait Claude, et si Claude les tuait tous les trois, un tas de gens seraient prêts à le tuer. Je ne crois pas que papa connaisse un tas de gens qui feraient ça pour lui, mais ça rendait la menace plus impressionnante !

Harold a dit à papa de se calmer. Il n'arriverait rien à personne. Claude est parti en Amérique du Sud pour de bon et ne reviendra jamais parce qu'à Detroit, des types lui en veulent à mort. En rentrant à la maison, papa a appelé Mr. Kilgore, qui a dit que oui, Claude était en Amérique du Sud et s'il essayait de remettre les pieds dans le pays, le F.B.I. l'épinglerait tellement vite que ça lui ferait tourner la tête. Papa était heureux comme tout d'entendre ça, et moi aussi. Je suis trop jeune pour mourir.

en d'écrire à cette petite fille qu'on a
lub des Débutantes et qui habite en
Sud pour lui dire que si jamais elle
ain Claude Pistal, elle ne doit surtout
parce que c'est un oiseau de mauvais

26 novembre 1952

En classe ce matin, on a eu une remplaçante. Mrs. Underwood était à l'hôpital de Magnolia Springs, on l'a opérée de l'appendicite samedi matin. Elle sera de retour dans deux semaines. Et moi qui m'inquiétais pour ma petite personne alors que Mrs. Underwood était malade! On lui a écrit un mot pour lui souhaiter un prompt rétablissement. Le mien faisait six pages et j'ai écrit une histoire drôle dedans. Au déjeuner, j'étais au Pig and Whistle Grill, et j'ai décidé qu'il valait mieux que j'aille la voir en personne et m'assurer qu'elle allait bien. Je n'ai pas confiance en la nouvelle maîtresse. Elle pourrait bien essayer de chiper son boulot à Mrs. Underwood.

Quand je suis arrivée à l'hôpital, l'infirmière m'a dit que les enfants non accompagnés n'étaient pas autorisés à rendre visite aux patients. Il m'a fallu un temps fou pour trouver un adulte qui veuille bien entrer avec moi. En fin de compte, une espèce de débile appelé Leroy qui traîne toujours du côté du drugstore Big B m'a accompagnée, mais j'ai dû lui payer une glace pour qu'il accepte.

— Voilà mon adulte, j'ai dit à l'infirmière.

Mais elle a regardé Leroy et a dit:

— Leroy, sortez d'ici immédiatement et rentrez chez vous.

Je sais pas ce qui lui a pris. C'était un adulte, non?

Finalement, je suis passée par-derrière et j'ai

trouvé une autre entrée. J'ai regardé dans toutes les chambres, la plupart des gens étaient vieux et dormaient. Devant une des portes, il y avait quatre personnes, dont un prêtre qui lisait la Bible. Celui qui était à l'intérieur était sûrement mourant. Et si c'était Mrs. Underwood ? J'ai couru dans tous les couloirs, sans la trouver. Quand l'infirmière m'a attrapée, je criais : « Mrs. Underwood ! Mrs. Underwood ! », et comme elle me traînait vers la sortie, j'ai entendu la voix de Mrs. Underwood sortir d'une chambre du bout du couloir.

— Daisy ? elle disait.

Je me suis débattue, l'infirmière a lâché prise et j'ai couru vers la chambre, et elle était là, assise dans son lit avec un magnifique gilet en dentelle bleue. Elle n'était pas mourante du tout. Et puis d'un seul coup, l'infirmière m'a sauté dessus, une vraie furie. J'avais réveillé tous les malades, avec mon raffut.

Mrs. Underwood lui a demandé de bien vouloir me laisser rester un petit moment. Elle ne voulait pas, mais les autres malades sonnaient tous pour l'appeler, alors elle a dit :

— Bon, bon, d'accord, mais cinq minutes, pas plus.

Mrs. Underwood avait l'air surprise de me voir.

— Daisy, elle m'a demandé, mais que fais-tu ici ? Tu devrais être en classe.

Et j'ai répondu que je pensais qu'il valait mieux que je vienne voir si elle allait vraiment bien, parce que moi, quand j'étais à l'hôpital pour qu'on m'enlève les amygdales, je n'allais pas bien du tout. Elle m'a dit qu'elle se sentait guérie et qu'il ne fallait pas que je m'inquiète pour elle. Je lui ai dit qu'on avait tous écrit un petit mot pour elle, et puis ensuite, comme une gourde, je lui ai raconté tout ce que j'avais écrit dans le mien, même l'histoire drôle.

Quand elle va le recevoir, elle va en avoir, une surprise !

Après l'avoir quittée, je me suis rendu compte que c'était la première fois que je voyais Mrs. Underwood sans maquillage. Sa beauté est naturelle, comme celle de Doris Day.

28 novembre 1952

Mrs. Dot nous a emmenés à la foire du comté de Harwin. J'avais 15 dollars, et je savais que j'allais gagner un super-gros lot pour Mrs. Underwood. Dans la voiture, on était serrés comme des sardines en boîte. Angèle Pistal a dû s'asseoir sur mes genoux. Elle a des os partout, c'est incroyable !

Amy Joe Snipes et ses sœurs n'arrêtaient pas de brailler à propos des manèges qu'elles allaient prendre. Kay Bob Benson devait être très excitée parce que sans réfléchir, elle m'a posé une question. Elle ne m'avait plus adressé la parole depuis la fête d'Halloween. Je lui ai répondu et elle s'est tout à coup rendu compte de ce qu'elle venait de faire, alors elle m'a regardée et m'a demandé :

— Mais tu es qui, toi ?

Et elle a levé le nez de son air dédaigneux.

En arrivant à la foire, de loin, on voyait le ciel tout illuminé. Mrs. Dot a dû se garer à des kilomètres de l'entrée. Il faisait très froid, et il y avait un gros anneau brun autour de la lune. On a marché jusqu'à une immense arche sur laquelle était écrit « Bienvenue à la Foire et au Salon de l'Agriculture du Comté de Harwin ». Mrs. Dot est allée chercher nos billets d'entrée, ça a pris des heures. Michael était tellement impatient qu'il n'a pas pu s'empêcher d'acheter un pain d'épices en forme de poupée à un bonhomme qui vendait des badges rigolos et tout un tas de trucs bizarres. Je n'avais jamais vu de grande roue aussi... grande. Kay Bob Benson s'est acheté un bâton en bois avec des paillettes collées dessus. Il y avait une chenille où les cabines se fermaient complètement avec une capote vert et blanc, et puis une espèce de gros bateau qui faisait un tour complet en l'air, des autos tamponneuses — le rêve de Michael — et un énorme manège. Partout, on entendait de la musique.

Mrs. Dot nous a obligés à rester bien ensemble, et on a dû visiter les expositions avant de pouvoir aller nous amuser. Je me suis acheté un hot dog et on est entrés dans une immense ferme, pleine de parcs à bestiaux, avec des vaches, des cochons, des moutons. Y en avait qui portaient des gros rubans autour du cou, c'étaient ceux qui avaient gagné un prix. Ensuite, on a vu une exposition de tracteurs et de machines agricoles John Deere dont je n'avais strictement rien à fiche. Cet endroit, c'était l'ennui à la puissance 15.

Ensuite, on est allés dans un grand hangar où il y avait des courges de dix kilos et des épis de maïs géants. On pouvait acheter des bocaux de fruits, de confiture, de gelée, de cornichons et de mini-maïs, et aussi des vêtements fabriqués dans les classes de travaux manuels de tout le pays. Même morte, je ne voudrais pas qu'on me voie en porter. Tous mes vêtements, je les achète chez Elwood, la Boutique des Nouveautés. Beaucoup d'églises avaient envoyé des couvertures en patchwork, mais moi, je préfère les couvertures électriques. Les élèves d'une école avaient organisé une exposition de leurs dessins. Je suis sûre que vous n'avez jamais posé les yeux sur plus moche dans ce domaine. Ensuite, on est arrivés aux rédactions. J'ai cherché la mienne mais elle n'y était pas. Celle qui a gagné le prix venait de Loxley et s'intitulait « Quand je serai grand, je veux être un bon Américain ». Quelle originalité...

Je commençais à en avoir vraiment ras le bol de leurs histoires, et je n'avais qu'une envie, aller essayer les manèges et gagner des gros lots. Michael était comme moi. Enfin, quand on est arrivés à la section jardinage décoratif, on a pu s'éclipser. Mrs. Dot avait présenté un projet : « Magie des Marais », qui a gagné un ruban. C'était rien qu'un canard empaillé sur un tas d'herbes, enfin, pour moi. Mais elle était tellement occupée à discuter et à raconter comment elle avait fabriqué ça, que Michael et moi on a filé. D'abord, on s'est acheté chacun une casquette sur laquelle une dame nous a cousu nos noms, là, tout de suite, et on pouvait choisir n'importe quelle couleur. J'ai pris une casquette noire avec « Daisy Fay » écrit en rose. Celle de Michael était rouge avec son nom en violet. Il n'a aucun goût.

On a fait les autos tamponneuses. Ce fou de Michael fonçait dans tout le monde. Ça a énervé des garçons qui nous sont rentrés dedans tellement fort que j'ai failli me casser une dent contre ma pomme d'amour. J'en ai déjà une de cassée, ça me suffit. On a fait à peu près six tours sur nous-mêmes, et il fallait que je sorte avant d'être malade. Michael ne voulait pas partir, il a dit qu'il attendait qu'une meilleure voiture se libère. Je lui ai donné rendez-vous à la grande roue une demi-heure plus tard et je me suis dirigée vers un stand de tir où il fallait renverser des chats noir et blanc en peluche avec une balle de base-ball. Trois coups pour vingt-cinq *cents*. On pouvait gagner des montres, des radios, et une lampe avec une danseuse hawaiienne dont la jupe se soulevait quand on la faisait tourner. J'ai dépensé cinq dollars à essayer de gagner la lampe pour Mrs. Underwood, mais impossible de renverser plus de deux chats d'un seul coup. Si vous voulez mon avis, les balles étaient trop légères, parce que, en temps normal, je vise très, très bien.

Finalement, j'ai laissé tomber et je suis passée au stand d'à côté. C'était un petit ruisseau artificiel sur lequel flottaient des canards en plastique jaune. Il fallait pêcher un canard, et le monsieur du stand regardait le numéro qui était dessous et vous donnait le lot correspondant. Je suis restée un moment à observer ce que gagnaient les gens, et personne n'a reçu de gros lot. Il allait toujours chercher un petit truc minable derrière le comptoir, du genre trompette en fer-blanc ou araignée en caoutchouc, alors j'ai décidé de m'abstenir. En plus, c'était l'heure de mon rendez-vous à la grande roue avec Michael, qui est arrivé vingt minutes en retard, et avec Vernon Mooseburger. On a pris la grande roue tous les trois et on en est partis à temps parce que juste après, une petite fille qui était tout en haut a vomi sur ceux qui étaient en bas. Ensuite, on a fait la chenille et aussi la souris folle. Michael n'arrêtait pas de voler des poignées de barbe à papa aux petits enfants quand leurs parents avaient le dos tourné. Il fallait les entendre hurler! Mais le temps que les parents réagissent, Michael était loin. A un stand, il y avait un mouton à deux têtes dans une grande bouteille, mais je crois que la deuxième était en plastique. C'était de l'escroquerie, leur truc! On est allés voir l'homme le plus gros du monde, mais on aurait mieux fait de garder notre argent, parce que Michael et moi, on était d'accord pour dire que Jessie LeGore était plus gros. Mais Vernon a bien aimé, il a trouvé ça chouette.

Ce que j'ai préféré, c'était l'homme-femme. D'un côté, il était habillé tout en noir, avec une chaussette et une chaussure, et de l'autre, il était maquillé, avec un escarpin à talon aiguille. Il avait aussi une moitié de moustache. J'ai essayé de lui parler pour voir s'il avait une voix d'homme ou de femme, mais un type à l'intérieur m'a dit que les clients n'étaient pas censés parler à l'attraction. Pour cinquante *cents*, il me semble que j'aurais bien eu droit à une phrase.

On s'est promenés en cherchant un jeu où je pourrais gagner le gros lot, quand j'ai aperçu exactement ce que je voulais rapporter à Mrs. Underwood. Un cocker noir et blanc en plâtre, avec des paillettes dessus. C'était au stand de l'homme qui devine votre poids à 1 500 grammes près. J'y suis allée et je lui ai donné mes vingt-cinq *cents*. Il m'a regardée et a dit :

— Ma petite, je pense que tu pèses 41,5 kilos.

Je priais pour qu'il se soit trompé, mais quand je suis montée sur la balance, elle a indiqué 42,1 kilos. J'ai demandé à Michael et à Vernon de le faire aussi, mais il a deviné leur poids à tous les deux. Ça devait être un expert. J'étais très déçue parce que Mrs. Underwood aurait sûrement adoré le cocker noir et blanc.

Il ne me restait plus que deux dollars parce que j'avais dû payer pour Michael et Vernon au stand du poids. Il y avait bien un stand où vous lancez un anneau autour d'un bâton, mais les lots n'étaient vraiment pas terribles. La plupart étaient des paquets de cigarettes, et Mrs. Underwood ne fume pas. Et puis enfin, j'ai trouvé ce que j'allais tenter : il s'agissait de lancer une pièce d'un *cent* dans un cendrier et on gagnait un poisson rouge dans un petit bocal rond. J'ai demandé pour deux dollars de pièces d'un *cent*.

Vous savez quoi ? C'est drôlement difficile de lancer une pièce dans un cendrier. Elle rebondit tout le temps. J'avais déjà lancé 1,68 dollar quand ma pièce a rebondi d'un cendrier dans un autre. Hourra ! J'ai choisi le plus gros poisson rouge. Mrs. Underwood va être folle de joie. Saviez-vous qu'ils ne donnaient pas le bocal avec ? Le type du stand a versé mon poisson rouge dans une petite boîte en carton blanc avec une anse en fil de fer et me l'a tendue.

— Et le bocal ? j'ai demandé.

— Le bocal, je le garde, il a répondu.

— Et pourquoi ? A quoi ça sert, un poisson rouge sans son bocal ?

Là, il a pris un air exaspéré, et m'a dit :

— Dis donc, mouflette, fais-moi plaisir, lis le panneau. Y a écrit : gagnez un poisson rouge. Y a rien d'écrit concernant le bocal.

— Alors pourquoi vous les mettez dans un bocal ? Vous trompez les gens, c'est injuste.

— Tu le veux, ton poisson, oui ou non ?

J'ai pris le poisson.

Il faut toujours avoir l'œil, avec ces forains. En partant, Vernon Mooseburger lui a fait un bras d'honneur. Il me restait trente-deux *cents*, alors on a décidé de faire un tour de manège. J'ai choisi le grand cheval blanc, très beau, avec une selle rouge. Michael a pris le noir avec la selle dorée, et il ne restait plus que le marron pour Vernon. Quand le manège s'est arrêté, il a fallu qu'on se précipite pour les avoir avant que quelqu'un d'autre ne monte dessus.

Michael et moi on a réussi, mais Vernon a raté le sien et s'est retrouvé avec un petit cheval blanc de l'autre côté du manège. On s'amusait drôlement bien, mon cheval montait plus haut que celui de Michael. Tous les petits enfants faisaient coucou à leurs parents, et il y avait même des parents qui restaient à côté d'eux pour les tenir. On avait fait à peu près quinze tours quand j'ai regardé la foule, et devinez qui j'ai vu ! *Claude Pistal* ! J'ai failli avoir une crise cardiaque. On a fait un autre tour, et il était encore là, et me regardait fixement.

J'avais tellement peur qu'il me tue, que mes cheveux se sont dressés sur ma tête. Je suis descendue de mon cheval et me suis mise à courir. J'ai sauté par-dessus les bancs où étaient assis les parents qui attendaient leurs enfants. En jetant un coup d'œil derrière moi, je l'ai vu qui s'élançait dans ma direction. J'ai dû renverser une dizaine de personnes dans ma course. Je suis allée jusqu'au parking, et là, j'ai cru devenir folle, je n'arrivais pas à retrouver la voiture de Mrs. Dot. Mon cœur battait si vite que j'arrivais à peine à respirer.

Quand enfin je suis tombée dessus, elle était fermée, et j'entendais quelqu'un arriver derrière moi. J'ai couru jusqu'à la dernière voiture. C'était une camionnette, dont la cabine était fermée aussi. De l'autre côté du parking, c'était un champ, et je savais que si je me lançais par là, à découvert, Claude Pistal me tirerait comme un lapin. La seule solution qui me restait, c'était de grimper à l'arrière de la camionnette et de me cacher sous des sacs de patates. J'entendais quelqu'un ouvrir les portes des voitures, puis les fermer, et le bruit se rapprochait de plus en plus. A un moment, je n'entendais plus que les battements de mon cœur, on aurait dit une grosse caisse. Et tout à coup, quelqu'un a fait le tour de la camionnette. J'ai récité un «Je vous salue Marie». Ce quelqu'un est monté dans la cabine et a démarré. Il est sorti du parking et a pris la grande route. Et moi avec. D'abord, la première chose à laquelle j'ai pensé, c'était: Sainte Mère, merci du fond du cœur. Et je ne suis même pas catholique! Et puis je me suis dit que j'étais peut-être dans la camionnette de Claude Pistal. Quand on s'est arrêtés à un croisement, j'ai jeté un coup d'œil dans la cabine par la vitre arrière, et j'ai vu que c'était un vieux monsieur avec un petit garçon profondément endormi. Je me suis mise à tambouriner sur la vitre en hurlant:

— Laissez-moi descendre de cette camionnette!

Ça a réveillé le petit garçon et l'a pratiquement fait mourir de peur.

Le vieux monsieur s'est arrêté et m'a demandé ce que je faisais là. Je ne pense pas qu'il ait cru que je fuyais un tueur, mais comme il habitait tout près de Magnolia Springs, il a accepté de me ramener jusque là-bas. Il m'a demandé si je préférais voyager dans la cabine, et je ne me le suis pas fait dire deux fois. Ses sacs à patates sentaient pas la rose, je peux vous le dire. Après qu'il m'a déposée, j'ai pris les chemins de traverse et je suis arrivée par-derrière à l'Elite Nightspot. J'ai tapé, tapé à la porte jusqu'à ce que Peachy Wigham vienne m'ouvrir en chemise de nuit.

— Seigneur, elle a dit, ma chérie, on est fermés le lundi soir.

Mais j'étais déjà à l'intérieur. Alors elle a dit:

— Mais tu es blanche comme un linge, qu'est-ce qui t'arrive?

Je me suis mise à tout raconter aussi vite que je le pouvais, c'était incompréhensible, comme la chronique de Mrs. Dot. Je savais ce que je voulais dire, mais je n'arrivais pas à tout mettre en ordre. Pour me calmer, Peachy m'a fait boire un whisky. Je lui ai dit qu'il fallait qu'elle appelle mon papa et le F.B.I. parce que Claude Pistal était ici et allait me tuer. Vingt minutes après, papa et Jimmy Snow sont arrivés.

Je leur ai dit que Claude Pistal n'était pas en Amérique du Sud, mais ici, dans le comté de Harwin, et qu'il m'avait couru après et avait même failli m'attraper, alors papa est allé dans la pièce d'à côté, parler avec Peachy. Elle a ouvert un placard et en a sorti deux sacs en papier avec quelque chose dedans. Elle en a donné un à Jimmy Snow et un à papa. Ensuite, papa est venu vers moi et m'a dit:

— Tu vas rester ici avec Peachy, sans t'inquiéter de rien.

C'est seulement après qu'ils sont partis que je me suis rendu compte que j'avais perdu ma casquette avec mon nom dessus, mais que j'avais toujours le poisson rouge.

Peachy a sorti un énorme fusil de son placard, a tiré sa chaise au milieu de la pièce et s'est assise. Là, j'étais tellement fatiguée que je commençais à ne plus y voir très clair. Elle m'a dit d'aller dans sa chambre et de me coucher, que tout allait bien se passer. Il faisait sombre, dans sa chambre, et il y avait déjà quelqu'un dans le lit ! Pourvu que ça ne soit pas le petit ami de Peachy, j'ai pensé, parce que Mrs. Dot nous avait dit qu'on était pas supposé toucher un homme de couleur, mais au point où j'en étais, je m'en fichais un peu. J'ai grimpé dans le lit et me suis mise juste à côté de l'autre, et je me suis endormie.

Le lendemain matin, quand j'ai ouvert les yeux, je ne savais plus très bien où j'étais, et puis j'ai tourné la tête et je me suis retrouvée face à face avec ULA SOUR, L'ALBINOS ! Je me suis mise à crier à Peachy de venir vite. Elle est arrivée en courant, le fusil à la main et a demandé :

— Qu'est-ce qui se passe ?

— Il y a une femme albinos dans ton lit, j'ai répondu.

Là, Peachy s'est mise à rire, parce que Ula Sour venait de s'asseoir et me regardait, d'un air aussi surpris que le mien.

— Ma chérie, tu t'es trompée de lit !

— Tu ne m'as pas dit dans lequel je devais aller, je ne savais même pas qu'il y en avait deux.

Elle nous a présentées, Ula et moi. C'est elle, que j'avais entendue aller et venir dans la pièce de derrière quand j'étais venue chercher Jimmy Snow. Je me suis excusée de lui avoir fait peur et lui ai dit que j'étais très heureuse de faire sa connaissance, que j'avais envie de la rencontrer depuis très longtemps. Elle est gentille, et pas complètement blanche. Elle a des grosses taches brunes sur la peau, qui font un peu penser au cocker de la foire, et elle ne fait pas du tout peur à voir.

On s'est levées, et Ula nous a fait du café. Je lui ai demandé pourquoi elle ne sortait jamais, et elle m'a dit que les gens se moquaient toujours d'elle et qu'elle en avait marre. Et devinez ce que j'ai appris ? Elle travaille pour Peachy aux pompes funèbres, comme croque-mort, et le soir, comme bonne. Une personne de couleur qui a une bonne ! Peachy m'a dit que c'était le meilleur croque-mort qu'elle ait jamais employé. C'est sûrement par elle qu'elle a eu les asticots. En attendant le retour de papa, on a écouté le juke-box en admirant le poisson rouge, que Peachy avait mis dans un bocal de pieds de cochon au vinaigre.

Vers neuf heures et demie, papa est venu me chercher. Je lui ai présenté Ula Sour, le célèbre croque-mort albinos, et il les a remerciées toutes les deux de s'être occupées de sa petite fille. Il a rendu les sacs en papier à Peachy, qui les a remis dans son placard. Je lui ai demandé ce qu'il y avait dedans, et il a dit :

— Rien d'important. Allez, viens, on rentre à la maison.

J'ai pris mon poisson rouge et j'ai dit à Ula que ça me ferait plaisir de revenir la voir, et elle a dit que je pouvais.

Dans la voiture, j'ai demandé à papa quand est-ce qu'il faudrait que je témoigne contre Claude Pistal, et il a répondu :

— Tu ne témoigneras pas.

— Non ?

— Non.

— Pourquoi non ?
— Parce que c'est comme ça, ne t'inquiète pas.
— Pourquoi non ?
Comme il ne répondait pas, j'ai redemandé :
— Pourquoi non ?
— Parce que Claude Pistal est mort, a dit papa.
— Pour de vrai ?
— Pour de vrai.
— Tu es sûr ?
— Je suis sûr.
J'ai réfléchi une minute et j'ai demandé :
— Comment tu le sais ?
— Je le sais, c'est tout.
— Tu savais qu'il était en Amérique du Sud aussi, et pourtant il n'y était pas.
Alors, papa a dit :
— Si je te dis qu'il est mort, c'est qu'il est mort. Est-ce que je t'ai déjà raconté des mensonges ? Alors maintenant tu te tais, et on n'en parle plus.
Je me suis tue, mais il m'a déjà raconté des mensonges, plein de fois. Comme, par exemple, quand il m'a dit que le Père Noël avait trouvé la mort dans un accident d'autobus.
On s'est arrêtés au Tastee Freeze et pendant que je buvais mon milk-shake, il est allé prendre une bière en face. Quand on est arrivés à la maison, Mr. Kilgore, du F.B.I., nous attendait. Papa s'est tourné vers moi, et m'a dit :
— Toi, je ne veux pas t'entendre, tu as compris ?
Je n'avais même pas ouvert la bouche.
— Mr. Harper, a commencé Mr. Kilgore, on vous a cherché partout. Je voulais vous annoncer que Claude Pistal a été retrouvé mort le long du terrain d'atterrissage de Magnolia Springs. Tué par balles.
— Dieu merci, a dit papa. A-t-on une idée de qui a fait le coup ?
— Nous sommes pratiquement sûrs qu'il s'agit

d'un règlement de comptes entre gangs. Il avait dix balles dans la peau. Nous avions découvert qu'il était mêlé à une histoire de trafic de drogue avec Cuba. En fait, une grande partie de ses acolytes avaient été repérés au Blue Gardenia, nous allions procéder à leur arrestation.

En entendant ça, la seule chose qui m'est venue à l'esprit, c'est que j'avais probablement joué au poker avec des assassins et des meurtriers. Encore une chance que je n'aie pas essayé de tricher, comme je fais avec papa, des fois. Mr. Kilgore a dit que Claude avait quitté l'Amérique du Sud pour se rendre à Cuba et, de là, avait pris un petit avion et atterri sur une vieille piste presque désaffectée, utilisée de temps en temps par les saupoudreurs. D'ailleurs, c'était un saupoudreur du nom de Jimmy Snow qui avait découvert le corps et appelé la police. Papa l'a remercié d'être venu nous informer. Mr. Kilgore était désolé que j'aie eu si peur.

Après le départ de Mr. Kilgore, j'ai regardé papa, qui m'a regardée. Je me demandais comment ça se faisait qu'à dix heures du matin il sache que Claude était mort, alors que le corps n'avait même pas encore été découvert. Juste à ce moment, on a entendu les sirènes. Trois voitures de police ont déboulé en trombe et se sont arrêtées devant la maison. Cinq policiers ont jailli et se sont mis à taper à la porte comme des malades en criant :

— Police ! Ouvrez !

Papa est allé ouvrir, et un policier lui a demandé :

— Daisy Fay est-elle ici ?

— Je suis là, j'ai dit en me demandant ce qu'ils allaient me faire.

— Tu vas bien ? a demandé le policier.

— Ben oui, je vais très bien, pourquoi ?

— Dieu merci. Ma petite, on te cherche depuis

hier soir. Une certaine Mrs. Dot est folle d'inquiétude pour toi.

Elle avait appelé la police du comté de Harwin et la police de la route en racontant une histoire comme quoi une petite fille avait été kidnappée à la foire par un gang spécialisé dans la traite des Blanches et elle ne les avait pas lâchés de la nuit, menaçant de publier leurs noms dans le journal et de ruiner leur réputation s'ils ne me retrouvaient pas.

— Je suis Bill Harper, son père, a dit papa, et peut-être puis-je vous expliquer le malentendu. Ma fille a passé la nuit chez une amie et a oublié de prévenir Mrs. Dot.

— Et où étiez-vous, Mr. Harper ? a demandé le policier. On vous a attendu ici toute la nuit.

— Eh bien, a répondu papa, c'est un peu gênant... Je peux vous parler une minute en privé ?

Le policier et papa se sont mis un peu à l'écart, pensant que je n'entendrais pas, mais j'ai tout entendu, parce que papa avait la voix très aiguë, tout à coup.

— Dites-moi, mon ami, vous connaissez une femme du nom de Rayette Walker ? a demandé papa.

Le policier devait la connaître parce qu'il s'est mis à rire, et papa a continué :

— Vous comprenez, ma femme et moi on est séparés, et...

— Vous inquiétez pas, mon brave, a dit le policier, j'avais bien pensé que c'était un truc de ce genre.

— Je vous remercie, a dit papa.

Et puis le policier a dit :

— C'est bon, les gars, on se rentre.

Puis il s'est tourné vers moi et m'a dit :

— Ne recommence plus, petite. Cette pauvre Mrs. Dot ne s'en remettrait pas.

— Où est-elle ? j'ai demandé.

Elle était allongée dans le bureau du shérif, avec un médecin à ses côtés et la mère de Michael qui lui mettait de la glace sur le front. Après le départ des policiers, papa m'a regardée et je l'ai regardé.

— Qui est Rayette Walker ? j'ai demandé.

— Personne.

— Tu en es sûr ?

— Oui, j'en suis sûr.

— Comment sais-tu que tu en es sûr ?

— Est-ce que je t'ai déjà raconté des mensonges ?

J'ai laissé tomber.

Je suis allée rendre visite à Mrs. Dot, et on peut dire qu'elle était contente de me voir ! Si quoi que ce soit était arrivé à une de ses débutantes, elle en serait morte. Je ne lui ai pas raconté ce qui s'était réellement passé, ça l'aurait achevée.

Après, j'ai demandé à papa de m'emmener à l'hôpital de Magnolia Springs pour que je donne son poisson rouge à Mrs. Underwood. Cette fois, je suis passée par la porte de devant parce que j'avais un ADULTE avec moi. Cette vieille infirmière était désagréable au possible. Elle refusait que j'entre avec un poisson rouge parce que c'était contraire au règlement. Papa lui a dit que si elle m'empêchait d'entrer avec mon poisson, il cassait toute la baraque, brique par brique. Les bâtiments sont en bois, mais c'est l'intention qui compte.

— D'accord, a dit l'infirmière avec son air méchant, mais maintenant que je vous connais, je comprends pourquoi votre petite fille est si mal élevée.

Vous auriez dû voir la tête de Mrs. Underwood. Elle était contente comme tout du poisson. Elle a dit qu'il était magnifique et qu'à côté d'un cocker noir et blanc en plâtre avec des paillettes, il n'y avait aucune hésitation à avoir.

En rentrant, j'ai demandé à papa s'il ne trouvait pas que Mrs. Underwood ressemblait à Gene Tierney. Il était d'accord avec moi. Je vous l'avais bien dit ! Je vais écrire à Gene Tierney pour lui dire qu'elle a un vrai sosie à Magnolia Springs, dans le Mississippi. On ne sait jamais, peut-être qu'elle a besoin d'une doublure !

Michael et Vernon Mooseburger m'ont dit que Mrs. Dot les avait fait attendre deux heures après la fermeture de la foire et que tous les forains avaient dû aider à me chercher. Ils s'étaient répartis en équipes, et Kay Bob Benson était avec l'homme-crocodile, dont j'aurais bien aimé voir le spectacle. Quand Vernon et Michael m'ont demandé pourquoi j'avais sauté du manège avant la fin du tour, je leur ai dit que j'avais une envie pressante et que j'étais rentrée à la maison en stop parce que je n'aimais pas aller dans les toilettes publiques. Et vous savez quoi ? Ils m'ont crue !

Vous devriez voir le journal... A la une, on ne parle que de Claude Pistal. Il y a même une photo de Jimmy Snow montrant l'endroit où il a découvert le corps. Jimmy ressemble vraiment à un albinos, en photo. L'article dit que dix balles de trois pistolets différents ont été tirées et que deux balles de calibre .22 ont été retrouvées dans le foie. Ça devait être un bon tireur, sauf s'il visait le cœur. Le vrai nom de Claude était Claude Piastelia, et il avait fait de la prison pour tout un tas de raisons, meurtre compris. Pfff... on peut dire que sa mort me réjouit. La seule chose que je n'arrive pas à comprendre, c'est comment papa savait à neuf heures et demie que Claude était mort alors que d'après le journal, Jimmy n'a découvert le corps que vers dix heures huit.

6 décembre 1952

Aujourd'hui, Harold Pistal est venu avec Angèle, nous dire au revoir. Ils déménagent à cause de tout ce qu'on a dit dans les journaux, à propos de Claude. Heureusement qu'Angèle ne sait pas encore lire ! Elle avait mis son chapeau de Davy Crockett, qu'elle adore. Je crois qu'elle ne sait même pas que Claude est mort. Quand on est allés se promener sur la plage, j'ai dit à Harold que j'étais désolée que son frère se soit fait tuer. Comme je ne voulais pas mentir, j'ai ajouté que, Claude ayant voulu m'assassiner, je n'étais pas aussi désolée que j'aurais dû l'être, et qu'après tout, je n'étais qu'une enfant et qu'on avait besoin de moi à la maison. Harold pensait que c'était peut-être mieux qu'il soit mort. Angèle était en train de faire un château de sable tout bancal et ne pouvait pas entendre notre conversation, alors il m'a avoué que Claude avait tué sa femme lors d'une crise de jalousie et que depuis, il n'était plus le même. Quand je lui ai demandé s'il avait tué Ruby Bates, il a dit que oui, probablement. En plus, Harold savait déjà, par Claude, que j'avais vu Claude et Ruby ensemble. J'ai bien failli m'évanouir en l'entendant, celle-là. Claude s'était donc souvenu.

— Je savais qu'il voulait me tuer, le soir de la foire, j'ai dit.

— Il ne voulait pas te tuer, Daisy.

— Non ?

— Non. Il cherchait Angèle et pensait que peut-être elle était avec toi.

— Moi, je crois qu'il était venu pour me tuer.

— Il n'aurait jamais fait ça. Il ne pouvait pas, et c'est une des raisons pour lesquelles il avait quitté le pays. Il savait que tu te souviendrais de l'avoir vu avec Ruby.

— Je crois qu'il avait l'intention de me tuer.

— Il ne t'aurait jamais fait de mal. Tu as sauvé la vie à Angèle.

— Ça ne l'empêchait pas de me détester.

— Il ne te détestait pas. Simplement, il n'aimait pas te voir traîner au Blue Gardenia et parler à ses amis. Il n'avait pas confiance en eux.

— En tout cas, il ne m'a jamais remerciée d'avoir sauvé la vie à Angèle.

— Il ne pouvait pas. Il ne voulait pas que les gens sachent.

— Sachent quoi ?

— Qu'Angèle était sa fille. Nous l'avons recueillie quand elle avait six mois, après la mort de sa mère.

Alors là, un coup de vent et je tombais.

Harold m'a fait jurer de ne rien répéter à personne, et j'ai promis de me taire. Je lui ai demandé s'il avait une idée de qui avait tué Claude, et il a dit non. Moi, je commence à en avoir une, mais je préfère ne pas y penser.

Angèle m'a prise dans ses petits bras pour me dire au revoir et m'a promis de m'écrire, dès qu'elle aurait appris. Je ne pouvais pas m'empêcher de penser que j'avais vraiment eu de la chance, le jour où elle était tombée à l'eau. Pauvre Angèle, elle va me manquer. Vous vous rendez compte de ce que va être sa vie avec les oreilles qu'elle a ? Et en plus de ça, elle ne sait même pas qu'elle est italienne…

15 décembre 1952

Je joue la Mère l'Oye dans le spectacle de Noël ! Je suis furieuse. Dans ma classe, tous les élèves font leur propre numéro, sauf moi, qui dois jouer avec les petits de la maternelle. Je n'ai pas le choix parce que Mrs. Underwood leur a dit que je le ferais. Moi, je voulais imiter Vaughn Monroe en chantant « Racing with the moon ».

Au lever de rideau, je dois dire :

— Je suis la Mère l'Oye et je ne sais pas où donner de la tête. Il est bientôt l'heure d'emmener tous les personnages de mes contes à la crèche pour voir le Petit Jésus, qui vient de naître sous l'Etoile du Berger.

A ce moment-là, l'Etoile du Berger entre en scène et fait une révérence, et sort.

Miss Florence, la maîtresse des petits, fait sonner une cloche dans les coulisses, et je dis :

— Voici la cloche magique.

Ensuite, je vais vers l'endroit où il y aura un gros livre en papier mâché et je dis :

— Oh, regardez, voilà le Petit Poucet et le Petit Chaperon rouge !

Là, les petits de la maternelle sortent du gros livre, déguisés en personnages de conte, et il faut que je les présente.

Quand arrive Riquet à la Houppe, qui est le dernier, je dis :

— Les enfants, allons maintenant à Bethléem voir l'Enfant Jésus, qui vient de naître sous l'Etoile du Berger.

Là, l'Etoile du Berger revient, refait une révérence, et ressort. A la fin du spectacle, on est tous dans la mangeoire.

C'est d'une bêtise... La Mère l'Oye ne vivait même pas à l'époque de Jésus.

Mrs. Underwood a des problèmes pour attribuer les rôles de la crèche. Elle essaie d'être démocratique et nous a demandé de voter pour savoir qui fera Marie et Joseph. Je ne peux même pas voter parce que Kay Bob Benson a dit que je ne pouvais pas parce que je n'avais pas de rôle dans cette partie du spectacle.

Je ne voulais déjà pas participer au spectacle de Thanksgiving. Je n'ai demandé à personne de me faire un costume de Pèlerin. Le défilé était nul, de toute façon. Il y avait un char censé représenter Washington traversant le fleuve Delaware, et en fait, c'était George Crawford avec un chapeau noir, assis dans une barque que son père avait posée à l'arrière de sa camionnette, sur laquelle était écrit « Fosses Septiques Crawford ». Jimmy Beck était un char à lui tout seul, il était en vélo décoré de papier crépon, avec un chien dans un panier. Kay Bob Benson était la Statue de la Liberté, avec une couronne en carton argenté. Il y avait aussi les Cuivres du Lycée de Magnolia Springs, mais ils sont vraiment mauvais. Pas un n'est capable de marcher droit, et il y a trop de trompettes. Le mieux, dans le défilé, c'était les Demoiselles du Mississippi, l'armée féminine de Mr. Honeywell.

Au Club des Débutantes, on peint des feuilles de magnolia vert écume et laurier-rose pour décorer l'arbre de Noël que Mrs. Dot a planté dans une dune pour embellir la plage. On est obligées de punaiser les décorations parce que, autrement, elles s'envolent. Le sapin tout entier s'est envolé, l'autre jour.

J'ai reçu une très gentille lettre de maman. Elle va essayer de venir me voir à Noël. J'ai hâte de la voir. Si seulement je pouvais lui acheter ce renard argenté !

A l'école, on a tiré chacun un papier avec un nom, et on doit faire un cadeau pour la personne dont on a eu le nom. Il ne faut pas dépenser plus de vingt-cinq *cents*. J'ai tiré Reba Quigley, mais je l'ai échangée avec Patsy Ruth Coggins, qui avait tiré Vernon Mooseburger. Je me demande qui a eu mon nom. Pas un de ces mômes de péquenots, j'espère. Je n'ai pas envie d'avoir un truc « fait maison ». Je vais acheter un bocal à Mrs. Underwood, pour son poisson rouge, comme ça, elle pourra le sortir du pot de pieds de cochon au vinaigre de Peachy Wigham.

Hier, Michael et moi on était chez Elwood, la Boutique des Nouveautés, pour choisir nos cadeaux. On était tout au fond du magasin, au rayon prêt-à-porter pour enfants, quand j'ai vu un mannequin garçon qui portait un costume à carreaux. Il avait une perruque blonde qui aurait été parfaite pour Vernon Mooseburger, avec une raie, et tout. Comme tout était collé bien comme il faut, il n'aurait jamais eu à se peigner. Je me suis dit qu'avec cette perruque, il ne serait pas obligé de porter son chapeau en cuir marron pour jouer le berger du spectacle.

J'ai demandé à la directrice du magasin, Mrs. Hilda Jinx, combien coûtait la perruque, mais elle n'était pas à vendre. J'ai dit à Michael que j'avais l'intention de chiper cette perruque parce que Vernon en avait beaucoup plus besoin que le mannequin, qui n'avait pas de rôle dans le spectacle de Noël. Michael m'a répondu qu'il refusait de m'aider parce qu'il ne voulait pas passer Noël en prison. Je lui ai dit qu'il n'irait pas puisque c'était moi qui allais la prendre. Robin des Bois volait aux riches pour donner aux pauvres, nous on allait voler un mannequin mort pour donner à un garçon vivant, ça n'avait rien de répréhensible. Je lui ai rappelé le coup de Tawney la Femme aux Glands. Puisqu'il était si honnête, j'allais devoir dire à sa mère la vérité, toute la vérité, rien que la vérité. Ça ne me plaisait pas beaucoup de faire ça à Michael, mais j'étais obligée. En rentrant, je l'ai fait s'entraîner à avoir une crise d'épilepsie pendant toute la soirée, jusqu'à ce qu'il y arrive bien.

Aujourd'hui, après la répétition du spectacle, j'ai dit à Miss Florence :

— Je vais faire un tour avec mon costume de Mère l'Oye, je reviens tout de suite.

— Je ne veux pas te voir dehors, elle a dit, tu vas salir ton déguisement.

J'étais coincée, alors j'ai dit :

— Bon, mais il faut que j'aille aux toilettes.

Et j'ai filé avant qu'elle ne puisse m'en empêcher.

Michael m'attendait. On est partis pour le centre ville et en route, on a répété notre plan. Il est entré dans le magasin et s'est mis à regarder un peu partout, comme s'il faisait du shopping, pendant que j'attendais dans le drugstore d'à côté. Puis je suis entrée chez Elwood.

Michael se promenait dans le magasin en parlant à voix haute et en disant des trucs comme :

— Voyons, pour qui est-ce que je pourrais acheter ça ?

Il prenait des articles, puis les reposait. Ensuite, il a dit :

— Je me demande si ça plairait à maman, ça.

Il en fait toujours trop.

Mrs. Jinx m'a regardée d'un drôle d'air. J'ai réussi à retourner au rayon enfants sans qu'elle m'arrête et j'ai attendu quelques minutes, que Michael fasse sa crise. Il est tombé par terre et s'est mis à crier :

— Je fais une crise d'épilepsie, au secours, je fais une crise d'épilepsie !

Il n'était pas censé parler ! Tout le monde s'est précipité vers lui, et j'ai arraché la perruque, mais elle était collée ! J'ai dû éplucher la tête du mannequin comme une orange, et puis enfin, j'ai pu sortir, sans que personne me voie.

J'ai retrouvé Michael à l'école, et il n'arrêtait pas de la ramener, comme quoi il était tellement bon en crises d'épilepsie. Le soir, après un après-midi dans mon livre de géographie, la perruque avait mauvaise mine. J'ai mis des heures à la remettre en ordre et je l'ai bourrée de papier journal pour qu'elle reste en forme.

J'ai hâte que Vernon Mooseburger voie son cadeau. Quel chouette Noël ça va être, pour lui ! Au Club des Débutantes, Mrs. Dot nous a dit que quand on fait un cadeau à quelqu'un, il faut faire en sorte que la personne en ait l'usage et que ça corresponde à sa personnalité. Pour un chauve, il n'y a rien qui corresponde mieux qu'une perruque, non ? Il a aussi besoin de sourcils, mais ceux du mannequin étaient peints. Tant pis. Ça me fait quand même une idée de cadeau pour l'an prochain.

23 décembre 1952

Aujourd'hui, à l'école, on s'est donné nos cadeaux. J'ai offert à Mrs. Underwood un bocal pour son poisson rouge, une boîte de bonbons Mary Ball et du parfum Blue Waltz. C'est George Crawford qui avait tiré mon nom, et il m'a donné cinq paquets de chewing-gum à la chlorophylle... vingt-cinq *cents* pile... quel radin ! Il fallait voir la tête de Vernon Mooseburger quand il a trouvé sa perruque. Il a couru aux toilettes pour la mettre. Elle lui va très bien. Elle rebique un peu sur les côtés et derrière, mais je lui ai dit qu'avec un peu de colle ou de Scotch, ça serait au poil. Tout le monde a trouvé ça épatant, sauf Kay Bob Benson, qui a dit qu'elle faisait un peu miteux, mais je suis sûre qu'elle vaut plus que vingt-cinq *cents*.

Après les cadeaux, Mrs. Underwood nous lisait un chapitre de *Nancy Drew et l'escalier secret* quand on a frappé à la porte. Elle est allée voir et quand elle est revenue, elle avait un grand sourire et elle a dit :

— Daisy Fay, il y a là quelqu'un qui voudrait te voir.

Oh, non, j'ai pensé, ça ne va pas recommencer! J'ai demandé à Mrs. Underwood de se renseigner sur l'identité de cette personne et d'exiger ses papiers, mais elle a dit :

— C'est une surprise.

Je lui ai répondu que les visiteurs-surprise ne m'intéressaient pas.

— Bon, je ne devais pas te le dire, mais c'est ta maman.

— Elle a des sourcils bizarres et des yeux verts ? j'ai demandé.

— Daisy, je connais ta mère, a dit Mrs. Underwood.

Je suis sortie dans le couloir, et là, il y avait ma maman, qui arrivait tout droit de Virginie ! On peut dire que j'étais contente de la voir ! C'est bath, elle va rester ici jusqu'au lendemain de Noël. Elle nous a pris une chambre au Magnolia Springs Hotel, parce qu'elle ne parle toujours pas à papa. Elle viendra me voir au spectacle de Noël demain soir.

Je suis passée à la maison pour prendre mon pyjama pendant qu'elle allait voir Velveeta Pritchard, dans le quartier noir. Maman continue de penser que Velveeta est sen-sâ-tio-nnellllllle. Je suis triste pour papa. Il est furieux parce que maman est là mais refuse de lui parler. Lui et Jimmy Snow sont dans la pièce d'à côté, en train de se payer une belle cuite... J'espère qu'ils seront sobres pour mon spectacle.

Maman m'a parlé de son travail. Elle n'est plus serveuse, elle a eu une promotion. Maintenant, elle est Caissière Principale dans une très grande cafétéria de Charlottesville et elle peut porter ses habits à elle plutôt que l'uniforme de serveuse. Quand j'irai en Virginie, je pourrai manger tout ce que je voudrai à la cafétéria, même des crêpes. J'aime toutes les sortes de crêpes, sauf celles au sarrasin. Elles ont un goût de fer.

Les « Brèves de Mrs. Dot » parlent de nous, écoutez ça :

« Mrs. William Harper Jr et sa fille, la charmante Daisy Fay, séjournent cet hiver au Magnolia Springs Hotel. »

On ne reste que quatre jours.

27 décembre 1952

Maman est partie ce matin. J'aurais tellement voulu qu'elle reste ! Pour Noël, elle m'a offert un nouvel ensemble, des sous-vêtements, des chaussettes et une photo d'elle qu'elle avait fait faire dans un grand magasin. Moi, je lui ai offert du fond de teint Merle Norman. J'avais vu qu'ils avaient juste sa couleur, beige naturel. Elle a dit que mon cadeau ne pouvait pas mieux tomber, parce qu'elle n'en avait plus. Je dois avoir un don naturel pour choisir les cadeaux.

Grand-mère m'a envoyé des petits napperons au crochet et un billet de cinq dollars. Tante Bess m'a envoyé le même. Maman a trouvé que papa était un paresseux parce qu'il m'a donné vingt dollars au lieu de m'acheter un cadeau. Jimmy Snow m'a offert une boîte de mouchoirs. Pfff... Je lui ai donné un pack de six Budweiser, sa bière préférée, et à papa, j'ai donné six Pabst Blue Ribbon. Je les ai achetées à Peachy Wigham. Personne d'autre ne vend de la bière aux enfants dans le Mississippi, même si c'est pour faire un cadeau. Peachy et Ula Sour m'ont acheté une grosse Bible avec des dessins de Jésus et de Marie et Joseph qui sont noirs. J'étais très embêtée, je n'avais pas de cadeau pour elles.

Le spectacle s'est bien passé, sauf quand je suis

entrée en scène. Je regardais le public pour essayer de voir où était maman. Papa et Jimmy Snow étaient debout au fond de la salle, à côté de Mr. Curtis Honeywell et de son armée de femmes, mais je ne voyais pas maman. Et tout à coup, je l'ai vue ! Elle était assise juste à côté de Mrs. Hilda Jinx, de la boutique Elwood ! Du coup, j'en ai oublié mon texte. Michael et moi on était allés voir le film *La voleuse*, avec Mona Freeman, juste après le coup de la perruque, et il fallait voir ce qu'il lui arrivait ! Mais lorsque Miss Florence a sonné la cloche magique, en coulisse, j'ai dit :

— Houps... j'entends la cloche magique.

Et je me suis souvenue de la suite. La bougie du Chat botté s'est éteinte dès qu'il est sorti du livre, alors il s'est mis à pleurer, et Cendrillon a relevé sa robe sur sa tête mais à part ça, tout s'est bien passé.

J'ai été la plus applaudie de tous, encore plus que saint Joseph. Maman et papa ont fait bien attention à me féliciter chacun à leur tour après le spectacle, pour ne pas avoir à se parler. Comme c'était Noël et qu'ils ont une fille en commun, j'espérais qu'ils se remettraient ensemble, mais non. Tout ce que maman a dit à papa, c'était :

— Comment va ta nouvelle amie ?

Quelle nouvelle amie ??????

29 décembre 1952

N'allez jamais faire vos courses à la boutique Elwood. Ils emploient un groupe de gens méchants et radins. Hier soir, Mrs. Hilda Jinx a téléphoné à papa et lui a dit que je m'étais déguisée en Mère l'Oye et que j'avais volé une perruque sur un mannequin du rayon enfants en profitant du fait qu'un pauvre petit garçon faisait une crise d'épilepsie. Le plus terrible, c'était que je ne pouvais absolument rien nier, dans son histoire. Elle a dit que si papa m'amenait au magasin et si je rendais la perruque, elle ne porterait pas plainte. Elle ne voulait pas que le mannequin de son rayon enfants soit chauve pendant les soldes d'après Noël. Papa a dû m'emmener chez Vernon, pour récupérer la perruque. Alors Vernon est de nouveau chauve.

Ce matin, à sept heures trente, papa m'a déposée devant la boutique Elwood, et j'ai dû attendre là devant jusqu'à l'ouverture, à huit heures. Quand Mrs. Jinx est arrivée, j'ai essayé de lui rendre la perruque, mais elle me l'a fait remettre exactement là où je l'avais trouvée. C'était horrible. Il n'y avait pas un client, et toutes les vendeuses étaient là, derrière leurs comptoirs, à me regarder. On aurait entendu une mouche voler. Il a fallu que je passe par les rayons mercerie et papeterie, et devant la vitrine des patrons de couture, la vieille dame qui s'en occupe a dit :

— C'est une honte, et juste avant Noël, en plus.

Ce magasin doit faire un kilomètre de long, et le rayon enfants est tout au fond. J'ai replacé la perruque sur leur fichu mannequin, et il a fallu que je repasse devant tout le monde une deuxième fois, et la vieille des patrons a redit :

— Quelle honte, non mais quelle honte !

Jamais je ne suis sortie de nulle part avec un tel soulagement. Et je vais vous dire une chose, la maison Elwood a perdu une cliente pour l'éternité, et une bonne cliente, encore ! Ficher en l'air le Noël d'un pauvre garçon chauve, non mais vous vous rendez compte...

30 décembre 1952

Je suis allée au drugstore Big B pour acheter des cadeaux de Noël à Peachy Wigham et Ula Sour avec mes étrennes. Pour Peachy, j'ai pris de la lotion capillaire Royal Crown et du rouge à joues, et pour Ula, une paire de superbes lunettes de soleil en plastique blanc, avec des verres en miroir, ce qui fait que vous voyez à travers sans que les gens voient vos yeux. Je m'en suis acheté une paire pour porter au Club des Débutantes, le mois prochain. Nous allons avoir un exposé sur « Comment préparer une table de fête », et avec mes lunettes, je pourrai dormir sans que personne me voie.

A la rentrée, après Noël, il y avait un nouveau dans ma classe, Flicka Hicks. Avant, il était à l'école militaire et détestait ça, alors il est venu ici. Je n'en croyais pas mes yeux, il ressemble comme deux gouttes d'eau à Johnny Sheffield, avec les cheveux bouclés, et tout.

Certains d'entre vous ont pensé que peut-être j'en rajoutais, en disant qu'au spectacle de Noël, c'est moi qu'on avait applaudie le plus, mais voilà ce qu'a écrit Mrs. Dot dans ses « Brèves », mot pour mot :

« Aujourd'hui, chronique d'art dramatique. J'ai en effet assisté au spectacle annuel organisé à Noël par les élèves de l'école de Magnolia Springs. Les enfants, je ne dirai qu'un mot : bravo ! Comme toujours, je suis en mesure de vous révéler un scoop : vous le savez, le théâtre reste le théâtre, ici ou ailleurs, et il n'y a pas qu'à Broadway que certains sont touchés par la grâce artistique. Je crois savoir qu'une petite querelle a opposé mesdemoiselles Kay Bob Benson, Patsy Ruth Coggins et Amy Joe Snipes, qui voulaient toutes trois jouer le rôle de la Vierge

Marie, et je tiens à dire que leur metteur en scène, Mrs. Sybil Underwood, a su résoudre ce problème avec beaucoup de brio, en supprimant le rôle et en attribuant ceux des Rois Mages à nos trois jeunes actrices. Notons cependant que le personnage de Marie a été regretté, particulièrement dans la scène si populaire de l'auberge-qui-affiche-complet. Michael Romeo, qui jouait le rôle de Joseph et disait aussi une partie des répliques de Marie, était merveilleux. L'Etoile du Berger était jouée par la petite Hawkins, dont la mère, Gracie, préside le chapitre local de l'Etoile d'Orient. Tout enveloppée de papier aluminium, Lettie était éblouissante. Comme chaque année, le spectacle s'est conclu sur la scène de la crèche, et par une surprise, avec l'arrivée du Père Noël, joué par notre cher principal, Mr. J.T. Vickory, accompagné du lapin de Pâques, joué par sa femme, Honey. Je crois savoir que son costume était entièrement fait de Kleenex multicolores. Mais la star de la soirée fut incontestablement Daisy Fay Harper, membre du Club des Débutantes, dans le rôle de la Mère l'Oye. Elle nous a présenté quelques-uns des petits les plus charmants que vous verrez jamais ici ou à Broadway. Daisy Fay était absolument adorable et nous a beaucoup fait rire avec ses expressions plus merveilleuses et variées les unes que les autres. C'était une performance réellement digne d'un Oscar, et j'espère que parmi le public ne se trouvait aucun producteur connu car sinon, notre petite Daisy est en route pour le firmament. C'était un spectacle formidable et je tiens à remercier tout spécialement Jimmy Beck, dont le fox-terrier, Lady, a joué le rôle du chameau. On me demande de préciser que l'encens et la myrrhe étaient fournis par les établissements Hatcher, tout l'alimentaire pour bétail.

« Joyeuses fêtes. »

Je suis sûre que Kay Bob Benson se tord de rage. Elle était ridicule avec la barbe. J'espère que Flicka Hicks lira les « Brèves de Mrs. Dot ». Je vais peut-être les lui envoyer anonymement.

2 janvier 1953

Samedi, Michael et moi on est allés au cinéma de Magnolia Springs, voir la double séance *Superman et la taupe*, avec George Reeves et Phyllis Coates, et *Bandit Queen, coups de fouet, coups de feu, coups de cœur, elle n'a qu'une cible, l'homme*, avec Barbara Britton et Willard Parker. On était en train de s'acheter des bonbons quand est arrivé Flicka Hicks. Il portait l'uniforme de son ancienne école, et devinez avec qui il était ? Kay Bob Benson ! Les militaires ont dû le rendre idiot, s'il croit que Kay Bob Benson est belle. Il lui a acheté du pop-corn, et tout. J'étais tellement dégoûtée que j'ai planté Michael au milieu de *Bandit Queen* et je suis allée voir Peachy Wigham et Ula Sour pour leur donner leurs cadeaux. Peachy a beaucoup aimé les siens. Ula était aux pompes funèbres. Quand j'ai dit à Peachy que j'avais besoin d'un verre, elle m'a apporté une orangeade. Je voulais du Wild Turkey, alors j'en ai bu quelques rasades, que j'ai fait passer avec de l'orangeade. Aller au cinéma avec un garçon qui a un nom de cheval, ça me ferait mal, tiens.

23 janvier 1953

Hier, papa et moi on regardait le « Club Mickey Mouse » à la télé quand deux hommes du F.B.I. sont arrivés. Je savais qu'ils étaient du F.B.I. parce qu'ils étaient habillés exactement comme Mr. Kilgore, tirés à quatre épingles, comme les policiers de *Gang Busters*.

— Mr. Harper, a commencé le petit, nous aimerions savoir ce que vous faisiez la nuit du 5 novembre.

Papa a tout de suite répondu. Il a dit qu'il avait passé la nuit avec Rayette Walker, qui habite au 212 Division Avenue, et que Jimmy Snow était avec eux.

Ils ont pris des notes et l'un d'eux a dit :

— Très bien, Mr. Harper, votre version coïncide avec celles de Miss Walker et de Mr. Snow. Désolé de vous avoir dérangé, juste une vérification de routine.

Là, on peut dire que j'étais furieuse. Papa m'avait dit que Rayette Walker n'était personne, et voilà que j'apprends qu'il a passé la nuit avec elle ! Je parie que toutes les fois qu'il passait la nuit avec Jimmy Snow, il était avec elle. Et lui qui dit qu'il ne m'a jamais menti. Pfff...

Aujourd'hui, à la récré, je suis allée voir Marvin Thrasher, au collège, pour mon Almond Joy, et j'en ai profité pour lui demander s'il connaissait une femme nommée Rayette Walker. Il m'a demandé comment j'avais bien pu la rencontrer. Je lui ai dit qu'elle ne faisait pas partie de mes relations, mais de celles de papa et de Jimmy Snow. Alors il a ri et a dit qu'il n'en doutait pas, que Rayette et les hommes c'était une longue histoire, et que si je tenais à ma réputation, il valait mieux que je l'évite. Ça devait être à cause d'elle que papa et maman se disputaient toujours, et ça devait être elle aussi que la mère de Kay Bob Benson avait vue avec papa dans un bar. J'ai l'intention d'aller la voir demain et de lui dire qu'à cause d'elle ma maman et mon papa se sont séparés.

24 janvier 1953

Aujourd'hui, j'ai emporté à l'école la photo de maman et la Bible que j'ai reçues pour Noël. Après, je suis allée à pied jusqu'à Division Avenue et j'ai trouvé le 212. C'est une petite maison blanche avec une véranda devant qui donne l'impression d'être sur le point de s'écrouler. Très «loyer modéré», maman aurait dit. J'ai frappé à la porte. Il n'y avait personne à part un mini-chihuahua qui aboyait comme un dingue.

J'ai attendu jusqu'à six heures, et puis une dame a fini par arriver. Quand elle m'a vue assise sur l'escalier, elle a eu l'air d'avoir peur et m'a dit :

— Daisy Fay, mais que fais-tu là ?

Elle connaissait mon nom. Je lui ai demandé si elle pouvait me laisser entrer, et elle a dit oui. Là, je me suis souvenue que je l'avais vue travailler au Beauty Box de Nita. Elle ressemblait beaucoup à Yvonne De Carlo, en un peu plus grosse.

Une fois à l'intérieur, elle m'a demandé si je voulais m'asseoir, mais pas question pour moi de m'asseoir chez une briseuse de ménages. Je lui ai montré la photo de ma mère et je lui ai dit que papa était marié à cette femme et que j'étais leur fille. Je lui ai aussi dit que je savais qu'elle et papa se voyaient, que toute la ville le savait, même ma mère. De plus, ma réputation était ruinée à jamais parce que j'étais membre du Club des Débutantes et qu'on ne plaisantait pas avec ces choses-là. Et à mon école, un dîner mères-filles a été organisé, et je dois y aller toute seule à cause d'elle.

Elle a eu l'air très triste et elle a dit :

— Daisy, ton papa m'a tout raconté sur toi depuis

le jour de ta naissance. Je t'ai même vue au spectacle de Noël.

— Vous m'avez vue ?

— Oui, tu étais merveilleuse.

Je lui ai demandé si elle avait remarqué que j'avais eu un trou de mémoire, et elle ne s'était aperçue de rien !

Pour en revenir à mes moutons, j'ai dit :

— Si vous savez tout de moi, comment ça se fait que vous ayez volé mon papa à une femme parfaite et que vous ayez forcé ma maman à partir ?

Là, elle n'avait pas de réponse. Elle m'a simplement dit de ne pas me mettre en colère contre mon papa parce qu'il m'aimait beaucoup, et que jamais ils n'avaient voulu me faire du mal, et à maman non plus. Et puis elle a ajouté :

— Quand tu seras grande, peut-être que tu comprendras.

La vieille réplique qu'ils vous servent toujours.

Je lui ai dit que j'allais à l'école et que j'étais la meilleure de ma classe en lecture et que je comprenais beaucoup de choses, et que je la détestais à mort d'avoir fait du mal à ma maman, et que je n'irais plus jamais au Beauty Box de Nita et qu'elle ferait mieux de laisser mon papa tranquille et de sortir avec des hommes célibataires. Tout ça en une seule phrase. Elle m'a demandé si je voulais un Coca. Quand on est allées dans la cuisine, j'ai vu qu'elle avait découpé l'article de Mrs. Dot sur le spectacle de Noël et l'avait scotché sur la porte de son frigo. Je suis sûre qu'elle n'y était pas et qu'elle a juste lu l'article.

Je lui ai fait jurer sur la Bible pour gens de couleur qu'elle laisserait mon papa tranquille. Elle a dit que si je la détestais tant, elle le ferait. Je lui ai dit que c'était le cas. Et puis je lui ai rendu son Coca et je suis partie.

25 janvier 1953

C'est ma fête, encore une fois... Quand je suis rentrée de chez Rayette, hier soir, papa n'était pas là, alors je me suis fait un sandwich beurre de cacahuètes-confiture et j'ai regardé la télé un moment avant d'aller me coucher. Mais aujourd'hui, quand je suis arrivée de l'école, il était soûl comme un Polonais.

Papa était tellement furieux contre moi à cause de ma visite à Rayette et du fait que je lui avais demandé de promettre sur la Bible de ne plus voir mon papa, qu'il m'aurait tuée si Jimmy Snow n'avait pas été là. Il pleurait, puis s'emportait, et disait que je ne savais pas ce que j'avais fait, et pourquoi je me mêlais de choses que je ne comprenais pas. Je lui ai répondu qu'il était de mon devoir de patriote de protéger maman et qu'il n'avait pas à la faire souffrir pour une aide-coiffeuse, quelle qu'elle soit. Il était assis et pleurait sur sa bière. J'ai trouvé ça plutôt drôle, ce comportement à propos de quelqu'un dont il m'avait dit que c'était personne.

Avec Jimmy Snow, il a parlé un moment, et puis Jimmy est venu dans ma chambre et m'a demandé de venir faire un tour avec lui sur la plage. Je lui ai dit que ça ne servait à rien, que de toute façon, j'étais en colère contre lui aussi parce qu'il était allé chez Rayette avec papa alors qu'il savait que papa était un homme marié. Une fois sur la plage, Jimmy m'a dit :

— Daisy, ta mère et ton papa vont divorcer.

— C'est pas vrai, j'ai dit.

Et même si c'était vrai, ça ne voulait rien dire, ils parlent de divorce depuis que je suis née. Quand maman sera un peu moins furieuse contre papa, elle reviendra. Elle sera là d'un jour à l'autre.

— Je sais que tu crois que ta maman va revenir, a dit Jimmy, mais cette fois, elle est partie pour de bon.

— Même si c'était vrai, j'ai répondu, et ça ne l'est pas, papa n'a rien à faire avec une vieille aide-coiffeuse dégoûtante, et tout le monde est du même avis que moi.

— Ecoute, Daisy, Rayette a toujours été très gentille avec toi, ton papa, et moi.

Alors là, j'ai failli éclater.

— Gentille avec moi? Elle met la pagaille dans ma maison, fait partir ma maman, et elle est gentille avec moi? Je la déteste, je voudrais qu'elle soit morte et enterrée, avec des asticots qui lui mangent les tripes.

Jimmy est resté silencieux un bon moment, et puis il a dit:

— Daisy, assieds-toi. J'ai quelque chose à te dire.

Je ne voulais pas m'asseoir, à cause des puces de sable, alors il a enlevé sa veste et l'a posée par terre. La nuit était claire et je voyais son visage au clair de lune. Il avait bu, mais je ne crois pas qu'il était soûl. Il m'a regardée et m'a dit:

— Daisy, est-ce que je peux avoir confiance en toi?

— Ben bien sûr, tu peux. Je suis capable de garder des secrets à la vie, à la mort. J'ai même des informations sur Michael Romeo et une certaine danseuse exotique que je n'ai jamais révélées à sa mère.

— Tu es une petite fille intelligente, Daisy, et tu es assez grande pour comprendre ce que je vais te dire.

J'étais d'accord avec lui sur le côté intelligent, alors je lui ai dit de continuer.

— Tu te trompes à propos de Rayette, et c'est

dommage, parce que tu pourrais le regretter un jour. Ce que j'ai à te dire, je vais le dire une fois, et je veux ta parole d'honneur que jamais tu ne demanderas à quiconque de te le répéter.

— D'accord, raconte.

— Tu es sûre ?

— Oui.

Les moustiques et les puces de sable étaient en train de me dévorer vivante, et j'ai pensé que s'il ne me disait pas ce qu'il avait à me dire, j'allais avoir des démangeaisons jusqu'à la saint-glinglin. Et puis le suspense était encore plus fort que dans les histoires de Nancy Drew.

— Eh bien, Daisy, si un jour la police découvre que les balles retrouvées dans le foie de Claude Pistal viennent du revolver d'une certaine personne, alors peut-être que tu comprendras que Rayette était vraiment gentille avec toi et ton papa.

J'en suis restée comme deux ronds de flan. J'ai oublié les moustiques et les puces de sable. Je m'en étais doutée, mais maintenant j'étais sûre de ce que contenaient les sacs que Peachy Wigham avait donnés à papa la veille du meurtre de Claude Pistal. Rayette, papa et Jimmy Snow avaient tué Claude pour me protéger ! Rayette avait menti à la police, ce qui est un crime, en disant que papa avait passé la nuit avec elle. Et en plus, elle avait sacrifié sa réputation. Je n'ai pas pu dire un mot. Après ça, on est rentrés à la maison. Papa dormait déjà. Jimmy est parti et je suis allée me coucher, mais je n'arrivais pas à dormir. Tous ces gens qui risquaient de gros ennuis, même Peachy, à cause de moi ! Et Claude n'avait même pas eu l'intention de me tuer !

Je suis peut-être en avance pour mon âge en lecture, mais y a des fois où je me comporte vraiment comme une gourde. J'étais désolée d'avoir été si méchante avec Rayette. Il ne me reste plus qu'à prier pour qu'elle garde tout ça pour elle et qu'on ne remonte jamais la piste des balles jusqu'à son revolver. C'est pas facile d'en savoir trop.

26 janvier 1953

Je suis allée au Beauty Box de Nita ce matin et j'ai demandé à Rayette Walker si elle voulait bien m'accompagner au dîner mères-filles la semaine prochaine. Elle s'est mise à pleurer, au milieu du salon, en plantant sa cliente qui n'avait que la moitié des bigoudis sur la tête et qui était plutôt furieuse parce que ses cheveux séchaient et le résultat n'allait pas être celui escompté. Il faut que je m'achète une robe pour ce dîner, et une chose est sûre, je n'irai pas faire mes emplettes chez Elwood. Quand je serai grande, j'espère que je ne me mettrai pas à pleurer pour le moindre petit truc. C'est très gênant. J'ai vu assez de gens pleurer ces deux jours, j'en ai pour un bout de temps.

Cet après-midi, quand je suis rentrée de l'école, papa était heureux comme tout. Rayette avait dû l'appeler. Il m'a demandé ce qui m'avait poussée à faire une si gentille chose, mais je ne pouvais pas le lui dire parce que j'avais promis à Jimmy Snow. Après ce qu'ils ont fait pour moi, je ferai tout ce que je pourrai pour papa et Jimmy Snow. Et encore, je n'aurai jamais assez de toute ma vie pour leur rendre ce que je leur dois. Si papa veut sortir avec Rayette, il peut. Quand je serai riche, je lui achèterai un autre moteur de hors-bord, avec le bateau, aussi. Papa, Rayette et Jimmy Snow sont les seuls héros vivants que je connaisse en personne.

J'espère que maman n'apprendra pas que je vais au dîner mères-filles avec une aide-coiffeuse.

2 février 1953

La soirée n'a pas commencé très bien. D'abord, quand je suis allée chercher Rayette, son chihuahua, Trixie, a mordu papa à la cheville, jusqu'au sang. Ce qui tendrait à prouver la théorie de Mrs. Dot : les chihuahuas sont des chiens dangereux. Une fois, sa mère était à une réunion des Filles de la Révolution Américaine et son chihuahua, qu'elle aimait plus que tout au monde, était dans la voiture avec elle. Elle arrivait à un feu rouge quand son idiot de chien s'est précipité sous la pédale du frein pour chercher sa baballe, et la mère de Mrs. Dot a dû prendre une horrible décision : freiner à mort pour ne pas renverser les deux personnes qui traversaient la rue, et écrabouiller la tête de Trixie, ou ne pas freiner et sauver la vie de son chien. Elle a choisi son chien, et les deux piétons, dont l'un était en chaise roulante, ont fait un vol plané de trois mètres. Ça lui a coûté une fortune en frais médicaux. Sa chance, c'était que l'un des piétons soit déjà handicapé, parce que autrement la note aurait été encore plus salée.

Rayette portait une robe bleu roi, avec des escarpins assortis. Quand on est arrivées au dîner, Kay Bob Benson est venue vers nous et a dit :

— C'est pas ta mère, c'est Rayette Walker, elle travaille au Beauty Box de Nita.

— Je sais à quoi ressemble ma mère, merci, je lui ai répondu. Rayette Walker la remplace parce qu'elle est très prise en Virginie et n'a pas pu se libérer.

Mrs. Underwood a été la seule à être gentille avec Rayette. Les autres nous ont ignorées toute la soirée. Pour le dîner, il y avait du poulet sauce royale et des petits pois. Je déteste les petits pois. Je ne peux plus en manger un seul depuis que j'ai découvert que le dernier repas de Ruby Bates, c'était des carottes et des petits pois. Mrs. Dot a fait un discours intitulé « La meilleure amie qu'une fille puisse avoir, c'est sa mère », et une vieille dame, Geneva Corsset, a chanté une chanson complètement idiote qui s'appelait « Mère ». Ensuite, on a dû chanter l'hymne du Mississippi et Billy Bundy a dit une prière, et c'était terminé.

Papa devait venir nous chercher, et il était en retard. Il sortait d'un bar et était à moitié beurré. Je déteste être la dernière à partir. Rayette m'a dit qu'elle avait passé une très bonne soirée, et je pense que c'était vrai parce qu'elle a mangé tout ce qu'il y avait dans son assiette, plus trois desserts.

Kay Bob Benson et sa mère étaient habillées pareil et faisaient comme si c'était dernier cri. La mode prend lentement, par ici.

C'était très drôle de voir Billy Bundy prier devant toutes ces mères et toutes ces filles.

Cette année, j'ai décidé de faire moi-même mes cartes de la Saint-Valentin. Sur celle de Flicka Hicks, je dessinerai un cheval. Il continue à passer son temps avec Kay Bob Benson, et comme si ça ne suffisait pas, l'autre jour, un monsieur est venu à l'école et nous a fait lire un panneau avec des lettres, et je ne voyais que le gros E. Alors il va falloir que je porte des lunettes. Une dent cassée et des lunettes. Je ferais mieux de tout laisser tomber !

6 février 1953

Aujourd'hui, Rayette et moi, on est allées me faire faire des lunettes. J'en voulais des comme celles de Grace Kelly, mais Rayette en a choisi une paire en plastique bleu, forme papillon, qui ne me plaisent qu'à moitié. Elle dit que ça va bien avec la couleur de mes yeux et la forme de mon visage. Quand je les mets, je vois à des kilomètres et je peux lire tous les panneaux de Magnolia Springs. Je pense que j'ai la vue aussi perçante que Superman, maintenant. Je suis allée montrer mes lunettes à Peachy Wigham et Ula Sour. Elles les ont trouvées sensass.

Le pauvre Jimmy Snow est à l'hôpital de Magnolia Springs parce qu'il s'est emberlificoté dans les fils du téléphone avec son avion. Il a un bras et une épaule cassés. Papa a dit qu'il allait être en traction pendant un bon bout de temps. Je vais aller le voir et lui dire qu'il ferait mieux de se faire examiner les yeux, parce que peut-être qu'il a besoin de lunettes comme moi et que c'est pour ça qu'il a si souvent des accidents d'avion.

J'ai reçu une lettre de maman, et elle veut savoir si papa s'occupe bien de moi, et tout. Elle se sentirait plus rassurée si je venais vivre avec elle en Virginie, mais je ne peux pas quitter papa, il a besoin de moi.

Papa et Rayette se sont disputés pour un truc, mais elle est toujours gentille avec moi.

J'ai dit à papa qu'il ferait bien de se réconcilier avec Rayette, et vite. Je ne lui ai pas dit pourquoi je pensais ça, mais si elle se met en colère contre lui, l'envie pourrait lui venir de lâcher le morceau. C'est très courageux de la part de papa de se chamailler avec elle. Si c'était moi, je m'en garderais bien. Si j'accepte de porter ces horribles lunettes bleues, c'est qu'il y a une raison, vous saisissez ?

Kay Bob Benson dit que j'ai l'air d'une chouette.

14 février 1953

Mrs. Underwood a adoré la carte de Saint-Valentin que je lui ai faite. Dessus, j'avais collé une décalcomanie dorée de Shell Beach, Mississippi. J'ai fait vingt-six cartes en tout. Il m'en restait deux, alors j'en ai envoyé une à la petite fille d'Amérique du Sud qu'on a adoptée avec le Club des Débutantes, et une à Charles Van Johnson. Je n'en ai reçu que trois, de Michael Romeo, Vernon Mooseburger et Patsy Ruth Coggins. Papa a oublié que c'était la Saint-Valentin, et celle de maman n'est pas encore arrivée.

16 février 1953

Ce matin, vers six heures trente, Mrs. Hammer, la propriétaire du Christian Motel, a regardé par sa fenêtre et a vu une femme nue comme un ver sautiller sur la plage en ramassant des coquillages. Elle a attrapé une couverture et a couru la lui porter, et la femme, c'était Mrs. Dot! Elle était remontée dans le temps et croyait qu'elle était redevenue une petite fille. Mrs. Hammer a appelé Mr. Dot, qui lui a raconté qu'hier soir, sa femme avait fait une crise de folie et l'avait poignardé dix-huit fois avec un canif avant de s'enfuir toute nue par la porte de devant. Il s'en est sorti parce que le canif était vraiment très petit. Ils ont appelé une ambulance, qui l'a emmenée chez les fous, à Meridian. J'ai demandé à papa si elle ne pouvait pas venir habiter avec nous, mais Mr. Dot avait déjà signé tous les papiers et on n'a rien pu faire. A dire vrai, ici, tout le monde est un peu déçu qu'elle n'ait pas utilisé un couteau plus gros.

18 février 1953

Je déteste ces sales filles de pêcheurs de crevettes et Kay Bob Benson. Elles me sortent par les yeux. La mère de Michael avait organisé une réunion pour qu'on discute d'un cadeau à acheter, qu'elle porterait à Mrs. Dot quand elle irait la voir. Ces sales filles ont dit qu'elles ne voulaient pas dépenser de l'argent parce qu'elle était folle et ne saurait pas apprécier le cadeau. Vous vous rendez compte ? Kay Bob Benson racontait à qui voulait l'entendre qu'elle savait depuis longtemps que Mrs. Dot était folle. J'ai demandé à la mère de Michael si je pouvais y aller moi aussi. Je peux faire le trajet avec elle, mais je ne pourrai pas entrer, les visites sont interdites aux enfants. Je lui ai acheté une boîte de bonbons Whitman. Quand elle les aura mangés, si elle veut, elle pourra se servir de la boîte comme sac. J'ai vu Olive de Havilland faire ça dans *La fosse aux serpents*, et elle était chez les fous.

Quand on est arrivées, j'ai été surprise de voir que le bâtiment ressemblait à un hôpital normal, où n'importe qui peut aller. Mrs. Romeo est allée la voir, et après environ une heure, elle est revenue, très choquée. Elle tremblait tellement dans la voiture qu'elle a dû fumer cinq cigarettes avant de pouvoir démarrer. Elle avait toujours ma boîte de bonbons à la main. Elle a dit que Mrs. Dot n'avait rien le droit d'avoir. Pour aller dans sa chambre, elle a dû marcher dans un couloir bordé de portes avec des barreaux. Des gens dérangés hurlaient de toutes leurs forces. Mrs. Dot était dans une chambre avec cinq ou six autres personnes. Elle était assise dans son lit, portait une vieille robe grise et n'avait pas été coiffée depuis plusieurs jours. Tout le temps que Mrs. Romeo était là, elle a essayé de se recoiffer, et a cru que c'était sa sœur qui venait la voir, a fait comme si elle servait du thé avec du citron, de la crème et du sucre. Elle a tendu une tasse invisible à Mrs. Romeo, elle ne savait même pas où elle était. Elle croyait que c'était la maison de son enfance, à Memphis, et que les autres personnes de la chambre étaient des visiteurs. Quand Mrs. Romeo est partie,

Mrs. Dot tendait des tasses invisibles à tous les autres malades, et l'un d'eux en a pris une. L'infirmière a dit à Mrs. Romeo que Mrs. Dot était dans un état critique et qu'elle ne sortirait probablement jamais de là, mais qu'il ne fallait pas s'inquiéter parce qu'elle était heureuse et ne souffrait pas. La seule chose qu'on pouvait faire, c'était manger les bonbons nous-mêmes.

20 février 1953

Dimanche, papa et moi on était au café Bon Ton, et papa n'arrêtait pas de regarder Billy Bundy compter son argent. D'après Billy, pour faire des affaires dans la religion, il faut un Porteur de Gloire. Un Porteur de Gloire, c'est quelqu'un qui peut faire croire aux gens qu'il va leur apporter la gloire du Seigneur. Les meilleurs, dans ce domaine, c'est les enfants et les blondes platinées. Billy Bundy connaissait une blonde platinée dont la spécialité était les serpents. Elle faisait tomber les dollars dans la sébile plus vite que l'éclair, mais elle s'est mise en colère contre lui parce qu'un de ses serpents l'avait mordue, et elle est partie avec un mécanicien. Il aimerait bien mettre la main sur un petit garçon prédicateur de Louisiane qui, paraît-il, est une vraie mine d'or. Mais ses parents ne le lâchent pas d'une semelle et ne le laissent approcher personne. Je suis sûre que ce petit garçon a les cheveux frisés.

Billy gagne en moyenne 150 dollars par semaine, et ça nous paraît beaucoup, à papa et à moi, mais pour Billy, c'est rien du tout. A une époque, il en gagnait 500, alors 150, ça lui suffit à peine pour vivre. Il doit verser une pension alimentaire à deux ex-femmes et cinq enfants. Il n'ose pas arrêter de payer parce qu'il a encore quelques ennuis à cause de cette histoire de gravures dédicacées de la Cène.

Papa a demandé à Billy si c'était dur de prêcher, et s'il fallait suivre des cours sur la Bible avant d'être autorisé à monter sur la scène et à faire la quête. Billy a dit que non, la seule chose à faire, c'est raconter aux gens ce qu'ils ont envie d'entendre et ensuite leur faire assez peur pour qu'ils vous donnent de l'argent. Et puis il est retourné finir de compter son argent.

Papa est inquiet parce que l'argent de l'assurance est presque tout dépensé, et on a encore une traite à payer pour le terrain où se trouvait le restaurant. C'est peut-être ça qui lui a fait penser au miracle.

Aujourd'hui, quand je suis arrivée à la maison, papa et Billy Bundy étaient là tous les deux. Papa m'a tirée à l'intérieur et a fermé la porte et les fenêtres. Je ne savais pas ce qui se passait, mais il n'y avait rien de grave parce qu'ils avaient tous les deux un sourire jusqu'aux oreilles. Ils m'ont fait asseoir à la table de la cuisine et m'ont demandé s'il y avait quelque chose qui me ferait plaisir avant qu'ils me parlent. J'ai commandé un Coca-Cola et un sandwich au pâté de foie et au fromage avec de la moutarde et de la mayonnaise, qui m'a été servi en temps record. Billy Bundy m'a regardée, et m'a dit :

— Ma petite, tu es une sacrée veinarde, ah ça oui ! Ton rusé de père nous a concocté un miracle qui va faire de nous des gens riches, et de toi, peut-être, une petite fille célèbre.

Le miracle, c'est que je vais faire semblant de me noyer et puis revenir d'entre les morts et devenir le nouveau Porteur de Gloire de Billy Bundy. Papa est convaincu qu'il peut fabriquer une machine qui projettera une croix de lumière dans le ciel. Ils ont passé un marché : Billy récupère soixante pour cent des bénéfices et ma participation est gratuite. Quand j'ai entendu ça, j'ai dit à papa qu'il s'était fait rouler quelque part, mais d'après lui, je ne dois pas m'inquiéter, ça va quand même nous rapporter un bon paquet. Billy Bundy est très dur en affaires.

Billy veut que je sois morte pendant trois jours, mais papa a dit non, que je serais morte seulement vingt-quatre heures. Il ne voulait pas que maman entende parler de ça ou se fasse du souci pour quoi que ce soit. Là-dessus, il a été très ferme, et on s'est tous les trois serré la main. Papa doit se mettre à la fabrication de sa machine, et je dois tenir ma langue.

22 février 1953

Hier, papa est allé à Meridian et s'est acheté un vieux projecteur de cinéma. Il a collé sur la lentille un petit bout de contre-plaqué avec une croix découpée au centre. Pendant la nuit, vers trois heures du matin, quand tout le monde dormait, il m'a réveillée, et on est allés sur la plage avec une rallonge. Et comme prévu, quand il a branché le projecteur, une croix a brillé dans le ciel, grosse comme tout. Mon papa est vraiment intelligent. Maintenant, il ne lui reste plus qu'à trouver un moyen de faire fonctionner le projecteur avec des piles, parce que le jour du miracle, je serai sur un bateau avec la machine, et quand tout le monde aura vu la croix, je devrai tout saborder pour que personne ne puisse trouver de preuve. Il faudra qu'on fasse très attention au déroulement et à la durée du miracle, parce que tout le monde doit le voir. Papa et Billy Bundy pensent qu'il faut le faire un jour où il y aura des nuages. Il y a un tas de détails techniques à résoudre, quand on veut faire un miracle, je n'aurais jamais cru.

Nos plans avancent bien. Nous avons besoin d'une barque. Billy Bundy s'est souvenu que Mr. Wentzel, qui habite le long de la rivière Bon Secours, en a plein qu'il loue : une en moins, ça ne lui fera pas vraiment défaut. La nuit dernière, Billy, papa et moi, on est allés là-bas. On s'est garés à deux kilomètres de l'endroit où Mr. Wentzel met ses barques, et Billy a dit à papa de rester près de la camionnette pendant que lui et moi on allait chercher une barque. Pour lui, c'était facile, il avait une bouteille de whisky et n'arrêtait pas de boire des coups, mais moi, j'étais dévorée par les moustiques. A mon avis, ça aurait été plus facile si papa nous avait déposés plus près des barques, mais ils ne m'écoutent jamais. Je ne vais même pas toucher un pourcentage du miracle.

On a fini par arriver au ponton où étaient les barques, on en a choisi une et on essayait de la détacher quand tout à coup, on a levé les yeux et il y avait Mr. Caldwell, le papa de la fille handicapée, qui nous regardait, une grosse lampe torche à la main.

— Dites donc, qu'est-ce que vous faites là ? il nous a demandé.

J'ai cru qu'on était fichus, mais Billy m'a attrapée par le cou et m'a plongé la tête sous l'eau en disant :

— C'est moi, frère Caldwell, je baptise un pauvre pécheur, une urgence, il a besoin d'obtenir le salut.

Et il a raconté une histoire grosse comme une maison, comme quoi j'étais venue le voir ce soir en le suppliant de me sauver d'une vie loin du Christ, et il arrêtait pas d'en rajouter, mais je n'entendais pas grand-chose parce que pendant ce temps je me noyais et je devais lutter pour ma vie.

Billy a profité de ce que je me débattais pour dire :

— Voyez, Mr. Caldwell, combien certains pécheurs sont rebelles au salut.

Mr. Caldwell a dû le croire parce qu'il a souhaité bonne chance à Billy et est rentré chez lui.

J'étais fumante de rage contre Billy et je lui ai dit que je faisais partie du miracle autant que lui et papa mais que je n'avais certainement pas l'intention de mourir prématurément pour ça.

On a dû attendre dans l'eau jusqu'à ce que Mr. Caldwell ait éteint les lumières, et ce n'était pas une partie de plaisir parce que tout le monde sait que la rivière Bon Secours est infestée de mocassins d'eau. Pour couronner le tout, après avoir détaché la barque, Billy m'a fait ramer jusqu'à l'endroit où se trouvaient papa et la camionnette. Quand j'ai dit à papa que Billy m'avait fait ramer, Billy a dit que c'était pour m'entraîner puisqu'il allait falloir que je rame pendant le miracle. Bref, maintenant il y a une barque dans la salle de séjour et je ne peux recevoir personne.

J'étais tellement fatiguée à l'école, aujourd'hui, que je me suis endormie pendant la lecture du chapitre 14 de *Nancy Drew*.

Ça fait une semaine que papa repeint la barque qu'on a volée. Maintenant, elle est de la même couleur que le golfe du Mexique, comme ça, si un avion nous survole, il ne nous verra pas. Le projecteur marche à la perfection avec des piles. On l'a essayé la nuit dernière. Papa a aussi eu une chouette idée, de quand il travaillait dans des cinémas.

Souvent, les gens de Hollywood envoyaient des reproductions grandeur nature des stars, en carton fort, pour les mettre à l'entrée des cinémas. L'idée de papa, c'est de faire des silhouettes de Jésus, de sa mère et des Apôtres, qu'on mettra derrière moi pendant les réunions de résurrection. Il mettra des spots et habillera les silhouettes et branchera des ventilateurs, comme ça, les vêtements flotteront dans le vent. Papa dit que ça renforcera l'effet dramatique de la scène et que ça devrait nous rapporter encore plus d'argent. Il est déchaîné.

Le miracle aura lieu mardi prochain, qui devrait être un jour nuageux d'après l'*Almanach agricole*. Mardi soir tard, je dois mettre une aube que Billy a volée pour moi dans son église. On portera la barque jusqu'à la rive et je ramerai aussi loin que je pourrai, jusqu'à ce que je ne voie plus la terre. A ce moment-là, papa se mettra à courir partout sur la plage en réveillant tout le monde pour dire que sa petite fille s'est noyée dans le golfe du Mexique et que c'est sa faute parce qu'il boit. Pendant ce temps, Billy aura comme par hasard son appareil photo sous la main et pourra prendre une photo de la croix, pour le journal. A sept heures moins le quart pile, je dois mettre la machine en marche et ôter le clou que papa a mis pour boucher le trou qu'il a percé au fond de la barque. Papa pense qu'il faudra environ trente minutes pour que la barque et le projecteur coulent, donc la croix sera encore visible dans la nuit quand je prendrai la direction de la plage à bord de ma bouée. Dès que je verrai des gens, je me débarrasserai de la bouée et je ferai la brasse du chien. Quand j'aurai pied, je marcherai lentement, les mains jointes comme si je priais et les yeux levés vers le ciel. D'après le plan, cela devrait être à sept heures dix, heure à laquelle papa fera un barouf du tonnerre pour attirer les gens vers l'endroit où je me trouverai.

En arrivant sur la plage, je dirai :

— J'ai vu Notre Père à tous là-haut dans les cieux. Il m'a laissée revenir à vous, ressuscitée d'entre les morts, pour transmettre un message à mon papa, qui doit cesser de boire, et annoncer une grande nouvelle à tous les pécheurs du comté de Harwin...

Là, papa et Billy se précipiteront et m'emmèneront à la maison, où ils me garderont pendant trois jours. Le vendredi, je ferai ma première apparition après ma mort, lors d'une réunion du renouveau de la foi. Tout me semble parfait.

La petite fille d'Amérique du Sud qu'on avait adoptée au Club des Débutantes continue à nous écrire, mais personne ne veut lui répondre, alors je vais le faire et lui dire que Mrs. Dot est malade mais qu'il ne faut pas qu'elle s'inquiète, on va continuer à lui envoyer de l'argent.

Je suis sûre qu'elle ressemble à Carmen Miranda !

2 mars 1953

Je suis ressuscitée d'entre les morts et vous ne croirez jamais ce qui s'est passé.

Hier soir, à une heure du matin, j'ai passé mon aube et papa, Billy et moi on a tiré la barque jusqu'à l'eau. Je suis montée dedans et me suis mise à ramer. Dans la barque avec moi, il y avait le projecteur, une bouée, une paire de pinces et un assortiment de bonbons. Billy m'avait aussi prêté sa Timex antichocs qui peut aller sous l'eau, que je devais jeter en quittant le bateau parce que, d'après Billy, une personne qui descend des cieux est peu susceptible de porter une Timex. Je dois reconnaître qu'il avait raison, même si je l'aurais bien gardée pour moi, s'il n'en voulait plus, de sa montre.

J'avais aussi une liste d'instructions, au cas où j'aurais oublié ce que je devais faire. Papa dit que dans la vie, si on sait lire des instructions, on sait tout faire, alors il m'a appris à les lire le mieux possible. J'ai ramé et ramé le plus loin que j'ai pu, et j'ai mangé tous les bonbons dès la première heure.

Il faisait drôlement froid, dans la barque, surtout après cinq heures d'attente dans l'obscurité. J'ai commencé à beaucoup penser aux requins et à espérer que je n'allais pas me noyer pour de vrai.

A dire vrai, deux ou trois fois, j'ai repris les rames pour rebrousser chemin, mais je savais que si je le faisais, papa m'en voudrait à mort. Quand le soleil a pointé le bout de son nez, j'ai regardé vers la plage. J'avais dérivé loin, bien au-delà de la digue, et j'ai dû ramer comme une dingue pour retourner à temps là où je devais être pour brancher le projecteur.

J'y suis arrivée à sept heures moins le quart. J'étais épuisée, mais j'ai allumé le projecteur, j'ai ôté le clou avec les pinces fines, jeté la montre en très bon état par-dessus bord, et sauté derrière. Là, j'ai pris la direction de la plage avec ma bouée. Je commençais à percevoir des voix en me rapprochant, et j'entendais aussi des hélicoptères un peu partout. J'ai cru que je n'y arriverais jamais, mais j'ai abandonné ma bouée au moment prévu et me suis mise à patauger comme un petit chien.

Quand j'ai eu pied, j'ai levé la tête, et je n'avais jamais vu autant de monde de ma vie. C'est difficile de marcher en levant la tête vers le ciel, les mains jointes. Je suis tombée trois fois. On aurait dû s'entraîner pour cette partie-là. Quand j'ai atteint la plage, tout le monde s'est mis à hurler et à courir vers moi. Y avait Mr. Curtis Honeywell avec son armée de femmes, Michael et toute sa famille, la police, les gardes-côtes, toute la ville, quoi.

Papa m'a attrapée en premier et a joué une scène superbe, comme celle de Cary Grant dans *La chanson du passé*, quand il croyait qu'il allait perdre sa petite fille. Pendant ce temps, Billy Bundy courait dans tous les sens sur la plage en s'exclamant :

— La croix ! Regardez la croix !

Pour être sûr que tout le monde l'avait vue. Moi, j'ai dit mon texte comme quoi je revenais du ciel avec un message important, et j'ai dû le répéter deux fois pour que tout le monde entende. Ensuite, papa m'a emmenée à la maison et je suis allée dans ma chambre.

Papa n'avait pas parlé du miracle à Jimmy Snow, qui était venu sur la plage avec son bras dans le plâtre, pour me chercher. Quand il a vu que j'étais vivante, il s'est assis là, sur le sable, et s'est mis à pleurer comme un enfant. Il se fichait complètement de la croix. Toute la journée, les journalistes et les gens ont défilé, mais papa et Billy Bundy ont refusé de laisser qui que ce soit me parler avant la réunion du renouveau de la foi.

J'ai entendu papa promettre que jamais plus il ne toucherait à une goutte d'alcool, parce que Dieu avait laissé la vie sauve à son enfant. Il faisait très mélodrame, surtout quand il a dit qu'il fallait qu'il aille voir si sa petite fille n'avait besoin de rien. Il est rentré et est allé se servir un verre. Mrs. Underwood est venue me voir, et j'étais très embêtée qu'elle ne puisse pas rentrer, mais papa a dit que ça serait mauvais pour les affaires. La chambre est pleine de silhouettes découpées dans du carton, de ventilateurs et de pancartes qui disent « Venez voir la petite fille revenue d'entre les morts avec un message de Dieu », et elle aurait pu se douter de quelque chose.

Papa a juré à Jimmy Snow que je ne m'étais pas noyée pour de vrai. Je n'aime pas voir Jimmy dans un état pareil. On va probablement parler de moi dans le journal, c'est l'événement le plus intéressant qui se soit produit ici depuis l'incendie du restaurant.

23 mars 1953

Je n'arrive toujours pas à comprendre ce qui a foiré. Papa avait loué le dancing pour la réunion du renouveau. Billy Bundy en avait annoncé le lieu et l'heure à la radio. Il avait aussi annoncé qu'il détenait des photos de la croix apparue dans le ciel et en enverrait une à tous ceux qui le désireraient parmi le public attentif, moyennant un don de cinq dollars. Son sermon était fondé sur le fait qu'un enfant allait être leur guide, et il est arrivé à caser : « Un être humain, s'il n'a pas l'innocence d'un enfant, ne peut pénétrer dans le royaume de Dieu. » C'était bath.

L'après-midi, on avait installé les silhouettes en carton avec les ventilateurs et les projecteurs, et on avait répété. Je devais rester dans les toilettes pour dames jusqu'à la fin du sermon de Billy, qui devait aussi dire qu'il avait vu, de ses yeux vu, mon retour d'entre les morts. Papa avait loué un orgue et embauché Miss Irma Jean Slawson pour qu'elle joue « Allons vers le fleuve » au moment où je rentrerais sur scène. Il avait pensé qu'un chant sur l'eau était mieux, puisque je m'étais noyée. Irma Jean Slawson s'était fait un nom en assurant l'animation musicale de la Convention Américaine des Fermiers du Futur, à Robertsdale au début de l'année.

Papa avait organisé le système de parking, à dix *cents* par voiture, et n'aurait jamais pensé que tant de monde viendrait. Il y en avait tellement qu'il a eu beaucoup de mal à faire payer toutes les voitures. Le type qu'il avait embauché pour vendre des boissons et des hot dogs a manqué de saucisses avant même le début de la réunion. A sept heures, papa avait loué toutes les chaises pliantes disponibles, et les gens continuaient d'arriver. Billy Bundy m'avait trouvé une aube marron d'un chanteur de la chorale de l'église baptiste de Magnolia Springs, et une croix en strass que je devais me mettre autour du cou. C'était mon uniforme officiel. Papa avait emprunté du rouge à joues et du mascara à Rayette Walker, qui n'était plus en colère contre lui, et m'en a mis un peu sur la figure. Tout ce que j'étais censée faire, c'était avancer sur la scène en prenant un air très saint, parler de mon voyage au ciel pendant quelques minutes et passer entre les rangs avec mon seau pour collecter l'argent.

Tout avait très bien commencé. Billy Bundy avait mis un costume noir avec une lavallière et a prêché comme un fou à propos des feux brûlants de l'enfer et de Dieu qui avait envoyé cette enfant pour les guider tous vers le salut. Il a dit des trucs comme « Laissez venir à moi les petits enfants ». Des toilettes, je n'entendais pas tout, mais le public semblait apprécier parce qu'il disait « Amen » tout le temps. Et puis Billy en est arrivé au moment où j'étais montée au ciel, puis ressuscitée d'entre les morts pour venir leur parler. Le signal, c'était trois coups à la porte des toilettes, frappés par Miss Irma Jean Slawson. A partir de là, je devais compter jusqu'à dix pour lui laisser le temps de retourner à son orgue. Je commençais à m'inquiéter sérieusement à attendre mon signal quand, tout à coup, Miss Irma Jean a fait irruption dans les toilettes, les a utilisées et est ressortie en courant, et puis a frappé les trois coups à la porte.

J'ai compté jusqu'à dix et je suis entrée en scène les yeux en l'air, comme m'avait dit papa. Miss Slawson avait un peu cafouillé avec ses trois coups, mais elle méritait amplement les sous que papa devait lui donner, parce que, à l'orgue, elle a joué à pleins tubes. Au moment où je suis entrée en scène, papa a dirigé un projecteur sur moi, et j'ai dû rester là un bon moment avant de pouvoir faire mon discours. Les gens prenaient des photos et hurlaient des trucs comme « Loué soit le Seigneur ! » et « Alléluia ! ». Papa a allumé et éteint le projecteur deux ou trois fois, le temps que je trouve le courage de me lancer.

J'ai levé les deux bras vers le ciel, comme il m'avait dit, et là, bien sûr, ils se sont tus. Papa savait à qui il avait affaire, il a une bonne perception du public. J'ai commencé par dire comment j'étais montée au ciel, et que Dieu était très beau. Lui et les anges m'avaient demandé de redescendre sur terre et de faire en sorte que mon papa cesse de boire, et de dire à tout le monde combien nous avions besoin d'argent pour répandre la parole de Dieu dans l'Etat du Mississippi. Le public avait l'air d'aimer ce que je disais. Et puis je me suis laissé emporter et j'ai oublié mon texte, alors j'ai commencé à leur expliquer que ce n'était pas bien d'attraper du poisson si on n'avait pas l'intention de le manger et qu'il ne fallait pas le laisser mourir sur la digue parce que les poissons ont une âme et j'en avais vu un tas au ciel et c'était mal de les tuer. J'ai continué en disant qu'il ne fallait pas maltraiter les gens de couleur, surtout les petits enfants et les albinos. J'avais beaucoup à dire sur la méchanceté sous toutes ses formes.

Moi, je m'amusais plutôt, quand tout à coup j'ai senti qu'ils ne m'écoutaient plus. J'étais censée garder les yeux levés vers le ciel, mais j'ai regardé le public quand même, et j'ai vu Mr. Caldwell, de Bon Secours, avancer dans l'allée avec Betty, sa fille handicapée, dans les bras. Miss Irma Jean Slawson a dû prendre peur. Elle s'est arrêtée de jouer, et toute la salle s'est tue en même temps. Il s'est avancé jusqu'à la scène, a monté l'escalier et a dit :

— Touche ma petite fille, guéris-la.

Je ne voyais pas de quoi il voulait parler, alors je suis restée là, trop effrayée pour bouger. J'ai regardé papa, qui se trouvait à côté du projecteur, mais il fixait Mr. Caldwell et Betty, immobile. J'ai regardé Billy Bundy, mais il avait lâché sa Bible et semblait pétrifié. Mes partenaires ne m'étaient pas d'une grande aide, et en plus, ils avaient oublié de me dire quoi faire dans une situation pareille. Et puis Mr. Caldwell a levé les yeux au ciel et a dit, très fort :

— Laissez l'ange du Seigneur toucher mon enfant.

Je ne voyais pas du tout ce qu'il voulait dire, et je serais encore debout sur scène si Betty n'avait pas dit :

— Daisy, aide-moi. Pose tes mains sur moi et aide-moi.

Elle m'a dit ça d'une façon si douce que malgré la peur terrible que j'avais de toucher une handicapée, j'ai marché vers elle et ai posé mes mains sur ses jambes. En le faisant, je me suis sentie toute bizarre, comme si de l'électricité passait par mon corps et mes mains pour aller en elle.

Je n'arrêtais pas de penser : « Pourvu que je n'attrape pas une maladie de handicapé à cause de ça. » Ma mère serait furieuse. Ses jambes étaient très maigres, avec des bas. Mais quelle idée de mettre des bas à une handicapée ! J'ai dû rester là au moins cinq minutes avant que son père la pose sur ses jambes et me dise :

— Ange du Seigneur, fais-la marcher.

L'ange du Seigneur en question, c'était moi. Je ne savais vraiment pas quoi faire, alors j'ai dit :

— Tu ferais mieux de marcher, maintenant.

Et je l'ai touchée encore une fois pour faire bonne mesure.

Quand Mr. Caldwell l'a lâchée, je vous le donne en mille, elle a mis un pied devant l'autre et s'est mise à marcher, puis à courir partout sur la scène. C'était sensass, jusqu'à ce que son père tombe à genoux en pleurant et en criant et en remerciant l'ange du Seigneur qui avait guéri sa petite fille. Si vous voulez mon avis, il faisait l'important, pour essayer d'attirer l'attention sur lui.

Quand il a fait ça, le public est devenu fou. Quatre ou cinq personnes se sont mises à courir dans l'allée, et les autres se sont levées et ont commencé à psalmodier des trucs incompréhensibles dans une langue inconnue qui semble très populaire chez les gens religieux. Il fallait les entendre, glou-glou-glou-glou, ça faisait. Je m'amusais pas mal jusqu'à ce qu'une vieille bonne femme jette son Sonotone, que j'ai reçu sur la tête, et hurle :

— J'entends ! J'entends ! Loué soit le Seigneur ! J'entends !

Pas étonnant, tout le monde criait. Tout à coup, le public s'est mis à renverser les chaises pliantes que papa avait louées et à se diriger vers la scène, et donc vers moi, en criant :

— Guéris-moi ! Guéris-moi !

Papa m'avait toujours dit que les chrétiens étaient des gens dangereux, et j'étais de cet avis aussi, alors j'ai relevé mon aube et j'ai pris mes jambes à mon cou. Miss Irma Jean Slawson avait dû disjoncter comme les autres, parce que là, elle s'est mise à jouer « Si j'avais su que tu venais, j'aurais fait un gâteau », et ce n'est même pas un chant religieux.

Juste au moment où j'atteignais les toilettes des dames, ils m'ont attrapée et ont essayé de déchirer mes vêtements et de m'arracher les cheveux, j'étais coincée. Quelqu'un a tiré sur ma croix en strass et le cordon a cassé. Je hurlais après mon papa, mais il n'était pas là. Je me suis débattue et j'en ai frappé un ou deux. J'ai aussi mordu un type qui avait un bras paralysé, et après, j'étais embêtée d'avoir fait ça, mais je crois qu'ils avaient dans l'idée de me tuer. J'étais par terre et je donnais des coups de pied à la ronde quand j'ai vu Jimmy Snow faire leur fête aux chrétiens avec son plâtre, un coup à droite, un coup à gauche, et puis papa est arrivé en se frayant un chemin grâce à la silhouette en carton de l'apôtre Paul.

C'est Jimmy qui m'a récupérée le premier, avec son bras valide. On a couru à travers la foule, comme s'il était rugbyman et moi le ballon. Papa courait devant en agitant ce qu'il restait de l'apôtre Paul, et Billy Bundy a assommé un chrétien avec sa Bible. On arrivait à la porte quand quelqu'un a fait un croche-pied à Jimmy, qui s'est effondré. Il m'a crié de continuer à courir et de sortir de là, bon Dieu, alors j'ai couru. J'avais bien fait de mettre mes baskets sous mon aube, parce que j'ai couru au moins six kilomètres le long de la plage, aussi vite que je pouvais. Je n'ai regardé derrière moi qu'en arrivant à la digue. Là, j'ai acheté une orangeade et un Baby Ruth à crédit, puis j'ai couru aux toilettes, je m'y suis enfermée et j'ai attendu mon papa.

J'ai dû attendre deux ou trois heures, et pendant ce temps-là, les pêcheuses n'ont pas arrêté de taper à la porte, mais il était hors de question que j'ouvre à qui que ce soit. Comment savoir si ce n'était pas des chrétiens déguisés ? Il fallait les entendre jurer. Enfin bon, de toute façon, si ce n'était pas des chrétiens déguisés, c'était des pêcheuses qui prenaient la vie d'innocents poissons, alors elles pouvaient très bien utiliser les toilettes des hommes. Ça leur aura servi de leçon.

Enfin, papa est arrivé. Il a dit qu'il fallait faire vite parce que la police le recherchait, pour trouble sur la voie publique. Je n'ai même pas eu le temps de rassembler mes affaires. On a sauté dans la voiture et là, je me suis aperçue que papa était dans un sale état. Il avait des bleus partout et il ne lui restait plus que la moitié de ses lunettes. Il conduisait d'une main et a failli nous envoyer dans le décor plusieurs fois. Finalement, j'ai pris le volant.

On a quitté la route pour prendre la direction du terrain d'atterrissage où Claude Pistal avait été tué. Jimmy Snow nous y attendait avec son avion. Juste comme on arrivait sur la piste, on a entendu les sirènes. La police de la route nous poursuivait. Papa a eu tellement peur qu'en essayant de se retourner pour voir, il a perdu ce qui lui restait de ses lunettes.

On a bien failli emplafonner l'avion de Jimmy parce que papa n'y voyait pas assez pour trouver le frein et n'arrêtait pas de me marcher dessus à la place. Et comme je tenais le volant, je ne pouvais pas bouger. Finalement, j'ai trouvé le frein à main, que j'ai tiré, et nos deux têtes se sont télescopées très fort. Papa a dit :

— Sors de là et fonce !

Ce que j'ai fait. Jimmy Snow avait avancé l'avion vers la voiture, mais j'ai dû guider papa, qui n'y voyait vraiment rien. Arrivés à l'avion, Jimmy l'a attrapé et l'a tiré à l'intérieur, et puis moi ensuite, mais un policier m'avait attrapée par un pied. Jimmy Snow a démarré et après quelques mètres, ma basket est restée dans les mains du policier ! Il a poussé un de ces jurons !

— Halte là ! il a hurlé. Halte, arrêtez-vous, nom de Dieu !

Je ne savais pas que les représentants de la loi avaient le droit de dire des gros mots, mais si.

Papa ne faisait que crier :

— Qu'est-ce qui se passe ? Mais qu'est-ce qui se passe ?

C'est dommage qu'il n'ait rien vu, parce que Jimmy a fait du bon boulot. Il a appuyé sur un bouton, et tout à coup, du DDT est sorti de l'arrière de l'avion et a recouvert la voiture de police, qui a freiné à mort. Jimmy en a profité pour mettre les gaz, et on a décollé. On a volé jusqu'à Key West, en Floride, en saupoudrant les champs quand ça nous disait.

Là-bas, papa a commencé par s'acheter des lunettes et m'acheter des chaussures. J'ai mangé tellement de gâteau au citron, la spécialité du coin, que j'ai été malade. Jimmy est reparti, et nous a appelés pour nous dire que Peachy Wigham s'occupait de Félix pour moi. Voilà. Depuis, j'attends que le temps passe dans un motel décrépi et moche de Key West, en Floride.

Papa a un travail, il est projectionniste dans un cinéma, mais le pire, c'est que maman a appelé, et elle est furieuse. Quelqu'un lui a envoyé le journal de Magnolia Springs et elle a tout lu sur ma noyade et ma résurrection. Je suis sûre que c'est la mère de Kay Bob Benson. Elle a dit que papa était complètement malade d'avoir commis un tel sacrilège, et que je ne pouvais plus rester avec lui.

Si ces chrétiens ne nous avaient pas fait cette crise de *delirium tremens*, j'aurais gagné beaucoup d'argent et j'aurais pu lui acheter un manteau en renard argenté et un sac en crocodile. Et là, je suis sûre qu'elle n'aurait pas été aussi fâchée.

Enfin bon, elle arrive bientôt, et je vais aller en pension dans une école catholique à Bay Saint Louis, dans le Mississippi. Je me demande qui va écrire à la petite fille d'Amérique du Sud. Kay Bob Benson et les filles de pêcheurs ne le feront pas.

1956

22 juin 1956

Maman est morte une semaine après la fin de ma première année au lycée, et du coup, j'ai quitté la pension. Je suis de retour à Shell Beach, avec papa, qui a très mal accusé le coup. Ça a été d'autant plus difficile qu'on ne savait pas qu'elle était malade. Je ne l'avais pas beaucoup vue, ces trois dernières années, parce que je passais aussi l'été à l'école.

La dernière fois que j'ai vu maman, c'était à Noël, quand elle est venue me rendre visite. Et moi, je n'ai fait que me plaindre tout le temps, à dire combien je détestais l'école. Elle avait l'air d'avoir maigri, mais je n'ai pas pensé une seconde qu'elle pouvait être malade. En juin, grand-mère a appelé pour me dire qu'elle était à l'hôpital, mais le temps que je puisse me rendre en Virginie, elle était morte d'un cancer. Je ne me pardonnerai jamais de ne pas m'être rendue à son chevet plus vite.

A l'enterrement, je ne suis même pas allée la voir. Je ne pouvais pas. Je savais que ce n'était pas ma maman, là, dans le cercueil. Dans une si petite boîte, il était impossible que ça soit elle.

Quand le téléphone sonne, je ne peux pas m'empêcher de penser que c'est elle qui appelle. Je m'imagine que je vais bientôt recevoir une lettre d'elle. Je n'arrive pas à me faire à l'idée qu'elle est partie.

A la cérémonie, un prêtre s'est levé pour dire un

tas de trucs sur elle, alors qu'il ne la connaissait même pas. Je l'aurais tué. Je me suis mise à lui crier de se taire et de laisser maman tranquille, et ils m'ont fait sortir de l'église. Je ne suis pas allée au cimetière, je n'aurais pas pu les regarder la mettre en terre.

Je me suis rendue sur sa tombe une semaine après. Il n'y avait même pas de stèle, juste un petit monticule de terre. Je suis restée en Virginie jusqu'à ce qu'elle en ait une. Je ne lui ai jamais acheté son renard argenté et son sac en crocodile. J'aurais pu, si j'avais travaillé un peu plus dur, mais je ne l'ai pas fait. Tout ce qu'il me reste d'elle, c'est une chevalière et une photo qu'elle m'avait donnée quand j'avais onze ans.

Voilà la dernière lettre que j'ai reçue d'elle :

Ma chère Daisy,

Je suis désolée de ne pas avoir été près de toi pour ton anniversaire. J'ai du mal à croire que ma petite fille a quinze ans. J'espère que les vêtements t'iront. J'aurais aimé t'en envoyer plus. J'espère que cet anniversaire était le plus merveilleux de tous. Ton papa t'a-t-il envoyé quelque chose ? Je voulais t'acheter un manteau, mais avec mon travail, je gagne à peine de quoi payer le loyer. Daisy, j'espère que mon expérience t'aura appris quelque chose et que tu ne feras pas les mêmes bêtises. Continue tes études. Quand tu seras plus grande, j'espère que tu comprendras que ton père et moi ne pouvions pas revivre ensemble, et que cela n'avait rien à voir avec toi. Nous t'aimons tous les deux énormément. Nous n'avons pas voulu que les choses se passent ainsi. J'ai épousé ton père parce que je pensais qu'il s'occuperait de moi, mais il n'a pas pu. Et aujourd'hui je me rends compte que j'y arrive à peine moi-même. Essaie d'être comme ta grand-mère. Ne dépends jamais de personne. Je l'ai appris trop tard pour que cela me serve, mais il n'est pas trop tard pour toi. Maman a toujours pensé que j'étais une idiote, et sans doute avait-elle raison. Je croyais qu'en aimant un homme et en étant bonne épouse, tout marcherait bien, mais ce n'est pas toujours le cas. Pour l'instant, la seule chose que je puisse t'offrir, c'est beaucoup d'amour. Tu me manques énormément, tout le temps. Je suis désolée pour tes lunettes cassées. Comment as-tu fait pour t'asseoir dessus? Si le Scotch ne tient pas, demande à ton père de trouver une autre solution. Rappelle-toi cela: tu es la chose la plus merveilleuse qui me soit arrivée dans la vie. Je suis tellement fière de toi! Si je ne t'avais pas, je ne pourrais pas tenir. Essaie de ne pas être trop triste pour papa et moi, ma chérie. Quoi qu'il arrive, tu es une partie de chacun de nous, la plus belle. Je suis désolée d'être si sérieuse, mais c'est dur de croire que ma petite fille grandit si vite. Je t'aime très fort.

Maman

Ça fait une semaine que je suis à la maison, et aujourd'hui, pour la première fois, j'ai envie de sortir.

Michael et sa mère sont venus me voir. Il est plutôt pas mal et a beaucoup grandi. Il m'a dit qu'il était désolé pour ma mère. Il a décidé de devenir prêtre. On a bien rigolé en parlant de Tawney la Femme aux Glands, et je lui ai dit que quand il serait évêque, ou un truc du genre, je lui ferais du chantage avec cette histoire. Il n'ira pas au lycée de Magnolia Springs avec moi, parce qu'il entre au séminaire de Spring Hill, à Mobile, en Alabama. Il va me manquer.

Heureusement qu'il me reste Kay Bob Benson...

Cet après-midi, je suis allée voir Peachy Wigham. Ula Sour et elle étaient très contentes de me voir et moi pareil. Elles m'ont dit que je n'avais pas changé du tout, que j'étais juste un peu plus grande. Mon vieux chat, Félix, est énorme et ne m'a même pas reconnue. Elles m'ont demandé si je voulais le récupérer, mais je leur ai dit non, qu'elles pouvaient le garder. Ça leur briserait le cœur, si je le reprenais. Félix dort sur le bar et est gâté à mort.

Papa a perdu le terrain qu'il possédait, alors il s'occupe du Flamingo Motel pour un type qui habite à Tupelo. J'ai ma propre chambre de motel. Ça peut aller, sauf qu'elle est près du bar, et que c'est bruyant.

Devinez qui fait les chambres ? Velveeta Pritchard ! Elle a du mal à me regarder sans se mettre à pleurer, à cause de maman. J'essaie d'être gentille avec elle, c'est le moins que je puisse faire, maman l'aimait tant. Je lui ai dit que maman avait beaucoup demandé de ses nouvelles.

Personne n'est arrivé à trouver la solution pour papa et la boisson. Il essaie, mais c'est difficile pour lui, surtout qu'il fait le barman au motel. Presque tous les matins, quand je me lève, je croise quelqu'un qui le traîne dans sa chambre. Apparemment, il est incapable de servir un verre à un client sans s'en servir un.

Ce vieux fou de Jimmy Snow habite avec papa au motel. Il a du mal à trouver des boulots de saupoudrage parce qu'il a eu trois autres accidents. Il boit de plus en plus et ça m'étonnerait qu'il change un jour. Papa et lui font une sacrée paire. Papa a su par Mr. Wentzel que Betty Caldwell a épousé un gentil garçon qui est dentiste. Ils habitent à Meridian et ont une petite fille, et devinez comment elle s'appelle ? Daisy Fay ! Mais qu'est-ce qui peut bien pousser quelqu'un à appeler sa fille Daisy Fay quand rien ne l'y oblige ?

Dieu merci, la police n'a jamais trouvé qui avait abattu Claude Pistal. Ça m'avait rendue malade d'inquiétude, cette histoire. Chaque jour, je m'attendais plus ou moins à apprendre que la police avait mis papa et Jimmy en prison. Rayette Walker est partie s'installer à Pell City, dans le Mississippi. J'espère qu'elle ne dira jamais rien. Papa et Jimmy ne parlent jamais du meurtre, même quand ils sont soûls, et je n'en ai jamais parlé non plus. Mrs. Dot est toujours à l'hôpital. A part ça, Shell Beach n'a pas changé. Quelques hôtels et des maisons ont été construits, mais pas beaucoup. Les gens continuent à préférer la Floride. Papa pense qu'après avoir construit en Floride, ils finiront par venir à Shell Beach, et là, on sera riches. Ils feraient bien de se dépêcher.

Je ne sais pas trop quoi penser du lycée de Magnolia Springs, où je dois aller. Finalement, je m'étais bien faite au pensionnat, ça me plaisait plutôt, même. Je ne sais pas pourquoi j'ai dit le contraire à maman. Ça s'appelait Institut de la Mère de Marie. J'étais la plus vieille de l'internat. On n'était que treize pensionnaires, les autres élèves rentraient chez elles le soir. Je n'aimais pas beaucoup le fait de ne pas rentrer à la maison le soir, mais d'un autre côté, c'était calme, là-bas, et je n'avais pas à faire mes devoirs parce que ma prof était aussi maîtresse d'internat et disait que je n'étais pas obligée de les faire parce qu'elle savait que j'en étais capable. Elle s'appelait Sœur Jude. Je suis sûre et certaine qu'en fait il s'agit de la star de cinéma June Haver. J'ai lu quelque part que June Haver était allée au couvent, et je n'arrêtais pas de lui demander si c'était elle, mais elle disait que non. Je suis quand même convaincue du contraire.

Dans le dortoir, son box était juste à côté du mien. Autour de chaque lit, il y avait un rideau que nous étions censées fermer tous les soirs. Personne ne le faisait, sauf les bonnes sœurs. J'ai regardé derrière celui de Sœur Jude. Il n'y avait rien qu'un lit et une commode, sans miroir. Les religieuses ne doivent pas se regarder dans une glace. C'est un péché, ou un truc comme ça. Je lui ai demandé comment elle pouvait mettre son voile le matin et elle m'a dit qu'elle avait peu à peu appris à sentir comment elle le mettait. Patula, une Grecque qui n'était pas dans ma classe, disait que les religieuses prenaient leurs bains sans se déshabiller. Je n'arrive pas à y croire. Elle m'a aussi dit qu'elles se rasaient la tête. J'ai essayé par tous les moyens de voir Sœur Jude sans son voile, pour savoir si c'était vrai.

Patula était dingue. Elle a demandé si les bonnes sœurs portaient des soutiens-gorge. Et vous savez ce qu'a répondu Sœur Jude ? Qu'elles en portaient si elles en avaient besoin.

En fait, je pense que Sœur Jude ne voulait pas réellement être religieuse. Mais je n'en suis pas sûre et certaine. Elle venait d'une famille très pauvre, et elle a été plus ou moins obligée d'entrer au couvent. Je ne sais pas si c'est vrai ou si elle est en réalité June Haver et a inventé cette histoire pour que je n'y comprenne plus rien. Elle m'a montré une photo de quand elle était plus jeune, c'était le portrait craché de June Haver en brune.

La première semaine à l'école, j'étais chargée de nettoyer la chapelle et j'avais rangé les serpillières et les balais dans le confessionnal, sans m'en apercevoir, en pensant que c'était le placard à balais. Le lendemain, quand le père O'Connell est arrivé pour confesser, il a mis le pied dans un seau et est tombé dans les serpillières. Sœur Jude a immédiatement pris ma défense en disant que je n'étais pas catholique, alors il fallait s'y attendre.

Les autres élèves étaient gentilles, mais elles avaient toutes un petit ami et allaient à des bals auxquels je n'étais même pas invitée, alors je n'ai pas vraiment eu le temps de bien faire connaissance avec elles. J'étais contente que Sœur Jude soit mon amie. Chaque fois qu'il y avait une fête, la seule chose qui intéressait les autres filles, c'était sortir et aller sur le terrain de foot pour se faire bécoter. Le prêtre n'était pas mieux. Un jour, une petite fille est sortie de l'église en courant et m'a dit qu'il avait posé sa main sur sa poitrine. Quand j'ai répété ça à la mère supérieure, elle m'a répondu qu'il ne fallait rien dire parce qu'il venait d'Irlande. Là-bas, les choses sont différentes d'ici. Il faudra que je pense à ne jamais mettre les pieds dans ce pays!

Je déteste la façon dont les prêtres se comportent. Ils se croient supérieurs. Vous savez qu'ils interdisent aux femmes d'approcher de l'autel, sauf si c'est pour faire le ménage, parce qu'ils pensent qu'elles ne sont pas pures? Sœur Jude a fait des génuflexions devant l'autel, l'autre jour, à s'en rendre malade. Rien que de la voir, ça m'a mise dans une colère monstre, j'ai dû sortir. Le lendemain, je suis allée devant l'autel et je n'ai fait aucune génuflexion. Qui a dit qu'un prêtre valait mieux qu'une nonne?

21 septembre 1956

L'école a repris. Tant que je serai en vie, Pickle Watkins sera ma meilleure amie. Le jour de la rentrée, une fille qui s'appelle Dixie Nash m'a traitée de sale bouffeuse de maquereaux parce que je venais d'une école catholique. Je l'ai traitée d'espèce de babouin baptiste. A la sortie, elle et ses amies se sont mises à me bousculer, alors Pickle est arrivée et leur a dit de filer. Nash a traité Pickle de péquenaude. Pickle lui a fiché un coup de pied géant et a dit:

— Tu n'es rien qu'une fille à marins et tu fais honte à la race blanche.

J'ai mis un direct du pied gauche à l'autre fille. On

avait réussi à les plaquer toutes les deux à terre quand des profs sont arrivés et nous ont séparées. Ces filles, c'était pas de la rigolade. Ce qui nous a sauvées, Pickle et moi, c'est que j'avais des souliers richelieu en cuir et Pickle des mocassins blancs, avec des fers, alors que les autres avaient des ballerines à semelles en carton qui ne faisaient pas mal du tout.

Dixie Nash m'avait griffé la figure, alors Pickle m'a ramenée chez elle et m'a mis du mercurochrome. Elle avait peur que j'attrape de l'hydrophobie ou même une maladie vénérienne de cette fille.

Pickle a les cheveux roux et bouclés, et elle a plein de taches de rousseur sur la figure. On est de la même taille. On peut s'échanger nos vêtements ! Sa famille est arrivée il y a trois ans de Opp, dans l'Alabama. Quand je lui ai dit comment je m'appelais, elle m'a dit qu'elle avait entendu parler de ma résurrection et avait toujours voulu me rencontrer. Elle a un frère, Lemuel, et une petite sœur, Judy, qu'ils appellent Petite Judy. Ils habitent dans une ferme, à environ six kilomètres de la ville. Elle joue dans la fanfare du lycée et veut que j'y joue aussi. Je n'ai pas besoin de savoir lire la musique, il leur faut surtout des gens qui marchent bien, pour donner l'impression que l'orchestre est important. La plupart des autres ne savent pas jouer d'un instrument de musique non plus. Pickle est premier trombone.

Elle ne se mariera jamais, comme moi. Peut-être qu'on pourra aller à la même université et partager un appartement à New York. J'ai passé une nuit chez elle. Sa mère est très gentille, et son père est moyen, il leur fait réciter les grâces avant chaque repas. Il est diacre à l'église. On a l'impression qu'il leur fait peur. Aujourd'hui, Pickle m'a prêté son nouveau collier de perles. J'ai mis mon pull devant-derrière pour que les boutons soient dans le dos.

On est allées voir Miss Philpot, le chef de la fanfare, qui sera très heureuse de m'accueillir. Il ne restait qu'un saxophone, alors j'étais bien obligée de le prendre. J'aurais préféré un tuba. Je devrai porter un vieil uniforme bleu des années quarante parce que la fanfare n'a pu acheter que douze uniformes jaune d'or neufs, et c'est ceux qui savent vraiment jouer d'un instrument qui les portent. Pickle en a un. Je déteste le mien, je ressemble à un conducteur de bus. Pickle est très populaire, à l'école. Elle va essayer de rentrer dans l'équipe des pom-pom girls, et elle veut que j'essaie avec elle. J'ai dû changer mon emploi du temps pour pouvoir aller au cours « Ménagères de Demain ». Je lui ai dit que je ne voulais pas être une ménagère de demain, et elle m'a dit que elle non plus, mais que c'est son père qui l'a obligée. D'après elle, on va bien rigoler parce que la prof est très vieille et qu'on peut sortir en douce quand on veut, sans qu'elle s'en aperçoive.

J'ai vu Vernon Mooseburger et Patsy Ruth Coggins. Amy Joe Snipes est amoureuse. Quel ennui ! Elle n'arrête pas de parler de son petit ami, Nathan Willy, qui lui a donné sa bague en or de l'équipe de foot. Elle fait comme si c'était une bague de fiançailles. Faut voir Nathan ! Pickle dit qu'il est bête à manger du foin.

Flicka Hicks est un bon joueur de foot. Il ne se souvient même pas de moi. Mais le pire de tout, c'est que Kay Bob Benson est majorette-chef. Quand elle m'a vue, elle a dit :

— Daisy Fay Harper, tu n'as pas changé d'un poil.

Ce qui est une insulte parce que je suis plus vieille et que j'ai de nouvelles lunettes. Elle a organisé une fête sur le thème « Rentrée des classes : forgeons, scellons de nouveaux liens ». Evidemment, je ne suis pas invitée, alors Pickle n'y va pas non plus. Kay

Bob Benson rentre chez elle tous les midis et repasse ses affaires pour les cours de l'après-midi. Le journal de l'école parle tout le temps d'elle et de Flicka, le couple inséparable. Pouah et re-pouah !

27 septembre 1956

Je suis retournée à l'école primaire, voir Mrs. Underwood, qui m'avait envoyé un petit mot à propos de maman. J'adore Mrs. Underwood, mais je n'avais pas envie de parler de maman. Je ne veux même pas en parler à Pickle. Je pense toujours à elle et elle me manque, et j'aimerais trouver un moyen de lui dire combien je l'aimais. Je ne sais pas si elle le savait.

Je n'ai jamais vraiment cru qu'il existait un dieu, mais maintenant, je suis sûre que tout ça, c'est du pipeau. Papa avait raison sur ce point. Pickle aimerait que son père soit mort à la place de ma mère. Elle le déteste, et Lemuel et Petite Judy le détestent aussi.

Lemuel est fou de moi et veut qu'on sorte ensemble. Il est grand et mince, avec une coupe en *flat top*, il n'est pas mal. Pickle dit que je pourrais sortir avec lui jusqu'à ce qu'on trouve quelqu'un de mieux, mais s'il essaie de faire des trucs, elle le tuera parce qu'on doit aller à l'université ensemble. Quand je vais passer la nuit chez elle, il nous rend folles à essayer de me voir en pyjama. Pickle pense qu'il est dégénéré. Le père de Pickle n'aime pas qu'elle vienne au Flamingo Motel. Il est très strict et n'aime pas papa parce qu'il refuse de devenir membre du Conseil des Citoyens Blancs, qui n'est qu'un autre nom du Ku Klux Klan.

Michael Romeo a finalement décidé qu'il ne voulait pas devenir prêtre et il est de nouveau dans les parages. Il m'a dit que la nourriture était vraiment mauvaise au séminaire. Sa mère est furieuse, mais moi, je suis bien contente. En plus, j'ai besoin de sa voix pour que Pickle et moi on puisse être élues pom-pom girls. C'est l'équipe de foot qui vote. Normal, c'est elle qu'on encourage du bord du terrain, après. On a déjà les voix de Vernon Mooseburger, de Lemuel et de tous ses potes, et Amy Joe Snipes, qui est candidate aussi, nous a assuré que son chéri Nathan voterait pour nous parce que, autrement, elle refuserait de faire « ce que vous savez ». Si « ce que vous savez » est ce qu'on pense Pickle et moi, c'est sûr, Nathan votera pour nous.

Les essais ont lieu demain. Voilà notre cri de ralliement :

RAPETIPETON
PETIPAPETIPON
MAGNOLIA SPRINGS ON EST DES BONS
ALLEZ PUBLIC, RÉVEILLE-TOI
POUR MAGNOLIA SPRINGS HIP HIP HIP
HOURRA !

2 octobre 1956

Pickle m'a menti. Mrs. McWinney, la prof des Ménagères de Demain, n'est pas si vieille que ça. Sortir de son cours en passant inaperçu ? C'est encore plus difficile que de s'échapper d'Alcatraz. Jusqu'à présent, on a eu un cours sur « Du meilleur usage possible de l'amidon », « La congélation des œufs », « Faire la poussière à deux mains ». Aujourd'hui, elle nous a passé des diapositives de différentes pièces de viande. Pickle est devenue folle. Elle tient absolument à gagner le badge « Betty Crocker Ménagère du Futur », et je dois l'aider. En échange, elle m'apprend à jouer du saxophone. C'est difficile. Avec ma dent cassée, je n'arrête pas de fendre l'anche. Elle dit que même si elle doit y laisser sa vie, je saurai jouer « Lady of Spain » un jour.

On est pom-pom girls ! Ouaiiiiiiiih ! Pickle s'est renseignée, tous les garçons ont voté pour nous, même Flicka Hicks. Amy Joe Snipes avait raison, le « tu sais quoi » est un argument canon. Nathan a l'air plus heureux, et le premier match a lieu bientôt. Chaque jour, quand la fanfare défile en ville pour s'entraîner, tous les volets et toutes les portes se ferment tellement on joue mal. J'arrive à jouer « Lady of Spain », et au milieu de « La bannière étoilée » et de « Semper fidelis », ça passe inaperçu.

Miss Philpot est dans un état de nerfs pas possible, elle fume comme un pompier. Comme elle très sensible au bruit, on se demande pourquoi elle est devenue chef de la fanfare. Elle est amoureuse de Mr. Narney, l'entraîneur de foot. Je trouve qu'il ressemble à un gorille. Il a conseillé aux garçons de ne pas trop s'approcher des filles pendant la saison de foot parce que, autrement, ils perdront leurs forces. Ils ne doivent pas non plus jouer tout seuls, mais d'après Pickle, Lemuel ne respecte pas du tout ces conseils. C'est dégoûtant. Jamais je ne le laisserai me toucher, même la main. Mais qu'est-ce qu'ils ont donc, les garçons ? Pickle sait tout sur eux et elle ne laissera jamais l'un d'entre eux lui faire quoi que ce soit. Ils feraient n'importe quoi pour obtenir ce qu'ils veulent, et puis après, ils le racontent à tout le monde et ne vous respectent plus. Il faut les entendre parler de Dixie Nash, cette fille qu'on avait bien amochée.

La réputation, c'est ce qu'il y a de plus important. Celle de Pickle et moi est très bonne. Son frère nous le dirait, autrement. Une fois, les garçons ont regardé dans le portefeuille de Mr. Narney, et ils ont trouvé des capotes ! Personne ne parle de Amy Joe Snipes et de Nathan, qui le font parce qu'ils s'aiment. En plus, le premier qui ouvre la bouche, Nathan le démolit.

Pickle m'a dit qu'une fois, dans une voiture garée quelque part, un garçon et une fille se bécotaient quand une autre voiture est venue les heurter par-derrière. Avec le choc, le téton de la fille a été arraché, et elle a dû continuer à vivre avec un seul téton.

Pickle refuse toujours les verres que lui offrent les garçons, parce qu'ils mettent de la mouche espagnole dedans, ça rend fou et après tu vas jusqu'au bout. Elle m'a aussi raconté l'histoire d'une fille, au cinéma en plein air, et d'un levier de vitesse, mais je ne la répète pas parce qu'elle est vraiment dégoûtante.

9 octobre 1956

Je me suis installée dans une chambre double à l'autre bout du motel. Avec tout le raffut du bar, ce n'était plus possible. Un soir, j'étais tellement énervée par les cris de toutes sortes que je suis allée chiper une bouteille de Jack Daniel's pour pouvoir dormir. Hier, un poivrot a tourné un bon moment autour du motel, dans sa décapotable, en jouant de la trompette.

Quand Jimmy Snow est ici, il essaie de les calmer. Il a trouvé un boulot de saupoudreur dans le comté de Macon. S'il gagne assez d'argent, il m'achètera de nouveaux vêtements, et ça sera pas dommage. C'est important, la présentation. Je ne peux pas continuer à porter les affaires de Pickle tout le temps.

On voit souvent les terminales, et si on veut qu'ils nous acceptent, on doit être présentables. Pickle dit qu'on ne devrait sortir qu'avec des gars de dernière année. Elle en a un en vue qui s'appelle Mustard

Smoot. Mais elle n'est pas amoureuse de lui. Elle a juste besoin qu'on la voie en compagnie d'un élève de terminale. Marion Eugene, le pote de Mustard, va m'inviter, comme ça, on pourra sortir tous les quatre ensemble.

Le premier match de foot a été une catastrophe. Dès le début, tout a foiré. Vernon Mooseburger a perdu son casque quand on lui a fait un tacle. Le casque a atterri pile sur le genou de Mudge Faircloth, notre meilleure pom-pom girl, qui a dû être évacuée du terrain. Vernon devrait mettre du coton à l'intérieur de son casque, pour qu'il ne glisse pas.

Cinq minutes avant la mi-temps, Pickle et moi on a couru dans les vestiaires pour passer nos uniformes de fanfare, et un idiot avait fermé la porte à clé. On est passées par-derrière, mais j'ai dû casser une vitre pour pouvoir entrer. Pickle est un des rares membres de la fanfare à pouvoir déchiffrer la musique, et en plus, on avait toutes les deux un rôle important dans les formations, surtout quand la fanfare se place pour faire le mot ALLEZ. Bref, on s'est changées aussi vite qu'on a pu et on est arrivées juste au moment où la fanfare entrait sur le terrain. Miss Philpot était trop tendue, elle avait donné le signal d'entrée trop tôt, et on est arrivées avant que les équipes quittent le terrain. On a même fait rater un but à la nôtre. Le joueur de grosse caisse a perdu ses bâtons en essayant d'éviter un footballeur, et il a dû jouer avec ses poings.

On a formé une cloche et on a joué « School days » et « Ding ding dong ». Ça s'est bien passé. Ensuite, on a formé une grosse pomme et on a joué « Le chouchou ».

Je marchais à côté de Edwina Weeks, qui fait des cymbales, et elle m'a hurlé :

— Regarde ta main !

Je saignais à cause de la vitre que j'avais dû casser, et le sang gouttait sur mon saxophone. Pourvu que je ne meure pas en formant une pomme sur le terrain de foot du lycée de Magnolia Springs, j'ai pensé. C'est vrai, on a fait plus reluisant, comme mort.

Mais je n'ai pas vraiment eu le temps d'y réfléchir, parce qu'on en était au mot ALLEZ, à former pendant qu'on jouait « Mr. But USA », enfin, moi, là, je jouais « Lady of Spain ». Ensuite, on a formé un ballon, avec les majorettes au milieu. Et chaque fois qu'elle me voyait, Edwina Weeks hurlait :

— Regarde ta main !

Au bout d'un moment, elle s'est mise à crier à qui voulait l'entendre :

— Regardez sa main !

On a dû rester là pendant des heures, j'ai cru que ça ne finirait jamais, pendant que Kay Bob Benson, en uniforme moche, bleu avec des paillettes partout, faisait tous ses trucs avec son bâton, avec deux bâtons, même, en les lançant par-devant pour les rattraper dans le dos. Elle ne les a pas laissés tomber une seule fois.

Là, tout mon bras était sanguinolent. Je me suis dit que s'il fallait que je meure, ça serait aussi bien si c'était pendant le numéro de Kay Bob Benson, pour lui casser la baraque. Quand on est sorties du terrain, Edwina Weeks a vomi, et Pickle m'a enveloppé le bras dans une chaussette, pour arrêter le sang. Avec juste une chaussette, mon uniforme de pom-pom girl était un peu déséquilibré, mais on ne savait pas quoi faire d'autre. On a tenu jusqu'à la fin du match, et on a gagné.

Après, les pom-pom girls sont censées courir sur le terrain et sauter au cou des joueurs et leur dire qu'ils étaient vraiment sensass. Wouf ! Quelle odeur ! On ne m'avait jamais dit qu'ils sentiraient si mauvais et seraient couverts de sueur. Je dois manquer d'esprit de groupe.

Aujourd'hui, mon poignet est bandé et ça fait chouette, on dirait que j'ai essayé de me suicider. J'ai mis des lunettes noires pour aller au lycée et Pickle a dit à tout le monde que je venais de vivre une véritable tragédie, et qu'il ne fallait pas m'en parler. Vous auriez dû voir comme ils me regardaient, tous. On va inventer une chouette tragédie pour la répandre, demain. Je pense qu'on va trouver un truc en relation avec Tony Curtis et son récent mariage.

11 octobre 1956

Jimmy Snow est rentré et m'a donné 25 dollars. Pickle et moi on est allées faire du shopping avec un numéro de *Seventeen*... Je me suis acheté une paire de mocassins blancs et des cols, dont un en fourrure pour l'hiver. Il ne me plaît pas du tout, mais Pickle veut le mettre. J'ai acheté aussi des pulls et deux jupes.

Pickle est convaincue que dès qu'il fera froid, on sera acceptées près du Radiateur des Terminales. C'est un radiateur spécial, au bout du couloir, près du bureau du principal, où ils traînent tout le temps. On n'est qu'en deuxième année, mais il est possible qu'ils nous y acceptent, si on est très populaires. Pour ça, on travaille dur, à faire des sourires à tout le monde, même à ceux qu'on trouve complètement débiles.

On est allées au drive-in avec Mustard et Marion Eugene, voir une séance double, *L'attaque des soucoupes volantes* et *Adultère au 101*, avec Terry Moore et Frank Lovejoy. Les garçons buvaient de la bière et trouvaient le mot « adultère » tellement drôle qu'ils n'ont pas arrêté de se tordre et de hurler de rire chaque fois qu'un personnage le prononçait. Pickle a fait passer Mustard sur le siège arrière, avec Marion Eugene, et on s'est mises devant toutes les deux pour pouvoir voir le film. C'était passionnant, avec plein de chantages et de crimes.

Pickle et moi, on a décidé d'écrire à Terry Moore pour lui dire qu'elle faisait trop de films sur le crime et le vol. On aimerait qu'elle en fasse un drôle, peut-être une comédie musicale, parce que tous ces films noirs, à la longue, pourraient bien altérer sa personnalité.

15 octobre 1956

Je ne pourrai plus jamais regarder personne à l'école de ma vie. Jamais je ne me suis sentie aussi humiliée. Je ferais aussi bien de tout laisser tomber et d'aller travailler dans une ferme à patates avec les débiles. Le rôle de ma meilleure amie, dans ces moments de désespoir, serait de rester à mes côtés, mais Pickle est dans la pièce d'à côté et dort à poings fermés. Tout ça, c'est la faute de son idiot de frère. C'est lui qui a amené cette idiote de mule au bord de cette idiote de piscine.

Pickle et moi on se baignait sans rien demander à personne, c'était chouette. J'avais mis mon deux-pièces à fleurs et mon bonnet de bain en caoutchouc avec des fleurs assorties. Et puis Lemuel est arrivé avec son idiote de mule et m'a dit :

— Allez, je t'offre un tour sur Molasses.

Je lui ai dit que j'avais peur des chevaux, et il a répondu qu'il n'y avait pas de raison d'avoir peur, qu'il tiendrait la bride et qu'on ne ferait qu'un tour du parc.

Ma chère amie Pickle a renchéri en disant, et je cite :

— Oh, tu peux y aller, elle est aussi douce qu'un agneau.

Je suis montée sur ce truc, et il n'y avait même pas de selle, rien qu'une couverture indienne. J'ai demandé à Lemuel à quoi j'étais censée me tenir.

— A la mule, il a dit.

— Mais ça ne va pas lui faire mal ?

— Nooooon. Les mules, ça ne sent jamais rien.

Il m'a fait faire un tour du parc, mais tout à coup, je me suis souvenue de l'histoire que Mrs. Dot nous avait racontée, sur cette fille de Memphis, et j'ai pris peur. La fille est tombée d'un cheval, et l'animal lui a marché pile sur un roploplo et l'a écrasé. Maintenant, elle n'en a plus qu'un, alors j'ai voulu descendre.

Juste à ce moment, une guêpe a piqué Molasses, dont on venait de me dire qu'elle ne sentait jamais rien, et la sale bête a démarré en trombe. On est sorties du parc au galop et elle s'est élancée sur la route N° 3. Ma vie ne tenait plus qu'à sa crinière, que j'agrippais d'une main tandis que l'autre s'occupait de maintenir mes lunettes en place. Je devais faire des bonds énormes, sur cet animal. Je n'arrêtais pas de dire « oooooh, oooooh », mais cette idiote de Molasses ne s'arrêtait pas. Et puis on a croisé un convoi de jeeps remplies de militaires. Ils ont dû se mettre sur le côté pour nous laisser la place parce que la mule leur fonçait droit dessus. Au fur et à mesure qu'on passait devant eux, ils se mettaient tous à crier, à siffler en tapant sur les portes de leurs jeeps. C'est là que je me suis aperçue que le haut de mon maillot de bain était tombé, et que j'étais pratiquement nue, poitrine ballottante, sur la grande route. J'ai dû passer devant au moins deux cents jeeps, mais je ne pouvais pas lâcher Molasses, je me serais tuée. Il fallait que je choisisse entre pudeur et mort, et à dire vrai, j'ai été sur le point d'opter pour la seconde solution. Il fallait entendre les militaires, ils n'arrêtaient pas! On aurait dit qu'ils n'avaient jamais vu une fille nue sur un cheval. Tu parles! Même moi, j'ai déjà lu le *National Geographic*, alors...

Molasses a quitté la route et on a traversé trois champs, pour finalement arriver chez Pickle. Quand on s'est enfin arrêtées, c'était devant Lem et la moitié de l'équipe de football de Magnolia Springs. Quand j'ai vu que Flicka Hicks était là aussi, j'ai couru jusqu'à la maison et je me suis enfermée dans la chambre de Pickle, qui m'attendait toujours au bord de la piscine. A son retour, quand je lui ai raconté ce qui s'était passé, tout ce qu'elle a trouvé à me dire, c'est que les garçons n'avaient sûrement pas remarqué que j'avais perdu mon haut, qu'ils n'avaient probablement d'yeux que pour mon bonnet fleuri qui est tellement joli.

J'espère qu'elle a raison, mais j'ai quand même failli mourir d'humiliation. Et si l'armée retrouve mon nom et fait paraître un article racontant ma folle randonnée poitrine à l'air sur la route N° 3? Nous n'aurons plus aucune chance d'être acceptées au radiateur des terminales, même si Pickle jure sur la Bible que ce n'était pas moi, ce qu'elle est prête à faire.

Je n'ai jamais eu autant de courbatures de ma vie. Je pense que je ne pourrai jamais plus m'asseoir, mais une chose est sûre, j'ai beaucoup plus de respect pour les cow-boys, maintenant. Et Mr. Lemuel Watkins va regretter d'avoir insisté pour que je monte sur Molasses quand il mettra le caleçon que Pickle et moi on a bourré de poil à gratter.

18 octobre 1956

Pickle a dormi chez moi, et son père lui a filé une raclée. Quand elle est rentrée de l'école, il l'attendait et l'a accusée d'avoir passé la nuit avec un garçon. Je le sais parce que, aujourd'hui, dans le vestiaire, quand on se mettait en tenue de gym, j'ai vu d'énormes marques rouges sur son dos. Elle m'a dit que ce n'était rien, mais j'ai demandé à sa sœur, qui m'a dit que leur père les battait toujours quand il pensait qu'elles avaient été avec des garçons. Un soir, Lem a essayé de le tuer pendant qu'il battait Pickle, et après, son père a voulu l'envoyer dans une maison de correction, alors depuis, les enfants font avec en attendant d'être majeurs et de pouvoir s'en aller.

Je me demande pourquoi Pickle ne m'en a jamais parlé. Elle était sans doute gênée. Mon père, il boit, mais il ne me bat jamais. J'étais tellement malheureuse de ce qui arrivait à Pickle que j'en avais presque oublié l'épisode avec les militaires, jusqu'à ce que Kay Bob Benson débarque dans les vestiaires avec trois copines à elle et dise :

— Tiens, voilà Lady Godiva.

Je sais que c'est Flicka Hicks qui lui a tout raconté, je le sais !

26 octobre 1956

On a encore gagné un match, et la fanfare s'est bien débrouillée. On avait un thème, l'Afrique, et on a formé le continent africain en jouant « Lune de miel à Ouagadougou ». Ensuite, on a formé deux tam-tams, tous les projecteurs se sont éteints et Kay

Bob Benson a lancé deux bâtons de majorette en feu. Puis on a formé un casque colonial en jouant « A la chasse », et on a fait un crâne et deux tibias pour « Le sorcier ».

Nathan Willy a été blessé pendant le match, et Amy Joe Snipes était tellement inquiète qu'elle a couru sur le terrain en même temps que le soigneur. Il a fallu l'arracher du corps de Nathan, qui n'avait qu'une foulure à la cheville.

Après le match, on est allés au Spinning Wheel. Je suis montée dans le coffre de la voiture de Patsy Ruth et pendant le trajet, j'ai couvert mon bras de ketchup et l'ai laissé pendre à l'extérieur, mais personne ne s'en est aperçu, et j'ai bousillé mon pull pour rien. Nathan se déplaçait avec Amy Joe en guise de béquille. Elle était ravie. Elle va faire une petite femme en or. A mon avis, il lui manque une case. Si on me demande de sauter au cou des joueurs de foot encore une fois, je fais une crise. Ils pourraient bien perdre, de temps en temps, non ?

Velveeta a découvert un tas de bouteilles de whisky vides sous mon lit et m'a demandé d'où elles sortaient. Je lui ai dit que c'était papa qui les avait mises là. J'espère qu'elle tiendra sa langue. J'ai toujours beaucoup de mal à trouver le sommeil. Je ne vois pratiquement plus papa. Jimmy est inquiet pour lui et l'a envoyé chez le médecin. Papa vomit du sang, mais rien ne le fera cesser de boire.

Pickle m'énerve au plus haut point. Elle ne pense plus qu'à une chose : le radiateur des terminales. Elle est très bonne en math, et moi je n'y comprends rien. Qu'est-ce que ça peut faire, que x=y, d'abord ? Je trouve qu'on essaie de m'apprendre beaucoup de choses inutiles. La seule matière qui me plaît, c'est l'anglais, à part la grammaire. Pickle arrive même à faire le schéma d'une phrase. J'aurais bien aimé prendre travaux manuels, mais ils n'ont pas voulu.

J'ai pris conduite à la place, mais je ne suis pas très bonne. J'ai eu une collision frontale en m'entraînant sur le simulateur.

Le père de Pickle est allé à une réunion du Conseil des Citoyens Blancs, et Lem, Pickle, Petite Judy et moi, on a pris le tracteur pour aller au drive-in, voir *La bête aux mille visages* et *Le culte du cobra*. On a rencontré Amy Joe Snipes et Nathan, mais ils n'ont pratiquement pas regardé les films.

Pickle n'arrête pas d'essayer de me faire fumer des Kent parce que les filles de terminale le font. Je déteste ça, je trouve que ça a le goût d'un Tampax. Elle en allume une dès qu'elle a un moment.

Le bus antituberculose est passé au lycée l'autre jour. En étude, ils ont annoncé par l'intercom le nom des filles qui devaient passer une deuxième radio. La première n'avait pas pris parce qu'elles portaient des faux seins en caoutchouc, et notre merveilleuse et fantastique majorette Kay Bob Benson en faisait partie ! Hé-hé-hé...

1er novembre 1956

En cours de couture pour les Ménagères de Demain, Patsy Ruth Coggins a pris sa jupe dans la machine à coudre, sans le faire exprès. Quand la cloche a sonné, elle s'est levée et a emporté la machine avec elle. Son père a dû en payer une neuve à l'école, et pourtant, il n'y avait que le bras de cassé. Demain, on a un cours sur le petit électroménager.

Il y a eu un autre match. La fanfare a rendu hommage à Stephen Foster et a joué « Le rêveur merveilleux » en formant un lit. Puis on a joué « My old Kentucky home » pendant que les majorettes imitaient des chevaux piaffants. On a terminé sur « Jeanie aux cheveux châtains », en formant un peigne. Si vous voulez mon avis, Miss Philpot est à cours d'idées. On a gagné le match, et Pickle continue de tout faire pour se rapprocher du radiateur des terminales.

Vivement la semaine prochaine : Madame Ramona sera à Magnolia Springs. Ecoutez un peu cette réclame :

« Madame Ramona ne fait pas de porte-à-porte… Pour la première fois dans le comté… Elle vous dira tout ce que vous voulez savoir, sans vous poser de questions… Apprenez le nom de vos amis comme celui de vos ennemis… Recevez ses conseils infaillibles dans tous les domaines… Consultez-la pour affaire… Amour… Mariage… Testaments… Prêts… Contrats… Objets perdus ou volés. Elle réussit là où d'autres ont échoué. Elle fait tout ce que les autres font. Une seule visite et vous serez convaincu que Madame Ramona est supérieure à tous les devins et autres diseuses de bonne aventure que vous avez consultés jusqu'à présent. Trente ans d'expérience. Discrétion assurée. Consultations chaque jour, dimanche inclus, pour Blancs et gens de couleur. Ouvert de 9 à 22 heures. Satisfait ou remboursé. Vous la trouverez à côté de la station-service sur la route 19. Un panneau avec une main indique son cabinet de consultation. Attention, Madame Ramona n'est ni indienne ni gitane, c'est une Américaine à 100 pour 100 ».

5 novembre 1956

Hier soir, Pickle et moi on est rentrées du match de foot avec Mustard et Marion Eugene. Il faut qu'on soit agréables avec eux si on veut qu'ils nous invitent au bal des terminales. Marion Eugene se douche à l'after-shave Old Spice et ne pense qu'à une chose, m'embrasser. Ça serait supportable, si seulement il n'ouvrait pas la bouche.

On a gagné le match. J'ai serré Vernon Moosebur-ger dans mes bras parce qu'il n'avait pas joué et était le seul à sentir bon. Marion Eugene s'est vexé. Amy Joe Snipes est folle furieuse parce que, quand Nathan a marqué, elle a sauté de joie et le ballon en or qu'elle porte autour du cou a tapé sur une de ses dents, qui s'est fendue. C'est qu'une petite fissure de rien du tout, elle n'est pas cassée comme la mienne, sa dent, je ne comprends pas pourquoi elle en a fait un tel plat.

6 novembre 1956

En sortant du lycée, Patsy Ruth Coggins, Amy Joe Snipes, Pickle et moi on est allées voir Madame Ramona à la station-service. Amy Joe Snipes n'avait que des questions à propos de Nathan. Elle voulait savoir s'il l'aimait vraiment. Moi, je voulais savoir si je serais riche et célèbre un jour, et dans combien de temps exactement, et quand Pickle et moi on irait à New York ou à Hollywood.

Pickle est entrée la première et est restée long-temps à l'intérieur. Quand elle est sortie, elle était tout sourires. Madame Ramona lui avait dit qu'elle allait gagner un prix, et Pickle était sûre que ça serait le badge Betty Crocker Ménagère du Futur. Je n'ai pas voulu jouer les rabat-joie, mais le pain qu'elle a fait était le pire de toute la classe, encore plus mauvais que le mien qui, au moins, avait levé un peu. Ensuite, c'était le tour de Amy Joe Snipes, qui est sortie complètement démoralisée. Madame Ramona lui a dit que sa sœur, qui fait partie de l'ar-mée de femmes de Curtis Honeywell, se marierait avant elle. Patsy Ruth Coggins s'est dégonflée et n'a pas osé entrer sous prétexte que l'on ne doit pas croire en autre chose que Dieu.

Alors j'y suis allée. Madame Ramona était assise dans une petite pièce sombre, au fond de la station-service. Une petite fille sale jouait par terre avec des poupées en papier. Madame Ramona dit qu'elle n'est ni indienne ni gitane, mais à mon avis, elle est quelque chose d'étranger. Le visage très maquillé, des tas de bracelets aux bras, elle fumait des Chesterfield. Je me suis assise à une vieille table de jeux avec des dessins de chiens dessus et elle m'a fait mélanger des cartes. J'avais tellement peur que, l'espace d'une minute, j'en ai oublié mes questions. J'allais lui demander si j'allais être riche et célèbre quand tout à coup, elle a arrêté de jouer avec ses cartes et a dit :

— As-tu fait un héritage, récemment ?

J'ai répondu que non, que je ne venais pas d'une famille riche. Elle avait dû me prendre pour Patsy Ruth Coggins, dont le père est concessionnaire Chevrolet, et qui avait décidé de ne pas venir.

— Tu as hérité de quelqu'un, elle m'a dit.

— Mais non, madame, je n'ai hérité de personne, je lui ai répondu.

— Si, tu as hérité.

— Non, je ne pense pas.

— C'est quelque chose qui brille.

J'ai réfléchi, mais vraiment, je ne voyais pas. Je lui ai dit que la seule chose qu'on m'ait jamais léguée, c'était un coussin, qui me venait de Jessie LeGore, et une bague, qui me venait de ma mère. Elle m'a sauté dessus en criant :

— C'est ça ! Ta mère désire que tu portes cette bague, elle cherche à t'aider.

Mon cœur s'est arrêté de battre.

— Ta mère souhaite que tu cesses de la pleurer. Tu dois la laisser partir. Elle va bien et veut que tu connaisses le bonheur. Elle est inquiète parce que tu ne dors pas bien et que tu as besoin de sommeil.

— Vraiment ? j'ai dit.

— Oui. Ça fait cinq dollars.

J'ai payé. Je transpirais à grosses gouttes. Comment cette femme savait-elle que j'avais des insomnies et que maman m'avait laissé une bague ? Je n'en avais jamais parlé à personne. De retour à la maison, j'ai mis la chevalière de maman et je ne l'enlèverai plus jamais. J'ai aussi jeté ce qu'il me restait de Jack Daniel's.

21 novembre 1956

Dernière édition ! On a été invités au bal des terminales ! Avec Marion Eugene et Mustard. Amy Joe Snipes a l'intention d'épouser Nathan pendant les vacances de Noël et on est tous invités à leur mariage. Pickle sera le photographe officiel de la fête du lycée, et elle m'a portée volontaire pour participer à l'organisation de la soirée. Il faut aussi qu'on prépare un projet en classe de sciences, pour le présenter à la foire du comté. Pickle est très malheureuse, c'est Judy Ashwinder qui a gagné le badge Betty Crocker Ménagère du Futur. Maintenant, elle est persuadée qu'elle va gagner un prix avec son projet scientifique.

Pickle dit que je ne devrais pas me montrer en compagnie de Vernon Mooseburger parce qu'il est chauve et pas en terminale. Le problème de Vernon, c'est qu'il est très timide.

J'ai découpé dans le journal une réclame pour le Cours Dale Carnegie. Apparemment, Dale peut faire de vous un orateur de première classe et restaurer votre confiance en vous. J'en ai parlé à Jimmy Snow, qui a accepté de prêter l'argent du cours à Vernon.

J'ai dit à Jimmy qu'il devait considérer ça comme un investissement. Vernon pourrait devenir président des Etats-Unis, ou quelque chose dans ce style. Il a accepté d'y aller à condition que je n'en parle à personne.

Je continue à couler à pic en math. La prof me déteste parce qu'un jour, aux toilettes, je l'ai vue nettoyer son dentier. Papa dit que les bons en math sont des nazis.

Le père de Pickle vient d'être nommé à un poste important du Conseil des Citoyens Blancs. Son discours a été publié dans le journal. Il dit que les membres de l'Association Contre la Discrimination Envers les Gens de Couleur ne sont pas les ennemis des Blancs, mais qu'ils sont simplement débiles. Les vrais ennemis des Blancs, pour lui, c'est le parti démocrate et le parti républicain. Lui, il est pour le parti du Sud, et a la preuve que quatre-vingt-sept organisations du parti communiste ont infiltré les milieux noirs du Sud et vont renverser le gouvernement américain et tuer tous les Blancs dans leur lit. Le rock and roll, c'est un complot communiste destiné à miner les valeurs morales chez les jeunes, et si on n'y met pas un terme, nous deviendrons tous fous et nous serons hypnotisés par le rythme africain qui caractérise cette musique. Quand l'heure sera venue, nous nous retournerons contre nos parents et nous les tuerons. Il dit qu'il a la preuve que Fats Domino est de mèche avec les Russes.

Bref, un prêtre de l'Assemblée de Dieu est venu au lycée demander à Miss Philpot de retirer le morceau intitulé « Blueberry Hill » de notre répertoire parce que c'est un air communiste. Du coup, on a dû rejouer le Salut à Stephen Foster. Berk !

On a parlé de nous dans le journal du lycée. A la rubrique « Potins ». Ça disait :

Quelle est la charmante et blonde élève de seconde année pour qui Marion Eugene entretient ses mocassins avec tant d'application ?

Tout le monde sait que c'est moi. Ensuite, ça disait :

Mustard Smoot et Pickle Watkins ont été vus en train de partager un milk-shake et de se murmurer des mots doux au Spinning Wheel.

Mustard et Pickle. Quel beau hot dog ils font(*) !

23 novembre 1956

Quand je suis rentrée du lycée, aujourd'hui, il y avait une femme dans la chambre de papa. Elle a ouvert la porte et m'a dit qu'il dormait. Elle s'appelle Ruth et m'a tout l'air d'être une amie de la bouteille. Jimmy Snow m'a dit que c'était l'ex-femme d'un installateur de climatiseurs. Pas étonnant si je ne voyais plus papa, ces temps-ci. Et moi qui pensais qu'il avait encore du chagrin à cause de maman !

Jimmy Snow et moi, on sort presque tous les soirs pour dîner, mais papa ne vient quasiment jamais avec nous. J'espère qu'il est heureux. En tout cas, je n'ai pas l'intention d'adresser la parole à cette Ruth. Elle est pire que Rayette Walker.

Grand-mère Pettibone disait que la plupart des hommes n'attendent même pas que leur femme soit complètement refroidie avant d'en trouver une autre. Papa est vraiment un moins que rien. J'irais bien vivre chez ma grand-mère, mais son second mari est au lit, il a encore fait une attaque cardiaque.

(*) *N.d.T.* : en anglais, mustard = moutarde.

Le père de papa refuse toujours de lui parler, alors je crois qu'il ne me reste plus qu'à rester ici en attendant de finir le lycée et de partir à New York avec Pickle. Quel enfoiré, mon père !

On a passé des tests de connaissances générales pour le rectorat du comté de Harwin. Il y avait beaucoup de questions de math, alors j'ai beaucoup copié sur Pickle. D'après les résultats, je suis faite pour être un artiste mécanicien. Quézako ?

24 novembre 1956

Avec Jimmy Snow, on a accompagné Vernon Mooseburger à son premier cours chez Dale Carnegie. On l'a attendu, pour être sûrs qu'il restait bien jusqu'à la fin. En sortant, il nous a dit que ça lui avait plu, même si la plupart des élèves étaient des personnes âgées. Il m'a dit qu'il pensait pouvoir y arriver, et ça m'a fait plaisir. Il a quand même besoin d'une perruque.

Pickle a décidé qu'il fallait qu'on devienne des Sœurs de l'Arc-en-Ciel parce que toutes les filles de dernière année en font partie. Pour être admise, il faut un père franc-maçon ou une mère membre de la Loge d'Orient. Pickle a parlé à Patsy Ruth Coggins pour que sa mère nous parraine. J'ai demandé à Patsy Ruth ce que faisaient les Sœurs de l'Arc-en-Ciel, et elle m'a répondu que c'était assez simple. Elles chantent des cantiques toute la journée... Exactement ce que je cherchais. Merci Pickle !

On a acheté nos tenues pour le bal. Pickle sera en robe de tulle vert d'eau avec un gros nœud en satin, et moi en tulle blanc à pois rouges. On a dû s'acheter un soutien-gorge sans bretelles. Pickle a mis beaucoup de coton dans le sien. On fait toutes les deux partie du Comité de Décoration. Le thème, c'est « Rhapsodie in blue » parce que c'est la société Butane-Flamme Bleue qui parraine le bal. Si j'ai un vœu à faire, c'est de ne plus jamais voir de papier crépon bleu ni de fleurs en papier hygiénique bleu. Ce crépon, ça vous tache les mains, quelque chose de bien ! Tout le monde sait que Amy Joe Snipes sera élue Reine du Bal parce qu'elle va se marier et que Nathan est capitaine de l'équipe de football. En plus, elle l'a menacé de le priver de « tu sais quoi » si elle n'était pas élue reine. Pickle et moi on sera demoiselles d'honneur.

Si ça continue comme ça, notre équipe de foot sera championne du comté. On n'a pas encore perdu un seul match. La nuit du bal, on ira tous dormir chez Patsy Ruth Coggins.

Hier, la copine de papa, Ruth, a fait ses bagages et est partie. Elle a claqué la porte tellement fort qu'on aurait dit un coup de canon. Cinq minutes plus tard, papa a ouvert, et il a pris la porte sur les pieds. Quand il m'a vue, il a dit :

— La comptable que j'avais embauchée pour le motel ne savait pas s'y prendre, j'ai dû la renvoyer.

Il me prend pour une idiote ou quoi ?

25 novembre 1956

Pauvre Pickle. Son père ne veut plus qu'elle sorte avec Mustard Smoot. Il croit qu'elle le laisse aller jusqu'au bout. La semaine dernière, il lui a filé une de ces raclées... Je pense qu'il est dingue. Pickle ira au bal avec son frère, et Lem retrouvera sa cavalière sur place. Elle est toujours obligée d'agir dans le dos de son père parce que, autrement, elle n'a rien le droit de faire. Il ne veut plus que je couche chez eux. J'exerce une mauvaise influence sur sa fille, apparemment. Mais c'est aussi bien. Il me regarde toujours d'une drôle de façon et après, je me sens sale. Je plains la mère de Pickle. Elle doit lui obéir pour tout, et il ne lui donne jamais d'argent. Elle fait un peu de couture à la maison pour que ses enfants aient de l'argent de poche. J'ai de la chance, moi, quand j'ai besoin d'argent, je vais en chercher dans le tiroir-caisse ou j'en demande à Jimmy Snow. Personne ne regarde jamais combien il y a dans la caisse enregistreuse. Jimmy dit que de toute façon, le barman que papa a embauché se sert tout le temps.

Dans *Photoplay*, j'ai lu que June Haver avait quitté le couvent pour épouser Fred MacMurrey. Je vais écrire à Sœur Jude, et si elle n'est plus là, ça confirmera bien que c'était elle, June Haver. Mais qu'est-ce qui peut bien vous pousser à quitter le couvent pour épouser Fred MacMurrey ?

Pour Thanksgiving, papa, Jimmy et moi on est allés dîner chez les Romeo. A mon avis, les lasagnes ne sont pas un plat typique de Thanksgiving, mais c'était très bon quand même, bien meilleur que la cuisine de Jimmy.

Et devinez quoi ? On a perdu le dernier match de foot, à cause de Michael Romeo. Il avait le ballon et était très bien placé, mais au moment de marquer, tout en continuant de courir, il s'est retourné pour voir si tout le monde le regardait et a emplafonné le poteau des buts. C'est son bras qui a tout pris, et Michael a été obligé de quitter le terrain. Chaque fois que Mustard lançait le ballon, l'autre équipe interceptait et marquait.

La fanfare n'a pas été vraiment brillante. Le thème, c'était Thanksgiving. On a formé une dinde qui ressemblait à un poulet, et pour arranger le tout, il a plu, nos pompons ont fait éponge, et ils étaient lourds, mais lourds ! A la fin du match, j'ai couru réconforter les joueurs. C'était le moins que je pouvais faire étant donné qu'ils avaient perdu et en pleuraient. Ça m'épate, moi, ces gens qui se mettent dans un état pareil pour un petit match de foot de rien du tout. A part moi, les pom-pom girls pleuraient toutes. Pickle est même arrivée à faire une crise de nerfs. Et pourtant, je sais qu'au fond, le foot, elle s'en fiche pas mal. Mais elle m'a dit que je n'avais pas d'esprit de corps. Alors pour lui faire plaisir, j'ai fait semblant de pleurer.

Le soir, c'était le bal. On s'est changées chez Patsy Ruth Coggins et j'étais la seule à ne pas avoir les yeux gonflés et rouges. Amy Joe Snipes nous a dit qu'il fallait être gaies et enthousiastes, pour aider les garçons à se remettre de cette tragédie. Que, en tant que femmes du Sud et pom-pom girls, c'était notre devoir. Quand nos cavaliers sont venus nous chercher, la mère de Patsy Ruth nous a pris en photo devant la cheminée. Leurs smokings étaient tous trop grands ou trop petits. Le pantalon de Lemuel s'arrêtait au-dessus de ses chevilles, Marion Eugene ressemblait à un pigeon avec sa chemise bouffante. Pickle a failli tuer Mustard Smoot, qui lui a apporté une orchidée violette qui jurait horriblement sur sa robe vert d'eau.

Quand on est arrivés à la salle de bal, la plupart des guirlandes en papier crépon étaient déjà tombées. Les garçons étaient ivres avant même que la musique ne commence. A l'heure de la présentation de la reine du bal et de sa cour, la moitié d'entre eux ne marchaient plus droit. Amy Joe Snipes et Nathan ont conduit le défilé et l'orchestre a joué « Blue Velvet », qui est leur chanson fétiche. Amy Joe fondait littéralement de langueur au bras de Nathan, qui ne savait même pas où il était. Quelqu'un avait trafiqué le punch. Miss Philpot avait dû le goûter parce qu'elle a passé toute la soirée à ramper sur le sol, une lampe de poche à la main. Elle cherchait un camée qui était tombé du ruban de velours qu'elle portait autour du cou. Pickle m'avait fait enlever mes lunettes, alors en fait je n'ai pas vu grand-chose de la soirée. Mes lunettes n'allaient pas du tout avec la couleur de ma robe.

Devinez qui est venu ? Ce vieux fou de Jimmy Snow ! Il tenait à me voir en robe de bal. J'ai essayé de le faire danser avec Miss Philpot, mais il n'a pas voulu. Il m'a dit que j'étais la plus belle de toutes ! Le soutien-gorge sans bretelles, c'est la chose la plus inconfortable que j'aie jamais portée. Entre ça et la gaine, quel supplice ! Aucun des garçons ne sachant danser, j'ai dansé avec Pickle et Amy Joe Snipes la plus grande partie de la soirée. Elles ne valent guère mieux, comme cavalières. Je suis la seule personne de tout le lycée capable de mener. Kay Bob Benson et Flicka Hicks sont arrivés bien après les autres. Elle portait une robe noire que sa mère avait achetée à Meridian, et on aurait dit qu'elle était en deuil, mais tous les garçons l'ont trouvée merveilleuse.

Après le bal, Amy Joe Snipes nous a fait jurer qu'on lui ferait des cadeaux pour son mariage. Ensuite, elle a distribué des papiers sur lesquels elle avait écrit tout ce dont elle avait envie. Elle nous a expliqué qu'elle faisait ça pour nous simplifier la vie et nous empêcher d'être gênés au cas où deux d'entre nous auraient la même idée de cadeau. Je dois lui acheter un chinois. Quézako ?

J'ai encore les marques de mon soutien-gorge sans bretelles. C'est décidé, je le jette.

3 décembre 1956

Je suis écœurée. Sœur Jude m'a écrit, elle n'est pas June Haver, et mon projet scientifique tombe à l'eau avant même d'avoir commencé. Le prof,

Mr. Leeds, nous avait dit que le ou la gagnant(e) recevrait un prix et un voyage à Tupelo. Je voulais faire se reproduire un carrelet et une torpille, pour voir si j'obtenais une nouvelle race de carrelets qui pourraient envoyer une décharge électrique à ceux qui essaient de les harponner. Ces pauvres bêtes me font de la peine, à se faire harponner dans tout le golfe du Mexique. Jimmy Snow m'avait procuré un carrelet et une torpille, mais personne n'a su me dire de quel sexe ils étaient. On les a mis tous les deux dans la baignoire, malheureusement, il y a eu incompatibilité d'humeur, et le carrelet est mort. J'ai tué un poisson. Ce n'était pas dans mon intention. Enfin, comme on l'a mangé, je suppose que ce n'est pas trop grave.

J'ai raconté ça à Mr. Leeds, et il m'a donné un nouveau sujet : « Effets des produits chimiques sur les fourmis rouges ». Patsy Ruth Coggins travaille sur « Le ver de la mouche à viande dans le comté de Harwin », et Michael sur « Les îlots de Langerhans, meilleurs amis de votre foie ». Kay Bob Benson a pris « La circulation sanguine chez l'homme » et Vernon Mooseburger « L'incroyable durée de vie du doryphore ». Depuis qu'il suit les cours de Dale Carnegie, il crie tout le temps et fait de drôles de gestes. Il en fait trop, tout le monde le trouve insupportable.

Pickle triche. Elle fait « L'étude de l'embryon de poulet ». Son frère Lemuel l'a fait l'année dernière, et comme on a un nouveau prof de sciences, elle a repris tous ses dessins. Depuis que Madame Ramona lui a dit qu'elle allait gagner un prix, elle est impossible.

On va aux réunions des Sœurs de l'Arc-en-Ciel chaque semaine, à la loge maçonnique qui se trouve au-dessus du magasin de meubles Tally. Quand il y a des réunions secrètes, on doit rester dehors. Vivement qu'on soit initiées, j'ai hâte de les connaître, tous leurs secrets.

4 décembre 1956

Pickle et moi, on a vu le meilleur film de tous les temps : *Tout ce que le ciel permet*. C'est une histoire d'amour qui finit en tragédie. Jane Wyman est éprise d'un jardinier, joué par Rock Hudson. Je l'aime presque autant que Cornel Wilde. Pickle et moi, on trouve que Jane Wyman ferait bien de changer de coiffeur. Elle a les cheveux beaucoup trop courts dans le cou. On va lui écrire, pour le lui dire. Terry Moore ne nous a jamais répondu. Rock Hudson et Jane Wyman s'aiment vraiment. Je ne pense pas qu'ils joueraient aussi bien s'ils ne s'aimaient pas. Je leur souhaite beaucoup de bonheur. Pickle dit que sans mes lunettes et ma dent cassée, je pourrais très bien passer pour la sœur de Celeste Holm.

Avec les Sœurs de l'Arc-en-Ciel, cette semaine, on a chanté « Doucement, lentement, Jésus arrive » et « Ne m'oublie pas, toi mon sauveur ». En plus de ça, il a fallu écouter Mrs. Coggins nous raconter l'histoire de ces cantiques. Elle est membre d'un club de jardinage et Patsy Ruth m'a dit qu'au début de chaque réunion, il y avait l'appel, et que tous les membres devaient répondre par un nom de fleur. Vous imaginez, avoir à vous lever en disant « Bégonia » ! C'est déjà assez dur de s'appeler Daisy.

La mère de Amy Joe fait faire toutes les robes de toutes les demoiselles d'honneur. Il va falloir aller à des millions d'essayages. Je déteste ça.

Le motel fait faillite. On a eu seulement deux clients le mois dernier. Et ils ne sont venus que parce qu'ils étaient perdus et pensaient être arrivés en Floride.

J'ai terminé *Les Grandes Espérances*, pour le

cours de littérature. Parmi tous les personnages, c'est Estella que je préfère. Elle est méchante comme un pou.

5 décembre 1956

La mère de Kay Bob Benson s'est déplacée exprès pour apporter le projet de sa fille au cours de sciences. C'est un corps en plastique transparent, avec un cœur et des veines. Quand on le branche, le sang circule partout. Elle a gagné le premier prix. Pickle en est malade. Etant donné que Lemuel n'avait pas gagné avec son embryon de poulet l'année dernière, je ne vois pas pourquoi elle s'était mis dans la tête qu'elle allait gagner cette année. Une fille a apporté une grosse dent avec plein de caries. Dégoûtant. Je n'ai rien gagné. Ces fourmis rouges résistent absolument à tout. Sauf au Coca-Cola. Quelle bêtise, ce projet !

Vernon Mooseburger fait maintenant partie de l'équipe débat, et il m'a demandé d'aller le voir débattre. Il gagne tout le temps parce que personne n'arrive à placer un mot.

Avec les Sœurs de l'Arc-en-Ciel, on a chanté « Guide-moi, Jéhovah ». Patsy Ruth Coggins a le grade d'officier et s'appelle l'Observateur Extérieur. Elle est chargée de s'assurer que personne ne regarde la cérémonie secrète en cachette. Elle prend son rôle très au sérieux, frappe quatre fois à la porte et attend qu'on lui réponde par trois coups avant de rentrer.

Tout ça, je ne le fais que pour être acceptée au radiateur des terminales. Dans ma fiche de lecture sur *Les Grandes Espérances*, elles ont toutes rigolé quand j'ai parlé des anglaises de l'héroïne. C'est comme ça qu'elles disent quand elles ont leurs règles. Quelle maturité...

7 décembre 1956

Pickle nous a inscrites à une collecte de fonds pour acheter des machines à coudre pour la Corée. Celui qui récolte la plus grosse somme gagne un aspirateur Supermatic Euréka avec son nouveau sac jetable double contenance. Il absorbe l'air à la manière d'un cyclone, a sept accessoires et vaut 69,95 dollars. Je ne sais pas pourquoi elle veut un aspirateur, mais elle tient absolument à gagner un prix.

J'ai trouvé un moyen de ramasser une fortune. Ça m'est venu l'autre jour, quand j'étais dans l'avion de Jimmy Snow. Pourquoi ne pas photographier une maison de là-haut et faire paraître le cliché dans le journal avec la mention « La ferme mystérieuse » ? Quand les propriétaires reconnaissent leur maison, ils appellent et on leur vend la photo pour dix dollars en leur disant que sur leurs cartes de Noël, ça sera épatant. Je suis sûre que ça peut marcher. Pickle va emprunter l'appareil photo du lycée, et Jimmy l'emporte avec lui demain. Une fois qu'on aura gagné l'aspirateur, il se pourrait bien qu'il nous reste assez pour nous acheter une voiture et emménager dans un appartement à nous. J'aimerais vraiment que Pickle parte de chez elle. Elle refuse de me le dire, mais je sais que son père la bat comme plâtre. J'ai vu les marques. Lemuel dit qu'elle est insolente avec lui et que ça ne fait qu'empirer les choses. Elle a beaucoup de courage. Si quelqu'un me battait à coups de ceinturon, je me vengerais pendant son sommeil.

10 décembre 1956

Hier, Jimmy et Pickle ont survolé tout Magnolia Springs en prenant des photos. On a quinze fermes et une station-service mystérieuses. On a passé toute la nuit à développer les photos dans sa chambre noire. Elles sont bien, sauf que cette gourde de Pickle ne sait pas du tout de quelles maisons il s'agit exactement ! Pour nous aussi, elles sont mystérieuses ! Je ne pensais pas qu'on pouvait être aussi gourde. Des fois, je me pose vraiment des questions, à propos de Pickle... Il ne nous reste plus assez d'argent pour racheter une pellicule. Quand elle et moi on se lancera dans les affaires, je pense qu'il faudra que je sois le cerveau de l'équipe. Quand on sait qu'elle fait partie des meilleurs élèves du lycée, on se demande si quelque chose ne tourne pas rond dans le système scolaire de cet Etat.

Aujourd'hui, elle a décidé que puisqu'il ne nous restait que cinq jours pour collecter des fonds, nous allions nous louer comme esclaves après l'école et toute la journée de samedi. Ils vont l'annoncer à la radio : deux esclaves sont à votre service. Mais c'est les deux ou rien. On ne veut pas être des esclaves solitaires. Un type pourrait essayer de nous embaucher. D'après Pickle, on peut demander jusqu'à deux dollars de l'heure. Si on y met du nôtre, elle pense qu'on peut gagner l'aspirateur.

11 décembre 1956

Une certaine Mrs. Clayborn nous a engagées comme esclaves pour changer tous les rideaux chez elle. Mr. et Mrs. Clayborn sont pratiquement les gens les plus riches de Magnolia Springs, et leur maison est immense. Mr. Clayborn est propriétaire du magasin de tracteurs et possède aussi beaucoup de terrains. Ça ne me disait rien, de pendre des rideaux, mais Pickle était enchantée parce qu'elle avait toujours voulu entrer dans cette maison, qui est la plus grande de la ville. Elle voulait aussi essayer de voir Virginia Clayborn, qui y est enfermée. Les Clayborn l'ont adoptée il y a longtemps, mais elle n'a pas grandi comme les autres alors ils ne la laissent pas sortir. Elle a vingt-deux ans et mesure un mètre vingt-cinq, mais ce n'est pas une vraie naine. Des fois, elle a des crises et se met à baver. C'est pour ça qu'ils habitent en dehors de la ville. Tout ça, c'est ce que Pickle m'a raconté, mais je n'en crois pas un mot. Elle a dit ça pour me donner envie de faire l'esclave et d'aller voir à l'intérieur de cette maison. Elle est prête à tout dès qu'il s'agit de gagner un prix.

La maison des Clayborn est une grosse bâtisse sombre en brique rouge, et donne l'impression d'être inhabitée. Mais quand on a frappé, quelqu'un est venu ouvrir.

— Nous sommes les deux esclaves que vous avez demandées, a dit Pickle.

Mrs. Clayborn nous a fait entrer et nous a conduites dans le salon. Sur la table, il y avait une tortue empaillée avec des lumières rouges à la place des yeux. Plutôt bizarre. On entendait de la musique d'opéra. Elle a appelé sa bonne noire et lui a dit de nous aider à enlever les rideaux. Puis elle s'est allongée sur un sofa et s'est mise à lire des poèmes à haute voix. Quelle drôle de baraque ! Je n'ai jamais vu autant de vieux meubles de ma vie. Il n'y avait pas un truc récent. Je préfère nettement le moderne.

— Et comment va la petite Virginia, ces temps-ci ? a demandé Pickle à la bonne pendant qu'on décrochait les rideaux.

La bonne l'a regardée comme si elle était folle. Je savais bien que Pickle avait inventé toute cette histoire, et je le lui ai dit.

Le lendemain, quand on est revenues, Pickle a absolument voulu me prouver que cette fille habitait dans la maison. Dès que la bonne nous laissait trente secondes, elle allait fureter de tous les côtés, ouvrant toutes les portes. Je lui ai dit d'arrêter, qu'elle allait nous faire avoir des ennuis. D'après elle, Virginia était soit au sous-sol, soit au troisième étage. En faisant semblant d'aller aux toilettes, elle a réussi à descendre au sous-sol, mais n'y a trouvé que d'autres vieux meubles. Pendant tout ce temps, Mrs. Clayborn était sur son sofa, écoutait de la musique et se lisait des poèmes.

Le samedi, c'était notre dernier jour dans cette maison, et je n'avais qu'une envie, en finir avec ces rideaux et rentrer chez moi. On était au deuxième étage, dans une des chambres, lorsque Mrs. Clayborn a demandé à sa bonne de descendre. Elle n'avait pas tourné le dos que Pickle était déjà au troisième étage à chercher Virginia en ouvrant toutes les portes pendant que je restais comme deux ronds de flan avec vingt kilos de rideaux en velours rouge sur les bras. Tout à coup, j'ai entendu Pickle hurler et une demi-seconde plus tard, elle passait en courant devant la chambre où je me trouvais toujours, et se ruait vers la porte d'entrée. Je n'avais aucune idée de ce qui se passait, mais quelque chose me disait qu'il valait mieux que j'y aille aussi. Alors j'ai lâché les rideaux et me suis lancée dans l'escalier. Juste à ce moment, Mrs. Clayborn a fait irruption au pied de l'escalier en hurlant :

— Virginia ! Retourne dans ta chambre immédiatement !

J'ai regardé derrière moi. Une fille hirsute, les yeux pratiquement sortis de leurs orbites, déboulait à ma suite. J'étais prise entre elle et Mrs. Clayborn, qui me criait :

— Arrêtez-la ! Arrêtez-la !

Je n'avais pas vraiment le choix. La fille m'est rentrée dedans, Mrs. Clayborn nous a attrapées toutes les deux, et je me suis retrouvée coincée.

La fille criait « Je te hais ! Je te déteste ! » en essayant de frapper Mrs. Clayborn. Mais elle ratait sa cible, et j'ai tout pris.

On l'a remontée dans sa chambre, et là, Mrs. Clayborn m'a dit :

— Faites attention à ce qu'elle ne se blesse pas, je vais appeler le médecin.

Et elle m'a plantée là, en fermant la porte à clé ! J'ai essayé de sortir, mais pas moyen !

J'ai regardé autour de moi. Il n'y avait rien dans la pièce avec quoi elle aurait pu se faire mal. En fait, il n'y avait rien du tout, dans cette chambre. Mais cette fille, si elle avait voulu, sûr qu'elle aurait pu me blesser. J'ai failli être tuée par une folle simplement parce que Pickle voulait gagner un aspirateur à la noix.

Quand Virginia s'est assise par terre et s'est mise à crier en se tapant la tête du poing, j'ai dit :

— Hé, pas de ça, Lisette.

— Qui êtes-vous ? elle m'a demandé.

— Je suis Daisy Fay Harper, j'ai répondu, et je suis ici pour les rideaux. Tu dois être Virginia, non ? Comment vas-tu ?

— Je veux écouter de la musique country, elle a dit en me regardant et en se tapant de nouveau la tête avec son poing.

J'espérais qu'elle n'allait pas se mettre à baver. Je ne savais vraiment pas quoi faire, alors je me suis assise et je lui ai chanté un air country, puis un deuxième, puis un troisième. J'attaquais ce que je pensais être un quatrième air country quand elle s'est remise à faire la dingue en me disant que c'était un air western, que je lui chantais là. Elle était peut-être folle, mais pas complètement idiote. Je lui ai chanté tous les airs que je connaissais, ceux que j'avais appris avec le juke-box de papa. Enfin, le médecin est arrivé, avec une grosse serviette noire, et il a dit :

— Eh bien, comment va notre petite Virginia, aujourd'hui ? Ta maman me dit que tu ne te sens pas très bien ?

Non, mais vous vous rendez compte ? Cette fille manque de me tuer, et d'après lui, elle ne se sent « pas très bien » ! J'aime mieux pas savoir ce que ça donne quand elle est vraiment malade.

Quand je suis descendue, Mrs. Clayborn m'attendait en se tordant les mains et n'a pas arrêté de me répéter qu'elle était désolée pour ce qui s'était passé, qu'elle ne voyait pas comment elle avait pu sortir. Là, j'aurais pu lui donner la réponse, mais j'avais peur qu'après, elle refuse de nous payer. Elle m'a demandé d'excuser Virginia, qui ne se sentait pas bien.

Quand je lui ai dit qu'avec de la musique country, elle se calmerait peut-être, Mrs. Clayborn a répondu qu'ils avaient essayé, mais que Virginia avait cassé toutes les radios et tous les pick-up qu'ils lui avaient donnés, et s'était même blessée avec les morceaux. Ça m'a rappelé la blague que papa avait faite à maman, alors je lui ai suggéré que papa vienne installer un haut-parleur au plafond de la chambre de Virginia, pour qu'elle n'arrive pas à l'atteindre, et le brancher sur une radio ou sur autre chose.

Quand le médecin a entendu mon idée, il l'a trouvée bonne et m'a dit de dire à papa d'appeler Mrs. Clayborn et d'installer tout ça le plus rapidement possible.

Mrs. Clayborn est allée chercher son sac et m'a donné un billet de vingt dollars. Je lui ai dit qu'elle ne nous en devait que douze, mais elle m'a dit de garder la monnaie et m'a serrée dans ses bras en me disant au revoir. Comme je sortais de la maison, ma chère amie Pickle, qui se cachait dans un fourré, a surgi de sa tanière et m'a demandé :

— Qu'est-ce qui t'est arrivé ?

Je l'ai regardée et, sans m'arrêter, j'ai dit :

— Et à toi, qu'est-ce qui t'est arrivé ?

Je ne lui parle plus, c'est décidé. Jamais je ne l'aurais lâchée comme ça, en aucun cas. Je lui ai donné les vingt dollars et lui ai dit de se planter son aspirateur de malheur dans le nez. Elle s'est mise à pleurer et m'a suivie, mais tant que nous serons en vie toutes les deux, je ne lui pardonnerai jamais, point final.

Papa va sans doute se faire pas mal d'argent en installant le haut-parleur, et les Coréens n'en verront pas la couleur, ça, c'est sûr et certain.

En rentrant, j'ai dit à papa et à Jimmy que si Pickle appelait, j'étais sortie.

Maintenant que j'y pense, Virginia ne fait pas un mètre vingt-cinq, elle est aussi grande que moi. Je savais que Pickle affabulait.

15 décembre 1956

Dimanche, Pickle est venue au motel et a frappé à ma porte. J'étais assise sur le toit, elle ne m'a pas vue. Je suis souvent là-haut. Les gens ne pensent jamais à lever les yeux. Bref, elle a frappé, puis a glissé un mot sous la porte et est repartie.

Je suis descendue chercher sa lettre. Elle disait combien elle était désolée d'être partie en me laissant seule, mais que cette fille lui avait fait tellement peur qu'elle n'avait pu que courir, en pensant que j'étais derrière elle. Elle est bien bonne, celle-là, tiens ! J'ai pris toutes les affaires qu'elle m'avait données ou prêtées et je les ai mises dans un carton.

Lundi matin, au lycée, j'ai donné le carton à Lemuel, qui m'attendait à l'arrêt du bus. Il m'a dit que Pickle était malheureuse comme les pierres, n'avait pas mangé du dimanche et qu'il fallait que j'accepte ses excuses et qu'on redevienne amies. Je lui ai répondu que Pickle était allée trop loin, m'avait blessée trop profondément pour que je puisse lui reparler un jour, mais que je n'avais rien contre lui ni contre Petite Judy et qu'on pouvait rester amis s'il le voulait.

En classe, je n'ai pas regardé Pickle une seule fois. A l'heure du déjeuner, tout le lycée savait qu'on était fâchées. Tout le monde lui tournait autour, comme si c'était elle qui avait été blessée. Je me suis demandé si elle leur avait raconté qu'en partant en courant, elle m'avait laissée en danger de mort. Patsy Ruth Coggins m'a fait tout un plat comme quoi il ne faut jamais se fâcher avec sa meilleure amie, et que je devais envoyer un mot à Pickle, qu'elle le lui porterait, si je voulais. Je lui ai dit de lui dire que tout était fini entre nous.

Pendant le déjeuner, Amy Joe Snipes m'a rendue chèvre en n'arrêtant pas de se plaindre que son mariage serait une catastrophe si deux des demoiselles d'honneur ne se parlaient pas, et que vraiment ça serait chouette si on pouvait se réconcilier juste pour le mariage, qu'après, si on voulait, on pourrait continuer de ne plus se parler.

Vernon Mooseburger voulait organiser un débat sur le pour et le contre d'une réconciliation, mais je lui ai dit de s'occuper de ses oignons. Alors il a voulu faire un débat sur le pour et le contre de s'occuper de ses oignons. Ces cours d'apprentissage de l'art du débat l'ont fait disjoncter !

J'ai tenu toute la journée, jusqu'au cours des Ménagères de Demain, et là, j'ai regardé Pickle sans le faire exprès. Elle me fixait du regard. Je me suis mise à rire, et elle aussi. On a couru aux toilettes et on a pleuré en se serrant l'une contre l'autre, en s'embrassant, et on s'est réconciliées. On s'est dit que vraiment, on s'aimait beaucoup, et Pickle m'a promis que jamais plus elle ne partirait en courant et en me laissant seule. Comment peut-on rester fâché avec Pickle ?

Papa a installé des haut-parleurs chez les Clayborn. En rentrant, il m'a dit que Virginia était folle à lier. Comme si je ne le savais pas !

19 décembre 1956

Samedi, on est allées apporter nos cadeaux de mariage à Amy Joe Snipes. Elle a reçu tout un tas d'ustensiles de cuisine. Je n'ai pas réussi à trouver un chinois, je ne sais toujours pas ce que c'est. Du coup, je lui ai donné de l'argent et elle ira se l'acheter toute seule.

Kay Bob Benson et Patsy Ruth Coggins ont gagné l'aspirateur. Elles ont récolté beaucoup d'argent pour les Coréens. C'est la deuxième fois cette année que Kay Bob Benson gagne un prix.

Pickle a appris que le journal de Magnolia Springs offrait un stylo à plume Esterbrook pour la meilleure photo d'un concours intitulé « L'être humain ». Elle m'a traînée à la maison de retraite pour faire la photo d'un vieux qui fêtait ses cent ans. Quand on est arrivées, toute sa famille était là, il en était venu des quatre coins du pays. C'était horrible. Lui, il était dans sa chaise roulante, tout tassé, et de temps en temps, quelqu'un venait pour le remettre droit et disait : « Regarde, grand-père, regarde qui est venu te voir, c'est le petit Harry», ou bien: « C'est tante Machin, ou Bidule. »

Le vieux, sourd et bigleux comme il était, il y avait peu de chances qu'il reconnaisse qui que ce soit. Ils lui avaient fait mettre un costume trois fois trop grand pour lui. D'après Pickle, il avait des couches, comme un bébé. Les gens pensaient que Pickle et moi on était de la famille, et ils n'arrêtaient pas de nous parler du temps où, chaque fois qu'ils venaient le voir, grand-père se cachait sous un tas de feuilles mortes. Après avoir rencontré sa famille, je le comprends, grand-père.

Un gros gâteau d'anniversaire a été déposé devant lui, avec des bougies, et tous ont chanté «Joyeux anniversaire». Il a failli piquer du nez dans le gâteau, mais une infirmière l'a rattrapé juste à temps. Pickle l'a pris en photo, elle est contente. Après le gâteau, ils l'ont mis dans un coin et ont continué de discuter les uns avec les autres. C'était affreux. Le vieil homme n'a même pas reçu un seul cadeau, mais Pickle dit qu'à un centenaire, on ne sait pas vraiment quoi offrir. Elle a sans doute raison.

28 décembre 1956

Ça y est, c'est fait. Amy Joe Snipes est maintenant officiellement Mrs. Nathan Willy. J'espère qu'elle vivra vieille. C'était la première fois que j'allais à un mariage, et si c'est la dernière, ça ne sera pas pour me déplaire. Pickle n'a pas arrêté de prendre des photos pendant la cérémonie, alors qu'elle était demoiselle d'honneur. Elle n'aurait vraiment pas dû se planter devant les mariés comme ça, juste pour prendre des photos, mais c'est parce qu'elle était désespérée. Sa photo du centenaire n'était pas réussie du tout, on n'y voyait rien. Je lui ai demandé à quoi elle s'attendait exactement, en prenant cent bougies allumées au flash. Je ne suis pas photographe, mais il me semble que là, j'aurais pu la conseiller.

Un mariage, c'est censé être sérieux, mais j'ai ri tout le long parce que, lorsque Miss Philpot a joué le début de la « Marche nuptiale » à l'orgue, Mr. Snipes et Amy Joe ont démarré en même temps mais la porte était trop étroite. Mr. Snipes s'est effacé pour la laisser passer, et cette gourde de Amy Joe a fait pareil, de sorte qu'ils ont remis ça en tentant de passer en même temps. Elle avait dû oublier que la mariée, c'était elle.

On aurait dit que Nathan allait s'évanouir et rendre l'âme. Il transpirait à grosses gouttes et tremblait tellement qu'elle a dû mettre son alliance elle-même. Elle semblait très calme. Quand tout a été terminé et que le prêtre a dit : « Vous pouvez embrasser votre épouse », il a complètement raté sa bouche. Sur le perron de l'église, Amy Joe a lancé son bouquet à sa sœur aînée, par méchanceté.

Voici l'article paru dans le journal à propos du mariage. On parle de moi dans la dernière partie.

UNION ÉTERNELLE

Miss Amy Joe Snipes et Mr. Nathan Willy s'aimaient, les voilà désormais unis pour le meilleur et pour le pire. La messe a été célébrée le 22 décembre, en l'église baptiste du Calvaire, dont la mère de la mariée est membre actif. L'atmosphère romantique renforcée par la lumière des cierges et les énormes gerbes de magnolia blanc donnait un petit ton théâtral à la cérémonie, merveilleusement orchestrée par le révérend Chester A. Matts, qui officiait pour la circonstance. De doux accords de musique nuptiale ont envahi la nef, au moment où Miss Ina Philpot a plaqué sur le clavier de l'orgue Hammond les accords de « Blue Vel-

vet», chanson fétiche des deux jeunes mariés, qui reflète ô combien leurs sentiments. Sentiments réitérés par Mrs. Lady Ruth Buckner, soprano, qui a chanté «I love you truly». Mustard Moot était garçon d'honneur. La première demoiselle d'honneur était Miss Linda Lou Snipes, la sœur de la mariée. Pour marier sa fille, Mrs. Joe Snipes avait choisi une ravissante robe en imprimé vert Nil et des chaussures assorties. Elle portait également une boutonnière d'œillets blancs qui ne faisait qu'ajouter à sa prestance. La robe de la mère du marié était en shantoung bleu, bordée de satin et cousue de pierres bleues. Les demoiselles d'honneur étaient très féminines dans leurs robes longues en mousseline de soie rose, avec, dans les cheveux, de petites couronnes roses dessinées par Mrs. Snipes. Dans leurs mains gantées d'organdi, elles avaient toutes de précieux bouquets de marguerites roses et de muguet enveloppés de tulle. Elles ont fait leur entrée au son de la Marche nuptiale du Songe d'une nuit d'été, *de Mendelssohn. La nièce de la mariée, l'adorable petite Karla Bay, plus jolie qu'une rose fraîchement éclose, était habillée comme les demoiselles d'honneur grâce à sa grand-mère maternelle qui avait cousu sa robe tout exprès pour elle. La mariée a remonté l'allée centrale de l'église au bras de son père, Mr. Joseph E. Snipes. Elle était radieuse, derrière son fin voile et dans sa robe de soie organza et de dentelle vénitienne au col montant. Une boutonnière d'œillets orange pâle dans un nid de tulle et de ruban de satin blanc apportait une touche de couleur à l'ensemble. A la main, elle tenait une Bible recouverte de dentelle de Chantilly. Comme le veut la tradition, elle avait sur elle des choses neuves (sa robe de mariée), des moins neuves (ses dessous), des empruntées (le collier de perles de sa tante Mildred) et du bleu (une fine jarretière en dentelle offerte par sa mère). Et dans une de ses chaussures, un penny.*

Tout en remontant l'allée vers son futur époux, la mariée a eu l'occasion de constater la présence de nombreux parents, amis et connaissances, dont sa coiffeuse, connue professionnellement sous le nom de Miss Ethel, qui se trouvait au troisième rang. A l'issue de la cérémonie, une réception a été donnée en l'honneur du jeune couple, au Elks Hall. Des rafraîchissements et de délicats petits fours ont été servis sur des plateaux en argent, ainsi que diverses amandes et bonbons à la menthe. Des petits sacs de tulle contenant du riz et fermés d'un ruban vert, préparés par Mrs. Jules Lewis, ont été distribués aux convives par Miss Patsy Ruth Coggins, en souvenir de ce jour heureux. Le livre d'or de Mrs. Willy était tenu par Miss Pickle Watkins et Miss Daisy Fay Harper. Les jeunes mariés passeront leur lune de miel à Panama City, en Floride, avant de s'installer à Magnolia Springs.

Noël était sinistre, tout était fermé. Les Romeo étaient à Jackson. Papa, Jimmy Snow et moi, on est restés à la maison et on a regardé l'émission « Spécial Noël » à la télé. Maman nous manquait terriblement. Ni papa ni moi n'avons rien dit, mais je voyais bien qu'il en avait gros sur le cœur. Pickle et Lem m'ont offert une gourmette et grand-mère Pettibone m'a envoyé des sous-vêtements. Jimmy Snow m'a acheté la paire de bottes en daim rouge que je voulais et papa m'a donné vingt dollars, que j'ai déjà dépensés pour acheter des cadeaux à tout le monde.

De toute façon, je déteste Noël. Et on n'allait quand même pas décorer le motel. Vivement que le lycée reprenne. En janvier, on doit passer l'initiation aux Sœurs de l'Arc-en-Ciel.

Kay Bob Benson a eu une voiture. Vivement que Pickle et moi on quitte cet endroit. Je déteste le bord de la mer en hiver.

Si seulement papa et Jimmy pouvaient passer au

moins une nuit sans boire comme des trous. Jimmy sait que papa devrait arrêter, mais il continue de boire avec lui. J'avais pensé que peut-être, si Jimmy s'arrêtait, papa s'arrêterait aussi. Il a essayé, mais un jour seulement, et puis il a recommencé. Je pense qu'ils sont tous les deux alcooliques. Dans le *Reader's Digest*, j'ai lu un article qui disait qu'en général, la personne qui boit est la dernière à admettre qu'elle est alcoolique. Je vais essayer de les pousser à aller aux réunions des Alcooliques Anonymes, parce que sinon, ils vont tous les deux finir dans un établissement spécialisé. Maman disait toujours que papa pourrait arrêter, s'il le voulait. Il aime boire plus qu'il ne l'aimait, elle, et plus qu'il ne m'aime, moi, parce que chaque fois que je lui demande d'arrêter, il s'emporte et devient méchant. Jimmy Snow va finir par se tuer, à force de piloter en état d'ivresse.

8 janvier 1957

Je ne voulais pas devenir Sœur de l'Arc-en-Ciel, c'était une idée de Pickle. Pour l'initiation, il fallait être en robe de soirée, et j'ai dû m'acheter un nouveau soutien-gorge sans bretelles. Pendant qu'elles votaient, on a attendu devant la chambre secrète de la loge maçonnique.

Pickle et moi, on avait apporté chacune cinq crabes des sables dans un mouchoir. Je lui avais fait promettre que si jamais on arrivait à être acceptées et qu'on pénétrait un jour dans la chambre secrète, on les balancerait sur Patsy Ruth Coggins, la plus cruche de toutes. On a attendu des heures. Patsy Ruth nous avait dit que pour voter, elles mettaient des boules dans une boîte, et que s'il y en avait une noire, on était refusé.

Une grande de dernière année, Becky Bolden, a fini par venir nous chercher. Elle était Sœur de la Foi, chargée de nous guider sur le chemin de l'arc-en-ciel. Elle a frappé à la porte en utilisant un code secret, et à l'intérieur, quelqu'un a répondu par un autre code secret. La porte s'est ouverte. Becky a fait le signe de l'arc-en-ciel et on nous a fait entrer.

Fallait voir l'intérieur de cette pièce... Au mur, il y avait des étoiles et des arcs-en-ciel, une énorme étoile en carton, et au centre, un pupitre avec une Bible ouverte dessus. Elles ont chanté « En route, fantassin du Christ », et nous ont fait tourner autour de la pièce, devant des grands fauteuils où étaient assises des greluches avec une couronne sur la tête. Il a fallu s'arrêter devant chacune d'elles. Là, celle qui nous guidait disait : « Ceci est la station de la Sœur de la paix », ou bien de l'amour, ou de la lune. En bref, il y avait des sœurs de tout et n'importe quoi.

Dans un coin se tenait un groupe de dames de la Loge de l'Etoile d'Orient, une main sur le cœur. Après nous avoir fait passer et repasser devant toutes les sœurs, elles se sont mises à marmonner des trucs incompréhensibles, et la première a demandé :

— Quelle est votre quête en ces lieux ?

Et la Sœur de la Foi, notre guide, a répondu :

— Nous cheminons en quête du chaudron d'or qui, selon la légende, se trouve au bout de l'arc-en-ciel.

A mon avis, elles gardent tous leurs secrets dans la bassine que j'ai vue dans un coin de la pièce. J'avais vraiment hâte de savoir ce qu'il y avait, là-dedans.

Quand on s'est arrêtées devant le Conseiller Suprême, elle nous a demandé si nous ferions de notre mieux pour faire de notre ville un endroit agréable à vivre, en nous rappelant que douceur et gentillesse étaient les deux qualités dont les femmes pouvaient le plus tirer parti. On a dit oui et j'ai lâché mon premier crabe aux pieds de Patsy Ruth Coggins.

On a continué à tourner dans la pièce, et elles nous disaient des trucs dans le genre « La mission d'une femme, c'est d'être épouse, mère ou sœur ». Si je me souviens bien, on a aussi juré qu'on était vierges et qu'en cas de guerre, on irait embrasser les soldats au moment de leur départ pour le front, ou quelque chose comme ça. Et puis on est arrivées au chaudron d'or. Une vieille femme en robe longue blanche a dit :

— Mes filles, je suis heureuse de vous accueillir au sein de notre groupe. Nous espérons toutes que votre initiation aux rites de l'Ordre des Sœurs de l'Arc-en-Ciel restera l'un de vos plus merveilleux souvenirs.

Elle a levé le chaudron d'or et s'apprêtait à nous montrer ce qui se trouvait dedans lorsqu'elles se sont toutes mises à hurler et à courir tous azimuts en relevant leurs robes. On aurait dit des poules sans tête. Nos dix crabes gambadaient allègrement sur le tapis rouge. La Sœur du Patriotisme était debout sur sa chaise et criait à vous faire éclater les tympans. La Sœur de la Foi nous a prises par le bras et nous a jetées dehors en nous claquant la porte au nez. A l'intérieur, la panique a duré encore un bon moment. Pickle était furax.

D'après elle, on n'aurait pas dû semer nos crabes dans une pièce où il y avait une Bible. Maintenant, il était probable qu'on finirait en enfer, et qu'elle serait bannie de son église. On n'allait sûrement pas être acceptées au radiateur des terminales non plus, et tout ça, c'était ma faute.

Je lui ai répondu que personne ne nous avait prévenues qu'il y aurait une Bible dans la salle, et que de toute façon, elles n'auraient pas dû avoir tant de secrets. Elle m'a tellement énervée que sans le faire exprès, j'ai heurté un appareil de chauffage au gaz dans l'entrée et que ma robe en tulle a pris feu. Je l'ai entendue grésiller, ça m'a fichu la frousse et je me suis mise à courir, ce qui n'était pas l'idée du siècle. Le temps que j'arrive en bas, les agrafes de la robe avaient cédé, et la robe est tombée, dans la rue. J'ai couru bien cinquante mètres avant de m'en apercevoir. Et là, j'étais juste devant la boulangerie, en sous-vêtements. Pickle est arrivée comme une fusée, avec à la main ce qui restait de ma robe, c'est-à-dire des morceaux de tulle brûlé.

On est retournées jusqu'à la loge maçonnique. Vous auriez dû voir la tête des joueurs quand on est passées devant l'académie de billard. Et comme si cela ne leur suffisait pas, certains sont sortis et nous ont suivies jusqu'à la loge sans me quitter des yeux. Maintenant, tous les hommes du comté de Harwin peuvent se vanter de m'avoir vue à demi nue.

Quand on est arrivées devant la loge, toutes les sœurs de l'Arc-en-Ciel et toutes les femmes de la Loge de l'Etoile d'Orient nous attendaient. Elles avaient senti une odeur de fumée et étaient sorties, pour me voir courir dans la rue principale de Magnolia Springs en culotte et soutien-gorge sans bretelles. J'ai bien cru que certaines allaient s'évanouir. Quelqu'un est allé chercher un manteau pour me couvrir, mais nous ne serons jamais Sœurs de l'Arc-en-Ciel, et Patsy Ruth Coggins ne nous parle plus.

Et voilà. On aurait pu penser que le fait que je sois saine et sauve les aurait réconfortées, mais non, elles auraient préféré que je meure brûlée vive, pour pouvoir me faire des funérailles grandioses dignes d'une Sœur de l'Arc-en-Ciel. Pour elles, j'ai terni leur réputation à jamais. Ce n'était pourtant pas ma faute si ma robe était bon marché. Oh, et puis qu'elles aillent se faire cuire un œuf ! Ma queue de cheval a brûlé aussi, il va falloir des mois avant que ça repousse, et pour couronner le tout, je n'ai même pas vu ce qu'elles mettaient dans leur chaudron d'or !

Au lycée, Pickle et moi, on est comme bannies. Pratiquement personne ne nous adresse la parole. D'après le Conseiller Suprême, les Sœurs de l'Arc-en-Ciel sont censées être gentilles et douces, mais je peux vous dire qu'elles nous ont traitées de tous les noms, et même de Filles de Satan.

Pickle a reçu une raclée terrible chez elle à cause de tout ça, mais le pire est arrivé aujourd'hui. En passant à côté du radiateur des terminales, devinez qui on a vu rire et jacasser comme une pie ? KAY BOB BENSON ! Mince de crotte de flûte !

16 février 1957

Jimmy Snow n'est pas rentré à la maison hier soir. On a appelé l'hôpital, et évidemment, c'est là qu'il avait de nouveau échoué. J'ai dit à papa que s'ils n'allaient pas aux Alcooliques Anonymes, je pliais bagage. J'étais vraiment furieuse contre eux deux, et ça a dû l'impressionner parce qu'il m'a promis qu'ils iraient dès que Jimmy sortirait de l'hôpital.

Les Alcooliques Anonymes ont très bonne réputation, et peut-être que papa et Jimmy rencontreront d'autres personnes sympathiques, ça les changera. Il faut voir les crasses qu'ils fréquentent en temps normal. L'un d'eux a même essayé de pénétrer dans ma chambre une nuit, et a tapé à la porte pendant des heures. S'il avait réussi à entrer, Jimmy et papa étaient tellement soûls que je n'aurais guère pu compter sur eux pour me protéger.

Après m'être énervée comme ça, j'ai eu des remords, parce que je leur dois beaucoup, à papa et à Jimmy. Ils ont même risqué la prison pour moi. Mais si je fais ça, c'est pour leur bien. Il faut vraiment les traiter comme des enfants, parfois. On a appelé les Alcooliques Anonymes, et si Jimmy Snow est sorti de l'hôpital, ils iront à leur première réunion vendredi soir. Pourvu que ça marche !

12 mars 1957

Papa et Jimmy sont allés à deux réunions des Alcooliques Anonymes, je suis très fière d'eux. Ils ont tous les deux l'air plus en forme, et disent se sentir beaucoup mieux. Les choses ont l'air de s'arranger, finalement.

Demain, au cours de la Ménagère de Demain, on doit apprendre à faire un patron. Pourquoi, je vous le demande. J'achète mes vêtements tout faits, moi. La semaine prochaine, on verra comment faire ses bagages correctement. Ça, par contre, ça va peut-être nous être utile, à Pickle et à moi, pour quand on partira.

Le cinéma de Magnolia Springs a passé *Le roi et moi*, et depuis, Vernon Mooseburger a décidé qu'il était le roi du Siam. Il n'arrête pas de se pavaner en prenant des airs importants, et chaque fois qu'on répond à une question, il finit sa phrase en disant et cætera, et cætera, et cætera, comme dans le film. Il s'y croit vraiment ! Qui aurait pensé qu'un jour il existerait une star de cinéma chauve ?

Une chose que j'attends avec impatience, c'est le voyage de la fanfare à La Nouvelle-Orléans, pour Mardi gras. On fera partie de la cavalcade. J'aurais bien aimé pouvoir jouer autre chose que « Lady of

Spain ». Pickle m'a dit que si elle avait le temps, elle m'apprendrait un autre air.

Devinez ce que Lemuel m'a dit. Qu'au Club des Futures Infirmières, toutes les filles étaient nymphomanes, ce qui veut dire qu'elles sont folles de sexe, et qu'elles en veulent toujours plus.

Il faut entendre Amy Joe Snipes parler des joies du mariage et nous raconter comment elle et Nathan font leurs devoirs ensemble, le soir. C'est tellement romantique ! Ils habitent chez la mère de Amy Joe, alors elle n'a même pas à faire la cuisine, ni rien. Je n'arrive pas à m'imaginer mariée et continuant d'aller au lycée. L'avantage, c'est qu'on a toujours un cavalier.

On est allées au drive-in avec Mustard et Marion Eugene. Ce type ne s'exprime qu'avec ses mains. Je suis obligée de manger des bonbons et du pop-corn si je veux être tranquille cinq minutes. Après le film, les garçons veulent toujours aller se mettre dans un coin tranquille. Mustard et Pickle se bécotent tant qu'ils peuvent. Pickle dit qu'elle n'aime pas ça, mais qu'elle ferait tout pour avoir un cavalier au bal de fin d'année. Enfin, tout, sauf aller jusqu'au bout. Moi, j'en ai ma claque de repousser les avances de Marion Eugene. Quelqu'un lui a dit que lorsqu'une fille disait non, en fait, elle voulait dire oui. Si je coince celui qui a lancé cette rumeur, j'aurai deux mots à lui dire.

1er avril 1957

Je pense que Kay Bob Benson devrait payer le dentiste, mais elle dit que non, parce que ce n'est pas sa faute si maintenant j'ai une autre dent de devant cassée. J'aurais dû l'éviter.

On défilait pour la parade de Mardi gras, à La Nouvelle-Orléans, et Kay Bob Benson faisait de l'épate. Chaque fois qu'on s'arrêtait, elle faisait tous ses tours de passe-passe avec son bâton de majorette, qu'elle lançait, rattrapait dans son dos, etc. A un moment, quand Miss Philpot a sifflé la reprise de la marche, son bâton est tombé sur mon saxophone, qui a cogné sur ma dent, qui s'est cassée. Et voilà, deux dents cassées. Je l'aurais tuée. En plus de ça, le choc a faussé les clés de mon saxophone, et je ne peux plus en tirer une note. J'ai défilé toute la journée en faisant semblant de jouer.

Ce voyage à La Nouvelle-Orléans, ça a été une catastrophe pour tout le monde. Le joueur de grosse caisse a reçu une bouteille de Coca-Cola sur la tête, et juste comme on sortait du car, un type a fait signe à Edwina Weeks de venir vers sa voiture, et a baissé son pantalon devant elle. Ces défilés, c'est dangereux, si vous voulez mon avis. Les gens vous balancent tout un tas de trucs dessus, on a des bonbons fondus partout sur nos uniformes. Le pressing de Magnolia Springs va faire fortune. Le seul point positif, c'est qu'un pochard a craché sur Kay Bob Benson !

10 avril 1957

Hier soir, avant d'aller au drive-in, Marion Eugene est passé à l'académie de billard pour emprunter de l'argent à son frère. Quand il est sorti, il m'a demandé :

— Devine qui je viens de voir là-dedans en train de faire une partie de billard ?

— Qui ?

— Ton père et Jimmy Snow.

— C'est pas vrai, ils sont à une réunion des Alcooliques Anonymes.

Il m'a dit d'aller voir moi-même, puisque je ne

le croyais pas. Et bien sûr, ils étaient là, à siroter leur bière. Ils me dégoûtent vraiment, tous les deux. Apparemment, ils ne sont allés qu'à une seule réunion. C'est papa qui a forcé Jimmy à partir, en disant qu'il était hors de question qu'il se lève devant un groupe de soûlards repentis pour dire son nom et confesser «Je suis un alcoolique». En plus, ils ne faisaient que prier. Depuis, tous les vendredis soir, Jimmy et lui jouent au billard. J'abandonne. Si j'avais de l'argent, je prendrais un appartement, ou une chambre au Magnolia Springs Hotel.

Ils devraient avoir honte d'être un si mauvais exemple pour moi. Et quand je sors avec un garçon, papa devrait attendre que je sois rentrée pour aller se coucher. Jimmy est le seul à s'assurer que je vais bien avant d'aller au lit.

Pickle m'a raconté une histoire terrible. Une voiture était garée dans l'Allée des Amoureux, dans la ville où elle est née, et à l'intérieur, un garçon et une fille se faisaient des papouilles quand tout à coup, on a annoncé à la radio qu'un maniaque sexuel avec un crochet au bout d'un bras s'était échappé de son institution et vagabondait probablement dans les parages. La fille paniquait et voulait partir, mais le garçon voulait rester. Ils se sont disputés à cause de ça, et finalement, le garçon a démarré, furieux. En arrivant chez lui, il a ouvert la porte et s'est aperçu qu'un crochet pendait à la poignée.

Papa et Jimmy refusent toujours de me parler des garçons et de la sexualité. Pourtant, il faut bien que quelqu'un m'informe. Je suis inquiète, parce que si on peut tomber enceinte en embrassant un garçon, Pickle va avoir de gros ennuis. Je sais qu'elle ne prend jamais de bain après son père ou son frère parce qu'elle a entendu dire qu'une fille l'avait fait et s'était retrouvée enceinte. Je lui ai dit de prendre des douches.

23 avril 1957

Pickle est amoureuse de Tab Hunter. J'ai dû aller voir *Le cri de la victoire* huit fois. Elle lui a écrit pour lui demander sa photo et lui dire qu'il devrait faire un film avec Piper Laurie.

On va participer au spectacle des terminales. Je joue une serveuse. Je me dirige vers une table et Billy Hamp me dit :

— De quand datent les œufs ?

Et je réponds :

— Je ne sais pas, monsieur, demandez à la poule du chef.

Vous trouvez ça drôle, vous ?

Pickle doit donner des définitions loufoques. Par exemple, on lui demande :

— Qu'est-ce qu'un Esquimau ?

Et elle répond :

— Quelqu'un qui se déshabille avec un pic à glace.

— Qu'est-ce qu'un dentiste ?

— C'est un amateur de bridge qui joue parfois à la roulette.

— Qu'est-ce qu'un zèbre ?

— Un cheval derrière les barreaux.

Que des trucs rigolos, quoi.

Mustard Smoot fait une imitation de Tennessee Ernie Ford, et il y aura un radio-crochet.

On a parlé de nous dans le journal de l'école. J'ai été nommée la fille la plus futée de deuxième année, et Pickle, la plus douée d'esprit de corps. Kay Bob Benson, évidemment, est la mieux habillée, Michael est le plus mignon et Vernon Mooseburger celui qui a le plus de chances de réussir dans la vie. Patsy Ruth Coggins est la plus douce. Eh ben, on voit que les juges n'ont pas entendu ce qu'elle nous a dit, à

Pickle et à moi, quand on a lâché nos crabes des sables à la réunion des Sœurs de l'Arc-en-Ciel... Elle n'est plus fâchée contre nous, mais sa mère lui a interdit de nous conduire dans sa voiture. Du coup, on est obligées d'aller partout à pied. Quelle barbe !

Le bal de fin d'année approche, Pickle et moi on va prendre rendez-vous au Beauty Box de Nita, pour nos coiffures, et au Merle Norman Studio pour le maquillage, l'après-midi juste avant le bal. Je n'ai pas de quoi m'acheter une nouvelle robe, alors Pickle m'en a prêté une vert d'eau, et elle va en emprunter une à sa cousine. On ne va pas dormir de la nuit et on verra le soleil se lever, et puis on ira au Magnolia Springs Hotel pour le petit déjeuner. Ça sera la première fois que Pickle et moi on sortira toute une nuit avec des garçons. J'ai tellement hâte d'y être ! Kay Bob Benson ne va pas au bal, parce qu'il faut être accompagnée par un élève de terminale, et Flicka Hicks n'est qu'en seconde année. Dommmaaaage ! Mais comme dit Doris Day : « Que sera, sera. »

22 mai 1957

Cette année, le thème du bal était « Voiles pourpres dans le couchant », et la décoration était entièrement réalisée en papier crépon rouge et orange. Tout le monde a trouvé que Pickle et moi étions ravissantes. Vous auriez dû voir la tête de Becky Bolden. Pendant qu'elle dansait, l'épingle de sa boutonnière s'est plantée dans son soutien-gorge gonflable, qui s'est complètement dégonflé d'un côté. Elle s'est mise à crier comme si quelqu'un l'avait frappée, et toutes ses amies se sont précipitées à son secours pour l'escorter jusqu'aux toilettes en écartant ceux qui se trouvaient sur leur passage.

On se serait cru au milieu d'une émeute. Becky n'est pas revenue dans la salle de toute la soirée. Patsy Ruth Coggins était malade et n'est pas venue du tout. Pickle a demandé à l'orchestre de jouer « Pneumonie rock et grippe boogie woogie » en son honneur. Après la fin du bal, on est allés sur la plage. Les garçons avaient apporté des couvertures pour qu'on puisse s'asseoir et regarder le jour se lever. Marion Eugene m'a donné la bague de sa promotion et Mustard a donné la sienne à Pickle. Pickle avait dû deviner qu'il le ferait parce qu'elle avait du ruban adhésif dans son sac et elle en a mis autour de la bague pour qu'elle soit plus à sa taille. J'ai fait pareil avec la mienne. Cette bague pèse au moins trois kilos.

On était à l'hôtel et on prenait notre petit déjeuner lorsque tout à coup le père de Pickle a fait irruption dans la salle à manger et l'a prise par le bras en disant :

— Maintenant ça suffit, jeune fille, tu rentres.

Et il l'a pratiquement traînée dehors. On ne savait pas quoi faire. La pauvre Pickle devait être tellement gênée ! Mustard n'a rien dit, il est resté sur sa chaise. Il était blanc de fureur, j'ai cru qu'il allait pleurer.

Aujourd'hui, Pickle n'a pas voulu se changer pour la gym, et je sais que son père l'a battue comme plâtre. Je lui ai demandé comment il savait où elle se trouvait ce soir-là. Elle lui avait dit qu'elle passait la nuit chez Patsy Ruth Coggins. Il était passé là-bas tard dans la soirée et Mrs Coggins lui avait dit que Patsy Ruth avait la grippe et que personne ne couchait chez eux. Alors il a fait tous les motels et tous les hôtels. Il pensait encore qu'elle couchait avec un garçon.

Au lycée, c'était le jour des petits, c'est-à-dire que tous ceux de terminale étaient habillés en bébés. Lemuel jouait les dingos et s'est mis debout sur sa chaise. Son pied est passé à travers, et il n'arrivait plus à le sortir. Il est resté comme ça deux heures, jusqu'à ce que le gardien vienne et démonte tout le bureau.

On a reçu nos annuaires de classe, ce matin. Les photos de Pickle sont carrément ratées. On ne reconnaît personne. Tout le monde a signé le mien. Voici ce qu'ils ont écrit :

Tu te maries
Vingt-cinq enfants
Mais tu souris
Tu vois toujours grand
A bientôt pour le procès des taies d'oreillers
(Patsy Ruth Coggins)

L'amour, c'est bizarre
C'est en forme de lézard
Ça vous glisse dans le dos
Ça fait frémir très tôt
(Mustard Smoot)

Si tu te maries
Fais le bon choix
Prends-le gentil
Et bien de chez toi
(Mrs. Nathan Willy)

Les roses sont rouges
Les tiges sont vertes
Quand tu bouges
On dirait une camionnette
(Michael Romeo)

Quand tu seras mariée
De ton arbre vert
Envoie-moi du beurre
Port payé

- *et* -

Quand tu seras mariée
Avec des jumeaux
Pas la peine de m'appeler
Pour vider les pots

- *et* -

Pour être maman
De ton camion
Commande tes enfants
Chez Raymond
Et attends la livraison
(Edwina Weeks)

J'adore être méchant
J'aime pas être gentil
Alors je serai méchant
Je vais signer en bi
(Vernon Mooseburger Vernon Mooseburger)

D'abord on se plaît
Puis on se marie
Et voilà Daisy
Avec des triplés
(Mudge Faircloth)

Au crépuscule de la vie
Reposant dans la fraîcheur
Puisse ton nom être écrit
De la main de Notre-Seigneur
(Becky Bolden, Sœur de la Foi)

A ma meilleure amie
Je t'aime un peu
Je t'aime beaucoup
Je t'aime, c'est affreux
Comme un gros roudoudou
(Pickle Watkins)

Un soir la tête sur l'oreiller
Un soir dans mon lit
Un soir les pieds sur la fenêtre posés
Le lendemain, les voisins trépassés
(Lemuel Watkins)

Quand tu seras mariée
Du haut de ton escalier
Ne viens pas me chercher
Parce que le sel, tu as oublié
(Judy Ashwinder)

Rappelle-toi M
Rappelle-toi O
Rappelle-toi I
Mets-les ensemble
Et rappelle-toi MOI
(Petite Judy)

Trop adorable pour qu'on l'oublie...
(Miss Philpot)

Le sucre, c'est sucré
Le sel, c'est salé
Mon amour pour toi
Est illimité
(Marion Eugene)

Moi, j'ai simplement écrit mon nom, à l'envers...

29 mai 1957

Figurez-vous que j'ai échoué en algèbre ! Et en plus de ça, j'ai aussi échoué en éducation civique et en conduite. Je ne m'étais même pas aperçue que mes notes dégringolaient en éducation civique. J'étais tellement occupée à essayer de réussir en espagnol que ça m'a échappé. Comme il n'y a pas de cours de rattrapage pendant l'été ici, si je veux passer dans la classe supérieure avec Pickle, je vais devoir aller à Jackson, chez grand-mère Pettibone. J'étais furieuse contre moi-même. Pickle et moi on avait tellement de projets pour cet été ! Entre autres, on avait décidé d'avoir un bronzage de star et de nous décolorer les cheveux, et tout.

Comme je ne serai pas là cet été, Pickle va prendre un boulot chez Elwood, pour se faire des sous et s'acheter des vêtements.

Je pars pour Jackson la semaine prochaine, Pickle m'accompagnera jusqu'à l'arrêt de bus. Elle m'a promis d'écrire tous les jours pour me tenir au courant de ce qui se passe. L'année prochaine va être sensass, j'en suis déjà sûre. Les troisième année ont un tas de privilèges, et Lem aura une voiture. S'il la prête à Pickle, on pourra sauter les cours tout le temps. Vivement la rentrée !

1958

22 janvier 1958

Je suivais les cours de rattrapage depuis deux mois lorsque Pickle a cessé d'écrire. Je lui ai envoyé lettre sur lettre lui demandant ce qu'il se passait, sans jamais recevoir de réponse. Environ un mois plus tard, Patsy Ruth Coggins m'a écrit pour me dire que Pickle était enceinte.

Comment a-t-elle pu laisser une chose pareille se produire, je ne le comprendrai jamais. On devait aller à New York ensemble. De toute façon, c'est décidé, je quitte le Mississippi dès que l'occasion s'en présente. J'ai encore raté l'examen d'algèbre, malgré les cours de rattrapage.

Papa, Jimmy Snow et moi, on habite à Hattiesburg, maintenant. Le propriétaire du motel dont papa était censé s'occuper l'a renvoyé. Il avait loué une chambre à un Noir, le Comité des Citoyens Blancs l'a appris et a tiré à la carabine dans toutes les vitres du motel. Papa travaille dans un bar qui s'appelle Jonnie's, et Jimmy saupoudre encore, de temps en temps.

La maison où on est installés s'appelle Milner Court. Ma chambre est en fait une véranda fermée. Vivement qu'on déménage !

Je suis inscrite à l'Institut du Saint-Sacrement, et le prêtre qui nous fait le catéchisme, père Stephens, n'arrête pas d'essayer de me convertir au catholicisme. Il y a beaucoup de filles de riches, dans ce lycée. Sally Gamble, dont le père est propriétaire du plus grand magasin de Jackson, est dans ma classe. Je ne me suis pas encore fait d'amie. De toute façon, je n'en veux pas. Je ne veux qu'une chose, finir le lycée et ficher le camp d'ici.

3 février 1958

Grand-mère Pettibone a touché le jackpot au bingo et m'a envoyé quinze dollars.

Tout près d'où j'habite, il y a une salle de spectacle, le Azalea Street Playhouse, qui donne des pièces de théâtre. Je suis allée m'acheter un billet pour une représentation, et là, j'ai entendu un employé dire que le responsable des projecteurs était devenu fou et avait disparu, et qu'il avait besoin de quelqu'un pour le spectacle du soir. Je lui ai dit que je pouvais m'occuper des projecteurs parce que mon père et mon grand-père avaient tous les deux été responsables de projecteurs et m'avaient appris comment faire, ce qui était absolument faux. Ils ne m'ont jamais rien appris, mais ça m'a toujours paru assez facile. L'employé a dit d'accord, et m'a donné rendez-vous pour le soir même. J'ai pris le bus pour aller en ville, au cinéma Melba, où un ami de papa travaille comme projectionniste. Il a sorti un vieux projecteur et m'a montré comment m'y prendre. J'avais raison, c'est facile. Il suffit de le pointer au bon endroit et de tourner un bouton pour élargir ou rétrécir le rayon de lumière.

Ce soir-là, après le spectacle, le directeur de la salle, le professeur Teasley, est venu me voir dans la cabine de l'éclairagiste pour me dire que j'avais fait du très bon travail. Avant moi, celui qui était chargé des projecteurs ne trouvait la scène qu'une fois sur deux. Me voilà donc responsable des projecteurs. Je ne suis pas payée, mais je peux voir tous les spectacles gratuitement. Tout le monde dit que cette salle de théâtre est la meilleure du Mississippi. Je suis invitée à une fête avec tout le personnel du théâtre la semaine prochaine, et mon nom figurera sur le programme. J'ai pris Fay Harper, comme nom, ça fait mieux en caractères d'imprimerie. Même si j'en avais les moyens, je n'aimerais pas participer à toutes les activités des autres filles de mon lycée. En fait, si je n'avais pas promis à maman d'aller jusqu'en terminale, je laisserais tout tomber dès maintenant pour devenir responsable professionnel des projecteurs, et je travaillerais à plein temps.

19 février 1958

J'ai un nouvel ami, Mr. Cecil, qui est un chapelier très connu dans la région et s'occupe de dessiner les costumes pour le théâtre. Il est grand et maigre, a les cheveux teints en blond et c'est la personne la plus marrante que j'aie jamais rencontrée. Dans sa chapellerie, il emploie une dizaine de jeunes gens que tout le monde appelle les Cecilettes. Ils sont extra. Après le spectacle, on va souvent boire un verre ensemble. D'une manière générale, Mr. Cecil n'aime pas beaucoup les filles, mais je suis une exception. Il trouve que je suis jolie et a décidé de m'aider à mieux m'habiller et me coiffer. J'ai cru mourir quand il m'a épilé les sourcils, mais je dois reconnaître que c'est beaucoup mieux maintenant. Peu de gens l'apprécient, mais je trouve qu'il a une réelle personnalité dramatique. Quand son meilleur ami, qui était coiffeur chez Gamble, a voulu aller au carnaval de La Nouvelle-Orléans, pour Mardi gras, Mr. Cecil a travaillé pendant trois semaines pour lui faire un magnifique costume de Blanche-Neige. Le jour du départ, il l'a accompagné à la gare routière, et depuis, il n'a jamais plus eu de nouvelles. Ça a fait cinq ans cette année. Tous les ans, il va à La Nouvelle-Orléans pour le chercher. Moi qui ai perdu ma meilleure amie, je comprends ce qu'il ressent.

J'aime aussi beaucoup le professeur Teasley, qui est notre metteur en scène. Il a de longs cheveux blancs et sa fille est actrice professionnelle à Chicago. Le théâtre a été construit grâce aux dons de Mrs. Nanny C. Teasley, la mère du professeur, une femme très riche et un peu sourde. Les soirs de première, quand elle vient, les acteurs sont obligés de hurler leur texte. Elle est toujours vêtue d'une longue robe noire et s'aide d'une canne de la même couleur, dont le pommeau est en or, mais il faut faire attention parce qu'elle aime en donner des coups dans les genoux des gens. L'autre jour, Mr. Cecil et moi on est allés chez elle. Elle organise une soirée culturelle dans son jardin, pour la société des amis de John Birch. Il y aura une sorte de ballet et une lecture de poésie, et elle veut qu'il fasse les costumes et que je m'occupe des projecteurs. On ne sait pas encore quand cela aura lieu. Elle nous a dit que le ballet parlait de la déesse de la lune, donc il faut attendre que ce soit la pleine lune.

Sa maison est toute blanche, au milieu d'une immense plantation, juste au bord de l'eau. Elle m'a montré la médaille qu'elle a reçue en 1943 de l'Association des Anciens Combattants pour avoir abattu seule deux avions ennemis au-dessus de la baie du Mississippi. Malheureusement, c'étaient des appareils américains, mais comme les pilotes s'en sont sortis et qu'elle était convaincue qu'il s'agissait d'avions ennemis, on lui a quand même donné une médaille. En plus, Mr. Cecil m'a dit qu'elle faisait toujours de généreux dons à l'A.A.C...

Son passe-temps, c'est l'élevage de crabes. Quand j'ai vu tous ces crustacés courir partout, je lui ai demandé s'ils ne la pinçaient pas de temps en temps. Elle a répondu que oui, mais que lorsqu'on aimait les crabes comme elle les aimait, on ne sentait rien.

26 février 1958

La prochaine pièce que l'on va monter s'appelle *Les sorcières de Salem* et se passe dans le Massachusetts. Mr. Cecil en est malade tellement les costumes sont tristes. Comme ils n'ont pas besoin de projecteurs pour cette pièce, je travaille en bas, à la console de l'éclairagiste.

J'ai emmené Mr. Cecil au Jonnie's Bar, pour lui présenter papa et Jimmy Snow, et vous ne croirez jamais ce que cet idiot de Jimmy a dit. Je lui ai répondu que Mr. Cecil était mon ami et que s'il ne lui plaisait pas, il n'avait qu'à fermer sa boîte. Mr. Cecil est d'une grâce surprenante pour un homme, bon, et alors ? Il est beaucoup plus gentil que la plupart des amis de Jimmy, s'habille nettement mieux, et en plus, il connaît les gens les plus intéressants de la ville.

Hier, Mr. Cecil m'a présentée une de ses amies, qui est sculpteur et vient d'une famille très riche mais a été déshéritée. Elle s'appelle Paris Knights. Elle est très belle, utilise un fume-cigarette noir et met des pantalons de treillis et des perles. Elle prise aussi, et jure comme un charretier. Si vous voulez mon avis, Paris est extrêmement sophistiquée.

Il faut voir ses sculptures. Je sais ce qu'elles représentent, je ne suis pas si gourde que ça. Des centaines de trucs d'hommes, de toutes les tailles. Elle a été déshéritée parce qu'elle a fait don d'une de ses sculptures au musée de Hattiesburg, pour une vente aux enchères au Bal des Beaux-Arts. Une des femmes présentes à la vente a cru reconnaître le truc de son mari et a jeté un verre de Martini à la figure de Paris en criant au scandale. Paris dit que de la part de cette femme, cette histoire de ressemblance, c'était un vœu pieux.

Mr. Cecil m'a dit que lorsqu'elle vivait à New York, elle avait eu une liaison avec Marlon Brando. Je me demande si tous ces trucs sculptés sont des répliques de celui de Marlon Brando.

Quand on est allés la voir, elle nous a offert du vin et un fromage français qui s'appelle camembert. C'était la première fois que je mangeais quelque chose d'étranger, à part les plats italiens de Mrs. Romeo et la cuisine chinoise du restaurant Joy Pong.

Quand Paris m'a demandé si je croyais à l'amour libre, je ne savais trop quoi répondre, alors j'ai dit oui. Elle a eu des liaisons avec beaucoup d'hommes, même des Orientaux. Elle pense que j'ai atteint l'âge de faire toutes sortes d'expériences dans ma vie. A dire vrai, je pense qu'il vaudrait mieux que j'attende un peu. Je ne suis même pas encore allée au lit avec un Américain. Elle cherche un apprenti pour son atelier, mais manipuler ses sculptures ne me dit rien, vraiment. L'école catholique m'a peut-être rendue prude.

Papa a une nouvelle amie. La pire, jusqu'à présent. Jimmy Snow dit que ce n'est pas sa faute si elle est moche comme ça, mais elle pourrait au moins rester chez elle. Je crois que la seule chose qui l'intéresse, c'est les boissons gratuites.

11 mars 1958

Tootie, Helen et Dolores sont les secrétaires qui travaillent au théâtre. Comme elles cherchent toutes un mari, je les ai emmenées au bar de papa, en espérant que l'une d'entre elles le trouverait à son goût et le pousserait à quitter l'horrible avec laquelle il passe son temps. Elles n'ont pas aimé papa, mais par contre, ont trouvé Jimmy Snow adorable. Jimmy est d'une timidité maladive, il n'a même pas voulu parler avec elles. Tootie a dansé le *bunny hop* toute la soirée et n'a pas pu aller travailler le lendemain tellement elle avait d'ampoules.

Si seulement le bar de papa était un peu plus reluisant ! Les murs sont lambrissés de faux bois et au plafond sont accrochés un filet de pêche et des poissons empaillés.

Avec Mr. Cecil, j'écris un sketch humoristique pour la soirée du personnel du théâtre. Il joue une sorcière, et je l'interviewe chez lui, comme dans l'émission de télé *Face à face*.

Il est furieux contre Mrs. Teasley. Elle nous a appelés à la dernière minute pour nous dire que c'était la pleine lune, alors que les costumes n'étaient pas terminés. Ça n'a pas eu grande importance, en fait, parce que finalement, ce n'était pas la pleine lune, et j'ai souvent raté les acteurs avec mon projecteur. Personne ne m'avait dit qu'ils joueraient sur scène avec des cerceaux et des ballons. Il fallait voir toutes ces filles gambader et sautiller partout dans le jardin. L'une d'entre elles a mis le pied en plein dans une crotte de chien et s'est arrêtée de danser, mais Mrs. Teasley lui a filé un coup de canne, et l'a forcée à reprendre le spectacle. A la fin, tout le monde a lu un poème de son cru. Celui de Mrs. Teasley était incontestablement le meilleur :

Bientôt il pleuvra, bientôt il gèlera
Bientôt le vent emportera,
De ces foutus arbres, la mousse.

16 mars 1958

On a fait notre sketch à la soirée du personnel, et tout a bien marché. Le professeur Teasley a dit que je pourrais avoir un rôle dans la prochaine pièce, *La chatte sur un toit brûlant*. Mr. Cecil m'a conseillé de demander un rôle important. Je veux le premier, celui d'Elizabeth Taylor dans le film, alors je travaille ma diction. En coulisses, dans tous les coins, on entend les acteurs répéter « Pepsi-Cola, Pepsi-Cola ». Je crie au moins une heure par jour pour étirer mes cordes vocales et rabaisser ma voix. Comme en général, l'après-midi, Jimmy Snow fait la sieste, je suis obligée de me glisser discrètement par la fenêtre des toilettes du théâtre, et de m'entraîner là. Ça a l'air de marcher, je suis aphone la plupart du temps. Si les critiques sont bonnes, je parie que la mère de Kay Bob Benson les lira. Elle se vantait toujours de lire le *Press Register* de Hattiesburg. J'ai reçu une lettre marrante de grand-mère Pettibone. Elle ne parle plus à tante Bess depuis que celle-ci a organisé une fête pour ses soixante-cinq ans et s'est soûlée, avant d'aller demander au prêtre de l'église de grand-mère où est-ce qu'elle pouvait se procurer des pilules contraceptives.

21 mars 1958

Le professeur Teasley a attribué les rôles pour *La chatte sur un toit brûlant*, aujourd'hui. Il dit qu'il n'y a pas de petits rôles, simplement de petites actrices. Là, je suis désolée, mais il a tort ! Jouer le rôle d'une bonne noire avec une seule réplique : « L'oouage aouive », est un petit rôle, quoi qu'il en dise. J'avais déjà acheté des billets pour la première à papa et à Jimmy Snow. J'aurais dû attendre. J'avais plus de texte quand je jouais la Mère l'Oye. D'après Mr. Cecil, toutes les stars ont débuté dans de petits rôles. Quand je lui ai demandé de m'en citer une, il a longuement réfléchi avant de dire Ann Sothern. Je crois qu'il me raconte des salades.

6 avril 1958

Dans *La chatte sur un toit brûlant*, il y a une scène où la femme de chambre et les autres domestiques arrivent avec un gâteau et chantent « Joyeux anniversaire » à Bon Papa. Jusqu'au soir de la première, je n'y avais pas pensé, mais tout à coup, il m'a semblé tout naturel qu'une simple bonne chante aussi avec les autres et la famille. Après tout, j'étais bonne à tout faire, pas ouvrier agricole ! A l'entracte, le professeur Teasley a fait irruption dans les coulisses, et m'a dit de quitter mon costume, que je ne faisais plus partie de la troupe. D'après lui, j'ai complètement massacré la première, les bonnes ne chantent pas « Joyeux anniversaire », ne lancent pas de baiser en hurlant « Bon Papa, je vous adore ! ». Apparemment, le public n'a entendu que moi. J'essayais juste de parler assez fort pour que sa mère m'entende, c'est tout. Et qu'y a-t-il de mal à vouloir improviser ? Tous les élèves de l'Actor's Studio le font, à New York. Paris Knights était là, et elle a trouvé que ça donnait un peu de piquant à la pièce en faisant croire que Bon Papa avait une liaison avec l'une des bonnes noires. Dieu merci, papa et Jimmy Snow ne sont pas venus !

Du coup, me revoilà dans la salle des projecteurs pour la pièce suivante, qui est un vrai navet. C'est une pièce inédite écrite par une dame de Jackson nommée Mamie Kole Stafford, qui s'intitule *Cri de désespoir dans les bougainvillées*. L'histoire se passe à Macon, en Géorgie, le jour le plus chaud de l'année. Voilà ce que dit la première page :

Dans la canicule, les chèvrefeuilles aux senteurs musquées se courbaient dans un soupir sur les massifs de gardénias, tel le miel tiède qui coule dans le lait à la blancheur immaculée, tandis que de paresseuses abeilles aux ailes jaunes bourdonnaient langoureusement de fleur en fleur.

Pauvres de nous...

C'est l'histoire d'une vieille fille qui a peur d'avoir hérité de sa mère une ménopause difficile, et de devenir aussi folle qu'elle.

Le *Press Register* de Hattiesburg a fait un article sur *La chatte sur un toit brûlant*, mais on n'y parlait pas de moi. Le journaliste a tout de même mentionné le fait que Mrs. Nanny C. Teasley, mère du metteur en scène, a ri aux éclats plusieurs fois au cours des scènes les plus dramatiques.

9 avril 1958

Aujourd'hui, après les cours, je suis allée au bar de papa, et j'y ai trouvé le frère de Pickle, Lemuel. Il s'est engagé dans l'armée il y a neuf mois et s'apprête à partir pour deux ans en Allemagne. Quand il a appris que papa tenait un bar à Hattiesburg, il a décidé de venir me voir. On a bu quelques bières, et il m'a raconté ce qui s'était passé. Il pensait qu'il fallait que je sache que ce n'était pas Mustard Smoot qui avait fait un enfant à Pickle.

Pickle était seule chez elle et faisait du repassage, un samedi après-midi, quand son père est rentré d'une réunion du Comité des Citoyens Blancs et a commencé à lui crier après et à l'accuser de coucher avec Mustard. Puis il s'est mis à la frapper et à l'insulter, il l'a traînée dans la chambre et l'a violée. Quand Lem est rentré et l'a trouvée dans son sang, le visage tuméfié, il est allé chercher une arme pour tuer son père, mais celui-ci avait disparu. Ils ont raconté ce qui s'était passé à Mrs. Watkins, qui n'a pas voulu les croire et a dit que si c'était vrai, c'était la faute de Pickle. Quand Pickle a appris qu'elle était enceinte, Mustard l'a épousée. Lem m'a dit qu'il avait quitté la maison, parce qu'il savait que s'il revoyait son père, il le tuerait. A la fin, il pleurait, et m'a fait jurer de ne jamais dire à Pickle que je savais, parce qu'elle avait trop honte de ce qui s'était passé. Aux dernières nouvelles, son salaud de père était de retour à la maison et disait le bénédicité tous les soirs.

Mais je n'écoutais plus. Je pensais à ma réaction quand les lettres avaient cessé d'arriver et à l'horreur qu'elle avait dû vivre seule. Mais quelle sorte d'amie je faisais, pour qu'elle n'ose pas m'en parler ? Peut-être que je parlais trop de nos projets de départ pour New York, et qu'elle avait peur de me décevoir. Je ne hais pas Mr. Watkins. Ce que je ressens pour lui est beaucoup plus fort que de la haine. Pourquoi un type comme lui reste en vie alors qu'une personne comme ma mère, qui n'a jamais fait de mal à personne, est morte ? Demain, j'irai voir Pickle.

11 avril 1958

J'ai pris le car jusqu'à Magnolia Springs et suis descendue devant la boulangerie. J'ai demandé partout si quelqu'un savait où je pourrais trouver Pickle. La vendeuse du drugstore avait entendu dire qu'elle travaillait à la halle aux pommes de terre. Quand je suis arrivée là-bas, une vieille paysanne m'a dit qu'une fille nommée Pickle Smoot travaillait au hangar N° 3. En y allant, je me souvenais comment Pickle et moi, avant, on n'arrêtait pas de se moquer des gens qui travaillaient là.

Je l'ai vue avant qu'elle me voie. Elle triait les patates, et mon cœur battait tellement fort que j'ai failli ne pas avoir le courage d'aller jusqu'à elle. J'ai dit :

— Pickle ?

Elle m'a regardée un long moment, et puis, comme si c'était la chose la plus naturelle du monde, elle a dit :

— Tiens, mais qu'est-ce que tu fais là, ma fille ?

J'ai répondu que j'étais dans le coin pour la journée et que j'avais pensé passer lui rendre visite, histoire de dire bonjour.

Elle m'a demandé d'attendre une minute, qu'elle puisse aller dire qu'elle faisait une pause. Quand je lui ai demandé comment elle allait, elle a répondu :

— On ne peut mieux.

Et a ajouté que Mustard travaillait à la ferme de son père, et qu'elle avait un merveilleux petit garçon qui s'appelait Lemuel. Je lui ai parlé de ce que je faisais au théâtre, mais je ne pouvais pas m'empêcher de la dévisager en lui parlant. Elle avait l'air vieille et fatiguée, et son regard n'était plus celui de Pickle. Plus du tout.

Au bout d'un moment, on n'avait plus grand-chose à se dire, et on restait là. Finalement, elle a dit :

— Bon, je ferais mieux de retourner au turbin.

Et puis elle m'a demandé :

— Dis donc, ma belle, t'as toujours dans l'idée de rester vieille fille ?

— Je crois que oui.

— Tu devrais quand même essayer le mariage, un de ces jours.

Juste comme elle s'en allait, j'ai demandé :

— Pickle, est-ce que tu fais encore des photos ?

Elle m'a regardée d'un drôle d'air.

— Des photos ?

— Tu sais bien, des photographies, comme autrefois, tu en prenais beaucoup.

— Ah, ouais... Ça fait un bail, j'avais oublié. Envoie de tes nouvelles, de temps en temps, d'ac ?

Je suis retournée prendre le car. Pendant tout le trajet, j'ai regardé par la fenêtre. Je pense que la chose la plus triste au monde, ce sont les objets ou les animaux sans vie que l'on voit au bord de la route. Pas vous ?

16 avril 1958

Mr. Cecil est rentré de son voyage annuel à La Nouvelle-Orléans. Il a encore fait chou blanc dans ses recherches. Je crois qu'il n'est pas loin de perdre tout espoir de retrouver son ami un jour. Il devrait contacter le Bureau des Personnes Disparues, comme on avait fait pour grand-père Pettibone.

Je m'occupe du son pour une pièce intitulée *Les mille jours de Anne*. Il s'agit de Henri VIII et de Anne Boleyn, et c'est plutôt bath. Ils n'arrêtent pas de se disputer, et à la fin, on coupe la tête de Anne et Henri n'est plus catholique.

Un des effets sonores dont je suis chargée, c'est un coup de canon. En principe, on l'entend en plein milieu d'une tirade de Henri VIII, et cela veut dire que Anne Boleyn est morte. Ensuite, Henri se lance dans une autre tirade comme quoi il l'aimait tant et elle va lui manquer. A la représentation d'hier soir, mon magnétophone s'est déréglé, et Hubert Jamison, l'acteur qui fait Henri VIII, est resté comme deux ronds de flan, à attendre le son du canon en regardant le public. Moi, j'étais dans ma cabine, et je n'avais aucun moyen de lui faire comprendre que mon magnéto refusait de fonctionner. Il aurait dû piger, au bout d'un moment, mais non. Alors finalement, je suis sortie de la cabine et j'ai hurlé « BOUM ! ». Hubert était furieux contre moi et m'a accusée d'avoir fichu en l'air toute sa meilleure tirade, parce que quand j'ai crié, tout le public s'est tourné vers l'arrière de la salle pour voir ce qu'il se passait dans la cabine du son.

Mr. Cecil et moi, on a écrit un autre sketch humoristique. Je joue une dame de la haute société qui va déjeuner dans un restaurant très chic. Je porte une robe noire très habillée et j'ai un fume-cigarette noir que Paris va me prêter. Je rentre en scène en lançant des « Hello ! » à la cantonade, et tout à coup, je vois mon mari. Je prends un air très surpris et je lui demande :

— Eh bien, George, que faites-vous là ? Vous permettez que je m'assoie, George ? Voyez-vous, ce serait terrible si l'on venait à apprendre que notre mariage... eh bien... bat de l'aile.

Tout en parlant, je m'assois très vite, sans lui laisser le temps de placer un mot, et je fais des petits signes de la main aux personnes autour de nous.

— George, mon ami, cela fait bientôt six mois que vous avez quitté la maison, et le chien se languit de vous. Ai-je fait quelque chose de mal ?

Là, je me frappe la poitrine de mon fume-cigarette. Je fais hello à une personne à l'autre bout de la salle, puis le regarde de nouveau.

— George, voyons, dites quelque chose...

Là, on entend un coup de feu, je me lève en me tenant le ventre.

— C'est tout ce que vous avez à me dire, George ?

Je remarque que tout le monde me regarde, alors je ris et tente de faire comme si rien ne s'était passé. Je tapote ma blessure avec un mouchoir, puis je fais comme si je le bourrais dedans et je me rassois.

— Bien. Pour les funérailles, je ne veux rien de grandiose. Cinq ou six cents personnes tout au plus et, George, Billy Graham serait très bien pour la cérémonie.

Je fais coucou encore une fois à quelqu'un dans la salle, et je dis :

— Ça va faire mauvais effet, tout ça, dans la bonne société.

D'une chiquenaude, je fais tomber la cendre de ma cigarette sur la table d'à côté.

— A dire vrai, cela ne m'importe guère. Mais, George, avez-vous seulement pensé aux enfants ? Quoi ? Ah oui, c'est vrai. Nous n'avons jamais... n'est-ce pas ? Ce n'est pas ma faute, vous savez, Mère était tellement stricte.

J'aperçois quelqu'un dans la salle.

— Hello, Kay Bob, vous êtes ravissante, ma chérie.

Et puis je me tourne à nouveau vers George.

— George, je vous interdis de l'inviter à mes funérailles. J'en mourrais. George, dites-moi, mon maquillage n'a pas coulé, j'espère ? Bien !

Je tombe sur la table, et je meurs.

Je trouve ce sketch très drôle, et Mr. Cecil aussi. Les Cecilettes sont venus le voir et ont adoré. Je le jouerai à la soirée du personnel juste avant *Les mille jours de Anne*...

23 avril 1958

Mon sketch s'est passé au poil. Tout le monde l'a trouvé hilarant. Même Hubert Jamison. Le professeur Teasley était tellement impressionné qu'il a décidé de me donner un rôle dans la prochaine pièce, *Fièvre jaune*, qui parle de la lutte contre cette maladie au canal de Panama.

Les parents de Sally, Mrs. et Mr. Gamble, étaient à la soirée. Mrs. Gamble m'a demandé si j'accepterais de venir animer la fête organisée pour les débuts de Sally dans la haute société. Elle doit avoir lieu au country club de Hattiesburg. Mrs. Gamble m'a offert vingt-cinq dollars. J'ai dit oui.

Jimmy Snow saupoudre à Fayetteville et devrait être de retour d'ici peu. J'aimerais qu'il s'arrête de faire ce boulot.

Je ne vois pas souvent papa. Lui et cette vieille bonne femme ne font que boire toute la journée, il passe souvent la nuit chez elle. Elle a un appartement dans les quartiers sud, les pires de la ville. Enfin bon, les goûts et les couleurs…

J'ai encore raté mon examen d'algèbre.

28 avril 1958

Le country club de Hattiesburg est l'endroit le plus beau que j'aie vu de ma vie. Tous les meubles sont très vieux et les tapis sont sensass. Dès que je peux, je m'inscris à un country club. Sally Gamble était ravissante et tous les garçons portaient des smokings à leur taille. Les armoiries des Gamble étaient accrochées aux murs et il y avait des fleurs partout.

J'ai fait mon sketch et, Dieu merci, Mr. Cecil a tiré le coup de feu au bon moment. Mrs. Gamble m'a donné une enveloppe avec les vingt-cinq dollars et m'a dit que je pouvais aller manger à la cuisine. Là, plusieurs des filles de ma classe sont venues me voir pour parler. J'ai regardé par la fenêtre le moment où le père de Sally l'a présentée à tous les invités, c'était cent fois mieux que l'initiation des Sœurs de l'Arc-en-Ciel. Papa m'a dit qu'il organiserait une soirée au bar pour mon entrée dans le monde. Très drôle. Paris m'a raconté que la soirée qu'on avait donnée pour elle avait été la chose la plus rasante à laquelle elle ait jamais assisté.

Aujourd'hui, j'ai appris que Sally Gamble était furieuse contre ses amies qui étaient venues me voir dans la cuisine. Elle leur a dit qu'il n'était pas correct de parler au personnel. Non, mais vous vous rendez compte ? D'après Paris, le père de Sally a déjà payé deux avortements à sa fille. Je croyais qu'il fallait être vierge quand on faisait ses débuts dans la société. Sally triche à mort, si vous voulez mon avis.

Mr. Cecil a un nouvel ami, et il est heureux comme tout ! Je lui ai dit de faire attention à ne lui fabriquer aucun costume et à ne pas le laisser partir pour Mardi gras.

Les répétitions de *Fièvre jaune* se passent bien. Je joue une noble anglaise qui rend visite à son père et à son fiancé au canal de Panama. Ils sont tous les deux médecins. Là-bas, elle attrape la fièvre jaune et accepte de jouer les cobayes pour son père et son fiancé, qui lui injectent le sérum qu'ils ont mis au point. De cette manière, elle peut mourir en se disant qu'elle a fait beaucoup pour le progrès scientifique et médical. Eux sont d'accord pour faire l'expérience parce qu'elle est la seule malade à parler anglais. Pendant toute la pièce, elle est allongée dans un lit, mourante, et parle des effets du sérum sur elle.

Ma scène de mort dure un quart d'heure. C'est la chance de ma vie. Bref, elle meurt, et juste après, ils arrivent à produire un sérum efficace et trouvent un moyen de lutter contre la fièvre jaune, mais c'est trop tard pour elle. Mr. Cecil me donne des conseils pour mon maquillage et mon accent anglais.

1er mai 1958

J'ai fait un tabac. Voici le premier article qui parle de moi en tant qu'actrice professionnelle :

A la représentation d'hier, tous les acteurs étaient particulièrement bons, mais la performance de Miss D. Fay Harper, dans le rôle de Cecily Bundridge, était parmi l'une des meilleures que votre serviteur ait vues sur les planches de la région depuis longtemps. Pas une hésitation, ses répliques sortaient toujours au bon moment. Lorsque, portant une main à sa gorge, elle fit un signe d'adieu à son père et à son amant, affligé de douleur, pas un œil n'est resté sec dans la salle. Tout le long de la pièce, nous avons pu voir la pauvre Cecily Bundridge quitter la jeune Anglaise gaie et alerte qu'elle était pour progressivement devenir une malade consumée par l'horrible fièvre jaune. Il était extrêmement difficile de croire que la frêle jeune femme au teint jaunâtre et aux yeux creusés par la maladie était la même qu'au premier acte. Je tire mon chapeau à Miss Harper.

Hubert est encore en colère contre moi, il dit que j'ai mis trop de temps à mourir et que j'aurais dû l'avertir que j'allais me maquiller pendant l'entracte. Mon maquillage était épatant. J'ai mélangé du jaune et du blanc et je m'en suis couvert le visage et les mains. Ensuite, je me suis dessiné deux grands cercles noirs autour des yeux. J'avais vraiment l'air très malade. Hubert a dit au professeur Teasley que la fièvre jaune ne rendait pas jaune, qu'on n'était jaune que lorsqu'on avait la jaunisse et que j'avais l'air d'un vieux Chinois. Moi, je dis qu'il est jaloux à cause de l'article et de tous les compliments qu'on m'a faits.

Mais la meilleure de toutes, c'est que la pièce a un tel intérêt historique qu'elle a été choisie pour faire une tournée du Mississippi cet été! Le professeur Teasley a déclaré que voyager par monts et par vaux dans tout l'Etat, ça sera comme « apporter de l'eau à un sol assoiffé ». Je ne suis plus obligée de reprendre algèbre. Le professeur Teasley est allé au rectorat et leur a fait rectifier mon carnet de manière que je puisse recevoir mon diplôme de fin d'études secondaires, même sans avoir réussi en algèbre. Il leur a dit qu'étant donné que j'étais une artiste, j'allais me lancer dans le show-business, et je n'avais pas besoin de savoir l'algèbre. Je lui tire mon chapeau!

J'ai vingt-trois exemplaires de l'article sur *Fièvre jaune*. Je vais les envoyer à tous les grands producteurs de Broadway, à New York. J'ai hâte d'aller là-bas. La première chose que je ferai, j'irai chez Sardi et je prendrai un Martini. Ensuite, j'irai à l'hôtel Algonquin pour m'asseoir à une de ces fameuses tables rondes auxquelles Dorothy Parker s'est assise. Et j'essaierai de trouver un appartement au-dessus du Copacabana Club ou du Stork Club. J'aurai besoin de beaucoup d'espace parce que je veux que Mr. Cecil et tous ceux du théâtre viennent me rendre visite. Si seulement papa et Jimmy Snow m'avaient vue dans la pièce! Je ne crois pas qu'ils soient conscients du talent que j'ai.

8 mai 1958

Les bras ont failli m'en tomber. Hier soir, Mr. Cecil m'a emmenée à une fête, chez un des Cecilettes, et j'ai rencontré son nouvel ami. Vous ne devinerez jamais qui c'est. Père Stephens, le prêtre qui nous fait le catéchisme, au lycée ! Il ne portait pas son col de religieux, mais je l'ai reconnu, et il m'a reconnue. Je n'ai rien dit. J'étais là pour faire la fête et m'occuper de mes affaires. Au bout d'un moment, j'ai eu envie de rentrer, alors je suis allée chercher mon manteau dans la chambre. Il m'a suivie, s'est assis sur le lit et s'est mis à me parler. Il espérait que je comprenais que l'amour n'était jamais un péché, quelle que soit la forme sous laquelle il se manifestait. Il pensait être encore un bon prêtre. Je lui ai dit que ses activités ne me regardaient pas, que je n'avais pas l'intention de raconter tout ça à qui que ce soit, et qu'il laisse tomber, il n'avait pas à se justifier. Et puis j'ai pris mon manteau et je suis partie.

Je n'ai rien dit à Mr. Cecil, mais cette histoire me dégoûte. J'étais furieuse à l'intérieur de moi-même, parce que les religieuses, elles, on ne les voit pas souvent sortir en galante compagnie pour prendre un verre. Les prêtres, ils ont le droit, ils vont et viennent comme bon leur semble, mais les pauvres bonnes sœurs, elles sont coincées dans leur couvent et surveillées vingt-quatre heures sur vingt-quatre. Sœur Jude aurait adoré avoir son propre appartement, et pouvoir sortir, aller à des soirées, et tout, mais non... Ça, c'est réservé aux prêtres. Pourquoi est-ce que c'est toujours les hommes qui s'en paient des tranches ?

28 août 1958

Eh bien voilà, je rentre de tournée. Je suis morte de la fièvre jaune dans vingt-trois comtés, et chaque fois, j'ai fait un tabac. Sur la fin, j'arrivais à faire durer la scène de la mort près de trente minutes. Il fallait entendre comme le public était réceptif.

Le voyage, par contre, quelle plaie! Un car de ramassage scolaire nous a trimballés d'une ville à l'autre. On jouait la plupart du temps dans des amphithéâtres de lycées ou des gymnases, l'éclairage était extrêmement mauvais, mais dans l'ensemble, je me suis beaucoup amusée.

On a joué à Magnolia Springs, et Patsy Ruth Coggins est venue. Je lui ai demandé si elle avait des nouvelles de Pickle. Elle en avait, Pickle était de nouveau enceinte. J'ai demandé à Patsy Ruth de lui transmettre le bonjour de ma part. J'espérais que Pickle et Mustard viendraient au spectacle, mais non.

En venant avec tous ses élèves, Mrs. Underwood m'a fait une énorme surprise. Je suis allée les voir après le spectacle, pour leur parler et leur dire que quelques années auparavant, j'avais été dans la classe de Mrs. Underwood. Elle n'a pas changé, juste un peu vieilli.

J'aurais aimé avoir le temps de passer dire bonjour à Peachy Wigham et Ula Sour, mais on n'est restés qu'une soirée et on est repartis le lendemain matin. Je leur ai écrit un mot sur un programme et Patsy Ruth m'a dit qu'elle le leur transmettrait.

Je dois reconnaître que l'attention qu'on me portait m'est parfois montée à la tête. J'avais une certaine tendance à croire que je pouvais tout me permettre. Un soir, par exemple, j'ai fait exprès de loucher pour faire rire Hubert pendant la scène de la mort. Après le spectacle, le professeur Teasley est venu en coulisses pour nous demander de rester parce qu'il y avait une cérémonie. J'ai commencé à me plaindre en disant que je n'avais pas envie de me farcir encore les discours des huiles du coin, et qu'en plus, mon maquillage jaune me grattait à en mourir.

Je faisais mon petit caprice quand le professeur

Teasley est revenu avec une jeune fille en robe blanche avec un bouquet de roses à la main. Elle devait avoir quinze ou seize ans. J'allais faire une remarque grinçante à mon voisin sur les inconvénients des représentations dans la cambrousse lorsqu'elle s'est approchée de moi. Là, j'ai vu la prothèse qu'elle portait à la jambe, et ça m'a rappelé Betty Caldwell. J'en ai eu le souffle coupé. Je voyais qu'elle était morte de trac, ses mains tremblaient.

Elle m'a regardée et m'a dit :

— Je voulais juste vous remercier d'être venue ici. C'est la première fois que je vois un vrai spectacle. Merci.

Et puis elle m'a tendu le bouquet. Je l'ai pris, j'ai marmonné quelques mots et j'ai couru m'enfermer aux toilettes. J'ai dû pleurer pendant près d'une heure. Jamais plus je ne pourrai monter sur scène sans penser que quelqu'un comme elle est peut-être assis dans la salle.

16 septembre 1958

Le professeur m'a confié le rôle d'une tueuse de soixante-dix ans dans *L'homme qui venait dîner*. Je voulais le rôle principal, mais il n'a trouvé aucune actrice âgée qui accepte de rester tard le soir aux répétitions.

Nous avons déménagé. Le loyer était trop cher. Maintenant, on est installés dans le sous-sol de la maison d'une vieille femme de l'Eglise scientiste. Il y a plein de tuyaux partout. Je me suis cogné la tête au moins dix fois, déjà. En voulant aller aux toilettes, l'autre soir, Jimmy Snow s'est cogné tellement fort qu'il est resté sur le carreau. Le loyer est plus bas, mais le plafond aussi. Je vis dangereusement.

Mr. Cecil s'est converti au catholicisme. Je suis allée à son baptême. J'ai eu du mal à garder mon sérieux. Tous les Cecilettes étaient là. C'était trop drôle de voir un adulte recevoir le baptême. Il a dû se plier en deux pour avoir la tête au-dessus du bénitier.

On travaille à un nouveau sketch pour moi. Je fais une veuve qui parle aux cendres de son défunt mari, conservées dans une urne. C'est assez drôle. A la fin, j'utilise l'urne comme cendrier parce que je n'ai jamais vraiment aimé mon mari. Je dis :

— Cher George, vous savez bien que je n'ai jamais supporté votre teint de cendre.

Il ne me reste plus que neuf mois pour trouver un moyen d'aller à New York. Dès que je finis le lycée, je pars. Je mets tout ce que je gagne de côté. Je n'ai pas acheté de vêtements, cette année ; New York, c'est plus important. Paris a des amis là-bas, que je pourrai contacter. Aucun des producteurs à qui j'ai envoyé l'article sur moi n'a répondu. Je suppose qu'il va falloir que je me présente en personne sur place. Je suis en train de lire un livre sur Katherine Cornell. Elle a un cocker.

30 septembre 1958

Ecoutez un peu ça :

Dans le rôle de Harriet Standley, la tueuse septuagénaire, votre serviteur a eu le bonheur de retrouver Miss D. Frances Harper, déjà remarquée lors de son inoubliable performance dans Fièvre jaune. *Une fois de plus, elle a prouvé au public du Azalea Street Playhouse que rien n'est hors de sa portée. Ses gestes, sa voix étaient parfaits, et le zeste de tremblement et de surdité qu'elle ajoutait à son jeu était extrêmement efficace.* L'homme qui venait dîner *est à voir par tous ceux qui le peuvent. Cette pièce, assurément, n'engendre pas la mélancolie, et fera rire aux éclats les plus sérieux d'entre vous.*

La première s'est passée comme sur des roulettes. Le professeur a eu des frayeurs quand même. A la fin de la pièce, il a cru que sa mère était morte, mais elle dormait simplement du sommeil du juste. Il me l'aurait demandé, je le lui aurais dit, je l'ai entendue ronfler pendant toute la représentation.

Papa et Jimmy Snow sont venus. Papa a trouvé que je ressemblais beaucoup à grand-mère Pettibone, avec mon maquillage de vieille femme. Jimmy Snow avait mis son costume, il était vraiment drôle. Plus personne ne porte de nœud papillon, de nos jours. J'aurais aimé que maman me voie jouer autre chose que la Mère l'Oye.

Comme j'avais vraiment un petit rôle cette fois, le professeur Teasley m'a accordé le rôle principal dans la prochaine pièce, *Vies privées*, d'un Anglais qui s'appelle Noel Coward. Le seul problème, c'est que je suis sur les genoux, je ne dors pratiquement plus. Et il faut absolument que j'obtienne mon diplôme de fin d'études.

Je n'ai aucune chance d'aller à l'université. Papa n'a pas un sou de côté. Il a déjà emprunté de l'argent sur son assurance-vie, et a des dettes un peu partout en ville. De toute façon, mes notes sont tellement mauvaises que je n'aurais probablement été acceptée nulle part, mais je suis pratiquement sûre que Katherine Cornell et Gertrude Lawrence ont fini le lycée.

19 octobre 1958

L'incompétence de certains fait peur à voir. On aurait pu penser que pour une première, J.R. Phillips, le décorateur de *Vies privées*, aurait vérifié le décor. Eh bien, non. Et ça a tout fichu en l'air. Tout allait bien jusqu'au deuxième acte, qui se déroule dans mon appartement parisien. Richard Ledbetter, qui joue mon mari, devait dire, avant de sortir de scène :

— Certaines femmes sont comme la mesure. Il faut les battre régulièrement pour ne pas les perdre.

Mais quand il a essayé d'ouvrir la porte, elle était coincée. En tirant, il a failli faire dégringoler tout le décor, et s'est finalement retrouvé avec la poignée dans la main. Quand j'y repense, je n'arrive pas à y croire. Il est sorti par la cheminée et a emporté la poignée. Pour couronner le tout, les deux autres acteurs sont entrés en scène par la fenêtre. Etant donné les circonstances, on avait un peu de mal à dire notre texte correctement, d'autant plus qu'en coulisses, au lieu de se faire discret, J.R. s'est mis à tirer et à pousser la porte pour essayer de l'ouvrir, et faisait un foin terrible. Ça n'a servi à rien, sauf à faire tomber les tableaux du mur. Il est malgré tout arrivé à ses fins, mais une fois la porte ouverte, il n'arrivait plus à la fermer, et tout le monde dans la salle a pu le voir planté là jusqu'à la fin du deuxième acte.

Les critiques n'ont parlé que du décor. Mon nom n'a été mentionné qu'une fois. Mr. Cecil a trouvé la représentation absolument hilarante, et pour la première fois au théâtre, Mrs. Teasley est restée éveillée. Mais moi, je garde tous les articles sur ce que je fais, et j'aurais bien aimé qu'au moins un soit positif.

Jamais plus je ne monterai sur scène sans vérifier toutes les portes au préalable. J'ai dit à J.R. de ne pas s'en faire, que ça aurait pu arriver à n'importe qui, mais ce n'est pas vrai. Ce genre de choses n'arrive qu'aux débiles!

Le pauvre Richard Ledbetter était dans tous ses états parce que sa mère était venue voir la pièce. Après les rappels, il a éclaté en sanglots. Ça m'a renforcée dans mon impression que, quoi qu'on en dise, les hommes ont un sens de la tragédie beaucoup plus aigu que les femmes. Par exemple, Richard met trois fois plus de temps que moi à se maquiller. Quand il est dans la loge, même s'il vous parle, il n'arrête pas de se regarder dans le miroir. Il est gentil, mais vaniteux. Tout le monde sait qu'il bourre son slip avec du coton.

27 octobre 1958

Je suis l'éclairagiste pour *La Mouette*. Elle est longue, mais longue, cette pièce! Heureusement, les critiques sont bonnes quand même. Ecoutez ça:

« De la pièce émanait cette beauté triste et réminiscente, cette émotion intense caractéristique du peuple russe. Le public était captivé à un point tel que l'atmosphère régnant sur scène a sauté les feux de la rampe pour aller imprégner la salle, qui par ailleurs était comble. »

Visiblement, le journaliste n'a pas remarqué Mrs. Teasley, qui a dormi du début à la fin. Et là-dessus, je suis d'accord avec elle!

J'ai un rôle dans la prochaine pièce. C'est une comédie musicale intitulée *Pal Joey*, et je fais encore une vieille dame, mais dans le métro, cette fois. En gros, le rôle consiste à courir après trois marins.

Grand-mère Pettibone m'a écrit. Elle est très triste

parce que son amie Ollie Meeks est morte. Avec toutes ses autres amies, elles se sont réunies et ont fait un bingo en son honneur. Grand-mère avait besoin d'un O 69 pour gagner le gros lot, et comme ça avait toujours été le chiffre porte-bonheur de Ollie, elle s'est dit que c'était un signe que son amie était heureuse.

1er novembre 1958

Heureusement que J.R. a des culs-terreux bornés et vantards dans sa famille. Après la répétition, il m'a dit que lui et son cousin allaient en ville pour assister à une descente de police dans le bar homosexuel. Il tenait le tuyau de son oncle, qui est officier de police. D'après lui, c'était une occasion de rigoler. Quand j'ai pensé tout à coup que Mr. Cecil pourrait se trouver dans ce bar, j'ai paniqué. J'ai dit à J.R. de me conduire là-bas rapido presto, en le menaçant, s'il refusait, de faire courir dans tout Hattiesburg la rumeur que lui aussi en était.

La police était effectivement sur le point de faire une descente. J'ai jailli de la voiture et j'ai couru dans le bar avant que les premiers agents soient sur place. Là, je me suis mise à hurler de toute la force de mes poumons en appelant Mr. Cecil. J'ai cherché partout, mais il n'était pas là. Par contre, dans un coin, devinez qui j'ai trouvé ? Le père de Sally Gamble ! J'ai failli avoir une crise cardiaque. J'ai couru vers lui et j'ai dit :

— Mr. Gamble, vous devez sortir d'ici.

Et je l'ai entraîné vers les toilettes en le tirant par la manche.

Il était blanc comme un linge et n'arrêtait pas de dire :

— Je suis perdu, je suis perdu !

J'ai essayé d'ouvrir la fenêtre des toilettes, mais elle était condamnée. Dans la salle, on entendait beaucoup de bruits de verre cassé et de cris. Mr. Gamble tremblait comme une feuille. Je ne savais vraiment plus quoi faire, alors je l'ai poussé dans un des W.-C., et je lui ai dit de tirer le loquet. Je m'apprêtais à en faire autant quand la porte s'est ouverte d'un coup et deux policiers m'ont prise par le col et m'ont emmenée dans la salle d'à côté en criant :

— Par ici, sale petit pédé !

Je me suis agrippée à la porte en hurlant :

— Je suis une fille !

J'étais en jeans, et je suppose qu'ils m'avaient prise pour un garçon. Ils ont été si surpris de voir que j'étais une fille qu'ils m'ont lâchée. Et puis ils m'ont demandé ce que diable je faisais dans les toilettes pour hommes d'un bar homosexuel, et j'ai dû inventer une réponse vite fait bien fait. Alors j'ai dit :

— Je m'appelle Kay Bob Benson, et je suis ici avec mon père, le révérend Benson, de l'église baptiste du Premier Calvaire. Nous cherchons mon frère, Lem, dont nous pensons qu'il a été entraîné par un perverti sexuel.

— Et qui est là-dedans ? ils ont demandé en montrant la porte fermée. (Puis ils se sont mis à frapper comme des fous en criant :) Sortez !

Je me suis mise entre eux et la porte et j'ai essayé de les arrêter en disant :

— Laissez-le tranquille. Le révérend est malade. Cet antre du diable lui a donné la nausée.

Ils m'ont poussée sans ménagements sur le côté et ont défoncé la porte. Et là, comme je l'avais imaginé, il y avait Mr. Gamble qui vomissait tripes et boyaux. Ça les a fait reculer, et ils ont dit :

— Bon, ça va, mais vous et le révérend, fichez le camp d'ici.

Et ils sont partis. Je crois qu'ils n'avaient pas envie

de s'occuper d'un homme qui dégobillait partout. J'ai aidé Mr. Gamble, et on est sortis par la porte de derrière.

Il m'a fallu des heures pour retrouver J. R. Il s'était garé à Perpette-les-Oies. Quel froussard! Mr. Gamble était plutôt choqué et avait du mal à s'exprimer. Comme je savais où il habitait, j'ai demandé à J.R. de faire un détour pour qu'on puisse le déposer. En sortant de la voiture, il a remis ça dans le caniveau.

Le lendemain, les journaux ne parlaient que de ça. Un grand nombre de Cecilettes ont été arrêtés, ainsi que de très importants hommes d'affaires. Dieu merci, Mr. Cecil n'était pas dans le bar, mais après ça, le père Stephens l'a laissé tomber comme une vieille chaussette. Il avait peur que les gens comprennent la nature de ses relations avec Mr. Cecil, maintenant que les journaux avaient donné les noms des Cecilettes. De toute façon, ce type ne m'a jamais plu. Mr. Cecil est effondré.

Mais vous savez ce qu'il a fait? Il a retiré tous ses sous de la caisse d'épargne et est allé payer les cautions de ses amis. Il a dit qu'il devait le faire, parce que autrement il n'y aurait plus eu un seul couturier valable dans l'Etat du Mississippi.

Sally Gamble ne s'en remettrait pas, si elle savait où j'ai vu son père. Mais je ne le lui dirai pas. Je n'en ai parlé à personne, même pas à Mr. Cecil, et J.R. tiendra sa langue, ça, j'en suis sûre.

4 novembre 1958

Savez-vous qui va jouer dans *Pal Joey*? Ray Lane, le chanteur qui me plaisait tant, il y a des années, à Shell Beach! Il avait chanté au Blue Gardenia. Il a vingt-deux ans et avec trois autres garçons, il fait partie d'un groupe qui s'appelle « Les Quatre Valets », et il a rompu avec sa petite amie.

Je n'ai jamais entendu de meilleure voix. Il me plaît encore plus que Eddie Fisher. Il a toujours les cheveux frisés et de longs cils. Pourquoi est-ce que c'est toujours les hommes qui ont de longs cils ? Il ressemble beaucoup à Rory Calhoun, mais en mieux. Il était drôlement surpris de me voir ! Il m'a dit qu'il avait souvent pensé à m'écrire.

Dix-sept ans, ce n'est pas trop jeune, pour quelqu'un de vingt-deux ans. En plus, je suis très mûre pour mon âge. Je le vois demain à la répétition. Si seulement j'avais un autre rôle que celui de cette vieille idiote ! Ray est vraiment très beau. Le destin a voulu qu'il participe au spectacle. Je suis probablement amoureuse. Le seul problème, c'est qu'il est catholique, mais ça n'a pas grande importance. Je me convertirai. Mr. Cecil l'a fait, alors pourquoi pas moi ? Monsieur le marchand de sable, faites-moi faire de beaux rêves !

18 novembre 1958

Je sors avec Ray. Je savais que cela arriverait un jour. Sa mère est adorable, son père est mort quand il avait quinze ans, et il a un petit frère, Bobby, qui est mignon comme tout, mais pas aussi beau que Ray. Il est très gentil avec sa mère, et vous savez ce qu'on dit : regardez comment un homme traite sa mère, vous saurez comment il traitera sa femme.

Tout le monde aime Ray, surtout dans le costume de marin qu'il porte pour le spectacle. A la ville, il porte des chemises à carreaux avec des boutons au col, des chaussettes en laine blanche avec des mocassins, et ses pantalons sont toujours impeccablement repassés. Il sent toujours bon et embrasse comme un dieu. Je n'avais jamais compris pourquoi les gens aimaient ça, maintenant, je sais.

Ray dit que je suis la fille la plus affectueuse qu'il ait jamais connue. J'essaie de ne pas être tout le temps avec lui, mais je n'y arrive pas. Je ne peux pas me passer de lui. J'ai regardé toutes les photos que sa mère a de lui, même celles de quand il était bébé. Il y en a aussi beaucoup de la fille avec qui il sortait avant, Ann. Elle avait les mêmes lunettes que les miennes.

Parfois, après la représentation, on va au Canebrake, un night-club, et quand les gens lui demandent de chanter, il me dédie « Because of you » et chante en me fixant du regard jusqu'à ce que j'aie l'impression de m'évanouir. J'ai encore du mal à croire que c'est mon petit ami ! Quand il sera devenu star, nous irons à New York et on l'invitera aux plus grandes émissions de télé, à moins qu'il n'ait la sienne.

Je déteste l'endroit où j'habite. Quand Ray vient me voir, papa et Jimmy Snow restent dans la pièce avec nous, comme si c'était eux qu'il était venu voir. Apparemment, cela ne dérange pas trop Ray, mais il y a des fois, j'ai envie de leur crier de sortir. Je ne pensais pas être une fille jalouse, mais maintenant, quand je le vois parler à quelqu'un d'autre, ça me rend malade. J'ai demandé à Paris comment exactement on savait qu'on était amoureuse, et elle m'a répondu :

— Ne t'inquiète pas. Quand ça arrivera, tu le sauras.

Quand je l'ai vu la première fois, à la répétition, j'ai su. Je n'arrive plus à dormir, ni à manger.

Non seulement il embrasse bien, mais il danse bien. Au Canebrake, on danse des slows, et je peux suivre. Je n'essaie pas du tout de mener. Je lui ai dit que je l'aimais dès notre deuxième sortie ensemble.

Je sais bien qu'en principe, il faut attendre que le garçon le dise en premier, mais comment dire, mes sentiments m'ont échappé. Si j'avais un million de dollars, je lui achèterais tous les habits qu'il veut et une voiture.

Sa mère dit qu'il est fou de moi aussi. De temps en temps, je passe la voir et je lui demande de me raconter des histoires de quand il était enfant. J'aurais aimé être sa mère, pour avoir vécu à ses côtés depuis sa naissance. Je l'aime tellement, je voudrais le faire cuire et le manger ! J'adore le coiffer et regarder ses mains. Ray Lane ! Ray Lane ! Ray Lane ! Ray Lane ! Ray Lane ! Ray Lane ! J'ai écrit à Pickle pour lui dire que j'étais amoureuse.

Ray Lane !

28 décembre 1958

Jamais je n'ai eu de Noël aussi bath ! Ray, sa mère, son petit frère et moi on a fait le tour de la ville en voiture pour voir les décorations de Noël. La maison qui a gagné le prix cette année se trouve dans le quartier italien. Elle avait le toit couvert de guirlandes électriques roses, avec, tout en haut, le Père Noël dans son traîneau tiré par sept rennes. On avait l'impression qu'ils étaient en suspension dans l'air. Je ne vois pas comment ils sont arrivés à les faire tenir là-haut. Un énorme ruban rouge et blanc était noué autour de la maison, on aurait dit un gigantesque paquet-cadeau. Une étiquette était accrochée, avec, écrit dessus, « A n'ouvrir que le 25 décembre ». Dans le jardin, d'un côté il y avait la crèche avec tous les personnages, et des agneaux et des bœufs en plastique, et de l'autre côté, il y avait un petit banc avec trois employés du Père Noël qui fabriquaient des cadeaux, et un bonhomme de neige en polystyrène expansé qui portait une pancarte sur laquelle on pouvait lire : « Les Pegnelli vous souhaitent un joyeux Noël ».

On est allés à la messe de minuit, c'était très beau. Quand il était plus jeune, Ray était enfant de chœur. Après, on a ouvert les cadeaux. J'ai offert trois pulls, une cravate, une gourmette et un disque de Johnny Matis à Ray. A son petit frère, j'ai donné de la gouache parce qu'il adore faire de la peinture, et à Mrs. Layne, un ensemble brosse à cheveux et miroir. Eux m'ont offert des mules en tissu tout doux et une chemise de nuit. Ray ne m'a offert qu'une boîte de bonbons, mais je m'en fichais. Et puis Ray a servi le champagne. Et lorsque j'ai regardé dans mon verre, j'y ai trouvé une bague de fiançailles ! J'étais muette d'émotion. Jamais je n'avais rêvé qu'il ferait ça. Sa mère s'est mise à crier et à sautiller sur place, et nous a pris tous les deux dans ses bras. Il ne lui avait rien dit. Une chance que je n'aie pas avalé la bague !

Il était convenu que je dorme chez eux, alors on s'est tous mis en pyjama et chemise de nuit. Enfin, Mrs. Layne et Bobby sont allés se coucher. J'avais tellement hâte de prendre Ray dans mes bras et de l'embrasser ! Je rêvais de passer la nuit avec lui, mais il ne voulait pas. Il disait qu'à la façon dont je l'embrassais, on allait avoir des ennuis. Je m'en fichais, mais il a fini par m'avouer qu'il avait promis à Jimmy Snow de ne pas me toucher. Celui-là, si j'avais pu le zigouiller à la hache, je l'aurais fait ! Mais Jimmy Snow ne sera pas blessé, il suffit de ne rien lui dire. Finalement, Ray a accepté. Madame Bodini avait raison !

Jimmy Snow et papa m'ont fait tout un cours sur le mariage. Ils voulaient être sûrs que je savais ce que je faisais. D'après Jimmy, un chanteur, ça ne gagne pas des masses. Mais ça ne fait rien, je peux travailler et aider Ray jusqu'à ce qu'il devienne une star internationale. Ce qui ne fait aucun doute.

27 janvier 1959

Je prends des cours de catéchisme, pour pouvoir devenir catholique et rendre Ray heureux. D'après Mrs. Layne, ce sont les convertis qui font les meilleurs catholiques. Mais alors, il faut les entendre ! Non seulement ils vous font remettre votre vie entre leurs mains, mais aussi celle de vos enfants à venir, et celle de leurs enfants ! Ils veulent le tout ! Pas de détail ! Si ce prêtre pense que je vais faire des enfants jusqu'à n'en plus pouvoir, il se met le doigt dans l'œil. Mais je me contente d'écouter et de dire oui mon père, non mon père. En ce qui me concerne, je n'ai pas l'intention d'avoir d'enfants avant un certain temps. Je veux Ray pour moi toute seule. Déjà qu'il va falloir que l'on vive avec sa mère et son frère... Et je vais vous dire une chose : si je tombe enceinte, il est hors de question que j'aille à un hôpital catholique, parce que, en cas de complication, ils demandent au père s'il choisit la vie de la mère ou celle de l'enfant. Je sais que Ray m'aime, mais je préfère ne pas prendre de risques.

Ray a repris les concerts avec son groupe. Ils chantent dans un night-club qui s'appelle Jack O'Lantern et qui est en forme de citrouille. Ils sont vraiment bons, meilleurs que les Quatre Nouveaux. Je vais les écouter tous les soirs. J'aime beaucoup les trois autres garçons, mais Goose est indéniablement mon préféré. Il n'arrête pas de faire le zouave ! Ils taquinent Ray tout le temps en lui disant que bientôt, il ne sera plus qu'un vieil homme marié. Ils viendront tous au mariage.

Grand-mère Pettibone ne viendra pas, elle, parce que son mari est malade, ce qui fait que les deux seules personnes qui seront assises du côté de la mariée seront papa et Jimmy Snow. Comme papa devra m'amener jusqu'à l'autel, Jimmy sera tout seul sur le banc. Mais j'ai invité tous ceux du théâtre pour qu'ils s'asseyent de mon côté : Mr. Cecil, les dix Cecilettes, et Paris Knights. Ça devrait suffire. Vivement qu'on en finisse !

16 février 1959

Hier, Tootie et Dolores m'ont demandé quel motif j'avais choisi. Je n'avais pas la moindre idée de ce dont elles parlaient. En fait, il s'agit du type de couverts qu'on veut. Je leur ai dit que je n'avais pas besoin de couverts, mais d'après elles, quand on se marie, il faut aller dans un magasin spécialisé et choisir un motif. Comme ça, après, les gens vont au magasin pour voir les couverts que vous voulez. Du coup, j'ai demandé à Mr. Cecil de m'accompagner pour m'aider à choisir. Il adore ça. Il a pris un modèle avec des grappes de raisin gravées sur le manche et qui s'appelle Corne d'Abondance. Il y a vraiment beaucoup à faire, quand on se marie.

Depuis mes fiançailles, Jimmy Snow est tout le temps grognon. Il ne fait rien que boire en regardant la télévision. Vous vous rendez compte que l'émission préférée de cet adulte s'appelle *Choubidoubidou* ? Jimmy n'a pas vraiment reçu d'éducation. Il n'écrit jamais, ne lit jamais, et je me demande s'il a appris un jour, mais je n'ose pas le lui demander, cela pourrait le blesser. Dès qu'il s'agit de moi, il est très sensible. Sa seule famille, c'est papa et moi, c'est pour ça que je fais toujours attention à être très gentille avec lui pour son anniversaire. J'ai demandé à papa ce qui ne tournait pas rond chez Jimmy, ces derniers temps, il m'a répondu qu'il ne trouvait pas Ray à la hauteur.

J'aimerais passer notre lune de miel au motel Wigwam, sur la route N° 42. A l'intérieur, il y a six wigwams.

L'autre soir, pendant que Ray était à son travail, Mrs. Layne et moi on a eu une longue conversation. Comme il n'y a pas de femme dans ma famille, elle voulait me parler. Elle m'a demandé si j'avais un diaphragme.

— Evidemment, j'ai répondu.

Elle a eu l'air choquée et m'a demandé :

— Quand te l'es-tu procuré ?

J'ai cru qu'elle était devenue folle.

— Je suis née avec.

Mais elle ne parlait pas de ce diaphragme-là.

— Je n'ai eu que deux enfants, et mon mari, qui était très croyant, n'a jamais su pourquoi.

Et elle m'a expliqué de quoi il s'agissait, comment il fallait faire, et m'a conseillé de ne pas m'en remettre à Ray si je ne voulais pas d'enfants. C'était à moi de me protéger. Elle m'a demandé si j'avais déjà eu un examen gynécologique, et je lui ai dit non. Elle veut absolument que j'en aie un avant le mariage, et elle m'a pris un rendez-vous chez un médecin pour la semaine prochaine.

28 février 1959

Jamais je n'avais été autant humiliée depuis l'épisode de la mule sur la route N° 3 ! Je suis allée voir cet idiot de médecin et il m'a dit de me déshabiller complètement, sauf les chaussures. Et puis il est sorti. Une infirmière est entrée et m'a dit :

— Je suis Miss Skipper, je vais vous préparer.

Elle m'a fait faire pipi dans un gobelet en carton, m'a donné une espèce de robe de chambre en papier et m'a dit de m'asseoir sur la table d'examen. Ce que j'ai fait. Et là, elle m'a dit :

— Maintenant, allongez-vous et levez les jambes.

— Quoi ?

— Je veux que vous vous allongiez et que vous placiez vos pieds dans les étriers.

Et je me suis retrouvée les jambes en l'air, en chaussures marron à talons hauts. J'aurais mieux fait de partir sans attendre la suite. Le docteur est revenu, s'est assis sur un tabouret et s'est mis à me regarder de partout avec une lampe de poche et à me toucher dans tous les coins. Il a même eu le culot de me demander si ça me faisait mal ! Et en plus de ça, l'infirmière était derrière lui et regardait tout ! Puis il s'est mis à me tâter la poitrine en me demandant quel temps il faisait dehors. Non, mais vraiment, y a des dingues partout ! L'examen terminé, je me suis rhabillée et je suis partie. Qu'il aille se faire voir, avec son diaphragme ! Ce type faisait comme s'il était mécanicien et vérifiait mes bougies !

7 avril 1959

Ray et son groupe ont signé pour un mois au Lotus Club de Panama City, en Floride. Je ne vais pas pouvoir aller avec eux, c'est la fin de l'année scolaire, il faut que j'aie mon diplôme. C'est la première fois que nous allons être séparés. Le Lotus est un club connu, et si ça marche bien, ils décrocheront peut-être un contrat pour un disque. C'est drôle, toute ma vie j'ai rêvé d'être en terminale, et aujourd'hui, j'ai presque fini le lycée, et je m'en fiche complètement.

Je ne vois presque plus Mr. Cecil. Je pense qu'il est jaloux de Ray. Il ne devrait pas. Je l'aime toujours autant, et quand il s'est trouvé un petit ami, je n'ai pas fait la tête. Les gens sont drôles, quand même...

Ray ne sera de retour qu'après la remise des diplômes. Papa et Jimmy Snow viendront à la cérémonie. J'ai déjà acheté tout un tas de cartes rigolotes pour envoyer à Ray quand il sera à Panama City. Il va tellement me manquer, et il m'a dit que j'allais beaucoup lui manquer aussi. Mais comment faisaient les gens pendant la guerre, alors qu'ils étaient séparés pendant plusieurs années ?

J'ai reçu une lettre de grand-mère Pettibone. Toutes les grosses Italiennes qui lui avaient jeté un morceau de cake à la figure autrefois au bingo ont finalement eu ce qu'elles méritaient. Il y a deux jours, elles jouaient sur une véranda, au premier étage d'une maison, lorsque l'une d'elles, particulièrement grosse, a hurlé « Bingo ! » tellement fort que la véranda est descendue au rez-de-chaussée. Grand-mère dit que si le bingo existe au paradis, elle est sûre que Ollie Meeks est pour quelque chose dans cette histoire.

22 mai 1959

J'aurais dû comprendre que quelque chose n'allait pas quand Goose a appelé de Floride. Il était complètement soûl et délirait. Il n'arrêtait pas de dire que Ray était un salaud de dégueulasse. Je croyais qu'ils s'étaient fâchés à cause d'un truc dans le spectacle, jusqu'à ce que je reçoive la lettre de Ray.

Apparemment, Ann, l'ancienne petite amie de Ray, est partie avec eux à Panama City, et ils se sont remis ensemble. Dans sa lettre, il me dit qu'il m'aimera toujours, mais qu'il n'avait jamais vraiment cessé d'aimer Ann et que ce ne serait pas juste de me mentir parce que j'étais vraiment une fille formidable et il était désolé, etc.

P.-S. J'ai terminé le lycée et reçu une montre.

8 juin 1959

La photo de mariage de Ray et Ann était dans le journal aujourd'hui. Ça m'a fait tout bizarre de la voir. J'ai exactement la même de Ray et moi, avec son bras autour de mes épaules, et un sourire identique. C'est donc ça, l'amour ? Un visage qui change sur une photo ? Les choses sont drôlement faites.

17 juin 1959

Mr. Cecil est venu pour me dire qu'il en avait assez de me voir me morfondre dans mon coin. Il a décidé que j'irais à New York, dût-il y laisser sa vie, et m'a inscrite au concours de Miss Mississippi, pour que je puisse gagner une bourse d'études à l'American Academy of Dramatic Arts, à Manhattan. On va écrire le sketch le plus marrant qui ait jamais été joué. Si Mr. Cecil avait de l'argent, il me paierait le voyage, mais il a tout dépensé pour faire sortir les Cecilettes de prison. Il va me trouver un travail pour que je puisse me faire refaire les dents de devant. Son rêve, ça aurait été d'être danseur, mais il n'a jamais osé se lancer, et il ne veut pas que je finisse comme lui, à se demander ce qui se serait passé si...

Mr. Cecil est la personne la plus courageuse que je connaisse. Les gens le traitent de tous les noms, mais il continue d'aller travailler tous les jours et de se mettre en quatre pour faire rire ses amis.

On a réfléchi, il nous faut 500 dollars pour me faire refaire les dents, m'acheter une vraiment belle robe et un maillot de bain, payer mon billet pour Tupelo, où doit avoir lieu le concours de Miss Mississippi. Un des Cecilettes a un ami secret à la chaîne de télé locale, et il a appris qu'ils recherchaient une présentatrice météo. Celle qui le fait d'habitude est enceinte et ça ne leur plaît pas. Il va s'arranger pour organiser une audition. Mr. Cecil voulait que je mette des lentilles de contact. Il pense qu'on devrait pouvoir en acheter à un bon prix parce qu'un des Cecilettes a un ami opticien. Il ne faut jamais sous-estimer le pouvoir des Cecilettes !

21 juin 1959

J'ai été embauchée à la chaîne de télé ! Je suis la nouvelle présentatrice météo des émissions du matin. La seule chose que j'ai à faire, c'est être là-bas à six heures et demie du matin, attacher la carte du temps et rester trois minutes à côté en donnant les prévisions pour la journée. Je n'y connais rien en météo, mais l'autre présentatrice m'a dit que ça n'avait pas d'importance, qu'il fallait simplement se souvenir que les nuages allaient toujours vers l'est. Je n'en revenais pas d'avoir obtenu le poste. Il y avait beaucoup d'autres candidates, mais Mr. Cecil m'a dit qu'il était sûr que je l'emporterais parce que, pour reprendre les mots de Miss Doris Day, « une certaine personne ne tenait pas à ce que sa liaison secrète ne soit plus si secrète que ça ».

Je gagne 50 dollars par semaine. Si je trouve un ou deux autres petits boulots dans le spectacle, je gagnerai assez pour le concours de Miss Mississippi. Je vais chez l'ophtalmologiste demain. La mère de Ray m'a envoyé une longue lettre très gentille. Elle espère que je sais qu'elle m'aime encore beaucoup et me demande de venir la voir quand je veux. Pas un jour ne passe sans que je pense à Ray, mais au moins, le vieux Jimmy Snow est de nouveau de bonne humeur. Il s'est même remis à saupoudrer.

Papa n'arrête pas de boire. Il reste à jeun quelques jours, et puis ça repart. Sa petite amie l'a quitté, mais de toute façon, il a toujours une bonne excuse pour s'en jeter un derrière la cravate.

24 juin 1959

Le bulletin d'inscription au concours de Miss Mississippi était dans le courricr ce matin. Pour pouvoir participer, il faut avoir reçu une très bonne éducation et être d'excellente moralité, ainsi que douée, ambitieuse, jolie et n'avoir jamais été mariée. Bon, j'ai de l'ambition et je ne me suis jamais mariée. Il y aura d'abord une présélection d'une semaine à l'hôtel Dinkler Tutwiler de Tupelo, à partir du 3 août, et puis le 9, c'est le jour du concours.

J'aime bien ce que je fais pour la télé. Je dois y être tôt mais quand il est dans les parages, Jimmy Snow me dépose avec sa camionnette. Le reste du temps, je prends le bus. Dans le bureau de la météo, il y a un grand tableau avec plein de figurines en carton qui représentent les nuages, la pluie, la neige et qu'on peut changer de place comme on veut. Mon travail est facile. La seule chose que j'ai à faire, c'est déplacer légèrement vers la droite les figurines posées par la présentatrice de cinq heures. Quand tout est coincé sur la côte Est, je recommence en partant de Californie. Le seul problème, c'est l'émission évangélique qui a lieu dans le studio quand je prépare mon tableau météo. Quand j'arrive le matin, tous les membres du chœur se pelotent sur le sofa de la salle de maquillage. Je n'arrive pas à comprendre comment ils font pour se bécoter de si bon matin. Pas étonnant qu'il y ait autant de baptistes dans le monde !

J'ai un rôle dans *Oklahoma !* la prochaine pièce

que l'on jouera au théâtre. Je chante une chanson qui s'intitule « Je suis une fille qui ne sait pas dire non ».

L'ophtalmologiste m'a donné des lentilles de contact et m'a montré comment les mettre. Je ne peux les porter qu'une heure de suite. Elles font mal à en mourir, mais je tiendrai, et les porterai deux heures demain, qu'il pleuve, qu'il vente ou qu'il neige. Pour l'heure, j'ai l'impression d'avoir deux couvercles de poubelle collés sur les yeux. Ce ne sont que des lentilles temporaires. J'en ai commandé des teintées en bleu. Et devinez quoi ? Ce matin, dans un magasin, une dame m'a demandé si elle ne m'avait pas vue à la télévision. Et quand j'ai dit oui, elle m'a demandé un autographe. Pas mal, non ? Il va devenir de plus en plus dur pour moi de me promener en ville sans être reconnue. Maintenant, je sais ce que ressentent les stars de cinéma. Ce boulot à la télé me plaît décidément beaucoup.

1er juillet 1959

La première de *Oklahoma!* a eu lieu hier soir, et voilà ce qu'on a dit de moi :

« Miss D. Frances Harper, une habituée de l'Azalea Playhouse, a fait ses débuts chantés hier soir dans le rôle de Ado Annie créé à Broadway par Celeste Holm. Votre serviteur avait eu la chance d'assister à la représentation de *Oklahoma!* à New York, et est en mesure de vous dire que Miss Harper, qui ressemble à Celeste Holm non seulement dans les traits, mais aussi dans le talent, a tenu le public en haleine, tout comme sa célèbre collègue, en chantant « Je suis une fille qui ne sait pas dire non ». Espérons qu'elle fasse comme dans la chanson et ne refuse jamais de nous faire profiter de son talent. »

J'arrive à garder mes lentilles bleues jusqu'à huit heures d'affilée.

Avec Mr. Cecil, on peaufine mon numéro pour le concours de Miss Mississippi. Je fais un personnage à mi-chemin entre Mrs. Dot et grand-mère Pettibone, qui s'appelle Susie Sweetwater. Je porte un drôle de chapeau avec des fleurs et des drôles de lunettes avec du strass partout. Je fais comme si j'animais une émission de télé et je parle avec un accent du Sud très prononcé tout en n'arrêtant pas de faire l'andouille.

Je fais croire que je suis dans un studio à me mettre de la poudre et du rouge à lèvres lorsque la caméra s'arrête sur moi. Je suis très surprise et je fais :

— Heu, bonjour... Comment allez-vous ce matin ? Votre matinée s'annonce bonne ? En tout cas, je vous souhaite la bienvenue à *Nouvelles du matin*, notre sympathique émission matinale quotidienne. Celle qui vous apporte les nouvelles pendant qu'elles sont encore nouvelles, l'actualité encore actuelle. Le reste, ce ne sont que des racontars, des ouï-dire, des cancans. Bien, ce matin, j'ai une bonne nouvelle pour vous. Un mariage. Autrefois, les gens se mariaient en juin, mais maintenant, c'est quand on est obligés, heu... enfin, quand on veut. Bref, Mrs. Mosell Hicks nous a annoncé les fiançailles de sa fille, Quantia, avec le marin de quatrième classe Curtis Johnson. Miss Hicks, ancienne élève du lycée de Central Lee, travaille actuellement au cinéma Roxy, comme vendeuse de bonbons, esquimaux, chocolats glacés, et à mi-temps comme dame-pipi aux toilettes des dames. Mr. Johnson, quant à lui, a fréquenté le lycée... (Là, je fais semblant de chercher le nom du lycée, je ne trouve pas, alors j'enchaîne.) Le mariage aura lieu chez la mariée, qui entrera par la cuisine, tandis que Curtis et son père, Mr. Willis T. Johnson, entreront par la véranda. La mariée portera une robe de tulle blanc à mi-mollet, avec des chaussures, un chapeau, un sac, des gants et un bracelet de cheville assortis. Après la cérémonie, une réception pour l'heureux couple se tiendra à la gare routière des bus Trailways, où travaille la mère de la mariée. Nos deux tourtereaux partiront ensuite pour une courte lune de miel à Rock City avant de s'installer au camping-caravaning de Orange Grove, non loin de la base navale à laquelle Mr. Johnson est affecté. Mr. Johnson envisage de faire carrière dans la marine ou dans le caravaning. Voilà, c'est tout pour aujourd'hui, je n'ai pas le temps de vous en dire plus. Demain, n'oubliez pas de regarder *Amour et divorce*. Comme chaque jour, je vous quitte sur la pensée du jour : « Protégez votre cœur comme vous protégeriez tout autre organe vital. » A bientôt !

J'espère seulement que Amy Joe Snipes n'entendra jamais ce sketch. Je me suis beaucoup inspirée de l'annonce de son mariage.

2 juillet 1959

Dans la brochure du concours de Miss Mississippi, il est écrit que si vous arrivez en finale, il y aura un second examen, ce qui veut dire que j'ai besoin de deux sketches. On est jugée sur le talent, sur le maillot de bain, et sur la moralité. Je suis trop maigre pour être belle en maillot de bain, et la fréquentation prolongée de papa rend ma moralité un peu discutable, donc Mr. Cecil dit qu'il faut mettre le paquet sur le sketch. Je lui ai demandé si je ne pouvais pas présenter la fameuse scène d'agonie de *Fièvre jaune*, et vous savez quoi ? Il a dit non, parce qu'on n'a que trois minutes par sketch, et pas quarante-cinq ! Très drôle. Houuuu ! Nuuuuul ! Donc j'ai choisi celui où la femme se fait tirer dessus.

3 juillet 1959

Je n'ai pas eu mes règles ce mois-ci et j'ai drôlement les foies. Si je suis enceinte, je me suicide. Mais c'est probablement une fausse alerte. Je n'ai jamais eu autant de retard, pourtant.

Merde !

11 juillet 1959

Ça fait huit jours. Je ne sais pas quoi faire. Et juste quand tout marchait comme sur des roulettes. J'ai demandé à Tootie si on pouvait tomber enceinte la première fois qu'on le faisait et elle a répondu :

— Oui, ça arrive tout le temps.

Comment ai-je pu être aussi bête ? Et je ne peux vraiment en vouloir à personne, sauf à moi-même. Il va falloir que je le dise à Mr. Cecil. Je ne vois pas à qui d'autre en parler. Je fais du cheval tous les jours et j'ai pris une centaine de bains chauds, mais jusqu'à présent, rien.

12 juillet 1959

J'ai dit à Mr. Cecil que j'étais enceinte, il était très embêté pour moi. Il a appelé tous les Cecilettes pour voir s'ils savaient où aller pour se faire avorter, mais aucun n'a pu le renseigner. Alors on est allés voir Paris Knights, et la seule personne qu'elle connaissait et qui l'aurait fait était morte.

Hier soir, Mr. Cecil est passé me voir pour me dire qu'il avait réfléchi, et qu'il voulait m'épouser et élever l'enfant. Il a essayé d'expliquer sa décision en disant que c'était son devoir, parce que, après tout, c'était lui qui m'avait trouvé le travail à la télé, et que l'ancienne présentatrice était tombée enceinte aussi. Pour lui, la grossesse fait partie des risques du métier quand on est présentatrice météo. Sa proposition m'a réellement émue, mais je ne peux pas accepter. J'aime Mr. Cecil, mais pas de cette façon. J'ai passé toute la nuit à essayer de trouver une solution quand je me suis souvenue de quelqu'un !

J'ai tout de suite fait l'interurbain pour appeler Peachy Wigham et lui raconter ce qu'il m'arrivait. Elle m'a fait patienter deux minutes et est revenue pour me dire de venir la voir le plus rapidement possible. Je pars demain juste après le bulletin météo. Bénie soit Peachy Wigham !

15 juillet 1959

Dans le car, j'ai eu le temps de réfléchir à ce que j'allais faire. L'idée que je puisse mourir là-bas, sur une table d'examen, me fichait une sacrée trouille, et je n'arrêtais pas de penser à ce qui allait se passer si j'en sortais vivante. Comment allais-je me sentir ? Est-ce qu'un jour je le regretterais ? Maman disait qu'avoir un enfant est l'acte le plus douloureux qui soit. Je me suis mise à regarder sa chevalière. Dieu merci, elle ne savait pas que j'avais des ennuis.

Je crois que j'ai changé d'avis au moins cent fois pendant le trajet. J'ai rédigé mon testament, et puis je l'ai déchiré. En arrivant à Magnolia Springs, j'étais une vraie loque, à bout de nerfs, avec du fromage blanc à la place du cerveau. A la station-service, je suis allée aux toilettes pour me passer un peu d'eau fraîche sur le visage et me brosser les cheveux. Je me suis assise par terre un moment avant d'aller faire pipi. Et devinez quoi ? J'avais mes règles ! Je n'avais jamais été si heureuse de ma vie. Je me suis mise à hurler de joie, j'ai fait tellement de bruit que le pompiste est venu taper à la porte des toilettes en me demandant si ça allait. Et dire que je me plaignais toujours de les avoir! A partir de maintenant, je ferai une fête tous les mois! J'avais hâte d'annoncer la bonne nouvelle à Peachy Wigham, mais quand je suis arrivée à l'Elite Nightspot, je n'ai trouvé que Ula Sour. Je lui ai raconté mes aventures, ça l'a fait hurler de rire. Elle pense que j'étais tellement paniquée à l'idée d'être enceinte que c'est probablement ce qui empêchait l'arrivée de mes règles.

Ula a appelé Peachy aux pompes funèbres pour lui dire que j'étais là, et que tout allait bien. J'étais très contente de voir Peachy, et elle était contente de me voir aussi. J'ai appris que mon chat Félix était mort de vieillesse, et qu'elles en avaient un autre qu'elles aimaient beaucoup quand bien même il était très moche. J'ai couché chez elles, et on a vraiment passé une bonne soirée ensemble. Peachy sert le meilleur bourbon cinquante ans d'âge du monde.

Le lendemain matin, au moment de mon départ, je me suis excusée auprès de Peachy d'avoir causé tant de problèmes et je lui ai dit que je serais heureuse de payer la personne qui aurait dû faire l'avortement. Elle m'a dit de laisser tomber.

Elle a aussi refusé de me dire qui c'était, et dans le car, sur le chemin du retour, j'ai tout à coup réalisé que cette personne, c'était Peachy Wigham elle-même. Si elle n'était pas là à mon arrivée, c'est parce qu'elle préparait tout dans son atelier des pompes funèbres. Maintenant que la question est réglée et que j'ai eu un peu de temps pour y penser, je ne sais toujours pas si je serais allée jusqu'au bout ou non. Bénie soit Peachy Wigham quand même.

Il y a très longtemps de cela, papa m'avait dit que si elle n'avait jamais eu d'ennuis avec la police, c'était parce qu'elle connaissait un secret sur la fille du shérif. Maintenant, je sais de quel secret il s'agissait. Si seulement Pickle avait eu Peachy !

18 juillet 1959

Ce matin, au travail, le directeur de la chaîne m'a fait venir dans son bureau après mon bulletin météo. Le centre du pays venait d'essuyer les inondations les plus catastrophiques de ces vingt-cinq dernières années et il voulait savoir ce que mes foutus petits nuages faisaient sur la côte californienne, qui souffrait actuellement de sécheresse.

Comme je n'avais pas vraiment de réponse à sa question, je lui ai dit que j'avais simplement déplacé un chouïa vers la droite les figurines en carton de Miss Pat, la présentatrice du bulletin de dix-sept heures, et que ça avait toujours bien marché jusqu'à présent.

Quand il a entendu ça, il a viré au rouge cramoisi ! Franchement, s'énerver comme ça pour une histoire de météo, je trouve ça ridicule. Il a fait venir sa secrétaire et lui a demandé d'aller chercher Miss Pat sur-le-champ. Quand elle est entrée, il a dit :

— Savez-vous, mademoiselle, que cette idiote déplace vos figurines vers la droite tous les matins et n'en connaît pas une en matière de météo ?

Elle m'a regardée d'un air vraiment surpris et a répondu :

— Oh, non ! C'est très embêtant parce que je bouge les vôtres tous les soirs.

Là, Mr. Baers est sorti de ses gonds. Il fallait l'entendre !

— Comment peut-on oser traiter le temps de la sorte ! Tous les agriculteurs de la région comptent sur notre chaîne pour connaître les prévisions météo !

D'après lui, à nous deux, nous sommes probablement les seules responsables des récoltes catastrophiques de cette année dans tout l'Etat du Mississippi. Bref, il nous a virées. Un type qui fait Bozo le Clown l'après-midi nous remplace pour les deux bulletins.

J'étais embêtée pour Miss Pat, parce qu'elle est très gentille. La seule chose qui me gêne avec elle, c'est qu'elle met trop de laque. Un présentateur des actualités m'a dit qu'un jour de tornade, Miss Pat s'est ruée dans sa voiture pour s'abriter, et s'est trouvée pratiquement prise dans l'énorme tourbillon. Son chemisier a été arraché par le vent, mais sa coiffure n'a pas bougé.

21 juillet 1959

J'ai été embauchée dans une entreprise de location qui s'appelle De A à Z. Je gagne 75 dollars par semaine. Je travaille dans un entrepôt et suis chargée de répondre au téléphone. Si quelqu'un vient, je peux lui louer tout et n'importe quoi. Fournitures et matériel pour hôpitaux, lits, vaisselle pour banquets, saladiers à punch, argenterie, béquilles, chaises roulantes, et mêmes prothèses pour bras et jambes. Vous loueriez une jambe de bois, vous ? Ça fait deux jours que je suis là, et personne n'est encore venu louer quoi que ce soit, donc c'est un boulot plutôt facile. J'arrive le matin, pour toute la journée, et à cinq heures, je ferme et je rentre chez moi. C'est un peu solitaire, comme activité, mais au moins, ça me laisse beaucoup de temps pour répéter mes numéros. Des fois, pour m'amuser, je fais le tour de l'entrepôt en chaise roulante.

Dès qu'on aura les moyens, Mr. Cecil et moi, on ira aux grands magasins Gamble m'acheter une robe du soir blanche pour le concours, et un maillot blanc aussi. D'après le règlement, tout doit être blanc. Mr. Cecil m'apprend à marcher parce que le port, ça compte beaucoup. Dès que je peux, je marche avec un livre sur la tête, et je fais des progrès chaque jour!

Si seulement je pouvais gagner cette bourse d'études! Tellement d'acteurs sont passés par l'American Academy. Je ne serais pas surprise d'apprendre que Celeste Holm y a étudié aussi. Mr. Cecil, Tootie, Dolores, Helen et moi, nous allons fêter l'anniversaire de Dolores au nouveau restaurant polynésien. Il vient d'ouvrir. Personne ne sait quel est l'âge exact de Dolores, elle refuse de le dire et déclare que c'est un secret d'Etat. Tootie dit qu'elle prend toujours le bus. Elle ne veut pas passer son permis de conduire, et être obligée de révéler son âge.

Vous saviez qu'il existe des bassins de lit spécialement faits pour les hommes?

23 juillet 1959

On est arrivés au restaurant Aloha vers sept heures. C'était décoré comme à Hawaii, avec de la musique hawaiienne et des serveuses en costume hawaiien. Tootie a commandé un cochon de lait entier pour nous tous et plein de cocktails différents, très rigolos. Le premier que j'ai bu était servi dans une noix de coco, et puis j'en ai pris un qui s'appelait Mai Tai, et un troisième qui s'appelait Scorpion.

On en était à l'entrée, crevettes et foie de poulet au bacon, et je m'amusais comme une folle lorsque tout à coup, Mr. Cecil a eu l'air d'avoir vu un fantôme. J'avais le dos à la porte et j'allais me retourner quand il m'a soufflé:

— Ne te retourne pas.

— Pourquoi ? j'ai demandé.

— Ne te retourne pas.

Et puis Tootie a dit sans desserrer les lèvres :

— Ne te retourne pas.

Alors évidemment, je me suis retournée. Et j'ai vu Ray Layne et Ann. Il m'a vue aussi. J'aurais voulu disparaître sous la table. Au lieu de ça, j'étais là, avec quatre petites ombrelles en papier dans les cheveux et des colliers de fleurs en crépon autour du cou. Il s'est approché de la table, nous a dit bonjour et a présenté Ann à tout le monde, moi comprise.

— Comment allez-vous ? j'ai demandé.

Qu'est-ce que je pouvais dire d'autre ?

Helen, qui était passablement éméchée, a dit :

— Asseyez-vous avec nous, ça nous fera plaisir.

Et Tootie lui a filé un tel coup de pied sous la table qu'elle en a renversé son verre. Ils ne sont pas restés, et après leur départ, Mr. Cecil m'a demandé si je voulais rentrer. J'ai dit non, qu'il n'y avait aucune raison que je fiche la fête des autres en l'air. Et puis j'ai bu trois autres cocktails à la noix de coco. On n'a pas touché au cochon de lait. La pauvre bête est morte pour rien. Parmi tous les restaurants du monde, pourquoi a-t-il fallu que Ray choisisse celui-là ?

Après, on est allés chez Tootie. C'est là que m'est venue l'idée de me cacher dans le placard. J'ai mis le vieux manteau d'hiver de Tootie en gardant le cintre dans le dos, et j'ai demandé à Mr. Cecil de m'accrocher dans la penderie. Sur le moment, je trouvais ça hilarant, de pendre au milieu des affaires de Tootie et d'imaginer la tête des autres quand elles me trouveraient là. Ce dont je ne m'étais pas rendu compte, c'était que Mr. Cecil était tellement soûl qu'il oublierait où j'étais cachée. Au bout d'une heure et demie, je me suis endormie dans la penderie.

Le lendemain, en me réveillant, quand j'ai vu le

renard de Tootie, je me suis mise à hurler en gigotant dans tous les sens. C'est Dolores qui m'a trouvée en premier. Et je lui ai demandé :

— Mais qu'est-ce que je fiche dans ce maudit placard ?

— Là, tu m'en demandes trop, a-t-elle répondu. Tout le monde était resté chez Tootie cette nuit-là, et on aurait dit qu'ils faisaient un concours de nausée et de gueule de bois. Ces cocktails aux fruits, c'est mortel. J'ai raté le meilleur moment de la soirée. Dolores était tellement ivre qu'elle a avoué à tout le monde quel âge elle avait. Et maintenant, ils refusent de me le dire.

On est restés dans l'appartement avec de la glace sur la tête jusqu'à cinq heures de l'après-midi. Tootie a dû appeler le drugstore pour nous faire livrer de l'Alka-Seltzer, de l'aspirine, du Coca-Cola et de la glace à la vanille. Jamais plus je ne ferai ça de ma vie. Heureusement que c'était le week-end. Je suis rentrée à la maison et je suis restée couchée tout le dimanche. Coup de chance, Jimmy Snow était parti saupoudrer. S'il avait mis la télévision aussi fort qu'il le fait d'habitude, je crois que je n'aurais pas survécu. Je n'arrive pas à savoir ce qui me fait le plus mal : avoir vu Ray, ou ma tête.

24 juillet 1959

J'étais obligée de donner l'argent à papa. Je ne pouvais pas le laisser perdre le bar. Il a essayé d'emprunter des sous à toute la ville, j'en suis sûre, mais plus personne ne veut lui prêter d'argent. Il ne me l'aurait pas demandé si ça n'avait pas été son dernier recours. Il savait que je mettais de côté tout ce que je pouvais, que c'était important pour moi.

D'abord, ça m'a mise en colère, et j'ai dit non. Et

puis je me suis souvenue de tout ce qu'il avait fait pour moi quand j'étais petite, du risque qu'il avait pris de se retrouver en prison à vie pour me protéger, alors je n'ai pas pu le laisser tomber.

Je suis sûre qu'il me remboursera. En plus, je peux toujours me présenter au concours l'année prochaine. Un an, c'est presque rien.

26 juillet 1959

Quand Jimmy Snow est rentré et a appris que j'avais donné toutes mes économies à papa, il a piqué une de ces colères !

— Mais comment as-tu pu être assez bête pour faire une chose pareille, bon sang de bonsoir ! il m'a crié.

Puis il a foncé dans la chambre de papa, l'a sorti du lit, l'a traité de salaud de pochard bon à rien et s'est mis à le tabasser. J'ai dû l'arrêter, il était déchaîné.

Du coup, il a couru dans l'autre pièce et s'est mis à faire un barouf pas possible. Il avait 40 dollars dans son portefeuille, qu'il voulait absolument que je prenne, mais je ne voulais pas de son argent, je voulais simplement qu'il arrête de faire le dingue. Il m'a demandé pourquoi j'avais donné l'argent à papa alors que je savais pertinemment que tout ce qu'il ferait avec, c'était boire. Je lui ai répondu que quoi qu'en fasse papa, c'était toujours mon père, et que je lui devais cet argent.

— Tu ne dois rien à ce pourri de salaud, a dit Jimmy.

Et sans même y penser, j'ai dit :

— Il a tué Claude Pistal, non ?

C'était la première fois depuis mes onze ans que je

manquais à ma parole en parlant de ça, et je l'ai tout de suite regretté.

Jimmy m'a regardée d'une drôle de façon et a dit :

— Quoi ?

— Ecoute, Jimmy, j'ai dit, n'en parlons plus, d'accord ?

— Attends un peu. Il faut en parler, au contraire. Qu'est-ce que tu veux dire, exactement ?

— Je sais qui a tué Claude, voilà, c'est tout, et ça suffit, l'incident est clos, okay ?

— Et qui a tué Claude, d'après toi ?

— Toi, et papa, et Rayette. C'est même toi qui me l'as dit.

Il m'a regardée comme si j'étais folle et a dit :

— Oh, non, c'est pas possible... tu n'as pas cru cette histoire à propos de Rayette Walker, quand même ? Si ?

— Bien sûr que si.

— Daisy, ton père et moi n'avons jamais tué personne.

J'avais l'impression qu'il allait se mettre à pleurer.

— Mais si ! J'ai vu les sacs avec les pistolets que vous étiez allés chercher chez Peachy Wigham.

— Quels pistolets ?

— Ceux qui étaient dans les deux sacs que vous avez pris chez Peachy le soir où Claude a été tué. J'ai vu papa les rendre le lendemain matin, alors tu peux arrêter de faire celui qui n'est pas au courant.

— Daisy, dans ces sacs, il n'y avait pas de pistolets, mais du whisky de contrebande que ton père et moi avions acheté à Peachy pour emporter chez Rayette. Il a rapporté les bouteilles vides le lendemain, dans les mêmes sacs.

— Attends un peu, et comment papa aurait-il appris la mort de Claude avant que la police le lui dise ?

— Ce matin-là, j'étais allé sur le terrain d'aviation

pour récupérer un truc que j'avais laissé dans l'avion. Quand j'ai trouvé Claude, j'ai appelé ton père chez Rayette et je lui ai raconté.

Je n'en croyais pas mes oreilles.

— Mais tu m'as dit que les balles venaient du pistolet de Rayette.

— Daisy, ce soir-là, j'étais à moitié fait, et ton père a inventé cette histoire pour que tu ne fasses plus de crise à propos de Rayette et qu'il puisse continuer à la voir. Mais jamais je n'ai pensé que tu m'avais cru.

— Mais bien sûr que je t'ai cru !

Là, il s'est mis à pleurer en répétant qu'il était désolé, vraiment désolé, que cette histoire stupide, ce n'était qu'une plaisanterie. Moi, j'ai eu l'impression de prendre un grand coup de poing dans l'estomac. Je ne veux plus jamais les voir, ni l'un ni l'autre.

1er août 1959

J'habite maintenant à l'auberge de jeunesse et je prends mes repas à la cafétéria Morrison. Hier, en rentrant du travail, dans l'entrée, j'ai vu Jimmy Snow. Il m'a prise par le bras et a dit :

— Allez viens, on rentre à la maison.

— Qui êtes-vous ? j'ai demandé en passant sans m'arrêter.

— Tu rentres à la maison avec moi, même si je dois te traîner hors d'ici, a-t-il répondu.

Je suis allée vers la standardiste, Miss Prisim, et je lui ai dit que l'homme qui ressemblait un peu à un albinos m'était totalement inconnu et que je lui serais reconnaissante de bien vouloir appeler la police. Jimmy a commencé à faire un scandale et ça a tellement troublé Miss Prisim que quand elle a obtenu le commissariat, elle a dit :

— Allô ! ici la police.

Et elle a raccroché.

Finalement, Jimmy a dit :

— Bon, écoute, je ne voulais pas te le dire, mais ton papa a eu une crise cardiaque, il est entre la vie et la mort, et il faut qu'on y aille, maintenant.

On est sortis en courant et on s'est précipités dans la camionnette. Jimmy a dit qu'ils l'avaient laissé au bar parce qu'il n'était pas en état d'être transporté.

J'ai cru qu'on n'arriverait jamais, le chemin m'a paru long, mais long ! Je n'arrêtais pas de penser que jamais je ne me le pardonnerais, si papa mourait avant que je puisse lui dire que je l'aimais. Dès qu'on est arrivés devant le bar, j'ai sauté de la camionnette et je me suis précipitée à l'intérieur. Il faisait noir comme dans un four. J'ai crié :

— Papa ! Où es-tu ?

Et tout à coup, toutes les lumières se sont allumées et une vingtaine de personnes ont crié :

— Surprise !

Papa était au milieu du groupe, frais comme un gardon. J'étais tellement contente de le voir vivant, et si émue, que je me suis mise à pleurer.

Tout le monde était là. Mr. Cecil et les Cecilettes, Tootie, Helen, Dolores, Paris Knights, J.R., le professeur Teasley et sa mère, et ils se sont mis à chanter « For she's a jolly good fellow ». Une banderole était accrochée au mur, qui disait « Miss Mississippi, ah, ça ira, ça ira, ça ira... ». Ils m'ont fait asseoir et puis Mr. Cecil est passé derrière les rideaux dans la pièce du fond et papa a branché un projecteur qu'il avait emprunté. Mr. Cecil est sorti de derrière les rideaux habillé d'une veste à paillettes rouges, un nœud papillon autour du cou, et un énorme livre à la main sur lequel était écrit Daisy Fay Harper, et il a dit :

— Au travail, Daisy, c'est ta vie qui est en jeu. Te souviens-tu de cette personne ? La dernière fois que tu l'as vue, tu avais douze ans.

Une voix est montée de la pièce du fond :

— Daisy, nous nous sommes vues pour la dernière fois à Shell Beach, en 1953.

Je ne voyais vraiment pas de qui il s'agissait. Là, J.R. a mis un disque de Jane Froman qui chantait « Je marche seule », et j'ai compris. C'était Betty Caldwell, l'handicapée que j'avais guérie ! Elle est entrée dans la salle et m'a prise dans ses bras. Elle était ravissante.

Mr. Cecil l'a accompagnée jusqu'à un siège et a annoncé :

— Et maintenant, une invitée spéciale, que tu n'as jamais rencontrée... Daisy Fay, je te demande de saluer Daisy Fay II...

Et une petite fille est arrivée en trottinant, m'a embrassée et m'a donné une enveloppe. C'était la fille de Betty, à qui ils ont donné mon nom en souvenir de ce que j'avais fait. Dans l'enveloppe, il y avait un petit mot qui disait : « Ce bon donne à Miss Daisy Fay Harper Ire la possibilité de se faire soigner gratuitement deux dents cassées. » Betty a épousé un dentiste, qui a contacté un de ses amis spécialiste en prothèses.

Ensuite, on a entendu une voix d'homme, sur fond de la musique de « Gang Buster » :

— Daisy, les glaces à la sauce au chocolat et les banana-splits sont-ils toujours tes desserts favoris ?

C'était Mr. Kilgore, le monsieur du F.B.I. qui était venu me chercher à l'école avec Opale ! Il m'a donné un chèque de 50 dollars signé par le F.B.I., pour services rendus, et m'a souhaité bonne chance.

— Les deux invitées suivantes, je pense, n'ont pas besoin d'être présentées, a dit Mr. Cecil.

Et on a entendu un énorme « BINGO !!! ». J'ai compris tout de suite, c'était grand-mère Pettibone et tante Bess. J'étais tellement contente de les voir, je me suis remise à pleurer. Grand-mère m'avait apporté des sous-vêtements, et tante Bess des pois cassés et des haricots verts surgelés de son restaurant. Grand-mère m'a glissé dans l'oreille qu'elle était toujours en colère contre Bess à propos des pilules contraceptives, mais qu'elle lui parlait cette semaine, en mon honneur.

Elles se sont assises et on a entendu le thème musical du *Roi et moi*, et puis une voix grave et retentissante a dit :

— Les violettes sont bleues, les roses rougeoient, eh, dis donc, j'ai une perruque pour toi, etc.

C'était Vernon Mooseburger, avec une perruque, et même des faux sourcils. Il m'a embrassée et m'a remis un bon pour dix cours gratuits chez Dale Carnegie, où il occupe maintenant un poste important.

Puis il est allé s'asseoir et on a entendu « Le beau Danube bleu », et une voix très familière a dit :

— Souviens-toi, Daisy, que tout est dans le charme !

C'était Mrs. Dot !!! Elle est venue vers moi en courant, et dans ses bras, je me suis remise à pleurer comme une madeleine. Elle est sortie de l'hôpital il y a trois ans et enseigne l'art dramatique dans une école de filles, à Gulfport. Elle n'a pas changé d'un pouce ! Elle m'a offert les œuvres complètes de Shakespeare, reliées en cuir.

J.R. a fait un roulement de tambour, et Mr. Cecil a annoncé :

— Enfin, dernier invité, et non des moindres, un mystérieux personnage qui vient tout droit de Birmingham, en Alabama, et qui ne serait pas là sans ton aide, Daisy. Invité mystère, veuillez vous faire connaître !

Une très jolie jeune fille est entrée et a commencé

à écrire sur un tableau noir que les autres avaient installé. A l'instant où j'ai vu ses oreilles, j'ai su que c'était Angèle Pistal, qui avait grandi ! Elle était là avec son père et sa mère, qui m'ont donné un chèque de 100 dollars.

J.R. a mis « Les beaux jours sont de retour » pendant que Mr. Cecil concluait en déclarant :

— Après le spectacle, une fête se tiendra ici en ton honneur et en celui de tes invités, organisée par Tommy et Jim, deux Cecilettes. Daisy Fay Harper, saisis ta vie au vol !

Ensuite, ils ont apporté une grande table avec plein de cadeaux dessus. Mr. Cecil et les Cecilettes m'ont offert un ensemble de voyage, avec les chaussures, le chapeau et le sac, et pour rire, Mr. Cecil avait fabriqué un bracelet de cheville assorti ! Tootie, Helen et Dolores m'ont acheté un maillot de bain sur lequel les Cecilettes avaient passé la nuit à coudre des paillettes blanches. C'est le maillot le plus fantastique que j'aie jamais vu ! Jimmy Snow m'a donné 75 dollars, le professeur Teasley et sa mère, 100. Paris Knights m'a offert un superbe sac de voyage Samsonite avec le vanity case assorti.

Mais ils avaient gardé le plus gros paquet pour la fin. C'était une énorme boîte rose, et quand j'ai vu ce qu'il y avait dedans, j'ai failli tomber dans les pommes. C'était une magnifique robe de soirée blanche. Elle avait dû coûter une fortune et je ne voyais pas qui avait bien pu me l'offrir. J'ai demandé de la part de qui c'était, personne n'a su me répondre.

— Regarde la carte, m'a dit J.R.

J'étais tellement surexcitée que je n'avais même pas vu qu'il y en avait une. Dessus, il était écrit : « Bonne chance à une amie. Et tous mes vœux de bonheur. Mr. E. Gamble. » J.R. souriait jusqu'aux oreilles. Mrs. Underwood et toute sa classe m'ont envoyé un mot me souhaitant bonne chance, Peachy Wigham et Ula Sour des cintres recouverts de tissu, accompagnés d'une gentille lettre.

Pendant la fête qui a suivi, Betty Caldwell m'a dit qu'elle avait lu dans les journaux que Billy Bundy était de nouveau en prison. Il essayait de guérir les gens par ondes radio interposées, à Humboldt, dans le Tennessee, mais une femme avait posé ses mains mouillées sur la radio et s'était retrouvée projetée à l'autre bout de sa salle de séjour.

On a fait la fête jusqu'à trois heures du matin, et qu'est-ce qu'on a rigolé ! Angèle m'a parlé d'elle, elle est toujours aussi gentille. Mr. Cecil et tante Bess se sont tapé mutuellement dans l'œil. Ils ont dansé ensemble pratiquement toute la soirée. Les cours de Dale Carnegie ont sûrement été un bon placement en ce qui concerne Vernon Mooseburger, puisqu'il est rentré avec Paris Knights. J'espère que sa perruque est bien fixée... Helen était tellement ivre qu'à la fin, elle était assise contre le mur et faisait la conversation à l'un des poissons empaillés que papa a accrochés pour la décoration. Cette fête est la chose la plus chouette qui me soit arrivée de toute ma vie.

Ce matin, Jimmy a ramené grand-mère et tante Bess en avion chez elles, je suis allée chez le dentiste, qui a réparé mes dents en moins d'une heure. On ne voit plus du tout qu'elles étaient cassées. J'ai fait mes bagages. J'ai laissé la robe dans sa boîte, que j'ai attachée par-dessus le reste dans la camionnette de Jimmy, pour qu'elle ne soit pas écrabouillée. Papa, Jimmy et moi, nous partons pour Tupelo demain à la première heure. La vie est formidable !

3 août 1959

On est arrivés à l'hôtel Dinkler Tutwiler vers quatre heures et demie cet après-midi. Comme on déchargeait les bagages, devinez qui s'est garé à côté de nous, dans une Cadillac flambant neuve ? Kay Bob Benson, avec sa mère ! Je croyais être débarrassée d'elle à tout jamais, mais il y a quelqu'un là-haut qui m'en veut, c'est sûr.

Je n'ai jamais vu autant de jolies filles. Elles viennent de tout l'Etat du Mississippi.

L'hôtel Dinkler Tutwiler est magnifique. L'entrée est en marbre, avec plein de vrais meubles anciens, et des vrais palmiers et des vraies fougères un peu partout. Dans tous les coins sont accrochées des pancartes « Bienvenue aux Espoirs Miss Mississippi ». A la réception, on m'a annoncé qu'étant donné le nombre de candidates cette année — 138 —, l'hôtel était complet et qu'il me faudrait trouver un autre endroit où loger. Je me suis renseignée sur l'heure à laquelle je devais être là le lendemain, et puis on est repartis à la recherche d'un hôtel.

La seule chambre libre qu'on a trouvée était à l'hôtel Dixie, à l'autre bout de la ville. Il n'est pas très reluisant, mais pour une semaine, ça devrait aller.

Papa est allé à la réception passer un coup de fil. En revenant, il m'a donné le numéro de la compagnie des Taxis Vétérans. Quand il faudra que je me rende à l'hôtel Dinkler Tutwiler, je n'aurai qu'à appeler ce numéro et demander le taxi N° 22, dont le chauffeur est un ancien copain de cuites de papa qui s'occupera bien de moi. Pourvu qu'il ait arrêté de boire, j'ai pensé, parce que je n'avais pas envie d'être arrivée jusque-là pour mourir bêtement dans un accident de voiture. Puis papa et Jimmy m'ont dit au revoir en me souhaitant bonne chance, et ont repris le chemin de Hattiesburg.

J'espère que tout va bien se passer demain. On a fini les pois cassés et les haricots de tante Bess sur la route, et je ne me sens pas en très grande forme, tout à coup.

Kay Bob Benson! Je n'arrive toujours pas à y croire.

4 août 1959

Ce matin, j'ai fait le numéro que papa m'avait donné, et le taxi N° 22 est arrivé en cinq minutes. Le chauffeur, qui s'appelle Mr. Smith, était assez vieux, et pas bavard. A l'odeur qui régnait dans la voiture, papa s'était complètement fichu dedans en me disant qu'il avait arrêté la boisson, mais il conduisait prudemment, s'est montré très courtois et m'a donné du « Miss » tout le temps. En arrivant au Dinkler Tutwiler, je me suis félicitée d'avoir mis le tailleur que les Cecilettes m'avaient offert. Toutes les filles étaient superbement habillées.

Le premier jour, c'était « Faisons connaissance ». On nous a distribué des badges avec nos noms, puis Mrs. Lulie Harde McClay, la présidente du concours, celle qui l'a créé en 1929, a fait un discours dans la salle de réception. Elle nous a parlé de l'importance de nous comporter en vraies jeunes filles du Sud pendant toute cette semaine, et du fait que Miss Mississippi représentait l'image même de la femme du Sud. Nous devons nous souvenir qu'il y a beaucoup de perdantes et une seule gagnante, mais que les perdantes ne devraient pas être malheureuses parce que le simple fait de participer à ce concours est un honneur. Puis elle nous a présenté les chaperons et les juges. Il y a six juges : Mrs. Perry Buchanan, présidente de l'Association Jeunesse et Culture du Mississippi ; Mr. Harrison Swanley, un peintre renommé du Mississippi ; Audrey Jones Sommers, Miss Mississippi 1958 ; Madame Rosa Albergotti, ancienne star de l'opéra, aujourd'hui professeur de chant ; Mr. Oliver Henry, vice-président des Jeunes Citoyens Américains, qui parrainent le concours ; et Daniel A. Deady, pasteur de l'église baptiste de Mount Holy Oak de Tupelo.

Demain, nous devons présenter nos numéros sur scène.

Au moment où on allait sortir, Kay Bob Benson s'est approchée de moi et m'a lancé, le plus fort possible :

— Daisy Fay Harper, je viens d'apprendre que c'était toi, dans cette vieille camionnette pourrie, hier.

— Parfaitement, j'ai répondu, c'était moi. Mais que faisais-tu sur un balai ?

Une fille assez grande et potelée, qui était à côté, a tout entendu et s'est mise à rire. Et puis elle m'a demandé :

— Eh, la môme, où tu vas ?

— Je retourne à l'arrêt des camionnettes.

Ça l'a fait rire de plus belle et elle m'a dit :

— Viens dans notre chambre, on a organisé une petite fête.

Comme je n'avais rien d'autre à faire, je l'ai suivie.

Sur leur porte, elles avaient mis une pancarte « Miss Mississippi — Club des Anciennes Combattantes. Chaperons, prière de s'abstenir. » Là, j'ai rencontré trois autres filles. Elles ont pris une suite ensemble et c'est la troisième fois qu'elles participent au concours. Cette année, c'est leur dernière chance. La fille potelée, Darcy Lewis, m'a dit qu'elles venaient uniquement pour gagner une bourse d'études pour aller à l'université. Puis elles m'ont demandé si je voulais boire quelque chose. Quand j'ai dit oui, l'une d'elles est allée fermer la porte à clé tandis que l'autre rapportait une bouteille de bourbon de derrière la cuvette des toilettes et que la troisième sortait une bouteille de scotch d'une boîte de mouchoirs en papier. Elles avaient de quoi ouvrir un bar, là-dedans.

Darcy Lewis est à l'université à Stephens et se spécialise en diction. Pour le concours, elle présentera un extrait de *Jeanne d'Arc*, le même que ces deux dernières années. Mary dit que Darcy est trop paresseuse pour préparer autre chose. Mary fait de la musique à l'université du Mississippi, et Penny Raymond étudie le chant. Elle doit faire dans les un mètre quatre-vingts, coiffe ses cheveux en choucroute sur la tête et porte des pendants d'oreilles. Joe Ellen Feely, la quatrième fille, étudie les sciences politiques à l'université Goucher. Elle n'avait qu'une envie, parler socialisme. Mais dès qu'elle essayait, les trois autres lui criaient de se taire.

Elles m'ont posé des questions sur moi, et m'ont demandé si je voulais être élue Miss Mississippi. J'ai dit que non, que la seule chose qui m'intéressait, c'était de gagner une bourse pour aller à l'American Academy of Dramatic Arts. Ça a eu l'air de leur plaire. Aucune ne concourait pour cette bourse. Elles m'ont raconté que le concours était truqué et décidé d'avance, que cette fille, Margaret Poole, allait être élue Miss Mississippi. C'est Mrs. Lulie Harde McClay qui choisit la gagnante, et cette fois, elle a promis à la Poole que ce serait elle. Ça fait deux ans qu'elle se prépare à être Miss Mississippi. D'après les filles, cette Margaret est la créature la plus hypocrite qui soit. Elle fume, boit et fait des parties de jambes en l'air avec tous les garçons de la ville, mais en présence de Mrs. McClay, c'est une vraie sainte nitouche. Mrs. McClay a passé toute sa vie à essayer de trouver une Miss Mississippi qui soit susceptible de devenir Miss America. Elles m'ont aussi dit que celles qui n'étaient pas d'une bonne famille et n'étaient pas protestantes n'avaient pas la moindre petite chance de gagner. Eh ben, heureusement que je n'ai pas l'intention de gagner, parce que sur le formulaire d'inscription, à Religion, j'ai mis «païenne».

Elles m'ont demandé quel numéro j'allais faire. Comme je suis dans la catégorie comédie, elles pensent que j'ai une chance d'arriver en finale si je me débrouille bien. La plupart des filles présentent le même genre de texte, et pour le grand spectacle au State Theater, le 9, ils préfèrent avoir des numéros variés.

On a discuté une grande partie de la nuit, et l'une après l'autre, elles ont roulé sous la table. Je crois qu'elles m'aiment bien, parce que lorsque je suis partie, elles m'ont dit de revenir demain. Elles m'ont aussi fait promettre de voter pour Darcy quand on élirait Miss Bonne Humeur. Ça fait trois ans qu'elle gagne ce prix et elle fait la collection des statuettes de Miss Bonne Humeur. Chaque année, elle dit à toutes les filles qu'elle rencontre au concours qu'elle votera pour elles. Comme ça, elles la trouvent gentille et elles votent pour elle. Darcy vote pour elle-même, ce qui fait que c'est du garanti sur facture. L'année dernière, les juges se sont doutés de quelque chose parce qu'elle a gagné à l'unanimité.

5 août 1959

Mon taxi est passé me chercher tôt ce matin, et je suis allée directement à la chambre de Darcy. Elles étaient toutes là, et faisaient boire une pauvre fille de la campagne qui s'appelle Dorothy Clem Kenyard, en lui disant qu'il fallait qu'elle soit bien détendue pour présenter son numéro. Ensuite, on est descendues la voir dans la salle pendant qu'elle essayait de chanter l'air du rire d'un opéra quelconque. Elle riait beaucoup, ça, c'est sûr, mais quant à chanter... Il fallait voir la tête des membres du jury. J'ai appris plus tard qu'elle visait la même bourse que Penny.

Certaines candidates présentent de ces numéros ! L'une d'elles a joué du piano à queue debout dans de la boue venue tout droit des bords du Mississippi. Une autre, une styliste, a présenté une robe fabriquée à partir de menus récupérés dans différents restaurants. Et puis une fille toute maigre a gonflé des ballons qui étaient censés prendre la forme d'animaux mais qui m'ont semblé prendre tous la même forme, celle d'un ballon.

Et puis ça a été mon tour. Tout s'est bien passé. Après quarante-huit danses interprétatives et dix-huit scènes de *Jeanne d'Arc*, je crois que les juges ont été contents de me voir arriver avec mon morceau de comédie.

6 août 1959

Aujourd'hui a eu lieu mon entretien avec le jury. Darcy et Mary m'avaient dit ce qu'il fallait répondre pour que les juges m'apprécient. A la question « Qui admirez-vous le plus au monde ? », je devais dire ma mère ou Joan Crawford, au choix, pour mettre dans le mille. S'ils me demandaient ce que je voulais faire dans la vie, je devais dire être une bonne Américaine, une bonne épouse et mère, et une bonne chrétienne. A la question sur les passe-temps, je devais répondre que j'enseignais le catéchisme et que je m'occupais d'enfants pauvres. Et s'ils me demandaient pourquoi je voulais être Miss Mississippi, la réponse était: « Oh, je suis bien sûre qu'il y a ici beaucoup de jeunes filles plus qualifiées que moi, mais si par hasard je suis élue, ce sera le plus beau souvenir de ma vie. » J'ai répété à Darcy que tout ce que je voulais, c'était une bourse, mais elle m'a dit que ça ne faisait rien, qu'il fallait leur faire croire que c'était le titre suprême qu'on visait. Quand j'ai demandé s'il ne vaudrait pas mieux que je réponde honnêtement à leurs questions, elle a répondu :

— Mais bien sûr que non ! Personne ne le fait !

Avec les autres, elle avait fait un sondage, et apparemment, les réponses qu'elles m'ont données sont celles faites au jury par toutes les ex-Miss Mississippi. Si je disais la vérité, je n'obtiendrais jamais ma bourse.

Quand ça a été leur tour de faire leur numéro, je suis allée dans la salle, pour les voir. Mary, qui avait joué du violon au concours de l'an dernier, était en robe longue noire et s'est levée en disant :

— Cette année, après de multiples réflexions, j'ai décidé que mon talent s'exprimait mieux au piano.

Puis elle s'est approchée du piano, en a soulevé le couvercle, a sorti une scie musicale et nous a joué « Whispering ». J'ai failli m'étrangler de rire. Darcy a récité sa scène de *Jeanne d'Arc*. C'était très mauvais. Comme costume, elle avait mis un pyjama et un chinois sur la tête. J'ai enfin trouvé ce qu'est un chinois ! Joe Ellen, qui était à moitié ivre, avait un chapeau à plumes sur la tête et a récité le « Notre Père » en langue des signes indienne. Je ne sais pas comment elle a fait pour garder son sérieux. Moi, j'ai failli me casser la figure de ma chaise tellement je me tordais, mais le juge qui est pasteur a beaucoup aimé.

Après, on est remontées dans la chambre des filles. Ellen Joe m'a dit qu'elle n'en touchait pas une en langue des signes, elle a tout improvisé. La qualité de leurs numéros n'avait pas d'importance. Elles obtiendraient leur bourse de toute façon, parce que Mrs. McClay avait hâte qu'elles décrochent un diplôme universitaire, pour pouvoir se vanter du fait que le concours Miss Mississippi leur avait permis de terminer leurs études supérieures.

Bien m'en a pris d'écouter les filles, parce que pendant mon entretien avec le jury, les questions étaient exactement celles qu'elles m'avaient dites. Le pasteur m'a demandé ce que j'entendais par « païenne », mais je lui ai dit que c'était une erreur, que ma réponse était en fait « presbytérienne ». Il aurait préféré que je réponde baptiste, mais presbytérienne était la seule religion commençant avec un P qui m'est venue à l'esprit. Quand ils m'ont demandé ce que faisait mon père, j'ai dit qu'il tenait un établissement de restauration. Ce n'est pas tout à fait faux. Papa sert des œufs durs, parfois. Mrs. Buchanan m'a parlé de la bourse pour l'American Academy à New York, et j'ai dit que j'avais l'intention de m'y inscrire. Puis elle m'a demandé si j'avais une deuxième préférence, et j'ai répondu Brooklyn. Et ils m'ont dit merci beaucoup.

D'après le règlement du concours, les mères des candidates ne sont pas autorisées à pénétrer dans l'hôtel, mais la mère de Kay Bob Benson se cache derrière les plantes et chaque fois que sa fille passe dans les parages, elle sort la tête et lui crie de se recoiffer ou de sourire. Tout le monde la voit derrière le palmier. Non, mais de qui elle se fiche, là ?

7 août 1959

Aujourd'hui, c'était la compétition en maillot de bain, et Darcy m'avait dit de faire très attention à l'endroit où je m'asseyais. L'an dernier, une fille avait commis l'erreur de s'asseoir sur une chaise en rotin juste en attendant le début de la compétition. Du coup, je suis restée debout. Margaret Poole, celle qui va être Miss Mississippi, est très bien faite. Kay Bob Benson aussi, même si ça me fait mal au cœur de le reconnaître.

Vous ne croirez jamais ce qu'ont fait Darcy et Mary. Darcy avait confectionné elle-même son maillot, et quand elle s'est tournée, sur le derrière, elle avait une pancarte qui disait « Visitez Rock City ». Ensuite est arrivée Mary, toute dégoulinante, avec des palmes, un masque de plongée, et un harpon à la main. Tout le monde a éclaté de rire !

Papa avait raison à propos du chauffeur de taxi. Il s'occupe très bien de moi. Je n'ai même pas besoin de l'appeler quand j'ai fini. Je sors, et il est devant l'hôtel, il m'attend. Il me demande toujours comment ça s'est passé, et je lui raconte ma journée. Je crois que ça l'amuse assez. Il me rappelle un acteur, mais je n'arrive pas à trouver lequel.

Cet après-midi, ils ont annoncé les candidates qui restaient pour la finale. Kay Bob Benson en faisait partie. Quand elles ont entendu le nom de Margaret Poole, Mary, Darcy, Joe Ellen et Penny se sont exclamées « Quelle surprise ! ». Et Mrs. McClay les a littéralement fusillées du regard. Ils ont dit mon nom, et j'étais bien contente. J'avais hâte d'annoncer ça à mon chauffeur, alors je n'ai pris qu'un seul verre avec les filles, pour fêter l'événement. Quand je suis descendue, j'ai dû traverser la foule de toutes les candidates qui n'avaient pas été retenues et s'en allaient avec armes et bagages. Je n'avais pas pensé à elles. Elles faisaient comme si de rien n'était, mais on voyait qu'à l'intérieur, ça n'allait pas du tout. Certaines étaient aussi belles et douées que celles qui avaient été choisies pour la finale. Ça n'est jamais qu'un concours de beauté complètement idiot, et en plus, les dés sont pipés. La seule raison pour laquelle j'ai été choisie, c'est qu'ils ont besoin d'un numéro humoristique pour le spectacle final du 9 août. J'ai fait part de mes états d'âme à mon chauffeur de taxi, qui n'en a pas dit grand-chose.

8 août 1959

On a de nouveau fait nos numéros aujourd'hui. Penny avait une telle gueule de bois qu'elle est montée sur la scène et a fait du play-back pendant que Mary chantait à sa place, derrière le rideau. Les juges n'y ont vu que du feu. Ils ont cru que Penny avait mal à la gorge. « Susie Sweetwater » leur a beaucoup plu. Après, on avait l'après-midi libre, pendant qu'ils délibéraient pour savoir quelles filles présenteraient leur numéro sur scène au State Theater et au country club de Tupelo ce soir. Chaque année, la veille du spectacle, toutes les finalistes sont invitées à un dîner au country club. Elles sont présentées au public et quelques-unes font leur numéro.

Je suis montée à la chambre de Darcy et j'ai frappé. Elle a ouvert la porte mais ne m'a pas laissée entrer parce qu'elles répétaient un numéro spécial qu'elles joueront ce soir, une sorte de numéro d'adieu. Du coup, je suis partie. Le taxi N° 22 m'attendait devant l'hôtel. C'était l'heure du déjeuner, j'ai demandé à Mr. Smith s'il voulait venir avec moi au restaurant, mais il m'a dit qu'il préférait attendre dans sa voiture. Je lui ai porté un Coca-Cola et de la viande grillée.

Quand je suis rentrée à l'hôtel, les vingt-huit finalistes étaient convoquées dans la salle de réception et on a annoncé le nom des filles qui monteraient sur scène au country club. J'étais sur la liste, ainsi que Mary, Penny et Joe Ellen. Kay Bob Benson et Margaret Poole itou, quelle surprise ! Darcy n'a pas été choisie, mais Mrs. McClay a dit :

— Je suis sûre que Darcy sera soulagée de n'avoir pas à jouer sainte Jeanne encore une fois. Et nous avions le sentiment que le public n'aurait pas supporté ce numéro une année de plus.

Puis elle s'est tournée vers Darcy et a ajouté :

— Vous n'êtes pas fâchée, ma chérie, n'est-ce pas ?

Et tout le monde a éclaté de rire. Quand j'ai annoncé la bonne nouvelle à mon chauffeur de taxi, j'ai bien vu que ça lui faisait plaisir à lui aussi.

Un peu plus tard, il est venu me chercher pour aller au country club de Tupelo, qui est encore plus chouette que celui de Hattiesburg. Il y a une piste de danse qui pivote sur elle-même et plein de spots multicolores. Toutes les filles étaient ravissantes dans leurs robes de soirée. Darcy avait aussi apporté un vieux seau, et Mary, un yukulele. J'avais hâte de voir ce qu'elles avaient concocté de spécial. Mrs. McClay sortait visiblement de chez le coiffeur et portait une boutonnière épinglée à son corsage. Elle est allée jusqu'au micro et a dit :

— Mesdames et messieurs, c'est un très grand plaisir et un honneur pour moi que de vous présenter les vingt-huit charmantes finalistes du concours Miss Mississippi de cette année.

J'avais l'impression de faire mes débuts dans le monde. J'aurais bien aimé que papa et Jimmy Snow soient là.

On a quitté la scène une par une sur l'air de « A pretty girl is like a melody », puis le public a attaqué le dîner pendant qu'on allait se changer dans les toilettes, pour nos numéros. En fait, Margaret Poole, Kay Bob Benson et moi étions les seules à devoir nous changer. Toutes les autres pouvaient faire leur numéro en robe de soirée. J'ai mis mon costume de « Susie Sweetwater ». Les juges avaient bien aimé mon sketch de la femme qui se fait tirer dessus, mais avaient trouvé qu'une histoire de divorce n'était pas convenable pour une candidate au titre de Miss Mississippi.

Margaret Poole avait la cigarette au bec, lorsque Mrs. McClay a surgi dans les toilettes pour nous dire de nous dépêcher. Avant que j'aie eu le temps de dire ouf, Margaret m'a fourré sa cigarette dans la main et a dit :

— Je suis prête, Mrs. McClay.

Là, Mrs. McClay m'a vue et a piqué une de ces crises !

— Frances Harper, elle a dit, que faites-vous avec cette cigarette ? Vous êtes dans des toilettes publiques.

Puis elle me l'a arrachée des mains, l'a balancée dans la cuvette et a tiré la chasse avant que j'aie pu dire un mot.

— Comment pouvez-vous, a-t-elle ajouté, comment pouvez-vous oser faire ainsi honte au concours de Miss Mississippi ! Je vous interdis de sortir de cet endroit ce soir. Et après le spectacle, je viendrai m'occuper de vous, soyez-en sûre !

J'étais tellement abasourdie que je suis restée là, sans réagir. Quand elles sont sorties des toilettes, j'ai entendu Margaret Poole dire :

— Je lui avais dit, pourtant, de ne pas fumer, Mrs. McClay.

Kay Bob Benson, qui avait tout vu, a éclaté de rire et est sortie en faisant une pirouette avec son bâton de majorette. Je ne savais pas quoi faire, alors je suis allée regarder les autres faire leur numéro. Quand est arrivé mon tour, Mrs. McClay a sauté mon nom et a appelé la fille suivante.

A la fin, elle a pris le micro et a dit :

— Mesdames et messieurs, j'ai le regret de vous annoncer que quatre de nos candidates préférées ne pourront se joindre à nous l'an prochain. Ces jeunes filles vont bien nous manquer : grâce à leur talent et à leur tempérament agréable, elles ont énormément apporté au concours. Ce soir, cependant, elles aimeraient jouer pour vous un numéro spécial, un petit cadeau de départ, en quelque sorte, qui, j'en suis sûre, vous plaira, à vous tous ici réunis. Mesdames et messieurs, j'ai donc le plaisir de vous présenter le Quartette des Entrepôts.

Mary est entrée en scène avec le yukulele, et Darcy avec le seau. Mary a dit :

— Un, deux, un deux trois...

Et voici ce qu'elles nous ont chanté sur l'air d'« Une souris verte » :

Une pétasse blonde
Qui emmerdait l'monde
Elle pisse et elle chie partout
Du liquide et du bien mou
La poule est gironde
Le cul à croquer
Les tétons pointus
Tous les gars rêvent d'la manger
Toute crue !

Elles avaient passé ces deux derniers jours à écrire la chanson la plus grossière possible. A la fin, elles ont fait la révérence et sont parties en courant.

Le public est resté silencieux, comme hébété. En passant en trombe près de moi, Darcy et Mary m'ont prise par le bras en disant :

— Allez viens, la môme !

On est sorties du club en courant et on a sauté dans mon taxi, direction l'hôtel, où on a pris un verre. Ce moment-là, elles l'attendaient depuis trois ans !

9 août 1959

Ce matin, tout le personnel et toutes les candidates étaient convoqués à une réunion exceptionnelle. Mrs. McClay avait l'air d'un mort-vivant. Elle n'avait pas dû se coucher de la nuit parce qu'elle portait toujours sa boutonnière, qui piquait du nez, sur le même corsage, tout froissé, et on aurait dit qu'elle s'était coiffée avec un pétard. Elle a annoncé qu'en raison d'un regrettable concours de circonstances, Miss Darcy Lewis, Miss Joe Ellen Feely, Miss Mary Cudsworth et Miss Penny Raymond ne joueraient pas leur numéro au State Theater. Elles resteraient en coulisses et n'entreraient sur scène que pour recevoir leurs bourses.

Et puis elle a dit, en larmes :

— J'aimerais vous souhaiter bonne chance à toutes.

Elle s'est mouchée, et elle a repris :

— J'ai une dernière chose à dire, une petite recommandation à faire à l'heureuse élue, quelle qu'elle soit. (Et elle a regardé Margaret Poole droit dans les yeux.) N'écrasez pas vos roses, elles sont en velours.

Ensuite, on est toutes parties pour le State Theater, pour répéter. Mon nom était toujours sur la liste de celles qui présentaient leur numéro. Après les exploits de Darcy et des autres, Mrs. McClay a dû penser que fumer une cigarette, c'était de la gnognotte.

A la fin de la répétition, on nous a dit de rentrer, de revenir pour six heures trente et d'être prêtes pour sept heures trente. J'ai donné un billet pour le spectacle à mon chauffeur. Quand il est repassé me chercher, il était sur son trente et un, en costume-cravate, et ça m'a fait plaisir de savoir qu'il y aurait au moins une personne que je connaissais dans la salle. Ce soir-là, pendant que nous étions toutes en coulisses, juste avant le début du spectacle, trois vieux machinistes sont venus me souhaiter bonne chance.

Je ne pensais pas que je serais si nerveuse, mais la salle était pleine, il y avait près de 2 000 personnes. Un énorme orgue Hammond, d'au moins un million de dollars, assurait l'animation musicale. Le maître de cérémonie a commencé à appeler les candidates une par une, et nous sommes entrées en scène l'une derrière l'autre. Mon cœur battait si fort que j'ai cru que j'allais avoir une crise cardiaque. Quand mon nom a été prononcé, la fille qui était derrière moi a dû me pousser pour me faire avancer. Dès que je me suis avancée sur la scène, un projecteur m'a fixée en pleine figure. J'étais aveuglée, mais je suis tout de même arrivée à sourire, bien contente de m'être fait refaire les dents. Le public a applaudi très fort et a semblé m'apprécier. Ça m'a un peu surprise, mais je n'ai pas vraiment eu le temps d'y penser parce qu'il fallait que je me change en quatrième vitesse pour la compétition en maillot de bain. Si vous aviez pu les entendre crier dans la salle, quand je suis arrivée avec mon maillot couvert de paillettes ! En plus, la lumière des projecteurs braqués sur moi les faisait bien ressortir. Merci, Mr. Cecil ! Merci, les Cecilettes !

La lumière du projecteur était tellement vive, mes lentilles de contact me faisaient un mal de chien, et j'ai failli tomber de la scène parce que je ne voyais pas où j'allais. Le public n'arrêtait pas d'applaudir et de pousser des oh ! et des ah !, je n'en revenais pas de l'effet que leur faisait mon maillot. En quittant la scène, j'étais miro comme une taupe, mais heureusement, Darcy était là et m'a aidée à rejoindre ma loge. Mes genoux jouaient des castagnettes.

J'ai passé mon costume de « Susie Sweetwater » en deux minutes et j'ai filé à tout berzingue vers l'entrée de la scène. En fait, j'avais largement le temps. Le maître de cérémonie venait juste de présenter le premier numéro, celui de Betty Lee Hansome, qui jouait « Tiko, Tiko » à l'orgue électrique. Elle s'est installée, a fait un grand sourire au public et a joué la première note, mais l'orgue est resté muet. Elle a essayé une seconde fois, toujours rien. Elle s'est tournée vers les coulisses d'un air affolé et a crié à un machiniste que quelque chose clochait. Il est venu, et a bien vu qu'elle tapait sur le clavier comme une folle, mais que rien ne sortait. Au bout d'un moment il a trouvé la prise et a branché l'orgue, mais il devait y avoir un mauvais contact parce qu'on n'entendait qu'une note sur deux, c'était une horreur. A la fin du morceau, Betty Lee a couru vers les coulisses en hurlant qu'elle allait commettre un meurtre. J'ai dégagé le plancher, et les machinistes aussi.

Ensuite, c'était le tour de Tappie Lou Norris qui dansait sur un poème intitulé « Arbres ». Tappie Lou sautait et virevoltait sur la scène, mais le machiniste responsable du projecteur était toujours en retard sur elle, ce qui fait que le public ne voyait qu'une jambe ou un bras, ici et là. Le pauvre, je sais comment il devait se sentir, ça m'était déjà arrivé, ce genre de truc. Mais là, en plus, le projecteur était si faible qu'on ne voyait presque pas Tappie Lou. Soit le projecteur était capricieux, soit le système électrique du théâtre était à revoir. Je me suis mise à avoir des sueurs froides. Sans lumière, comment est-ce que j'allais faire mon numéro de comédie ? Tappie Lou est enfin sortie de scène et la première chose qu'elle a demandée à tout le monde, c'était :

— Alors, j'étais comment ? J'étais bonne ? J'étais bonne ?

Personne n'a eu le cœur de lui dire que le public ne l'avait pas vue.

Robbie Sue Spear est passée ensuite, avec un monologue original sur un nourrisson mort. Tout allait bien jusqu'à ce que le micro ait des ratés. Margaret Poole, qui passait après elle, était à côté de moi et attendait le micro. Elle devait faire un passage d'*Autant en emporte le vent*. Quand elle a entendu comment le micro marchait, elle est devenue complètement hystérique et a presque étranglé la pauvre Robbie Sue à sa sortie de scène en lui arrachant le micro qu'elle avait autour du cou.

Les machinistes ont installé la boîte qui lui servait de décor au milieu de la scène. Margaret avait fini par se mettre le micro autour du cou, et comme elle faisait son entrée, elle s'est tournée vers un machiniste et a dit :

— Vous avez intérêt à ce que ce putain de micro fonctionne.

Et là, apparemment, quelqu'un avait dû s'occuper du putain de micro parce que toute la salle a entendu ce qu'elle venait de dire. En fait, le volume devait même être à fond parce que pendant tout son numéro, la seule chose qu'on ait vraiment entendue, c'était le raffut que faisaient les cailloux dans la boîte autour de laquelle elle grattouillait. Quand elle est arrivée au moment où elle dit : « Jamais plus je n'aurai faim, j'en suis sûre », le souffle a failli emporter le public. Tous les gens avaient les doigts dans les oreilles. Et moi, je balisais de plus en plus, parce que, après Margaret, c'était à mon tour, et je devais utiliser le même micro.

A la fin de son numéro, elle était tellement hors d'elle qu'elle est sortie de l'autre côté de la scène et a oublié de me donner le micro. Ils étaient déjà en train d'installer ma table et ma chaise, et là, c'était à moi de paniquer. J'ai commencé à courir vers l'autre bout des coulisses, mais Dieu merci, un des machinistes est arrivé avec un autre micro et me l'a mis juste à temps. Quelqu'un avait réparé le projecteur, et quand je suis entrée en scène, la lumière était on ne peut plus vive ! J'ai fait mon sketch, et tout s'est très bien passé ! A la fin, juste après ma dernière réplique, « Prenez soin de votre cœur autant que de vos autres organes vitaux, au revoir ! », le public a applaudi, applaudi, jusqu'à ce que je revienne faire une seconde révérence. Mais je suis sûre que ça n'avait rien à voir avec moi, c'était simplement le premier numéro qu'ils voyaient et entendaient.

Dans les coulisses, Darcy, Marcy, Joe Ellen et Penny m'attendaient et m'ont sauté dessus en m'embrassant et en me serrant, j'ai cru mourir étouffée. Linda Horton me succédait, tout s'est bien passé pour elle aussi. Tout était rentré dans l'ordre, finalement. Elle a joué « Love is where you find it » sur le xylophone. Je n'ai pas pu tout voir parce qu'il fallait que j'aille me changer rapido presto et mettre ma robe de soirée pour la remise des bourses d'études.

Quand je suis revenue, Darcy m'a dit que j'avais loupé le numéro le plus hilarant de l'histoire du concours. Au début du sketch de Willima Sue Sockwell, la ventriloque, la bouche de la marionnette s'est coincée, et la seule chose qui bougeait, c'était ses yeux. Le public n'a pas aimé du tout. Tout s'était bien passé pour Janice Bell, qui sautait à la corde et faisait des claquettes, mais la salle avait beaucoup moins applaudi que pour moi. Jeannie Prior était sur scène au moment où je suis arrivée. Elle montrait ses tableaux et racontait leur histoire. Le seul problème, c'était qu'il y avait deux tableaux à l'envers.

Dans un coin des coulisses, Kay Bob Benson attendait son tour, relax, Max. Elle devait faire des lancers de bâtons sur l'air de « La bannière étoilée ». Un drapeau américain descendrait des cintres pendant qu'elle finirait son numéro en lançant ses bâtons autour de son cou et derrière son dos. Le public allait adorer.

Pendant la répétition, les machinistes ne l'avaient pas quittée d'une semelle. Ils étaient complètement sous le charme de son costume tout riquiqui, et juste avant son entrée, deux ou trois se sont précipités pour lui serrer la main et lui souhaiter bonne chance. Elle a toujours eu beaucoup de succès auprès des hommes. La foule était en délire quand elle est apparue déguisée en Oncle Sam. La musique a commencé, elle a lancé à la salle un de ses sourires cent pour cent factices et a attaqué son numéro. Mais tout à coup, ses bâtons lui ont totalement échappé des mains. On aurait dit qu'elle n'arrivait plus à les tenir, ou qu'ils n'obéissaient plus. Elle les lançait dans tous les sens et puis leur courait après dans tous les coins. Elle arrivait à peine à les garder en main quelques secondes, et n'a pas pu allumer les bâtons à feu. J'étais soufflée. Pour finir, un bâton a voltigé dans le public et a atterri sur la tête d'un type, qui l'a ramassé et le lui a renvoyé, furax. Elle, elle était en transe. Quand le drapeau est descendu et que la musique a cessé, elle n'avait pas rattrapé un seul bâton. Le rideau est tombé et le régisseur nous a fait signe de nous mettre en ligne sur la scène pour la remise des bourses d'études.

On était toutes en place quand le rideau s'est levé. Une dame, la présidente du comité des bourses, s'est présentée et a dit combien elle était heureuse d'être ici, puis elle a remis les prix. Presque toutes les bourses avaient été attribuées quand elle a annoncé que celle de l'American Academy of Dramatic Arts était attribuée à Robbie Sue Spears, celle qui avait fait le monologue sur le nourrisson mort. Le rideau est tombé, et je n'avais rien gagné.

J'étais très, très déçue. Mon sketch était pourtant

bon. Darcy et les autres étaient furieuses de ce qui m'arrivait. Elles disaient que Mrs. McClay l'avait fait exprès, parce qu'elle savait que j'étais leur amie. Je leur ai dit de ne pas s'en faire, qu'elle m'en voulait pour autre chose. En pensant à tous ceux qui m'avaient aidée, qui avaient tant travaillé pour que je participe au concours, et que j'allais tant décevoir, j'aurais voulu disparaître dans un trou de souris. J'étais en train de penser que je ne rentrerais pas à Hattiesburg, que je préférais m'éclipser sans laisser de trace, lorsqu'on nous a de nouveau poussées sur la scène, pour l'annonce du résultat final. Moi, je n'avais qu'une envie, ficher le camp de là, mais j'étais obligée de rester pour chanter « There goes Miss Mississippi » avec les autres à la fin du spectacle. Et j'aime autant vous dire que je n'étais pas d'humeur à chanter pour Margaret Poole.

C'est à ce moment-là de la soirée que les juges se réunissent dans le bureau du régisseur pendant une dizaine de minutes et font semblant de délibérer pour choisir la gagnante. En fait, d'après Darcy, ils vont boire un verre. On a attendu, attendu, et puis une demi-heure est passée. Le régisseur est sorti du bureau et nous a dit de nous asseoir. Le public commençait à s'impatienter et s'est mis à taper des pieds et à siffler. Environ vingt minutes plus tard, un signal nous a ordonné de nous mettre en position sur la scène afin de former la carte de l'Etat du Mississippi.

Le rideau s'est levé, pour la plus grande satisfaction du public. Le maître de cérémonie est entré accompagné de la Miss Mississippi de l'année précédente, qui a raconté combien son règne avait été merveilleux, qu'elle n'oublierait jamais cette expérience, que la chose la plus fantastique dans ce concours, ce n'était pas l'argent, ni la couronne, mais les jeunes filles formidables qu'elle y avait rencontrées, et que les liens d'amitié qui les unissaient maintenant étaient le plus beau trésor du monde. Darcy m'avait raconté qu'elle était tellement pimbêche qu'elle ne parlait à personne. A la fin de son laïus idiot, elle s'est tournée vers nous et on a dû lui faire la révérence. Beurk ! Et puis elle a fait son tour d'adieu sur la scène. J'ai regardé en coulisses et j'ai vu Darcy et Mary lui faire un bras d'honneur.

Ensuite, le maître de cérémonie a présenté le jury au public. Il a présenté Mrs. McClay aussi, mais elle n'était pas là. A la place, Mr. Henry est venu dire quelques mots sur la difficulté qu'ils avaient eue à choisir la Miss de cette année, toutes les candidates étant tellement jolies. Puis il a donné au maître de cérémonie l'enveloppe avec le nom des cinq finalistes. Il y a eu un roulement de tambour et il a dit :

— Mesdames et messieurs, voici les noms des cinq finalistes du concours de Miss Mississippi (roulements de tambour) : Miss Kay Bob Benson — applaudissements, je me suis demandé comment elle avait le culot de se présenter après le four qu'elle avait fait l'après-midi, mais elle s'est avancée sur la scène avec un air, on aurait dit la reine de Saba... Miss Janice Bell — applaudissements, c'était celle qui faisait des claquettes et sautait à la corde... Miss Linda Horton — applaudissements, elle avait joué « Love is where you find it » au xylophone, j'étais surprise qu'elle arrive en finale parce qu'elle louchait... Miss Daisy Fay Harper... Là, j'ai cru mourir. Il avait dit mon nom !!! J'étais plantée là, sans bouger, jusqu'à ce que Darcy, des coulisses, me crie :

— Mais bouge-toi, bon sang de bois !

Alors j'ai bougé. Le public était hystérique. Le maître de cérémonie a dû attendre des heures avant de pouvoir annoncer le nom de la cinquième finaliste : Miss Margaret Poole — applaudissements légers. Je n'arrivais pas à croire que j'étais en finale.

Quelqu'un avait fait une erreur quelque part, c'était sûr! Mais en même temps, j'étais ravie, parce que la quatrième finaliste gagne 500 dollars, et qu'avec ça, je pouvais aller à New York sans problème. Youpiiiiiii!

Ensuite, le maître de cérémonie a dit:

— Maintenant, mesdames et messieurs, nos finalistes vont répondre à certaines questions, ce qui devrait permettre au jury de définir leur personnalité et de savoir si ces jeunes filles sont équilibrées. Rappelez-vous, l'une d'entre elles ira à Atlantic City pour représenter l'Etat du Mississippi devant le reste du pays. Kay Bob, voici ta question: si ta marraine était une fée et te proposait de réaliser un vœu, que lui demanderais-tu?

Kay Bob a réfléchi un instant, et, l'air très sincère, elle s'est penchée vers le micro et a dit:

— Mon vœu serait que tous les hommes sur terre apprennent à s'aimer pour qu'il n'y ait plus jamais de guerre, que les mères ne perdent plus leurs fils au combat et que la paix règne pour toujours.

J'ai cru qu'elle allait nous sortir le drapeau américain, après ça. Mais il fallait reconnaître que c'était une bonne réponse, qui valait au moins une place de demoiselle d'honneur.

La deuxième question était pour Linda Horton, et il lui a demandé quelle était la femme qu'elle admirait le plus au monde, et pourquoi.

— Mamie Eisenhower, elle a répondu.

— Pourquoi?

Elle a réfléchi un bon moment et elle a dit:

— Parce qu'elle a épousé un homme formidable.

Là, elle a tout fichu en l'air. La salle était pleine de démocrates.

Ensuite, c'était Janice Bell, et il lui a demandé:

— Si tu pouvais réaliser ton plus grand rêve, que ferais-tu?

— J'essaierais de devenir une bonne épouse et une bonne mère, parce que c'est l'ambition la plus élevée qu'une femme puisse avoir.

Le public a aimé ça. Elle devait faire partie des Sœurs de l'Arc-en-Ciel.

Et puis c'était à mon tour, et il a dit :

— Daisy Fay, je crois que tu souhaites devenir actrice.

J'ai dit oui. J'espérais qu'il ne poserait pas d'autre question, mais j'avais tort.

— Si tu pouvais jouer n'importe quel rôle de n'importe quelle pièce, lequel choisirais-tu ?

Je n'ai même pas réfléchi. Je me suis souvenue de mon expérience dans *La chatte sur un toit brûlant* et j'ai dit :

— Un grand rôle !

Le public a éclaté de rire. J'ai entendu Darcy et les filles se tordre dans les coulisses.

A Margaret Poole, il a demandé :

— Margaret, qui est pour toi l'homme le plus important du monde aujourd'hui, et pourquoi ?

Elle n'a même pas attendu qu'il ait fini de poser la question et s'est lancée dans la réponse.

— Je pense que Billy Graham est l'homme le plus important dans le monde aujourd'hui parce qu'il répand l'Evangile dans tous les Etats-Unis, au Canada, et partout dans le monde, et c'est la chose la plus importante qu'une personne puisse faire sur cette terre.

Et n'essayez pas de me faire croire qu'elle ne savait pas ce qu'il allait lui demander, hein... Le public a applaudi, mais le public applaudit toujours quand on prononce le nom de Billy Graham.

— Eh bien voilà, mesdames et messieurs, a dit le maître de cérémonie, plus de questions. Je crois que nous pouvons applaudir nos cinq charmantes candidates — applaudissements, applaudissements. Maintenant, tandis que le jury prend la décision finale, nous allons remettre l'un des prix les plus convoités de ce concours, celui de Miss Bonne Humeur. Ce prix est décerné par les candidates elles-mêmes à l'une d'entre elles, et récompense la plus sympathique et la plus serviable. Pour remettre ce prix, j'ai l'honneur de vous présenter Mr. Frank Self, ancien président des Jeunes Citoyens Américains.

Frank Self nous a fait un discours interminable sur la joie qu'il avait à parrainer un événement si merveilleux, etc. Pendant ce temps, j'ai jeté un coup d'œil en direction des juges, qui délibéraient dans la fosse d'orchestre. Ils se battaient comme des chiffonniers autour d'un bout de papier. Mrs. Buchanan l'a arraché des mains de Mr. Swanley et l'a déchiré en deux. Le révérend Deady a attrapé l'autre moitié. Ils faisaient un de ces potins ! La gagnante du prix, c'était Darcy. Comme ça, elle l'avait, sa collection de statuettes de Miss Bonne Humeur ! Quatre, c'est le record absolu !

Après ça, le maître de cérémonie s'est tourné vers les juges et a demandé :

— Le jury a-t-il délibéré ?

Mais ils n'écoutaient même pas, il a dû répéter sa question, et Mrs. Buchanan a levé la tête et lui a crié :

— NON !

Puis elle est retournée discuter avec les autres. Il a dû chanter une chanson, pour meubler, pendant qu'on restait bien en ligne en attendant qu'une décision sorte de cette gabegie. J'ai même entendu l'un d'entre eux dire :

— Va te faire foutre, connasse.

Finalement, Mr. Henry, le nœud papillon tout de travers, est monté sur la scène en courant et a jeté un papier au maître de cérémonie, qui a dit :

— Merci, messieurs les jurés ! Eh bien, mesdames et messieurs, nous avons donc le résultat final de ce concours, nous voici arrivés au moment que vous attendez tous, un moment qui…

Il n'a pas pu finir, parce que dans la salle un type a crié :

— Bon, tu nous les craches, tes résultats, oui ou non ?

Alors il les a crachés.

— Mesdames, messieurs, quatrième demoiselle d'honneur du concours de Miss Mississippi 1959, heureuse gagnante de 500 dollars et d'une montre Elgin dix-sept rubis offerte par la bijouterie Couch, veuillez applaudir… (roulements de tambour)… Miss Janice Bell !

Le public applaudissait. Je savais que c'était l'histoire de Mamie Eisenhower qui lui avait fait rater le gros lot, j'étais désolée pour elle, mais tout à coup, je me suis rendu compte que ça me laissait une chance de gagner 1000 dollars ! Tout ça devenait très intéressant !

— Mesdames, messieurs, troisième demoiselle d'honneur du concours Miss Mississippi 1959, heureuse gagnante de 1 000 dollars et d'un portrait photo d'une valeur de 500 dollars réalisé au studio Robert Boutwell, veuillez applaudir… (roulements de tambour, je retenais mon souffle, priant pour gagner les 1 000 dollars)… Miss Kay Bob Benson !

Alors là, les bras m'en sont tombés ! Et puis j'ai réalisé que j'allais gagner encore plus d'argent !

Le public était en délire et j'étais dans un état proche de la frénésie. Je n'arrivais pas à croire que j'étais encore en lice.

— Mesdames, messieurs, seconde demoiselle d'honneur du concours Miss Mississippi 1959, heureuse gagnante du prix le plus convoité de ce concours, une bourse complète pour le Pasadena Playhouse de Hollywood, en Californie ; cette demoiselle est également assurée d'obtenir un rôle dans la série télévisée *Au temps de la Vallée de la mort*, veuillez applaudir... (roulements de tambour)... Linda Horton !

J'étais sciée. Pourquoi envoyer une joueuse de xylophone au Pasadena Playhouse ? Mais je n'y ai pas réfléchi trop longtemps parce que, en regardant autour de moi, je me suis rendu compte qu'on n'était plus que deux sur la scène, Margaret Poole et moi. Elle m'a attrapé la main où je porte la chevalière de maman et a serré si fort que je n'ai plus pu penser qu'à la douleur. Dans la salle, c'était le délire.

Le maître de cérémonie a chuchoté dans le micro :

— Je vais maintenant nommer la première demoiselle d'honneur, dont le rôle est primordial puisque durant toute cette année, si Miss Mississippi se trouvait dans l'impossibilité de remplir ses fonctions, c'est à elle que reviendrait le titre de Reine. Mesdames, messieurs, première demoiselle d'honneur du concours Miss Mississippi 1959, heureuse gagnante de 1 500 dollars (roulements de tambour), d'un poste de télévision 55 centimètres, édition spéciale Miss America, d'une garde-robe complète offerte par Branlon (roulements de tambour), et d'un voyage à New York tous frais payés pour une audition à Broadway, veuillez applaudir... (roulements de tambour, quand j'ai entendu ça j'ai failli m'évanouir, j'allais enfin aller à New York !) ... Miss Margaret Poole !

Le public a explosé. Les spectateurs étaient tellement contents qu'ils se sont levés et se sont mis à sauter dans tous les sens. Et puis j'ai compris. Ils ne criaient pas pour Margaret Poole. Ils criaient pour moi.

MERDE !... J'ÉTAIS MISS MISSISSIPPI !!!!

C'était la folie. Quelqu'un m'a saisie par la main, on m'a mis un bouquet de roses dans les bras et une cape rouge sur les épaules. La Miss Mississippi de l'année précédente m'a pratiquement écrasé sa couronne sur la tête et m'a poussée au milieu de la scène, mais j'étais trop abasourdie pour faire un geste. Les gens criaient et ont entonné en chœur « Here goes Miss Mississippi ». Des coulisses, j'ai entendu Darcy qui hurlait :

— Mais ne reste pas plantée là, bon sang ! Bouge ton cul !

De ce qui s'est passé après, je n'ai qu'un très vague souvenir. J'étais tellement émue que j'ai oublié les recommandations de Mrs. McClay et j'ai fait de la confiture avec les roses en velours. Pendant deux heures, on m'a prise en photo pour les journaux et la télé. A la fin, un type des Jeunes Citoyens Américains est venu me dire que la voiture officielle de Miss Mississippi m'attendait devant le théâtre pour me ramener à l'hôtel. Je me suis souvenue juste à temps que Mr. Smith m'attendait avec son taxi, derrière le théâtre. J'ai couru le lui dire, et il était là, son chapeau à la main, il m'attendait, il était là depuis deux heures. Il était terriblement heureux pour moi. Je suis retournée dire aux gens des J.C.A. que j'étais venue en taxi, et que je repartais en taxi.

J'ai appelé papa et Jimmy Snow pour leur annoncer la bonne nouvelle, ils étaient dans un état d'excitation proche de l'apoplexie. Ils avaient entendu les résultats à la télévision, on avait passé une photo de moi, et tout. Les organisateurs du concours se sont occupés de mon billet d'avion pour le retour. J'ai encore du mal à y croire. Je serai à Atlantic City en septembre, candidate au titre de Miss America !

11 août 1959

Je suis rentrée aujourd'hui. J'ai passé toute la journée d'hier avec les photographes et les responsables du concours, pour organiser mon séjour à Atlantic

City, en septembre. Ce matin, ils m'ont emmenée à l'aéroport, et dans le hall, j'ai vu mon chauffeur de taxi. Je suis allée vers lui, il m'a dit qu'il attendait un client, mais je savais qu'il était venu pour me voir partir. Il avait l'air gêné et m'a souhaité bonne chance. J'étais dans l'avion depuis à peine cinq minutes quand j'ai trouvé à qui Mr. Smith me faisait penser. Cet homme n'était pas Mr. Smith du tout. C'était mon grand-père Pettibone, que tout le monde croyait mort !

Papa a commencé par me raconter des sornettes, mais il a fini par admettre que j'avais raison. Ils pensaient que je ne le reconnaîtrais pas après tant d'années. J'ai voulu l'appeler sur-le-champ, mais papa m'a dit qu'il vaudrait beaucoup mieux qu'il ne sache jamais que je savais qui il était parce qu'il avait honte de lui, d'être un ivrogne et d'avoir disparu comme ça. C'était pour ça qu'il avait fait le mort tout ce temps. Papa a toujours su où il était. Grand-père le détestait, mais il lui faisait confiance et savait qu'il ne dirait rien. Il m'a dit que grand-père appelait à peu près tous les six mois pour savoir comment j'allais et qu'il lui avait envoyé toutes mes photos d'école depuis que j'avais six ans. Vous vous rendez compte, toutes ces années à Tupelo, si près...

17 août 1959

Mr. Curl, le directeur du théâtre de Tupelo où a eu lieu le concours, connaît papa. Il a appelé hier pour lui raconter ce qui s'était vraiment passé le soir de l'élection.

Mon autre grand-père, papi, qui ne parle plus à papa, est président du syndicat des machinistes, et tous les gars l'aiment beaucoup. Quand ils se sont aperçus que la petite-fille de Blondie Harper figurait parmi les finalistes, ils ont décidé de lui rendre service, alors ils se sont procuré trois projecteurs supplémentaires, et chaque fois que j'entrais en scène, ils braquaient les quatre sur moi ! Dans un journal, un reporter a écrit : « Son sourire illuminait le public. » Pas étonnant ! Ils avaient aussi bricolé les micros, collé la bouche de la marionnette de Willima Sue à la colle forte et débranché l'orgue de Betty Lee Hansome. Si Kay Bob Benson a perdu le contrôle de ses bâtons, c'est parce que deux machinistes s'étaient enduit les mains de graisse de moteur et avaient mis un point d'honneur à aller serrer les siennes avant qu'elle n'entre en scène ! Et moi qui croyais qu'ils la trouvaient chouette !

Une chose est sûre, jamais je ne pourrai dire du mal des syndicalistes.

On a aussi appris que lorsque le jury s'est réuni dans le bureau du régisseur pour faire semblant de voter, le directeur du théâtre était allé les voir pour leur dire que s'ils ne me laissaient pas gagner, le public allait saccager sa salle et que jamais plus ils ne pourraient y tenir leur concours. Mrs. McClay est montée sur ses grands chevaux et lui a répondu qu'elle se fichait complètement que son théâtre soit saccagé, que elle en vie, le titre de Miss Mississippi n'irait pas à une petite traînée dont le père tenait un bar. Là, Mrs. Albergotti a dit :

— Je ne vois pas comment on pourrait envisager de donner ce titre à une jeune fille qui a crié « PUTAIN » dans le micro.

Mrs. McClay était hors d'elle et lui a dit de la fermer, que Margaret Poole n'avait pas crié « PUTAIN » dans le micro, que le micro était défectueux, qu'on avait eu l'impression de l'entendre le dire, mais que non. Et puis elle s'est mise à crier que c'était son spectacle et que s'ils osaient me donner le titre, il faudrait qu'ils l'abattent avant.

Elle avait dû leur faire vraiment peur parce qu'elle avait pratiquement obtenu gain de cause lorsque Darcy est arrivée avec un message pour eux :

Chère Mrs. McClay, chers juges,
Je vous demande de ne pas me donner le titre de Miss Mississippi parce que je suis secrètement mariée à un nègre et j'attends un enfant. J'ai le sentiment que cela pourrait nuire à la réputation du concours.

Avec tous mes regrets,
Margaret Poole

D'après les témoins, Mrs. McClay s'est mise à hurler que ce n'était pas vrai, que c'était du sabotage, mais les autres juges ont déclaré que leur réputation était en jeu. Tous connaissaient des gens importants dans la ville et ne pouvaient pas se permettre de prendre un tel risque. La seule à prendre la défense de Margaret Poole, c'était Mrs. Buchanan. Quand ils ont quitté la salle pour rejoindre leurs sièges, ils ont laissé derrière eux une Mrs. McClay prostrée sur le divan, un linge humide sur le front. Juste avant que Mrs. Buchanan ne sorte, elle s'est redressée et lui a dit :

— Ne les laisse pas me faire ça, Peggy.

Et puis elle est retombée en arrière, dans les pommes.

Voilà donc pourquoi ils se disputaient tous. Les juges étaient tellement furibonds qu'ils ont tout mélangé. Linda Horton, celle qui jouait du xylophone, n'était même pas censée faire partie des finalistes, et encore moins aller au Pasadena Playhouse et jouer dans *Vallée de la mort*. Bref, Mrs. McClay a rendu son tablier pour toujours en disant qu'elle avait été trahie par un nid de vipères et qu'il était hors de question qu'elle se rende à Atlantic City en compagnie d'une petite traînée, moi, en l'occurrence. J'ai de la peine pour elle. Je n'ai pas gagné de très bonne guerre, mais Jimmy Snow m'a dit de ne pas m'en faire, que la seule chose qui comptait, c'était que je quitte cet endroit pour toujours.

Moi qui pensais que je n'avais pas de famille, alors que tant de gens étaient là, prêts à tout pour que je m'en sorte... Je dois les remercier tous. Il ne me reste plus qu'à faire fortune !

Depuis mon retour, la chaîne de télévision qui m'avait renvoyée m'a interviewée, et j'ai reçu des lettres et des télégrammes de tout le pays. Le gouverneur, ainsi que deux sénateurs, m'a écrit pour me féliciter. J'ai des nouvelles de tout le monde, y compris de l'Ordre International des Sœurs de l'Arc-en-Ciel, qui m'a envoyé un télégramme disant combien ils étaient fiers qu'un de leurs membres ait été élu Miss Mississippi. Ils avaient dû oublier que j'avais été mise dehors... J'ai quand même répondu pour les remercier de leurs bons vœux. Pickle et Mustard m'ont écrit aussi. Elle a eu un deuxième bébé. J'ai même eu des nouvelles de Billy Bundy, qui est quelque part dans une prison du Tennessee.

Mais la lettre qui m'a fait le plus plaisir, c'est celle que j'ai reçue aujourd'hui :

Chère mademoiselle Harper,

J'ai été très heureux de faire votre connaissance. Vous êtes une fille bien.

Votre chauffeur,
Taxi N° 22

21 août 1959

Dans quinze jours, je pars pour Atlantic City !

Jimmy Snow a rebaptisé son avion Miss Mississippi et doit saupoudrer des champs toute la semaine prochaine en mon honneur. Papa a peint un grand panneau qu'il a accroché au-dessus de la porte du bar : « Quartier Général Officiel de Miss Mississippi ». Si Mrs. McClay voyait ça, elle en ferait une jaunisse. L'autre jour, je suis allée chez Gamble pour faire faire mon portrait officiel de Miss Mississippi. Ils voulaient que je mette ma robe blanche, mais Mr. Cecil m'a conseillé de porter autre chose que du blanc parce que toutes les autres filles se faisaient photographier en blanc, en général. Alors j'ai mis ma veste en daim marron. Mr. Cecil et les Cecilettes vont m'accompagner à Atlantic City, on va tous prendre le train. Je sens qu'on ne va pas s'ennuyer ! Vous seriez surpris de voir comment les gens me traitent, maintenant. J'ai même été invitée par l'Association Jeunesse et Culture au country club de Hattiesburg, pour un dîner qui sera donné en mon honneur le 26. J'emmènerai papa et Jimmy Snow. Demain, je dois aller en ville avec Mr. Cecil, pour l'aider à se choisir des vêtements pour Atlantic City. Y a des moments, on dirait que c'est lui qui a été élu Miss Mississippi.

25 août 1959

L'hôpital a appelé jeudi. Jimmy Snow est mort à cinq heures quarante-sept, la nuque brisée. Son avion s'était écrasé mercredi dans le comté de Madison. Papa et moi, on est allés le chercher pour le ramener à la maison. Il a été enterré cet après-midi. Il n'y avait personne au cimetière, à part nous, Mr. Cecil, et quelques types du bar qui étaient venus pour porter le cercueil. Papa a très mal accusé le coup. Quand ils ont mis Jimmy en terre, il est resté là, il pleurait comme un bébé. Jimmy était le meilleur ami qu'il ait jamais eu. Je crois que c'était mon meilleur ami aussi. J'ai du mal à imaginer ce que va être la vie sans lui. Je pensais qu'il serait toujours là. C'était triste que personne de sa famille ne soit venu à l'enterrement. J'ai demandé à papa pourquoi Jimmy ne s'était jamais marié pour fonder un foyer. Il m'a regardée d'une façon très étrange et m'a dit :

— Tu es la seule personne qu'il ait jamais aimée, tu ne le savais donc pas ?

Non, je ne le savais pas. Je ne savais rien de tout cela.

3 septembre 1959

Mes valises sont prêtes. Je pars pour Atlantic City ce matin. Je ne sais pas ce qui m'attend, ni si je reviendrai un jour, mais ce que je sais, c'est que je dois beaucoup de choses à beaucoup de gens. A tous ceux-là, je promets que je ne reviendrai pas avant d'être devenue quelqu'un.

Promis, juré, craché.

Cinéma

Livre après livre, film après film, J'ai lu édifie l'étonnante bibliothèque du cinéma.

Les titres sont présentés par ordre alphabétique.

Abyss
CARD Orson Scott 2657/4

L'accompagnatrice
BERBEROVA Nina 3362/4

Adieu ma concubine
LEE Lilian 3633/4

A l'Opéra de Pékin, où les rôles féminins sont traditionnellement tenus par des hommes, Dieyi triomphe dans celui de la favorite. Mais Xiaolou, son compagnon de scène, lui préfère la belle Juxian de la Maison des Fleurs.

Un grand roman qui inspira le film Palme d'or au Festival de Cannes en 1993.

Alien
FOSTER Alan Dean 1115/3

AlienS
FOSTER Alan Dean 2105/4

Alien 3
FOSTER Alan Dean 3294/4

Les amies de ma femme
ADLER Philippe 2439/3

Angélique
GOLON 2488/7, 2489/7 & 2490/7

Les anges gardiens
FERDJOUKH Malika 4204/2

L'année de l'éveil
JULIET Charles 2866/3

L'autre
CHEDID Andrée 2730/3

Beignets de tomates vertes
FLAGG Fannie 3315/7

Blade Runner
DICK Philip K. 1768/3

La brute
des CARS Guy 47/3

Carrie
KING Stephen 835/3

Charlie
KING Stephen 2089/5

Christine
KING Stephen 1866/4

Le club de la chance
TAN Amy 3589/4

Conan le Barbare
HOWARD Robert E. 1449/3 (avec Sprague de Camp)

Conan le destructeur
HOWARD Robert E. 1689/2 (avec R.Jordan)

La couleur pourpre
WALKER Alice 2123/3

Courage under fire
SHEANE DUNCAN Patrick 4285/4

Crossing Guard
RABE David 4072/5

Croc-Blanc
LONDON Jack 2887/3

Cujo
KING Stephen 1590/4

Cyrano de Bergerac
ROSTAND Edmond 3137/3

Dallas
RAINTREE Lee 1324/5

Danse avec les loups
BLAKE Michael 2958/4

La demoiselle d'Avignon
HEBRARD Frédérique 2620/4

Demolition Man
OSBORNE Richard 3628/4

Dans un futur d'une violence terrifiante, un flic surnommé Demolition Man en raison de ses méthodes, affronte un meurtrier sanguinaire.

Le dernier des Mohicans
COOPER Fenimore J. 2990/5

2001-l'odyssée de l'espace
CLARKE Arthur C. 349/2

Le diable au corps
RADIGUET Raymond 2969/1

Dragonheart
POGUE Charles Edward 4287/4

Elisa
FERNANDEZ-RÉCATALA 3980/4

E.T. L'extraterrestre
SPIELBERG Steven 1378/3

E.T. La planète verte
SPIELBERG Steven 1980/3

Etat second
YGLESIAS Rafael 3629/6

L'été en pente douce
PELOT Pierre 3249/3

Excès de confiance
ELLISON James 4245/3

Farinelli
CORBIAU Andrée 3955/3

Forrest Gump
Winston Groom 3816/4

Le Fugitif
DILLARD J.-M. 3585/4

Frankenstein
SHELLEY Mary 3567/3

Gaston Phébus
De BEARN Myriam & Gaston 2772/6, 2773/7 & 2774/5

Germinal
ZOLA Emile 901/3

Geronimo
CONLEY Robert J. 3714/3

Golden Girl
NASH Alanna 4241/6

Le grand chemin
HUBERT Jean-Loup 3425/3

L'homme sans visage
HOLLAND Isabelle 3518/3

Ils voulaient la lune
SHEPARD Alan 4115/7

Independence Day
DEVLIN & EMMERICH 4286/6

Le jardin secret
HODGSON BURNETT Frances 3655/4

J'étais empereur de Chine
PU-YI 2327/6

JF partagerait appartement
LUTZ John 3335/4

JFK
GARRISON Jim 3267/5 Inédit

Cinéma

Jonathan Livingston le goéland
BACH Richard 1562/1 Illustré
Joy
LAUREY Joy 1467/2
Joy & Joan
LAUREY Joy 1703/2
Joy (Le retour de)
LAUREY Joy 3388/3
Junior
FLEISCHER Leonore 3876/3
Kramer contre Kramer
CORMAN Avery 1044/3
Lancelot, le premier chevalier
CHADWICK Elizabeth 4030/4
La lectrice
JEAN Raymond 2510/1
La liste de Schindler
KENEALLY Thomas 2316/6
Little Big Man
BERGER Thomas 3281/8
Love story
SEGAL Erich 412/1
La machine
BELLETTO René 3080/6
Madame Bovary
FLAUBERT Gustave 103/3
Le Magicien d'Oz
BAUM Frank 1652/1
Maman j'ai encore raté l'avion
SINGER A. L. 3387/2
Le mari de l'Ambassadeur
HEBRARD Frédérique 3099/6
Meurtre à la une
DIEHL William 4247/6
1492
La conquête du paradis
THURSTON Robert 3403/3
Milliardaire malgré lui
SUNSHINE Linda 3831/4
Misery
KING Stephen 3112/6
Les nuits fauves
COLLARD Cyril 2993/3
Les oiseaux se cachent pour mourir
McCULLOUGH Colleen 1021/4 & 1022/4
Oliver's story
SEGAL Erich 1059/2
Orphée
COCTEAU Jean 2172/1
Où sont les hommes ?
Mc MILLAN Terry 4037/8
Peter Pan
BARRIE James M. 3174/2
Peur Bleue
KING Stephen 1999/3
Présumé innocent
TUROW Scott 2787/7
Priez pour nous
DUROY Lionel 3138/4
Le Prince des marées
CONROY Pat 2641/5 & 2642/5
Pulsions
DePALMA Brian 1198/3
Les quatre filles du Dr March
ALCOTT Louisa M. 3877/3
La reine Margot
DUMAS Alexandre 3279/3
Rends la monnaie, papa !
FAUCHER Elizabeth 3746/3
Richard au pays des livres magiques
STRASSER Todd 3875/4
Robocop
NAHA Ed 2310/3
Running Man
KING Stephen 2694/3
Sauvez Willy
HOROWITZ Jordan 3627/4
Sauvez Willy - 2
HOROWITZ Jordan 4078/4
La servante écarlate
ATWOOD Margaret 2781/5
Shining
KING Stephen 1197/5
Simetierre
KING Stephen 2266/6
Le sixième jour
CHEDID Andrée 2529/3
Stargate
DEVLIN Dean 3870/6
Striptease
HIAASEN Carl 4284/7
Le temps de l'innocence
WHARTON Edith 3393/5
The Player
TOLKEN Michael 3483/3
37°2 le matin
DJIAN Philippe 1951/4
Les Trois Mousquetaires
DUMAS Alexandre 3461/7
Un mari, c'est un mari
HEBRARD Frédérique 823/2
Un Indien dans la ville
Le NABOUR Eric 3979/3
Une journée en enfer
CHIEL Deborah 4031/3
Vingt mille lieues sous les mers
VERNE Jules 3654/5

4334

Composition Interligne B-Liège
Achevé d'imprimer en Europe (Allemagne)
par Elsnerdruck à Berlin
le 13 novembre 1996.
Dépôt légal novembre 1996. ISBN 2-290-04334-6
Éditions J'ai lu
84, rue de Grenelle, 75007 Paris
Diffusion France et étranger : Flammarion